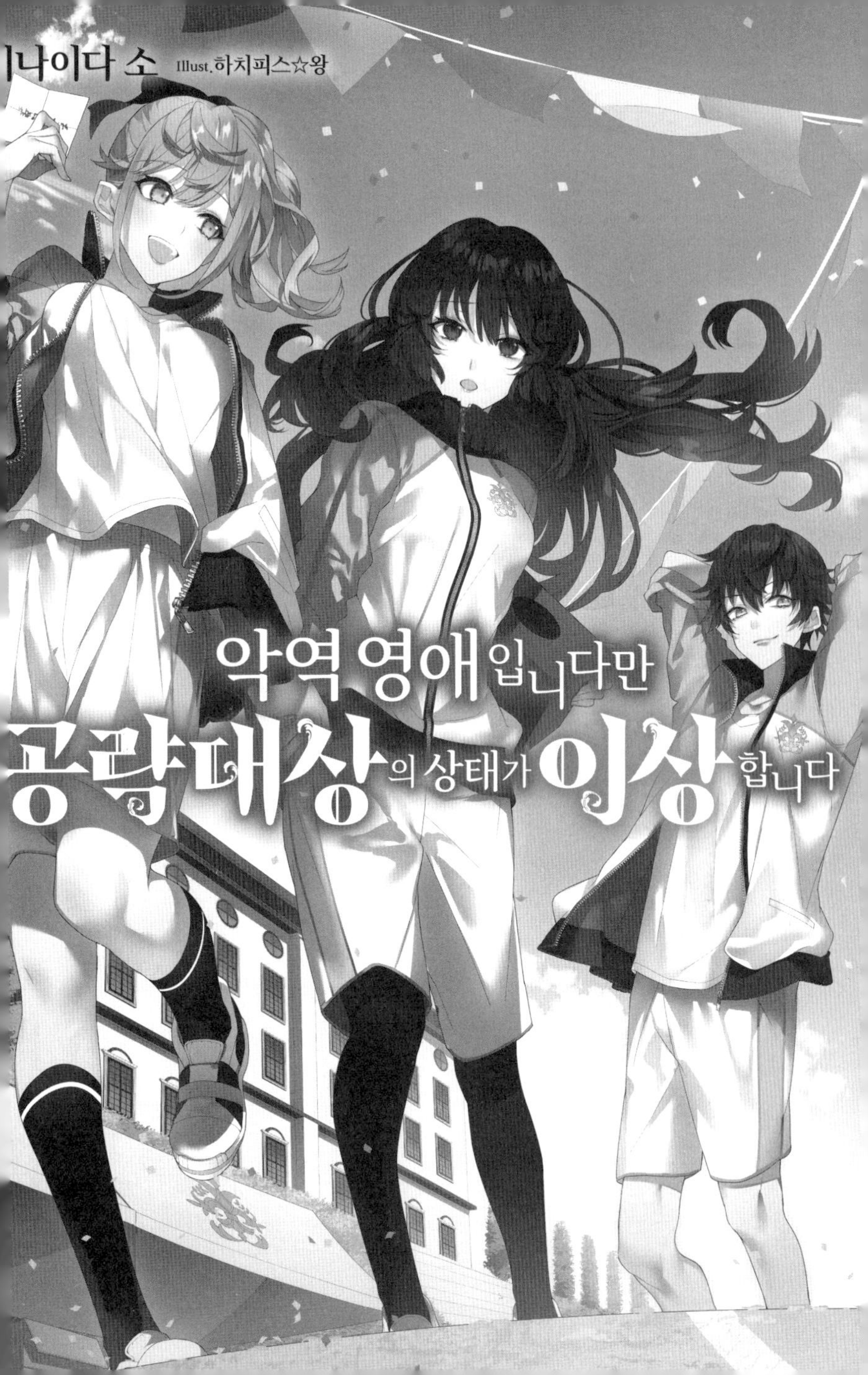
나이다 소 Illust.하치피스☆왕
악역 영애입니다만
공략대상의 상태가 이상합니다

contents

차례

일러스트 하치피스☆왕 디자인 PAPERGLOW

미스티아 아렌

주인공. 전통 있는 아렌 백작가의 영애. 전생의 기억을 떠올려 자신이 여성향 게임 [두근두근 러브 스쿨]의 세계 속 악역 영애 캐릭터라는 것을 알게 된다. 일가족과 사용인들이 뿔뿔이 흩어지고 투옥, 사형당하는 데드 엔딩을 피하고자 분투 중. 전속 메이드인 멜로와 사이가 좋다.

레이드 녹터

미스티아의 약혼자. 신사적인 성격으로 공부, 체술, 예술 모든 분야에 우수한 왕자님 캐릭터. '미스티아가 웃는 모습을 보고 싶어, 친하게 지내고 싶어'라고 생각하지만 공포심을 유발해 피하게만 만든다. 매우 딱함.

에릭 하임

미스티아보다 한 살 연상인 선배로 소꿉친구. 게임 속에서는 거만한 캐릭터라는 설정이었으나 미스티아와 만나 성격이 변해 버렸다. 미스티아의 첫 번째가 되고 싶어서 그녀를 '주인'이라고 부른다. 미스티아의 약혼자인 레이드와 전속 메이드 멜로를 적대시한다. 의존 체질.

로베르토 와이즈

자신에게도 남에게도 엄격하며, 본래 게임 설정으로는 처음부터 미스티아를 싫어하던 동급생 캐릭터. 장래희망은 의사지만 와이즈 가문의 당주 자리를 이어받아야 해서 고민 중이다. 현재, 미스티아를 '의료에 관심 있는 영애'라고 착각 중.

제이 시크(제시 선생님)

담임 교사. 미스티아가 어릴 적에 승마를 가르쳤으며 장대한 착각으로 혼자서 나이 차이를 극복한 세기의 사랑을 시작했다. 험한 인상과 말투와는 다르게 순정을 지닌 청년이지만 '미스티아와 행복한 가정을 꾸리고 싶다(내 신부)'라는 생각으로 비뚤어진 첫사랑 중이다. 기적적인 대화 성공률을 자랑한다.

아렌가의 사용인

멜로

미스티아의 '안전과 행복'을 바라는 전속 메이드. 미스티아의 신변에서 일어나는 일을 모두 책임지며 호위와 가정 교사직도 겸하고 있다. '미스티아 님이 행복하다면 나는 어찌 되든 좋아, 헤어져도 괜찮아.'라고 생각하면서도 속으로는 '계속 함께 있고 싶어.'라는 마음을 품고 있다.

루크

집사. 멋 내기용으로 외알안경을 끼고 가슴팍에 회중시계를 찼다. 저택 내 위험인물로부터 미스티아를 지키고 싶어 한다(자에).

포레스트

정원사. 아렌가의 넓은 정원을 혼자서 관리하는 실력자. 가정 교사도 겸하고 있다. 숭배하는 미스티아의 말투를 특히 좋아한다.

스티브

집사장. 저택의 사용인이 늘어나는 것을 좋아하지 않으며 정기적으로 사용인을 해고하거나 지원자가 채용되지 않도록 한다.

랜스데이

전속의. 미스티아가 평소 건강하기 때문에 기본적으로 한가하며, 평소엔 저택 내를 산책하거나 아렌가를 수선하고 그림 교사도 맡고 있다.

브람

문지기. 원래는 음악가가 되고 싶어 하던 불량배. 미스티아에게 도움을 받아 지금은 음악 교사도 겸하고 있다. 미스티아를 숭배한다.

리자

청소부장. 원래 술집에서 일하던 평민 여성이었다. 남편으로부터 폭력을 당하던 때 미스티아에게 도움을 받았다.

토마스

문지기. 미스티아의 생일에 설립된 고아원 출신. 밝고 천진난만하며 바느질을 잘한다.

라이아스

요리장. 평소엔 밝고 쾌활하지만 미스티아가 외식하려고 하면 주변에 아무것도 보이지 않는 듯이 허둥댄다.

솔

마부. 더듬거리는 말투와 낯을 가리는 성격 모두 꾸며낸 것으로, 어떻게 하면 미스티아와 가까워질 수 있을지를 항상 생각한다.

Servant of the person of arene

악역 영애입니다만
공략대상의 상태가 이상합니다

제 7 장

위험한 아카데미 생활

카운트다운 시작

새 교복을 입고 저택 현관 홀로 이어지는 계단을 천천히 내려 갔다.

드디어 오늘은 입학식.

지금부터 내년 3월 말까지 1년간이 [두근두근 러브 스쿨]의 게 임 본편이 펼쳐지는 시기다.

히로인은 공략 대상, 서포트 캐릭터, 라이벌 캐릭터 등 다양 한 인물과 만나고 교류하며 1년이라는 시간을 보낸다. 마지막에 는 누군가와 이어지거나 이어지지 않는데…… 지금 그 공략 대 상들에게 이상 증상이 발생해 버렸다.

레이드 녹터는 남동생에게 집착하고, 에릭은 나를 '주인'이라 고 부른다. 게임에서는 미스티아와 견원지간이었던 로베르토 와이즈는 어째서인지 내게 우호적으로 다가오지를 않나. 정상 적인 것은 제시 선생님뿐이었다.

이런 상황에서 아카데미 입학을 맞이하게 된 나의 목표는 딱 세 가지. 일가족과 사용인을 대피시키고, 내가 투옥이나 사형당 하는 데드 엔딩을 피하면서, 에릭과 레이드 녹터의 이상 증상을 고치는 것.

미스티아가 사형된 것은 아카데미에 불을 지른 것이 결정타 지만, 그날 내가 아무 짓도 저지르지 않더라도 갑자기 아카데미 에 불이 날 가능성도 있다. 약혼도 아직 파기하지 못했다. 게임의 강제력이 작용하여 레이드 녹터와 게임 속 주인공인 히로인의 행복을 방해한다는 이유로 내가 용의자가 되어버릴지도 모른다.

그리고 약혼 파기조차 마음대로 되지 않는 이상, 게임에서 미스티아가 불을 저지르게 되는 원인인 히로인과 엮이지 않는 것이 가장 중요하다.

히로인과 사이좋게 지내면 투옥, 사형 루트에서 벗어날 수 있을지도 모르지만, 전생 시절부터 여동생이 있던 덕에 고독사를 겨우 면할 정도로 사회력이 부족한 내겐 어려운 일이었다. 그냥 엮이지 않는 것이 무난하다.

그러니 나는 겉으로는 방관하는 척하며, 뒤에서는 히로인과 공략 대상들의 연애 이벤트가 원활히 진행될 수 있도록 서포트할 생각이다.

레이드 녹터와 에릭의 이상 증상은 분명 그들이 히로인을 사랑하게 되면 자연스럽게 치유되겠지. 두 사람에게 좋아하는 상대가 생긴다면, 레이드 녹터도 동생에게만 쏟아붓던 관심을 히로인에게 분산시킬 테고, 에릭도 '이상한 호칭 놀이는 그만둬야지.'라고 생각할 것이다.

그렇게 나는 유학도, 휴학도 하지 않고, 스토리를 살벌하게 만드는 악역이 아니라 원만하게 진행시키는 엑스트라로서 아카데미 생활을 지내면 된다. 실은 사용인과 가족을 지키기 위해서 휴학하고 싶었지만 두 사람의 인생을 망쳐 버린 책임은 져야 한다.

그리고 바로 오늘이야말로 레이드 녹터와 히로인의 첫 만남 이벤트──입학식이다. 정신 똑바로 차려야지.

"미스티아 님."

고개를 드니 거실에 사용인 모두가 줄지어 서 있었다. 가장 앞에는 부모님이 있었고 그 옆에 멜로가 서 있다.

"입학 축하한다. 잘 다녀오렴, 미스티아."

"혹시라도 불편한 일이 생기면 바로 돌아와도 돼."

어머니와 아버지가 내 어깨에 손을 얹었다. 멜로는 "축하합니다."라며 활짝 핀 꽃처럼 웃었다. 다른 사용인들도 뒤이어 "축하합니다."라며 미소 지었다.

"고마워요. 그럼 다녀오겠습니다."

나는 반드시 이 평화로운 광경을 지킬 것이다. 그렇게 강하게 맹세하며 저택을 나섰다.

마차가 서 있는 저택 정문으로 빠른 걸음으로 향했다. 오늘은 레이드 녹터와 히로인의 첫 만남 이벤트를 맞닥뜨리지 않도록 평소보다 빠른 시각에 출발해 달라고 미리 부탁해 놨다. 마부 솔 씨를 기다리게 해서는 안 된다.

"좋은 아침이에요."

정문에 도착하자 파티 송영을 위한 정장을 입은 솔 씨가 마차 뒤에서 모습을 드러냈다. 그는 왠지 어두운 얼굴로 마차 안을 손가락으로 가리켰다. 의아하게 생각하면서 마차 문을 열었다가, 나는 입을 떡 벌렸다.

"어……?"

빨강과 검정이 섞인 아렌가의 마차 안. 그곳에는 익숙한…… 너무나도 익숙한 인물이 빛을 반사하는 금발을 반짝이며 맑고 파란 눈동자로 나를 바라보고 있었다.

어째서, 내 마차에 레이드 녹터가 타고 있는 거지?

"미스티……."

나는 조용히 문을 닫았다.

어쩌면 환각일지도 모르잖아? 심호흡하고 다시 문을 열자, 역시나 그가 있었다.

"좋은 아침이야, 미스티아. 문을 닫아버리는 건 너무했어."

"조, 좋은 아침이에요……. 죄송해요."

"모처럼 입학식이니까 같이 등교하고 싶어서 와 버렸어."

그렇게 말하며 쾌활하게 웃는 레이드 녹터를 보자 현기증이 났다.

오늘 입학식── 첫 만남 이벤트는 이 5년 사이에 흐릿…… 하게는 기억해낼 수 있었다. 분명 등교한 히로인이 교문 앞에서 넘어질 뻔했던 것을 레이드 녹터가 안아서 붙잡아 주는 장면이 었는데. 미스티아는 히로인을 붙잡은 그의 뒤에서 "약속해놓고 혼자 가 버리다니 너무하잖아요."라고 말하며 나타난다.

그런데 그는 어째서, 이렇게 이른 아침부터 버젓이 아렌가의, 혼자 두고 가야 할 미스티아의 마차에 타 있는 걸까.

……아니, 이미 와 버렸잖아. 원인을 알아낸다고 상황이 바뀌지는 않는다. 나는 지금까지 레이드 녹터의 '와 버렸어'를 계속 용납해 왔다. 하지만 오늘만큼은 용납할 수 없다. 투옥, 사형과

일가족, 사용인들의 미래가 여기에 달렸다.

"저, 죄송하지만 오늘은 짐이 많아서 내려 주시면……."

"내 마차는 이미 되돌려 보냈거든. 아렌가의 마차를 타고 간다고 하면서."

"그럼 새 마차를 불러올까요……?"

"지금 마차를 불러오면 난 지각하겠네."

레이드 녹터는 곤란한 얼굴로 나를 바라봤다. 마차를 돌려보낸 그의 저의를 전혀 이해할 수 없었지만 그런 그를 여기에 두고 가면 너무 비정하겠지. ……하지만 여기서 굴할 수는 없었다. 데드 엔딩을 피하기 위해 지금은 딱 잘라 거절하자. 레이드 녹터에게 굴하지 않을 것. 올해의 목표는 이것이다.

나는 레이드 녹터에게 굴하지 않…….

"입학식에 신입생 대표로 인사를 해야 하는데 말이야."

굴하고 말았다.

"오늘은 하늘이 맑게 개서 다행이다. 그저께까지는 계속 비가 많이 내렸잖아."

아카데미로 향하는 마차 안, 내 옆에는 레이드 녹터가 앉아 있다.

가능하다면 혼자서 유유자적 마차를 타고 싶었지만, 그가 지각해서 히로인과의 첫 만남 이벤트에 늦어버린다면 앞으로의 이벤트에 영향이 생기고 만다. 나는 비통한 마음으로 한발 양보하여 승차를 허락하고 말았다.

하지만 이대로라면 상황이 매우 좋지 않다. 공략 대상과 악역 영애가 함께 등교하다니, 게임에선 일어나지 않은 일이다.

지금까지 '뭐, 어쩔 수 없지, 본편이 시작되면 어떻게든 하자, 히로인이 잘하겠지.'라며 넘어갔던 것은 이제 통용되지 않는다.

이렇게 되면 수단은 하나뿐. 아카데미에 들어선 순간 레이드 녹터를 따돌리자. 그는 교문에 두고 간다. 오래달리기에서 '같이 달리자'라고 약속한 후, 중간에 사라져 버리는 배신자처럼 잔혹하게 두고 가 버리자.

그렇게 하면 히로인과 레이드 녹터의 이벤트에 나도 모르게 끼어드는 상황은 일어나지 않을 테고, 그가 지각하여 연애 이벤트가 붕괴되고 브라콤이 심화되어서 돌이킬 수 없는 사태로 빠져드는 일도 막을 수 있을 것이다.

단지 하나 문제가 있다면, 미스티아의 저택에 레이드 녹터가 와 버리는 바람에 게임 속에서 미스티아를 혼자 두고 등교했던 그와 도착 시각이 달라져 버렸다는 점이다.

첫 만남 이벤트 때 히로인 주위엔 사람들이 북적였다. 그러나 지금 이대로 가다간 아카데미에 너무 일찍 도착해 버린다.

이벤트를 방해하지 않기 위해서는 교문 앞에서 히로인이 나타나는 것을 기다리다가, 타이밍에 맞춰 그를 버리고 갈 수밖에 없다.

너무 고난도잖아. 키를 잘못 눌렀다가는 바로 즉사해 버리는 보스전과도 같았다. 조금이라도 실수하면 이벤트를 맞닥뜨리고 만다. 왜 입학하자마자 이런 긴장감을 맛봐야 하는 거야.

긴장한 얼굴로 창문 밖을 내다보자 게임 오프닝에 흘러나오는 광경이 펼쳐졌다.

입학에 대한 기대감이 아닌, 장래에 대한 불안으로 가슴이 답답했다.

긴장되어서 주먹을 쥐고 있는데, 순간 창문 밖으로 분홍색 포니테일이 스쳐 지나갔다.

"아아아아아아아아아아?!"

"미스티아?"

레이드 녹터가 깜짝 놀란 눈으로 나를 바라봤다. 내가 그의 앞에서 절규한 것은 녹터 저택에서 갓 잡은 생선처럼 난동을 부린 이후 처음이다.

창문에 달라붙어 확인하자 거리가 멀어진 탓에 잘 안 보였지만 확실히 알 수 있었다.

"히, 히, 히로인⋯⋯!"

"응?"

분명 저 분홍색 포니테일은 히로인이다.

진정하자. 오늘부터는 절대 실패하면 안 된다. 어긋나 버린 등교 시간을 수정하고, 레이드 녹터와 히로인의 첫 만남 이벤트를 발생시키고, 나는 교사로 도망쳐야 한다.

나는 바깥 풍경을 관찰하며 현재 지점에서 아카데미에 도착할 때까지의 시간과, 히로인이 도보로 아카데미에 도착할 시간을 계산했다.

대략 15분 정도.

레이드 녹터와 히로인을 마주치게 하려면 15분간 그를 붙잡아 둔 후 절묘한 타이밍에 나만 마차에서 내려야 한다.

어떻게 해야 할지 생각하고 있는 사이에 마차는 속도를 줄이기 시작했다. 기억에 남아 있는 교문, 그리고 교사가 시야에 들어왔다. 다리가 떨려왔지만 여기서 불안감에 벌벌 떨고 있을 수는 없다.

"저, 저기."

"왜 그래?"

"레, 레레레, 레이드 님, 입학식 전에, 대, 대, 대화하실래요?"

"……응?"

레이드 녹터는 경계심을 표출했다. 마치 5년 전, 녹터 저택에서 난동을 부리던 그때가 재현되는 기분이었다.

"대, 대화가, 하고 싶어요."

"알았어."

내 의도를 알아챘는지 그는 예상외로 흔쾌히 자리에 앉았다.

문제는 지금부터다. 15분간 그를 여기에 붙잡아 둘 화제를 찾아야 하는데…… 그와 대화할 만한 주제가 아무것도 떠오르지 않았다.

"버, 벌써 입학식이네요."

"그러게."

"레, 레, 레이드 님은 목표가 있으신가요? 입학식을 앞두고요."

"우선 신입생 대표 인사를 성공적으로 마무리하는 거, 려나."

생각해 보니 히로인은 첫 만남 이벤트에서 레이드 녹터와 만난 후, 입학식에서 그가 단상에 선 모습을 보고 이름을 알게 된다.

뭔가, 응원이 되는 말을 하는 편이 좋겠지? 하지만 내가 "힘내세요."라고 말해봤자 그의 노력과는 아무 상관도 없고, 애초에 응원의 말을 듣고 싶어 하지도 않을 것이다.

"그렇다고 '수고하세요'는 이상하고…… '힘내세요'는…….."

"응?"

"아, 아, 아뇨. 아무것도 아니에요! 잊어 주세요!"

큰일이다. 전부 입 밖으로 흘러나오고 있었어. 유일한 희망은 '레이드 녹터'라고 그의 이름을 말하지 않았다는 점이다. 허둥대는 나를 수상한 눈으로 보던 그는 "……슬슬 나갈까?"라고 말하며 일어섰다.

창밖을 확인해 보니 히로인의 모습이 보였다. 아마 30초 정도만 버티면 타이밍이 딱 맞을 것이다.

"아니, 잠시만, ……하하하."

곁눈질로 창밖을 보니 마침 교문 앞이 조금 한산해졌다. 나는 마부 솔 씨에게 감사 인사를 건네고 레이드 녹터에게 고개를 숙인 후 바로 마차에서 내렸다.

"어, 미스티아?"

나를 부르는 목소리에 뒤돌아보지 않고 교문으로 이어진 길을 바라봤다. 히로인의 모습이 보였다. 타이밍은 완벽하다.

뛰면 눈에 띄겠지. 빠른 걸음으로 걸어도 아마 눈에 띄겠지만 지금은 그걸 신경 쓸 때가 아니다. 골인 지점인 교사로 일직선으로 나아갔다.

길에는 사람이 많았지만 다들 나를 뒤돌아보고는 길을 피해주었다. 마음속으로 감사를 전하면서 빠르게 발걸음을 옮겼다. 솔직히 뒤의 상황이 너무나도 궁금했지만, '뒤돌아보면 위험해지는 길'이라는 괴담이라고 생각하자. 멈춰 섰다간 지옥만이 기다리고 있을 뿐이다.

이제 여섯 걸음만 더 가면 출입구다. 다섯 걸음, 네 걸음, 셋, 둘, 하나. 뛰듯이 교사 안으로 들어섰다. 몇 번이나 가쁜 숨을 내뱉어야 했지만 걸어올 때의 압박감에 비하면 이건 아무것도 아니다.

지금쯤 첫 만남 이벤트가 시작됐겠지. 하아, 다행이다. 이거면 됐어. 이제부터는…….

"혼자 가 버리다니 너무해."

뒤에서 들려오는 목소리에 뒤돌려던 발이 멈춰 버렸다. 왜 미스티아의 대사가 내 귀에 들리는 거지?

주춤거리며 뒤를 돌아본 나는, 입을 떡 벌리고 말았다.

"레, 이드, 님……."

내 뒤에 서 있는 레이드 녹터. 그는 아무렇지 않게 내 앞을 지나가더니 "왜 그래? 홀은 이쪽이야."라며 우아한 몸놀림으로 내 가방을 들고 걸어갔다.

"이렇게 하면 네가 먼저 가 버릴 일은 없겠지?"

동작은 우아했지만 이건 그냥 멋진 소매치기다. "괜찮아요."라며 슬쩍 가방을 돌려받으려 했으나 그는 꿈쩍도 하지 않았다. 전에 그의 동생과 놀고 있을 때 "네 팔은 툭 건드리면 부러질 것 같아."라며 협박했던 그다. 그 말대로 힘의 차이가 너무나도 컸다.

주변에는 우리와 거리를 두고 사람들이 모여 있었다. 당장이라도 이곳을 벗어나고 싶은데 가방이 인질로 잡혀 있는 바람에 도망칠 수도 없었다.

"저기. 그런 배려까지는 안 해주셔도⋯⋯."

"아냐. 나는 신경 쓰지 마."

"아, 아뇨⋯⋯."

잠시 공방을 이어나가다가 나는 문득 깨달았다.

레이드 녹터가 여기에 있다는 것은, 히로인이 넘어지기 직전에 잡아줄 상대가 없다는 것.

넘어지는 사람을 붙잡아 줄 사람이 있어야 부상자가 나오지 않는다. 그런데 붙잡아 줄 사람이 없다면——.

히로인은 교문에서 넘어졌을 것이다.

서둘러 교문 방향으로 고개를 돌리자, 히로인은 문 앞——이 아니라, 이미 입구 근처로 와 주변을 두리번거리는 중이었다. 하늘색 눈동자와 눈이 딱 마주친 순간, 공포심이 올라와 뒷걸음질을 치고 말았다.

"저기⋯⋯, 꺅!"

무슨 이유에선지 히로인은 이쪽으로 다가오려다가 한 남학생과 부딪혔다. 나는 이쪽으로 넘어지려는 그녀에게 반사적으로 손을 뻗었으나, 손이 닿기 직전에 다른 남학생이 그녀를 붙잡았다.

"에릭⋯⋯."

넘어지는 히로인을, 훤칠한 남학생——에릭 하임이 안아서 붙잡았다.

경악한 눈으로 눈앞의 광경을 보고 있자, 그는 바로 히로인을 똑바로 세우고는 나를 향해 "좋은 아침이야, 주인! 오늘 입학식이네!"라며 부드럽게 미소지었다.

이대로 여기 있으면 분명 좋지 않은 일이 일어날 거야.

"네. 좋은 아침이에요……. 그럼, 먼저 실례하겠습니다!"

나는 레이드 녹터가 든 가방을 재빨리 낚아채고는 입학식이 열리는 홀로 달려갔다.

입학식이 시작하기 직전엔 파란뿐이었지만, 입학식은 별일 없이 무사히 지나갔다.

잘 닦인 바닥을 밟을 때마다 '끽' 하는 구두 소리가 났다. 나는 발이 미끄러지지 않도록 주의하며 선생님의 지시에 따라 내가 배정된 반으로 향했다.

인파를 따라 이동한 교실의 칠판에는 좌석표가 붙어 있었다. 자리는 전부 게임과 똑같이 배정되어 있었다.

레이드 녹터는 창가의 가장 끝. 히로인은 당연히 그 옆이다. 한편 나는 복도 쪽 열의 가장 끝자리. 슬쩍 창가로 시선을 돌려보니 레이드 녹터는 이미 자리에 앉아 히로인과 대화를 나누고 있었다.

에릭을 갱생시켜 버린 탓에, 에릭과 히로인의 첫 만남 이벤트가 굉장히 걱정되었다. 그와 히로인의 만남은 미스티아가 히로인을 괴롭혀야 시작되기 때문이다.

입학한 후 일주일이 지났을 때쯤. '레이드 녹터에게 안겼으니까', '레이드 녹터에게 감사 인사를 했으니까', '친한 척했으니까' 등의 이유로 미스티아는 히로인을 몰아붙이며 물을 끼얹은 후 밀친다. 그때 에릭이 그녀를 도우러 등장하는 것이다.

나는 히로인에게 물을 뿌리고 싶지 않아서 고민 중이었다. 어쩌면 이번에 에릭이 히로인을 안아서 붙잡은 게 좋은 일이 될지도 모른다.

레이드 녹터와 히로인의 첫 만남 이벤트는 실패로 끝나 버렸지만, 지금은 사이좋게 대화를 나누고 있고.

안도하며 앞으로 시선을 돌리자 나를 바라보던 여학생과 눈이 마주쳤다. 그녀는 분명 게임에서 미스티아를 따라다니던 3인조 중 한 명이었다. 이름은 모른다.

분명 미스티아는 입학 일주일 후에 동료를 이끌고 히로인을 몰아붙였다. 어쩌면 이렇게 눈이 마주쳤을 때, 미스티아가 말을 붙여서 친해진 것일지도 모른다.

하지만 나는 미스티아의 성격과 달라서 사교적이지 못하다. 그 3인조도 나와 친해지고 싶지는 않을 것이다.

다시 시선을 창가로 돌리자 레이드 녹터는 히로인과 대화를 마친 모양이었다. 그는 책을 읽고, 히로인은 불안한 얼굴로 책상을 내려다보고 있었다. 책은 그만 읽고 빨리 옆에 앉은 여자아이에게 말을 걸어주면 좋으련만. 그리고 그녀의 도움을 받아 브라콤 증상을 고쳤으면 좋겠다. 하루라도 빨리.

하지만 지금 계속 두 사람을 관찰하다가는 '미스티아가 히로인과 레이드 녹터를 빤히 쳐다보고 있었다.'라며 소문이 날지도 모른다. 책상의 얼룩 개수라도 세려고 시선을 내렸으나 책상은 한 톨의 먼지도 없이 빛나고 있었다.

무심코 책상에 손을 얹고 만지고 있는데 옆에서 갑자기 손이 뻗어 나와 내 손목을 확 붙잡았다.

앗, 나 이제 죽는 건가?

각오하며 고개를 돌리자, 그곳에는 저승사자가 아니라 에릭이 있었다.

"와 버렸어."

작게 속삭인 에릭은 쪼그려 앉아 기척을 숨기며 내 손을 잡았다. 이 세계에선 '와 버렸어'가 유행하고 있는 건가? 만일 그렇다면 빨리 유행이 지나갔으면 좋겠다. 제발.

내 자리가 복도 쪽 가장 뒷자리인 게 다행이었다. 주변 학생들은 에릭의 존재를 눈치채지 못했다. 하지만 멀리 앉아 있는 로베르토 와이즈는 이상하다는 눈으로 이쪽을 바라보고 있었다.

나는 서둘러 에릭을 데리고 복도로 나왔다.

"어, 어째서 여기에 있는 거죠?"

"당연히 주인이 만나고 싶어서 온 거지."

그래서 오늘 아침에도 에릭이 입구 근처에 있었던 건가. 그 덕분에 히로인이 넘어지지 않아서 무척이나 다행이었다. 그건 감사할 일이지만 일단은 돌려보내는 게 먼저다.

수상한 자는 아니지만 에릭은 2학년. 오늘은 2학년이 등교하지 않는 날이다. 게다가 각 학년의 교실은 층별로 나뉘어 있어서 1학년은 교사의 2층, 2학년은 3층, 3학년은 4층을 사용하며 특별한 용건 없이 오가는 것은 금지되어 있었다.

"저, 정말 죄송하지만 돌아가 주시는 게……."

"왜 존댓말이야? 지금은 단둘이잖아."

"학교 안에서는 상하 관계를 확실히 지켜야 하니까요."

"……칫."

에릭은 납득 못하겠다는 표정이었으나 이 아카데미 내에서 에릭은 선배고 나는 후배다. 다른 사람이 보고 있을지도 모르니 존댓말은 포기할 수 없다. 신입생이 에릭에게 말을 놓는다며 안 좋은 이야기가 돌지도 모르고.

"맞다. 있지, 오늘……."

에릭은 뭔가를 말하려다가 복도 끝을 노려봤다. 그 시선을 따라가 보니 제시 선생님이 다가오고 있었다.

"또 방해야……. 미안, 주인. 나중에 보자!"

주인 호칭은 고쳐지지 않았지만 히로인과는 이제 막 만났다. 분명 앞으로 뭔가가 시작되겠지. 그는 주인 호칭을 버리고 갱생하여 행복해질 것이다. ……아마도. 에릭을 배웅하고 교실로 돌아오자 선생님도 앞문을 열고 교실로 들어왔다.

공략 대상 중에서도 유일하게 변하지 않은 희망의 별, 제시 선생님. 그는 긴장한 얼굴로 이쪽을 바라봤다. 작게 고개를 숙여 인사하자 그도 끄덕이며 대답했다.

"그러면 바로 아카데미에 관해 설명해 주겠다."

제시 선생님은 교탁 앞에 서서 인사와 자기소개를 대충 하고 는 책자를 나눠줬다. '아카데미 설명서'라고 쓰인 심플한 책자 였다.

선생님의 이야기를 들으며 내가 놓쳤을지도 모르는 이벤트를 떠올려 봐야겠어.

한마디도 놓치지 않기 위해 펜을 들고 선생님을 바라보자 시 선이 딱 마주쳤다. 다시 책자로 시선을 내리고 선생님의 이야기 를 들으며 일단 신경 쓰이는 곳에 메모를 적어넣었다.

그러다 또 시선이 느껴지는 것 같아서 고개를 들어보니 선생 님과 시선이 맞았다.

왜지? 우연이라고 생각하며 다시 아래를 내려다봤다. 또 시선 이 느껴졌다. 고개를 들었다. 제시 선생님과 눈이 맞는다.

아까부터 제시 선생님은 계속 나를 보고 있었다. 손에 든 프린 트는 보지도 않고 그저 나를 바라보며 설명을 이어나갔다.

설마 내가 자는 줄 알았나? 눈이 마주쳤으니 그건 아니겠지. 혹시 몰라 뒤돌아보니, 교장 선생님으로 보이는 사람이 내 뒤에 서서 교실 안쪽을 살피고 있었다.

아마도 신입생 교실을 돌아보고 있는 모양이었다.

제시 선생님은 교장 선생님을 보고 있던 거구나. 나를 보는 줄 알고 착각할 뻔했잖아.

나는 조금 맥이 빠져서 다시 책자로 시선을 내리고 메모를 이 어나갔다.

"우리 가문은 주로 나라의 죄인을 관리하고 감독하는 일을 맡고 있고, 아버지는 일단 그 총책임자로 일하는데…….”

칠판 앞에 서서 시원시원하게 자신을 소개하는 영애를 바라봤다. 제시 선생님의 아카데미 설명회가 끝난 후, 반 학생 전원의 자기소개 시간이 시작되었다.

게임 내에서 히로인은 레이드 녹터와의 첫 만남 이벤트를 완료하고, 입학식을 마치고 돌아오는 길에 ‘입학식…… 귀족들은 대단하네. 놀랐어.’라는 독백을 한다. 그리고 화면이 전환되어 일주일 후의 날짜가 표시된 달력 일러스트가 잠시 나온 후, 바로 에릭과의 이벤트에 돌입한다. 그래서 자기소개를 할 줄은 상상도 하지 못했다.

긴장돼서 속이 울렁거렸다. 일대일이라면 몰라도 집단, 그리고 또래들 앞에서 자기소개하는 것은 내게 고통일 뿐이었다.

“그럼, 잘 부탁합니다—.”

이번엔 이름과 취미를 소개한 창가 두 번째 자리의 남학생이 가벼운 분위기로 자기소개를 마친 후 자리로 돌아가 앉았다.

유일한 희망은 각자 칠판 앞에 서서 이름, 취미, 앞으로의 포부를 말하는 평범한 자기소개라는 점이다.

보통 학교에서 하는 자기소개는 누구부터 시작할지 정하기 위해 모서리 자리에 앉은 네 명이 격렬하게 사파전을 벌이거나 출석번호 가장 앞과 끝 사람이 일기토를 벌이곤 한다. 하지만 이번엔 그런 결투가 일어나지 않았다.

왜냐하면 신입생 대표인 레이드 녹터가 첫 순서로 지목되었기 때문이다.

그리고 그가 가장 먼저 자기소개를 한 덕분에 나는 가장 마지막 순서가 되어 버렸다.

"어, 그러니까."

우울해져서 고개를 숙이고 있는데, 맑은 목소리가 울려 퍼졌다.

히로인이 칠판 앞에 서 있었다. 색이 옅은 몽실몽실한 분홍색 머리는 공기를 머금고 흔들렸다. 똑바로 앞을 바라보는 눈동자는 여름 하늘이 담긴 것처럼 아름다운 색이었다. 하얀 피부, 작은 코. 사과처럼 붉은 입술. 이 두근러브의 누가 뭐라 할 수 없는 히로인님이었다.

"저……, 앨리스 하트펄이라고 합니다."

앨리스 하트펄……, 게임 속에서 기본으로 설정된 이름이다. 공식 사이트에서는 옆에 [이름 변경 가능]이라고 적혀 있었다.

프로필에는 분명, 매우 상냥하고 너그러운 성격이나 주장이 뚜렷하고 어떤 고난에도 맞서 싸우면서 포기하지 않고 근성이 있다……고 적혀 있었다.

평민인 그녀는 원칙적으로는 이 아카데미에 입학할 수 없다. 하지만 그녀의 부모님이 전 교장과 아는 사이로 '아카데미에 새로운 바람이 필요하다'라는 의견 아래 입학하게 되었다는 설정이다.

그 부분은 굉장히 애매하게 넘어갔는데, 히로인이 입학하지 않으면 스토리가 시작하지 않으니 어쩔 수 없었던 거겠지.

의견을 낸 것이 전 교장인 것은, 올해 우리가 입학하는 해에 교장이 바뀌었기 때문이다. 무슨 이유에서인지 전 교장에게 복잡한 마음을 품고 있는 현 교장은 그녀의 존재를 탐탁지 않게 여겼고, 그 때문에 미스티아의 괴롭힘을 묵인했다.

두 교장의 관계는 게임 내에서 밝혀지지 않았지만, 교장이 바뀌지 않았다면 설정상 추천으로 입학한 학생을 괴롭히는 미스티아가 아무 제지도 받지 않는다는 점에 모순이 생기고 만다.

다른 학생을 괴롭히는 학생이 멀쩡히 학교에 다니는 것 자체가 이상하지만…… 아무튼 그녀는 어떻게 보면 이 아카데미에 끌려온 처지였다.

"그러니까, 여러분과, 치, 친하게 지낼 수 있었으면…… 좋겠어요. 잘 부탁드립니다……!"

인사를 마친 그녀――앨리스가 자신의 자리에 돌아가 앉았다. 취미 등 사소한 소개 부분을 전부 놓치고 말았다.

"어디 가문이라고? 하트펄?"

"처음 들어 봐……."

앨리스의 자기소개를 들은 학생들은 입을 모아 그녀의 출신에 대해 왈가왈부하기 시작한다. 한편 그녀가 자리에 앉았으니 자기소개 순서는 그녀의 옆줄로 옮겨갔다. 잠시 후, 영리해 보이는 외모의 남학생이 일어섰다. 부드러워 보이는 밤색 머리. 조금 길게 자란 앞머리 사이로 보이는 짙은 보라색 눈동자. 그 눈을 둘러싼 은테 안경.

"로베르토 와이즈. 취미는 딱히 없다."

차가운 목소리에 교실 분위기가 위축되었다. 두근러브의 공략 대상인 그는 엄한 가정환경에서 자라난 탓에 항상 힘이 들어가 있었다.

 따라서 평범하게 살아가는 사람도 그의 눈에는 불량하거나 게으른 것처럼 보인다. 어떻게 보면 집안에 가장 얽매인 인물이다.

 그래서인지 로베르토 와이즈와 히로인의 스토리는 '꿈!', 그리고 '신분 차!'의 두 개로 구성되어 있었다.

 로베르토 와이즈의 꿈은 훌륭한 당주가 되는 것이지만 동시에 그는 의사를 향한 동경을 품고 있었다.

 병약한 여동생을 고쳐주고 싶어 하는 그의 동경을, 부모님은 허락하지 않았다.

 20년쯤 전까지 이 세계에서 의사란 직업의 지위는 비교적 낮은 편이었다고 한다.

 와이즈 백작과 백작 부인은 아직도 구시대적 가치관으로 의사란 직업을 바라보고 있었기 때문에 그는 당주가 되기 위해 학업에 매진하는 한편, 꿈을 차마 버리지 못하고 몰래 의학 공부도 계속하는 갈등의 나날을 보낸다.

 하지만 히로인──앨리스와의 만남을 계기로 의사를 향한 길과 당주를 양립하는 방법을 긍정적으로 생각하게 된다. 하지만 그녀와의 관계를 부모님에게 들키고, 맹렬한 반대를 받아 신분 차로 고민하게 된다.

 게임 설정을 떠올리며 막 자기소개를 마친 로베르토 와이즈를 바라보고 있자, 그는 내게 시선을 보내고는 살며시 웃으며 작게 고개를 끄덕였다. 나도 서둘러 고개를 끄덕여 대답했다.

 그는 그 고결함 때문에 미스티아를 싫어했다. 그런데 지금은 왜 미스티아에게 호의적인 걸까. 입학생 설명회 날, 그는 "자랑스럽게 생각한다."라고 내게 말했다. 만난 적도 없는데 말이다. 이해할 수 없었다.

생각에 빠져 있자, '덜컹' 하며 의자를 끄는 소리가 들려왔다. 어느샌가 바로 앞자리 학생의 순서가 다가와 있었다.

서둘러 자기소개 문구를 생각하는 사이에 앞자리 학생은 자기소개를 마치고 자리에 돌아와 앉았다. 서둘러 일어나 칠판 앞으로 다가가자 학생들의 시선이 내게 모여들었다.

나는 조용히 숨을 들이마시고는 손을 꼭 쥐었다.

"미스티아 아렌이라고 합니다. 취미는…… 산책이에요. 앞으로 1년간 잘 부탁드립니다."

게임 속 미스티아는 어떻게 자기소개를 했을까. '레이드 님은 제 약혼자예요!'라던가, '제 약혼자는 레이드 님이에요!'라고 말했을 것 같다. 아니, 둘 다 똑같은 뜻인가.

자리에 돌아와 앉자 계속 가장자리에 서 있던 제시 선생님이 교탁 앞에 섰다.

"자기소개도 전부 마쳤으니 다음은 각 위원회의 위원을 뽑을 시간이다. ……우선 반장부터 정하지."

반장은 레이드 녹터로 확정이겠지. 그런 설정이니까. 자기소개를 마쳐서 긴장이 풀린 덕분에 어깨의 힘을 풀고 있으니, 역시 선생님은 그를 불렀다.

"반장은 레이드 녹터에게 부탁하고 싶다만. 괜찮겠나?"

"네. 열심히 하겠습니다."

"고맙군. 좋아. 그러면 다음은 체육제 위원을······."

어딘가에서부터 박수 소리가 들려와 나도 박수를 쳤다. 반장을 결정하자마자 또 다른 위원 선출이 시작되었다. 나는 딱히 위원을 하고 싶은 마음은 없다. 그저 충실히 구경만 하다 보니 수월하게 위원 선출이 완료되었다. 제시 선생님은 "그럼 오늘은 해산."이라고 하며 교실을 나갔다.

주위 학생들도 각자 돌아갈 준비를 하고 교실을 나가기 시작했다.

일단 폭풍은 지나갔으니 오늘은 돌아가서 내일을 위해 푹 자자.

책자와 필통을 가방에 넣고 의자에서 일어섰을 때. 누군가가 내 어깨를 작게 두드렸다.

"그럼 돌아가자. 미스티아."

폭풍이 전혀 지나가지 않았잖아. 아직 넘어야 할 산과 계곡이 남아 있다는 것을 깜빡 잊고 있었다.

뒤돌아보고 싶지 않은 마음과 뒤돌아보지 않으면 죽는다는 마음이 팽팽히 맞섰으나, 어쩔 수 없이 어색하게 뒤를 돌아봤다. 역시 내 뒤에는 그림책에서 튀어나온 듯한 왕자님, 레이드 녹터가 미소를 지으며 서 있었다.

귀족 아카데미에 입학한 지 이틀째.

나는 정해져 있는 등교 시간보다 훨씬 이른 아침, 아카데미의 교문을 통과했다. 히로인은 자주 지각을 하곤 했으니, 그녀와 마주친다는 것은 지각의 위험이 있다는 것. 역시 그녀와는 만나지 않는 게 제일이다.

그보다 어제는 정말 위험했다. 레이드 녹터와 함께 하교하게 된 것만 해도 큰일이었는데, 교사를 나섰을 때 갑자기 그가 "미스티아, 저것 봐."라며 이상하게 천진난만한 모습으로 내 팔과 어깨를 힘껏 끌어당겼다.

그가 가리킨 방향을 바라봤으나 그곳엔 아무것도 없었다. 레이드 녹터는 "이상하다. 예쁜 꽃이 피어 있는 것처럼 보였는데."라며 환각 증상을 보이기 시작했다. 함께 마차를 타고 그를 녹터가 저택에 데려다주었는데, 어쩌다 보니 저택에 있던 자르드 군과 함께 놀다 가는 게 어떻겠냐는 이야기가 나왔다. 거절하며 저택으로 돌아가고 싶다고 했더니 결국 장소를 아렌가 저택으로 옮겨 셋이서 소꿉놀이를 하게 되었다.

평소에 내가 자르드 군과 함께 있을 때면 기분이 상당히 나빠 보였던 레이드 녹터는, 어째서인지 놀이에 의욕적으로 나오며 소품까지 꺼내왔다. 그건 그것대로 무서워서 평소에 그와 엮이지 않던 멜로도 경계할 정도였다.

나는 그를 배웅까지 해야 했다. 어제의 레이드 녹터는 이상했다. 하지만 오늘은 그런 걸 생각할 여유가 없다.

아카데미 생활 이틀째인 오늘은 학력 테스트가 있었다.

신발장에 구두를 벗어두고 실내화로 갈아신었다. 이곳은 중세와 근세를 적당히 섞어둔 세계관이지만 이 아카데미에서는 실내화를 신는 것이 규칙이었다.

이런 부분은 현대를 닮았다고 생각하며 교실로 들어섰는데,

나는 위화감을 느끼고 발을 멈추고 말았다.

내 자리에 누군가가 앉아 있었다.

수상한 사람——이라는 단어가 머릿속에 스쳐 지나갔다. 하지만 교복을 입은 사람이었다. 순간 내가 교실을 잘못 들어왔나 싶어 확인해 봤는데 내가 속한 반이 맞았다.

일단 말을 걸어보자.

"안녕하세요."

애써 밝은 목소리를 내자 내 자리에 앉아 있던 남학생이 나를 뒤돌아봤다. 흑발 사이로 보이는 금색 눈동자. 굉장히 준수한 그의 눈빛에서는 산뜻함이 느껴졌다.

"어, 아, 안녕하세요."

당황했지만 제대로 인사를 받아주고 가볍게 고개까지 끄덕여 줬다. '말 걸지 마.'라던가, '내가 앉은 자리가 내 자리야!'라고 말하는 타입은 아닌 모양이었다. 다행이다.

"저기, 그 자리…… 잘못 앉은 것 같은데요."

신중하게 묻자 남학생은 고개를 갸웃했다. 주변을 두리번거리고 눈을 깜빡이더니 덜컹 의자 소리를 내며 내게 시선을 보냈다.

"여기, F반이죠?"

제발 그렇다고 대답해 달라는 표정이었으나 현실은 잔혹했다. 그는 교실을 잘못 찾아온 것이었다. 그 잔혹한 진실을 전해줘야만 했다.

"여긴 A반이에요."

사물함에는 'A1'이라고 반 번호가 붙어 있었다. 그곳을 가리키자 남학생은 "아아아아아!" 하고 신음하더니 고개를 숙였다. 유일한 희망은 목격자가 한 명뿐이라는 것이다.

"죄, 죄송해요. 실례하겠습니다아!"

남학생은 머리를 꾸벅꾸벅 숙이며 교실을 나섰다. 나는 마음속으로 그가 오늘 일로 마음에 상처를 입지 않기를 기도했다.

그보다 오늘은 아무것도 없는 날. 어제와 다르게 이벤트가 없는 날이다.

아무것도 없는 날. 이 어찌나 훌륭한 날이란 말인가. 나는 나 외에는 아무도 없는 교실을 바라보며 크게 기지개를 켰다.

마음에 심한 상처를 입었을 남학생을 배웅한 나는 시험공부를 하기 위해 교과서와 노트를 펼치고 묵묵히 책상에 앉아 있었다.

오늘은 오전 수업. 시험이 끝나면 바로 귀가다. 집에 돌아가면 멜로와 답을 맞춰 봐야지.

잠시 옆길로 샌 생각을 바로잡고 공부에 집중하고 있자, 머지않아 교실에는 등교한 학생들이 늘어나 소란스러워졌다.

칠판 위에 설치된 시계는 조회 시간 20분 전을 가리켰고, 선생님들도 복도를 오가고 있었다.

다시 수식을 푸는 작업을 재개하자 내 노트 위에 그림자가 졌다.

"미스티아, 안녕."

우리 반의 반장이자, 신입생 대표로 인사를 하고, 자기소개로 산뜻한 왕자님이라는 인상을 멋지게 남기고, 눈 깜짝할 새에 화제의 인물로 군림한 레이드 녹터가 내 자리 앞에 서 있었다.

반 학생들은 자연스럽게 그를 주목했고, 빗나간 탄환 같은 시선들이 내게도 꽂혀 들었다.

그 시선들은 호기심이라기보다는 순수한 의문을 품고 있었다. 현재 나와 그의 약혼은 양가와 양가의 사용인, 그리고 에릭만이 알고 있다.

게임에서 미스티아와 레이드 녹터가 약혼했다는 사실은 아카데미에 널리 알려져 있었지만, 약혼 파기를 생각하고 있던 나는 그와 미리 약속했다.

아카데미에 다니는 동안에는 약혼 사실을 발표하지 않기로.

따라서 현재 우리의 약혼 사실을 알지 못하는 반 학우들은 왜 그가 내게 말을 거는지 궁금할 것이다.

"안녕하세요."

그리고 안녕히 가세요. 라고 덧붙이고 싶다. 슬쩍 앨리스가 교실에 없는지 확인하고 있자 그는 내 노트를 집어 들었다.

"시험공부 중이야? 나도 해야 하나…… 저기, 같이 공부하면 방해되려나?"

네, 방해되는데요. 라고 솔직히 말할 수 있을 리가 없다. 나는 "아하하……." 하고 어색한 웃음으로 대꾸하며 시선을 아래로 떨어트렸다.

내 자리는 문 쪽의 맨 뒷자리. 앨리스가 교실에 왔을 때 내 옆에 있는 문으로 입실할 가능성이 크다. 앨리스와 레이드 녹터는 이미 면식이 생겼다. 거기에 그녀는 공식 사이트에 예의 바르다는 설명이 적혀 있었다. 인사하지 않을 리가 없다.

앨리스, 레이드 녹터, 나. 이 세 사람이 한자리에 모이는 것은 내게는 죽음의 위기와도 같았다. 죽음의 삼자대면. 어떻게든 피해야만 한다.

"그래도, 자리가."

작게 말하자 그의 표정이 험악해졌다. 나를 노려보고 있는 줄 알았는데 내 뒤를 노려보고 있었다. 무서운 건 변함없었다. 뭔가가 내 어깨에 올라타 있다고 하면 어쩌지. 조심스레 뒤를 돌아보니, 문 옆에 에릭이 서 있었다.

"에리…… 하, 하임 선배?"

"좋은 아침이야, 주인."

문 앞에 선 에릭이 내게 웃으며 손을 흔들었다. 그러다 아마 레이드 녹터가 시야에 들어온 모양이었다. 붙임성 있고 상냥한 눈에서 순식간에 감정이 사라졌다. 한편 레이드 녹터도 에릭에게 절대영도의 시선을 보내고 있었다.

무슨 일인지 생각하는 사이에 에릭은 교실에 들어와 내 책상 앞에 섰다. 동시에 레이드 녹터가 입을 열었다.

"안녕하세요, 하임 선배. 여긴 1학년 교실인데 무슨 용건이신 가요?"

"나는 주인에게 용건이 있어."

'1학년'과 '무슨 용건'을 강조해서 말하는 레이드 녹터. 그 눈동자는 증오에 휩싸여 있었다. 그의 분노가 담긴 목소리는 몇 번이나 들어봤지만, 오늘은 분위기가 차원이 달랐다. 그에 비해 에릭은 레이드 녹터는 안중에도 없다는 듯이 내 팔을 끌어당겼다.

"잠깐 나와 봐. 할 말이 있어."

"하임 선배. 미스티아는 저와 시험공부를 해야 하는데요."

내 팔을 붙잡은 에릭의 손을 레이드 녹터가 떨쳐내려고 했다. 하지만 에릭은 마찬가지로 그 손을 밀어냈다.

낯익은 광경이었다. 내 팔로 줄다리기를 하던 때와 똑같았다.

"흐응. 그럼 주인에게는 내가 가르쳐 줄게. 분명 주인도 내가 더 좋을걸."

에릭이 나를 보며 웃었다. 이 대화는 전에도 들어본 것 같은데. 레이드 녹터는 나까지 노려보기 시작했다.

"무슨 의미죠?"

"말한 그대로인데?"

팽팽한 공기가 주변 일대를 지배했다. '빠지직'이라는 효과음이 들릴 것만 같았다. 누구든 좋으니까 나 좀 살려줘.

"저기."

살려달라고 빈 순간, 아름다운 목소리가 들려왔다. 환청인가 하여 뒤돌아보니 그곳에는 앨리스가 서 있었다.

누구든 좋다고 하긴 했다. 하지만 이런 결과는 바라지 않았다. 입을 떡 벌리고 있자 앨리스는 내 옆에 서서 에릭에게 말을 걸었다.

"대화 중에 죄송하지만, 저기, 어제, 교문 앞에서 도와주신 분이시죠……?"

"아, 그때."

"네! 그땐 감사했습니다. 덕분에 살았어요!"

그렇게 말하며 앨리스가 에릭에게 꾸벅 감사 인사를 했다. 예의 바른 아이였다.

하지만 지금은 그런 점을 감탄하고 있을 때가 아니다. 조금이라도 빨리 이 자리를 떠야만 한다.

"죄송해요. 대화하시는데 방해해서."

앨리스는 나를 향해 미안하다는 듯이 고개를 숙였다. 나는 멀리 있는 누군가가 이 광경을 잘못 보고 내가 그녀를 폭행했다고 오해할까 봐 자세를 최대한 뒤로 하고 "아뇨."라며 고개를 가로저었다.

"아, 앨리스 양은 하임 선배와 아는 사이였구나."

레이드 녹터는 놀란 얼굴이었다. 왠지 기쁜 감정이 엿보인 듯한 위화감도 들었다.

"네! 어제 절 도와주셔서……."

"흐음. 하임 선배는 미스티아 말고 다른 사람을 도와주기도 하나 보네요."

당장 도망가고 싶다. 슬쩍 자리에서 일어나 도주 경로를 확보했다.

소리를 내지 않도록 의자와 함께 몸을 뒤로 빼고 있자 에릭이 조용히 내 소매를 붙잡아 당겼다.

아마 레이드 녹터와 앨리스만 두고 자리를 뜨려는 것 같았다. 다시 없을 기회였지만 이대로 에릭과 함께 나가도 괜찮은 걸까.

앨리스가 '미스티아와 하임 선배는 사이가 좋다'라고 생각하는 바람에 앞으로 있을 연애 이벤트가 망해버리는 건 아닐까.

에릭의 갱생이냐, 나의 죽음이냐. 빨리 조회 시간이 되면 좋으련만. 선생님이 빨리 와주기를 바라던 그때, 문 쪽에서 '쿵' 하는 둔탁한 소리가 울려 퍼졌다.

"시간은 아직 좀 이르다만 오늘은 시험 설명을 하지. 다들 자리에 앉아."

신…… 아니, 제시 선생님이 칠판 옆쪽 문으로 들어왔다. 둔탁한 소리는 몸이 문에 부딪히는 소리였는지 팔꿈치를 어루만지고 있었다. 이 자리에 공략 대상이 늘어난 것에는 변함이 없지만, 이 지옥의 집회에 해산을 명하는 선생님은 지금 공략 대상이 아닌 구원의 신이라 할 수 있었다.

"벌써 시간이 그렇게 됐나. 그럼 미스티아, 나중에 보자."

"시, 실례하겠습니다."

레이드 녹터와 앨리스는 자신의 자리로 돌아갔다. 에릭도 뭔가 찝찝하다는 표정으로 내 손을 놓아 주었다.

선생님은 나를 바라보며 불안한 표정을 지었다. 순간 뒤에 누군가 있나 싶었지만 아무도 없었다.

……설마 히로인과 공략 대상 사이에 껴서 도주로를 찾던 고민스러운 표정을, 금품을 요구당해서 도주로를 찾던 고민스러운 표정으로 오해한 것일지도 모르겠다.

아니, 상대가 레이드 녹터였으니 그런 오해는 안 했으려나.

하지만 선생님은 계속 나를 바라봤다. 괜찮다는 것을 전하기 위해 고개를 끄덕이자 선생님은 안심한 듯이 고개를 끄덕여 대답해주었다. 역시 오해했나 봐. 다행이다, 오해가 풀려서.

　나는 일단 어깨 힘을 풀고 지시에 따르기 위해 자세를 바르게 했다.

　시험이 끝난 후 하교 시간. 나는 종례가 끝나자마자 교실을 나와 2층 별동 화장실에 틀어박혔다. 이유는 하나. 오늘 아침처럼 공략 대상과 히로인이 모인 현장에 끼고 싶지 않았기 때문이다.

　내 자리는 사람이 많이 드나드는 자리. 레이드 녹터와 앨리스도 마찬가지다.

　그리고 오늘 아침 에릭이 한 말을 떠올려 보면 내게 뭔가 용건이 있다는 것은 쉽게 예상할 수 있었다. 지금 2학년은 점심시간. 이른바 자유시간이다. 에릭은 점심 전에 그 용건을 전하기 위해 우리 반으로 찾아올 가능성이 매우 크다. 세 사람이 한자리에 모일 가능성이 있다는 뜻이다.

　따라서 이대로 레이드 녹터와 앨리스의 귀가를 기다리며 에릭의 자유시간이 끝나기를 기다린다. 에릭의 용건은 중요해 보였으니 오늘은 일단 집에 돌아가고 나중에 적당한 때를 찾아 하임 저택에 들르거나 내일 아침에 내가 그의 반으로 찾아가는 것이 좋겠지.

　그보다 게임 내에서도 별동은 사람이 많이 지나다니지 않는다고 묘사되어 있었는데 정말 그랬다. 1학년은 하교 시간이고 2, 3학년은 자유시간인데도 화장실은 8개 칸이 전부 비어 있었다. 내가 들어온 후 누군가가 들어올 기미도 보이지 않았다.

한숨 돌리고 있자 정적을 깨트리듯이 커다란 비명과 함께 높은 금속음이 들려왔다.

반사적으로 화장실을 나와 비명이 들린 방향으로 달려갔다. 주변을 둘러보며 전속력으로 달리다 보니 본교사와 별동을 잇는 복도에 여학생이 웅크려 앉아 있는 것이 보였다. 그녀의 앞에는 조리사 차림의 여성과 바닥을 구르는 냄비가 있었고, 냄비에서는 김이 피어오르고 있었다.

"괜찮으세요?!"

미끄러지듯이 빠르게 다가가자 여학생의 얼굴부터 어깨에 걸쳐 냄비에 들어 있던 내용물로 추정되는 스튜가 흐르고 있었다.

바로 식히지 않으면 위험할지도 몰라. 하필이면 보건실은 멀리 있었다. 여학생의 상태를 확인하자 고통과 충격 때문인지 걷기가 어려워 보였다.

나 혼자서 상처를 건들지 않도록 조심하며 옮기기에는 어려웠다. 누군가에게 도움을 구하려 했으나 조리사는 어느샌가 자리를 뜬 상태였다. 나는 "누구 없어요? 도와주세요!"라고 소리 높여 외쳤다.

"무슨 일이시죠?!"

수레를 밀던 직원이 코너에서 나타났다. 우리를 보고 눈을 크게 뜨고는 이쪽으로 다가왔다.

"죄송한데 잠시 도와주세요!"

"네!"

직원의 도움을 받아 여학생을 수레에 실었다. 여기서라면 화장실로 가는 게…… 아니, 감염될 위험이…… 아니, 같은 거리라면 수돗가도 있다.

"죄송하지만 보건실 선생님께 화상을 입은 학생이 있다고 알려 주세요. 화상 부위는 아마 얼굴부터 배까지일 거예요! 별동 1층 수돗가에서 열을 식히고 있을게요!"

지나가는 학생에게 부탁하면서 우리는 수레를 밀어 수돗가로 향했다.

도착하자마자 직원과 함께 화상을 입은 여학생에게 물을 뿌리고 있자, 그녀는 천천히 눈을 떴다.

"아, 아파…… 나, 죽는 거야……?"

"괜찮으니까 진정해요. 제 눈을 보고 천천히 심호흡하세요."

솔직히 나도 불안하다. 하지만 화상을 입은 본인이 더 불안하고, 무섭고, 아플 테지. 나까지 불안한 표정을 지을 수는 없다.

"네. 이 학생의 말이 맞아요. 화상 정도를 보니 목숨이 위험한 정도는 아니에요. 안심하세요."

직원이 학생을 진정시키듯이 말을 걸었다. 서서히 그녀는 차분함을 되찾기 시작했다. 나도 직원의 목소리를 듣고 이상할 정도로 불안이 사라졌다.

"화상을 입은 학생이 이 아이야?"

급한 목소리에 뒤돌아보니 보건 선생님이 달려오고 있었다. 선생님은 화상 정도를 확인하고는 인상을 찌푸렸다.

"바로 의사한테 치료받는 게 좋을 거야. 마차를 불러올 테니까 여기서 일단 식히고……."

"제 마차를 타고 가면 돼요. 바로 불러올 수 있어요."

따로 마차를 불러오는 것보다 아카데미 바로 옆에 대기 중인 우리 가문의 마차를 부르는 게 빠를 것이다. 선생님은 "그럼 부탁할게."라며 끄덕이고는 지나가는 다른 선생님들에게도 재빨리 지시를 내렸다.

나는 아렌가의 마차를 부르기 위해 달렸다.

아렌가의 마차에서 내린 나는 등 뒤로 내리쬐는 석양빛을 받으며 저택으로 이어진 길을 걸었다.

여학생은 바로 의사의 진료를 받기 위해 옮겨졌다. 나도 함께 타 상황을 지켜봤는데, 큰일은 아니며 흉터도 남지 않을 것이라 한다.

"다녀왔습니다―."

"어서 오세요."

저택 문을 열자 현관 로비 앞에 멜로가 서 있었다. 이 사랑스러운 대천사는 나를 마중하기 위해 기다렸던 모양이다. 그녀는 상냥하게 미소를― 지었다가, 나를 보자마자 순식간에 얼굴이 창백해졌다.

멜로의 시선 끝을 따라가 보니, 마침 내 가슴께부터 배에 걸쳐서 스튜의 흔적이 남아 있었다. 토마토 스튜였던 탓에 '뭔가를 처리하고 온 사람'이라고 오해했을지도 모르겠다.

"멜로, 이건 별일 아니―."

"아가씨, 설마 학교에서 괴롭힘을 받으시는 건……?"

멜로는 바로 그 괘씸한 인간의 인적 사항을 말해달라며 분노를 표출하고는 뭔가를 주머니에서 꺼내려 했다. 나는 바로 고개를 가로저었다.

"아냐, 멜로. 오늘 스튜에 화상을 입은 애가 있어서 병원으로 옮기다가 묻은 거니까 괜찮아."

"그렇군요……. 아, 바로 갈아입으세요!"

멜로는 방으로 돌아가도록 나를 재촉했다. 하지만 방에 들어서자마자 멜로는 내 손을 잡고는 빤히 쳐다봤다. 이번엔 또 뭐지?

"그 상처는 어쩌다 생긴 건가요?"

"상처?"

"여기요."

가리킨 곳을 확인하니 새끼손가락 한마디 정도 크기의 빨간 자국이 생겨나 있었다.

"이건…… 화상이네요……, 바로 약을 가져오겠습니다!"

멜로는 방에서 나가더니 순식간에 돌아왔다. 엄청 빠르잖아. 게다가 눈도 좋아. 움직임도 빠르고 눈도 반짝거리는 데다가 시력까지 좋다니. 역시 내 전속 메이드는 최고다. 느리고 시력이 안 좋아도, 반짝거리지 않아도 내 전속 메이드는 최고지만.

멜로는 연고를 발라주려는 듯 손을 내밀었다. 평소였다면 내가 직접 발랐겠지만, 솔직히 피곤한 상태라 지금은 멜로에게 맡기고 싶다.

"대신 발라줄 수 있어?"

"물론이죠."

멜로는 열심히 내 손에 연고를 바르기 시작했다. 마치 숙련된 외과 의사가 대수술을 집도하는 듯한 긴박한 분위기가 주변을 감쌌다. 멜로가 열심히 연고를 바르는 화상 자국을 보고 있자니, 어렴풋이 예전에 본 화상 자국이 떠올랐다. 어린 여자아이의 등에 난 커다란 화상 자국.

그 등은, 분명 멜로다. 멜로는 나를 감싸줬으니까.

"……왜 그러세요? 미스티아 님."

멜로가 내 얼굴을 들여다봤다. 그런데도 지금 내 눈앞에 있는 멜로의 얼굴과 기억 속 여자아이의 얼굴이 겹쳐질 듯 겹쳐지지 않았다. 머리카락 색도 달랐다.

"아니. 뭔가 기억이 섞인 것 같아서. 미안. 그냥 멍하니 있었던 거야."

"그런가요……?"

내 말에 멜로는 고개를 갸웃했다. 그런 모습도 사랑스러워서 방금까지 떠올린 기억은 꿈인 것 같다고 생각하며 나는 그녀에게 웃어 보였다.

어제 있었던 일 때문에 새로 꺼낸 교복을 입고 나는 눈부신 아침 햇살을 받으며 교사로 들어섰다. 입학하고 3일이 지난 오늘부터는 오후에도 수업이 있어서 학교에서 점심을 먹어야 했다. 아카데미에는 식당이 있지만 나는 요리장에게 부탁해서 도시락을 싸 왔다.

도시락 통을 들고 교실로 향하여 내 자리 주변에 아무도 없는 것을 복도 창문 너머로 확인하고 있자, 뒤에서 "저기." 하고 부르는 목소리가 들려왔다.

"네가 미스티아 아렌이지?"

돌아보니 팔에 완장을 찬 남학생이 서 있었다. 윤기 나는 머리카락을 지닌 그는 왠지 분위기가 레이드 녹터와 비슷한 느낌이었다. 유명한 사람인지, 주변을 지나는 학생들이 그를 보며 놀랐다.

"내 이름은 빅터 네인. 2학년이야. ······네게 할 말이 있는데 잠시 시간 괜찮을까?"

2학년이란 것은 선배라는 뜻이다. 모르는 사람은 따라가면 안 된다지만 여긴 학교 안. 그대로 그를 따라 별동으로 향하자 선배는 복도 중간에서 멈춰 섰다.

시간대 때문인지, 원래 그런지는 몰라도 우리 외에는 아무도 지나다니지 않았다. 선배는 나를 향해 서서는 머리를 숙였다.

"어제는 동생을 도와줘서 고마워."

"동생이요?"

"어제 네가 동생의 화상을 응급 처치해 주고 마차까지 빌려줬다고 의사 선생님이랑 보건실 선생님께 들었어."

"아, 그렇군요······."

네인 선배는 어제 화상을 입은 여학생의 오빠였던 모양이다. 확실히 머리카락 색이 비슷한 것 같다. 화상 때문에 빨개진 피부만 봐서 잘 생각이 나지 않지만 분명 그럴 것이다.

"동생분은 괜찮으신가요?"

"덕분에. 모레엔 집으로 돌아올 거야."

그 말은 모레까지 입원하는 건가. 감염증은 생기지 않아서 다행이다. 안도하고 있자 네인 선배는 다시 머리를 숙였다.

"정말로 고마워."

"아니에요. 그럼 저는 이만 실례할게요."

병세도 안정되었다고 하니 용건은 더 없다. 안심하고 발을 돌리려 했으나 그것을 막듯이 네인 선배는 "기다려."라고 하며 내 앞을 가로막았다.

"감사 인사를 하고 싶어. 아렌가에 정식으로 편지를 보낼게. 그리고 네인가의——."

"저, 저는 아무것도 안 했어요. 감사 인사라면 수레를 빌려준 직원에게 해주시면 좋을 것 같아요. 그리고, 동생분의 상태를 알려주셔서 감사해요. 그럼 실례하겠습니다."

왜인지 큰일로 번질 것 같은 분위기였다. 이럴 땐 빨리 자리를 뜨는 게 상책이다. 그저 사람을 도왔을 뿐이고 뭔가를 선물한 것도 아니니 편지 같은 것은 필요 없다. 나는 고개를 숙이고는 그 자리를 떴다.

문득 생각해 보니 나도 도와준 직원에게 감사 인사를 하지 못했다.

두근러브에 직원실 이벤트는 없었으므로 제시 선생님께 직원실이 어딘지 물어보고 방과 후에 들르자.

점심시간에는 에릭에게 용건을 묻고, 방과 후에는 직원실로. 오늘의 스케줄을 정리하면서 복도 코너를 돌자, 누군가의 시선이 느껴졌다.

뒤돌아봤으나 아무도 없었다.

다시 앞을 향했는데, 눈앞에 에릭이 서 있었다.

하마터면 부딪힐 뻔했다. 딴생각을 하면서 걸으면 이래서 위험하다니까.

"미안, 에릭……이 아니라 하임 선배. 좋은 아침이에요."

"저 녀석, 주인이랑 무슨 사이야?"

"음?"

"저 남자, 누구야?"

에릭의 눈이 죽어 있었다. 대화를 듣고 있었던 걸까. 어쩌면 나를 기다려준 것일지도 모른다.

"빅터 네인 선배예요. 2학년이라던데……."

"알아. 내가 묻고 싶은 건 주인이 저 녀석을 좋아하냐는 거야."

"좋아하지 않는다고 하면 싫어한다는 것처럼 들려서 좀 이상한데…… 오늘 처음 만나서 아무 느낌도 없는걸요."

에릭에게 어떻게 네인 선배와 대화하게 되었는지 자초지종을 설명해야 하는 걸까. 하지만 피해자가 있는 사건이니 내가 주절 주절 말해서 소문내는 건 좋지 않을 것 같았다.

"어떻게 만났는지 나한테 말 못 해?"

"말 못 한다기보다는 아카데미 측의 대응에 따라야 한다고나 할까……."

어째서인지 에릭의 얼굴이 매우 괴로워 보였다. 상대가 비밀이라면서 뭔가를 숨기면 기분 좋을 사람은 없겠지. 하지만 내가 아무렇게나 소문내고 다닐 일이 아니었다.

"아마 오늘 아카데미에서 공식 설명이 나올 거야. 그때까지는 말하기 어려워. 그때까지는 마음대로 발설할 일이 아니라고 생각해. 딱히 에릭을 따돌리는 게 아니니까…… 조금만 기다려 줘."

"……알았어."

계속 입을 다물고 있던 에릭이 갑자기 나를 빤히 바라봤다. 내 손을 잡고 손가락으로 장난을 치기 시작했다.

"……저기, 주인. 날 소중하게 생각하지?"

"당연하지. 아니, 당연하죠. 왠지 안색도 안 좋아 보이고, 게다가 오늘은 질문도 많으니까……."

"질문?"

"착각……이라면 미안하지만 하임 선배, 힘들 땐 질문이 많아지는 것 같거든요."

내 말을 들은 에릭은 눈을 크게 떴다. 지금까지……라고는 해도 5년밖에 되지 않았지만 아무래도 그는 힘들 때 내게 질문을 쏟아붓는 경향이 있는 것 같았다. 에릭은 잠시 시선을 이리저리 돌리더니 맑은 녹색 눈동자를 내게로 향했다.

"난 힘들지 않아. 주인이 걱정될 뿐이야."

"전 아무렇지 않아요. 건강하고요. 잘 알겠지만요."

"아냐. 그런 의미가 아니라."

에릭은 내 말에 쓴웃음을 지었다. 의미를 묻기 전에 그는 "나중에 봐."라며 내 손을 놓고 먼저 자리를 떴다.

복도의 게시판에 붙은 테스트 순위를 바라봤다. 에릭과 헤어진 나는 교실로 돌아가려 했지만, 내 자리 근처에 레이드 녹터와 앨리스가 있었고, 화장실에 가기에는 시간이 애매했기에 어제 치른 테스트 결과 순위표를 구경하는 사람이 될 수밖에 없었다.

1위에는 레이드 녹터의 이름이 적혀 있었다. 옆에는 다섯 과목의 점수── 전체 과목 만점을 뜻하는 500이란 숫자가 적혀 있었다. 공개 처형 스타일……이라고 생각하며 순위표를 확인해 보니, 아무래도 게시판에 붙은 것은 학년 상위 10명뿐인 듯했다.

레이드 녹터의 이름 아래엔 내 이름이 적혀 있었다.

멜로와 포레스트는 정말 대단하다. 가정 교사가 연달아 그만두는 바람에 곤란해하던 내게 두 사람이 대신 공부를 가르쳐 준 지도 꽤 오래 지났다. 그런데 설마 2등이라는 성적을 거둘 줄이야.

투옥, 사형 엔딩을 어떻게든 피할 수가 없어서 사용인을 일제히 해고하게 될 날이 온다면 멜로와 포레스트에게는 교직의 길을 추천하고 싶다.

"아렌 양. 좋은 아침."

"아…… 좋은 아침이에요."

로베르토 와이즈가 옆으로 다가와 섰다. 테스트 결과를 보러 온 듯했다. 그는 열심히 결과를 보고는 잠시 얼굴을 찌푸리더니 바로 미소를 띄웠다.

"자신은 있었는데…… 너 대단하네. 448점이라니……."

가능하다면 소리 내서 읽지 않기를 바랐는데. 왠지 민망함이 올라왔다.

원래 이 테스트는 성적 상위권이 얼마나 점수를 얻었는지에 중점을 둔── 즉, 매우 어렵게 설정된 시험인 듯했다.

순위표만 봐도 1위는 500점을 받은 레이드 녹터지만, 10위의 점수는 320점이다. 레이드 녹터의 성적을 빼야만 평균 점수를 제대로 계산할 수 있지 않을까.

분명 로베르토 와이즈의 이름도 있었을 텐데……라고 생각하며 순위를 보니 그는 400점으로 4위에 올라 있었다. 게임 설정도 수재였고 레이드 녹터와 한 끗 차이라던 그조차도 400점.

이 테스트 너무 어려운 거 아니야? 멜로와 포레스트가 없었다면 분명 평범한 나는 100점도 받지 못했을 것이다. 앞으로의 시험이 불안해지기만 했다. 두 사람에게 공부를 배우지 못하면 예습이나 복습조차 따라가지 못하고 뒤처져 버리는 게 아닐까.

게임에서는 미스티아에게 총명하단 설정은 없었다. 돈으로 어떻게든 해결하는 스타일이었다면 어떡하지? 나도 그렇게 해야 하는 걸까…… 별로 내키지는 않았다.

생각만 해도 피곤해져서 힘을 빼고 있는데, 로베르토 와이즈가 눈을 반짝이며 물었다.

"부디 알려줬으면 좋겠다만, 너는 평소에 어떻게 공부하지?"

어떻게 공부하냐고 물어도, 평소에 예습, 복습을 충실히 하고 멜로와 포레스트가 만들어 준 문제를 푸는 것뿐인데. 하지만 왜인지 그의 눈이 기대에 차 있어서 평범한 대답을 했다간 그를 실망하게 할 것 같았다. 말문이 막혀 우물거리고 있자 다시 한 번 "알려줘."라고 재촉당하여 나는 시선을 아래로 조금 떨어트렸다.

"어어, 가정 교사가 만들어준 문제를 푸는 것…… 정도네요. 가정 교사는 두 사람인데 제가 어려워하는 부분 위주의 문제랑, 제가 잘하는 부분을 심화시킨 문제를 만들어 주거든요……."

"가정 교사가 그렇게 적다고……?"

가정 교사가 두 사람뿐인 게 이상한 일인 걸까……. 당황하고 있자 그는 "뭐, 그만큼 우수하다는 뜻이겠지."라며 혼자 납득했다.

"가정 교사로는 어떤 사람을 두고 있지? 혹시, 학자나 연구자에게 교육을 받거나……."

"아뇨. 전속 메이드랑 정원사에게 부탁하고 있어요. 두 사람은 정말 우수해서——."

나는 말을 꺼내려다가 멈췄다. 로베르토 와이즈가 믿기지 않는다는 눈으로 나를 바라봤기 때문이다. 그 눈에는 의심마저 담겨 있었다.

"그게……."

뭔가 보충 설명을 하려고 했는데 종이 울렸다. 오늘은 이런 일뿐이다. 에릭과 대화할 때도 그렇고 타이밍이 좋지 않았다. 로베르토 와이즈에게 인사하고 나는 내 자리로 돌아왔다. 그리고 교실에 들어온 제시 선생님을 보고 뭔가를 깨달았다.

에릭에게 무슨 용건이 있었는지 묻는 걸 깜빡해 버렸어.

뭐, 오늘 에릭이 먼저 말하지 않았다는 건 급한 일은 아니라는 거겠지.

나는 딱히 마음에 두지 않기로 하고 그대로 1교시 수업을 준비했다.

방과 후, 나는 직원실로 가기 위해 복도를 걸었다. 직원실의 위치는 점심시간에 제시 선생님에게 미리 물어봤다. 선생님의 설명을 떠올리며 주변을 확인해가며 걷고 있자 바로 직원실이라는 문패가 달린 문을 발견했다.

조금 녹슨 문을 노크하니 안에서 대답이 들려와 손잡이에 손을 얹었다.

"실례하겠습니다. 미스티아 아렌이라고 합니다."

"아…… 당신은 그때."

청소 도구가 가득 수납된 방 안에 우리를 도와준 직원이 서 있었다. "감사 인사를 전해 드리려고……."라고 말하자 그는 조용히 고개를 가로저으며 곱슬거리는 남색 머리카락을 흔들었다.

"아뇨, 아뇨. 신경 쓰지 마세요. 맞다. 같이 차라도 마실까요? 마침 선물받은 홍차가 있어서요."

"네?"

왜, 홍차를?

직원의 표정을 살펴보려 해도 그의 눈동자는 긴 앞머리와 두꺼운 안경 렌즈에 가려져 있어서 코와 입밖에 보이지 않아 표정을 확인할 수가 없었다.

"혼자 마시다가는 다 마시지도 못하고 버리게 될 테니까요. 절 도와준다고 생각하고…… 부탁해요."

상냥한 목소리에 왠지 의아했던 마음이 한순간에 사라졌다. 나는 위화감을 느끼며 고개를 끄덕였다.

"미스티아 님은 거기 앉으세요."

직원이 선반에서 찻잔을 꺼내 홍차를 탔다.

나는 직원실의 중앙에 놓인 소파에 앉아 그 모습을 멍하니 바라봤다. 왠지 이 방은 이상한 느낌이 들었다. 선반엔 청소 도구가 가득했지만 곳곳에 꽃을 그린 유화가 장식되어 있고, 그림책이 놓여 있기도 했다. 내가 포르테 고아원에서 자주 읽었던, 어린아이에게 읽어줄 만한 책도 있었다.

책을 좋아하는 사람인가? 고개를 갸웃하고 있자 옆에서 따뜻한 김이 올라왔다.

"드세요."

"감사합니다."

직원이 내민 찻잔을 받아들자 그는 내 반대편 소파에 앉아 자신의 찻잔에 입김을 불어 넣었다. 그는 제시 선생님의 또래로 보였다. 하지만 표정이 전혀 보이지 않았다.

"그래서, 미스티아 님은 오늘 무슨 일로 오신 건가요?"

"어제 도와주셔서 그 감사 인사를 전하러 왔어요. 저, 홍차까지 대접해 주셔서 감사합니다."

"어…… 혹시 오늘은 그 목적만으로 여기 오신 건가요?"

"네."

"그렇군요······."

직원은 왠지 안심한 듯이 한숨을 쉬고는 뭔가를 회상하듯이 웃었다. 의아하게 보고 있자 "저, 자주 실수를 저질러서 그것 때문인 줄 알고······."라고 말하며 어깨를 축 늘어트렸다.

"아뇨. 실수라니요. 어제는 정말 감사했어요. 화상을 입은 학생이 자기는 죽는 거냐고 물었을 때 너무 불안했는데····· 직원 님이 괜찮다고 말해주셔서 저도 안심됐어요."

"아뇨. 저는 수레를 옮겼을 뿐인데요. 헤헤."

직원은 우아한 동작으로 홍차를 한입 마시더니 뭔가가 떠오른 듯이 말했다.

"그러고 보니 그 여학생, 거기에 미스티아 님이 없었다면 상당히 위험했을지도 몰라요."

"네?"

"아무래도 그 학생의 가문을 적대시하는 로무크 가문의 사주를 받은 모양이에요. 조리실에는 원래 나라가 고용한 요리사가 일하는데, 납품업자인 척 아카데미 안에 들어와서는 조리실 직원으로 변장했다던가······."

사고가 아니라, 고의적인 범행이었다고······?

그러면 그때 그 자리에 아무도 나타나지 않았다면 그 여학생은 최악의 상황을 맞이했을지도 모른다는 뜻이다.

"원래 네인가는 후작가에 가까운 가문이니까요. 여러모로 적도 많겠죠. 그러니까 미스티아 님도 조심하세요."

"네······."

어라. 그런데 어떻게 이런 자세한 정보를 직원이 알고 있는 거지? 귀족 아카데미의 직원, 특히 조리원이나 직원 등 기술직에 있는 자들은 평민 출신으로 이루어져 있을 터였다. 의아하다고 생각해서 질문하려고 했는데, 그가 갑자기 큰 소리를 냈다.

"아아아아아아! 이렇게 무례한 행동을 하다니!"

"네?"

"아, 아, 아직 제 이름을 말씀 안 드렸죠! 죄송해요. 제 이름은 알리라고 해요!"

직원──알리 씨는 자신이 이름을 말하지 않은 것에 놀란 모양이었다. 식은땀까지 흘리고 있었다.

"알리 씨였군요. 잘 부탁드려요."

"죄송해요. 저, 이름도 알려드리지 않고······."

"아뇨. 제가 갑자기 감사 인사를 하겠다고 찾아온 거니까요. 신경 쓰지 마세요."

"정말, 정말 죄송합니다!"

알리 씨는 완전 패닉 상태에 빠져 버렸다. 아직 다 마시지도 않은 컵을 치우려다가, 차가 남아 있는 것을 깨닫고는 한입에 마셔버리더니, 사레가 들린 듯 기침을 했다.

"끅······ 쿨럭······ 어, 윽."

거의 죽어가는 얼굴이었다. 기침하는 알리 씨에게 손수건을 건넸다. 그는 머뭇거리며 손수건을 받아들더니 입가를 닦았다.

"으으, 죄송합니다, 아까부터 계속······. 손수건은 빨아서 돌려드릴게요……."

"괜찮아요."

"아뇨! 제대로 빨아서 돌려드리겠습니다! 다음 주에 꼭 한번 들러 주세요!"

알리 씨는 물러서지 않았다. 예의 바른 사람이라서 남의 앞에서 사레가 들려 기침한 게 신경 쓰인 모양이었다. 아마도, 아니, 상당히.

"……그럼, 어, 잘 부탁드리겠습니다."

"네! 맡겨 주세요."

고개를 끄덕이자 알리 씨는 고개를 확 들었다. 그리고 동시에 테이블에 다리를 부딪쳐서 쓰러지고 말았다.

직원실에 들르고 다음 날. 점심시간 종이 울리고, 별일 없이 수업을 마친 나는 요리장이 만들어 준 도시락을 들고 일어섰다.

점심은 기본적으로 앨리스와 레이드 녹터가 있는 교실을 벗어나 먹는 중이다. 식당은 외부 음식도 반입할 수 있지만, 게임에서는 식당에서 미스티아가 앨리스를 괴롭히는 이벤트가 있었기에 올해는 식당에 출입하고 싶지 않았다.

오늘은 어디에서 먹을지 고민하며 별생각 없이 걷고 있자, 누군가가 내 손에 들린 도시락 통을 낚아챘다. 신종 소매치기인가? 바로 뒤돌아서자 내 바로 뒤에는 레이드 녹터가 서 있었다.

너무 놀란 나머지 목소리조차 나오지 않았다. 호흡마저 멈춰버리기 직전인 내 앞에서 그는 순수한 미소를 지었다.

"미스티아는 점심 도시락을 싸 오는구나. 저기, 식당엔 외부 음식 취식도 가능하니까 같이 먹지 않을래?"

싫다고 바로 대답하고 싶었다. 하지만 '싫어?'라며 추궁하는 목소리에서는 내 의견 따위는 듣지 않겠다는 압박이 배어 나오고 있었다.

"아뇨……, 그…… 그러면……."

시선을 이리저리 돌리고 있자 그는 "내가 들어줄게."라며 내 도시락을 들고 그대로 식당을 향해 걸어갔다. 이 상황, 분명 이전에도 있었다. 서둘러 레이드 녹터를 따라가자 곧바로 팔이 붙잡혔다. 레이드 녹터는 내 앞에서 걸어가고 있으니 내 팔을 붙잡은 것은 분명 다른 사람일 터였다. 매우 좋지 않은 예감이 들었다.

"왜 그러시죠, 하임 선배?"

레이드 녹터가 내 뒤에 있는 사람에게 말을 걸었다. 내 팔을 붙잡은 건 에릭이었다. 그는 내 얼굴을 살펴보더니 레이드 녹터를 노려봤다.

"왠지 안색이 안 좋은데. 주인한테 무슨 짓 했어?"

"미스티아는 저와 같이 점심을 먹으러 갈 뿐인데요."

"우와, 그랬다간 주인이 병에 걸려 버릴걸."

"왜 미스티아가 병에 걸리는 거죠?"

"그야, 당연히 네가 싫으니까. 자 주인, 나랑 같이 밥 먹으러 가자."

에릭은 장난스럽게 내 팔을 끌어당기기 시작했다. 그런 그를 레이드 녹터가 노려봤다.

"하임 선배는 안 돼요. 1학년끼리 교류하는 자리니까요."

"너한테 안 물었어. 그렇게 같은 학년을 고집하고 싶으면 다른 사람을 찾으면 되잖아? 잔뜩 있는데."

이대로 인파에 휩쓸려서 도망치고 싶다. 내가 도망친 후 우연히 그 자리에 앨리스가 나타나서 연애 이벤트를 8단계 정도 진행한 후에 브라콤, 주종 놀이 중독을 고친 후 두 사람 다 앨리스와 오래오래 행복했으면 좋겠다.

눈앞의 현실을 직시하지 못하고 시선을 돌렸다가, 시야에 들어온 인물을 보고 소름이 돋고 말았다.

앞에서 앨리스가 도시락 꾸러미를 들고 걸어오고 있었다.

안 돼. 죽을 거야. 방금 분명 앨리스가 우연히 지나가기를 바라긴 했지만, 이 타이밍은 아니었어.

어쨌든 이 자리를 빠져나갈 방법을 떠올려야 하는데. 슬쩍 도망치려고 해도 에릭이 내 팔을 붙잡은 상태다. 로켓 펀치처럼 내 팔이 분리되어서 날아가면 좋을 텐데. 이제 끝이라고 생각했다. 그런데 그 순간──.

"거기, 뭐 하는 거야."

기적이다. 확실한 기적이 또 일어났다. 우리를 향해서 제시 선생님이 험악한 표정으로 다가오고 있었다. 그도 공략 대상이지만 괜찮다. 이제 선생님에게 의지할 수밖에 없다.

뭔가 용건이 있다면서 레이드 녹터나 나를 데려가 주면 좋을 텐데── 그렇게 기대하고 있었는데 기적이 더 일어났다.

"미스티아 아렌. 내가 점심에 할 얘기가 있으니 교실에서 기다리라고 하지 않았나?"

기적이다, 기적의 순간이었다. 할 얘기가 있다는 말은 전혀 기억이 안 나요, 선생님! 죄송해요! 하지만 지금 무척이나 기뻐요! 선생님 최고!

"그……랬죠. 죄송해요…… 그럼, 저는 가 볼게요! 죄송해요, 실례하겠습니다!"

"어쩔 수 없지……."

에릭이 떨떠름한 표정으로 내 손을 놓아주었다. 나는 팔이 자유가 됨으로써 엄청난 해방감을 느끼며 선생님의 뒤를 쫓았다.

"시, 실례하겠습니다……."

어슴푸레한 실내로 머뭇거리며 발을 들여놓았다.

제시 선생님의 뒤를 쫓아 도착한 곳은, 별동의 국어준비실이었다. 조금 먼지 냄새가 나고, 선반에는 자료 여러 개가 쌓여 있었다.

벽에는 선반과 책장이 설치되어 있고, 중앙에는 테이블, 그리고 소파가 자리하고 있었다. 창가에는 책상이 있고, 배치는 어쩐지 직원실과 비슷한 느낌이었다.

"죄송해요, 선생님. 하실 말씀이란 건……."

"딱히 할 말은 없어."

"네?"

"없어."

제시 선생님은 그저 시선을 떨어트리고 책상 위에 놓인 새하얀 손수건과 펜꽂이를 만지작거렸다. 그리고 잠시 후 고개를 들어 나를 바라봤다.

"그냥…… 네가 왠지 곤란해 보여서 말이야……."

"서, 선생님……!"

교사의 귀감 그 자체잖아. 게임에서는 마지막까지 미스티아가 앨리스를 괴롭히는 것을 눈치채지 못했지만, 그건 미스티아가 악행에 천부적인 재능을 지닌 결과……. 너무 교묘했기 때문이 겠지. 제시 선생님은 원래 학생의 일거수일투족을 제대로 살펴보고 챙길 수 있는 멋진 선생님이었다.

"감사합니다!"

"그리 고마워하지 않아도 돼. 무슨 일이 있으면 나한테 말하도록, 알겠나?"

"네!"

아예 제시 선생님을 믿는 종교에 들어가고 싶을 정도였다. 두 번이나 구원받다니. 믿을 수밖에 없다. 선생님은 만지작거리던 손수건에서 손을 거두고는 뭔가 생각난 것처럼 시선을 올렸다.

"……가정방문."

"네?"

"네 집에 방문하는 거, 마지막 날의 마지막 순서로 괜찮겠나? 제출한 종이엔 가능하다고 적혀 있었다만."

가정방문. 그러고 보니 어제 조회 시간에 안내문을 나눠줬었지. 나는 어젯밤 부모님께 일정을 물어 기입을 부탁한 후 오늘 아침 제출했다.

"네. 괜찮을 것 같은데요……."

"그럼 됐어……. 아, 그리고 오늘 점심은 여기서 먹어. 어차피 나밖에 없으니까. 지금은 어딜 가든 사람이 있을 테고."

"그래도 괜찮나요……?"

"항상 나 혼자 있으니까 신경 쓰지 마. 앞으로도 오고 싶으면 와도 돼."

제시 선생님이 작게 부드러운 미소를 지었다. 감사 인사를 전하자 그와 동시에 복도에서 '덜컹' 하며 뭔가 물건이 떨어지는 소리가 들려왔다. 선생님은 "무슨 소리지?"라며 복도를 확인하더니 고개를 갸웃했다.

"멀리서 난 소리 같군. 아무것도 아냐. 걱정하지 마."

"네."

준비실에서 식사를 할 수 있다니…… 이 얼마나 감사한 일인가. 이곳은 비밀기지라고 할 수 있었다. 안전성이 뛰어났다. 분명 제시 선생님 루트의 이벤트에서 준비실은 등장하지 않았으니, 오늘처럼 위험한 상황에 빠지면 망설이지 말고 이곳으로 도망치자. 선생님의 혼자만의 런치 타임을 방해하는 건 죄송하니까 정말 어쩔 수 없을 때만.

유사시에 도망칠 곳이 있는 것과 없는 것은 기분이 다르다. 나는 안심하며 제시 선생님과 점심을 먹고, 종이 울리기 직전에 교실로 돌아왔다.

쨍쨍한 아침의 파란 하늘을 곁눈질하며 나는 눈부시게 햇빛이 내리비치는 복도를 걸었다.

기분은 최고였다. 어제는 제시 선생님과 점심을 먹은 후 아무 일도 일어나지 않았다. 오늘만 무사히 지나간다면 내일부터는 2일간 휴일이다.

상쾌한 기분으로 교실로 들어서려다가, 내 자리에 남학생이 앉아 있는 것을 발견했다. 혹시나 해 뒷모습을 확인해 보니 예상대로 2일 차에 교실을 잘못 들어왔던 남학생이었기에 나는 발걸음을 멈췄다.

오늘도 교실을 잘못 찾아왔다는 점을 지적받으면 충격을 받겠지. 하지만 누군가가 오기 전에 실수를 지적해 주지 않으면 많은 사람 앞에서 창피를 당할지도 모른다.

마음을 먹고 교실로 들어서자 마치 기다렸다는 듯이 남학생이 나를 향해 고개를 돌리고는 특징적인 얼굴로 히죽 웃었다.

왠지 매우 좋지 않은 예감이 들어서 한 발짝 뒤로 물러서자, 남학생이 자신을 가리키며 말했다.

"도망 안 가도 되는데, 미스티아 양. 어딜 봐도 수상한 사람은 아니잖아?"

아니, 어딜 봐도 수상해 보이는데. 솔직히 교복을 갖춰 입은 침입자처럼 보였다. 남학생은 히죽거리며 웃었다. 거기에 2일 차에 목격한 '반을 잘못 찾아 들어온 소년의 얼굴'은 전혀 보이지 않았다.

이름을 말해주지 않았는데 내 이름을 알고 있는 것도 무섭다. 지금 바로 도망쳐도 내 속도라면 바로 따라잡히고 말겠지.

"아—, 우선 자기소개부터 하는 편이 좋으려나."

도주 경로를 확인하고 있자 남학생은 일어서서 내 뒤로 향했다. 지금이 기회다. 도망치자.

"도망치지 마. 재미없잖아. 게다가 나, 네가 상상하는 것보다 훨씬 빨라."

뒤돌아보지도 않고 남학생은 그렇게 말했다. 들켰다. 내 행동을 예상한 건가? 아니면 감지한 걸까. 그는 교탁 위로 올라가더니 나를 향해 빙글 몸을 돌렸다.

"반가워. 내 이름은 마지막에 알려줄게. 그러면, 으음, 우선 취미부터?"

이름을 마지막에 알려주는 자기소개 방식도 있나? 너무 참신하잖아.

"취미는 재밌는 일 찾기. 재밌는 일을 하면서 재밌게 사는 게 신조입니다. 그리고 네가 그런 내게 재미를, 자극을 안겨줄 미스티아 아, 렌—!"

갑자기 큰소리를 내는 바람에 심장이 벌렁거렸다. 과장된 행동과 어투는 마치 연극을 하는 것처럼 보였다. 깜짝 상자를 보고 있는 기분이었다.

"너한테는 실망했어. 성녀라고 불리는 네가 사실 앞뒤가 전혀 다른 사람이었다면 좋았을 텐데. 정말로 재미없는 사람이었을 줄이야……."

"무슨 의미인가요?"

"무슨 의미냐니, 말 그대로의 의미야! 넌 꽝이라고! 그래도 말야, 네 주변은 최고야! 웬 여자가 뜨거운 냄비랑 부딪혔을 때 그 자리에 있었지. 학생회장 유력 후보인 레이드 녹터 님은 너한테 집착하고, 에릭 하임도 집착하고, 그 녀석들은 평민인 앨리스랑 연관된 것 같고. 너는 쓰레기지만 네 주변은 재밌다는 걸 깨달 았지."

무슨 말인지 모르겠어. 혼란스러워하고 있자 그가 교탁에서 내려와 천천히 나를 향해 걸어왔다.

"역시 내 직감은 정확했어! 그러니까 앞으로는 몰래 훔쳐보지 않고 대대적으로 너랑 단짝이 되기로 했으니까 잘 부탁한다는 의미로, 인사드리러 급히 달려왔습니다, 미스티아 님……이란 거지."

그리고 그는 꾸벅 인사했다. 방금까지 거칠었던 태도는 거짓 말이었던 것처럼 깔끔한 인사였다.

"그래서, 마지막 즐거움으로 남겨둔 이름 소개 시간. 내 이름 은 클라우스 센트릭. 길고 긴― 교류가 될 테니까 얼굴을 잘 기 억해 둬."

그는 자연스럽게 교실을 나가 문 앞에 서더니 히죽 웃고는 조 용히 문을 닫고 떠나갔다.

대체 뭐야? 순식간에 태풍이 지나간 기분이었다. 그리고 강한 허탈감과 피로감이 들었다.

"클라우스 센트릭……?"

그의 이름을 중얼거린 순간, 온몸을 꿰뚫는 듯한 충격이 전해 져왔다. 머릿속에 영상이 밀려들어와 숨을 삼켰다. 방금까지 그에게서 느껴졌던 안 좋은 예감은, 그의 태도 때문이 아니라 그의 존재 자체 때문이었어——.

떠올랐다, 전부.

그의 흑발 사이로 보였던 금색 눈동자. 분명하다. 그는……, 두근러브의…….

"여어!"

확신이 들기 직전, 드르륵 문이 열리는 바람에 나는 깜짝 놀라 뒤로 물러섰다. 문틈 사이로 얼굴을 내민 그——클라우스가 히죽 웃었다.

"간 줄 알았지? 아니! 그래도 네가 혼자 있는 모습은 재미없으니까 오늘은 이만 갈게."

문이 천천히 닫히고 발소리가 서서히 멀어졌다. 이번에야말로 자신의 교실로 돌아간 거겠지. 이상한 사람이었다.

그 이상한 사람…… 클라우스는 평범한 남학생이 아니다.

클라우스 센트릭. 그는 분명 두근러브에서 중요 인물로 등장했다.

아카데미 전체의 정보를 망라하고 히로인의 정보를 알려주는 서포트 캐릭터. '재밌어 보이니까'라는 이유로만 움직이며 앨리스에게도 '재밌을 것 같아', '즐거울 것 같아'라며 접근해 공략 대상의 위치를 알려주거나 정신 상태를 조언해주는 것 같다가도, 미스티아에게 '앨리스와 레이드 녹터가 친해 보여'라는 말을 일부러 전하는 등 주변 사람들을 휘젓고 다니는 문제아였다.

서포트와는 거리가 멀어 보이지만 서포트 캐릭터였다. 극악무도한 미스티아가 존재하는 두근러브의 세계에서 히로인의 연애를 도와주려면 어느 정도 평범하지 않은 사람이어야 하기 때문일지도 모른다.

그가 내게 흥미를 보인 이유는 아마 말 그대로겠지. 내 주변이 재밌으니까……. 대체 어떤 걸 보고 들었길래 그렇게 생각했는지는 모르겠지만, 그는 레이드 녹터와 에릭이 내게 집착한다고 오해한 듯했다.

이대로 클라우스의 눈에 들어버린다면 무슨 짓을 당할지 모른다.

나는 클라우스가 나간 문을 바라보며 앞으로의 미래에 대한 강한 불안을 느꼈다.

번외. 포식자의 증표

SIDE: Fina

아카데미는 방과 후가 되면 수업 중과는 다르게 소란스러워진다. 동아리 활동을 응원하는 목소리는 물론이고, 많은 사람이 이동하는 데에도 나름대로 소음이 동반된다. 약효는 있지만 아직 상처가 아프기도 해서 그런 소음에 더 스트레스를 받고 있자 오라버니가 학생회실의 문을 열었다.

"피나."

오라버니는 학생회실에서 혼자 서류 작업 중인 나를 보며 매우 놀란 표정을 지었다.

"넌 더 쉬어야 해. 왜 여기서……."

"아뇨. 의사 선생님께 등교 허가는 받아 뒀으니, 학생회 일을 먼저 정리해두는 게 좋을 것 같아서요."

"네가 하지 않아도 괜찮아. 빨리 저택으로 돌아――."

오라버니가 목소리를 높이기 전에 뒤에서 다른 학생회 임원이 속속들이 나타났다. 다들 입구에 부자연스럽게 서 있는 오라버니를 보고 이상하다는 표정이었다. 나는 바로 눈짓을 했다.

"저기, 실은 선생님들께 허가를 받아야 할 안건이 있어서 오라버니가 같이 가 주시면 좋겠는데요……."

"알았어. 다들 여기서 기다려."

오라버니와 둘이서 학생회실을 나왔다. 막다른 곳으로 이어진 복도를 잠시 걷다가 나는 오라버니를 향해 뒤돌았다.

"내일도 미스티아 아렌 양과 만나려고요."

막다른 곳으로 이어진 이 장소는 유령이 나온다는 소문이 도는 곳이었다. 오래 있으면 사랑이 깨진다는 소문도 있었다. 전부 근거 없는 소문에다가 비일상적이며 시시했다. 하지만 사람이 잘 오지 않는 곳인 만큼 밀담을 하기에는 적절해서 나와 오라버니는 자주 이 장소를 사용하곤 했다.

"반드시 네인가와 아렌가를 이어 보이겠어요."

"피나……."

미스티아 아렌. 아카데미에서 습격당한 나를 구해준 것은 교사도, 직원도 아니라 같은 교복을 입은 학생이었다. 통증과 열로 인해 의식이 흐려져 갈 때, 그 학생…… 그녀가 달려와 나를 수레에 태우고 응급 처치를 해 주었다. 자신의 옷이 더러워지는 것도 꺼리지 않고.

아렌가의 영애라는 것을 알았을 땐 내 의식은 끊어져 버렸고, 다음으로 눈을 떴을 땐 그녀가 저택으로 돌아간 후였다.

아렌가라고 하면 이 나라에서도 손에 꼽는 명문 백작가였다. 나라에서 높은 작위를 받을 수도 있었으나 결국 거절한 가문.

그 가문과 이어지는 것은 곧 가문의 번영으로 이어지는 것이라는 말도 있어서 연결 고리를 만들려 하는 가문이 많다.

"그러지 않아도 돼, 피나……. 또 아버지께 무슨 이야기라도

들은 거야?"

시선을 떨어트리는 나를 보며 오라버니는 큰 한숨을 쉬었다.

"……무슨 소리를 하셨어?"

"너는 아렌가에게 다가갈 절호의 기회를 얻은 거라고, 그 화상을 입어서 다행이라고 하셨어요. 저도 그 말에 동의해요."

아렌가의 영애는 모두에게 주목받고, 그 일거수일투족은 사람들의 화제를 독점한다. 그녀가 고아원에 기부를 하고 봉사를 하러 가는 등의 활동으로 인해 모두가 그녀를 선한 사람으로 인식하지만 그 외의 면——. 그녀의 성격에 대해서는 아무도 알지 못한다.

내가 11살일 때, 다과회에 참여한 그녀를 본 적이 있었다. 평범하다면 평범했고, 사람을 꺼리는 것처럼 보이지는 않았으며, 한마디로 표현하자면 '감정이 보이지 않는 영애'라는 인상이었다. 그때도 아버지에게 재촉당해 그녀에게 다가갔지만, 이런저런 이야기를 꺼내며 말을 건네봐도 그녀는 피할 뿐이었다. 결국 나는 아무 성과도 얻지 못했다.

하지만 화상을 입은 나를 옮기고, 전력으로 달리던 그 얼굴. 마차 안에서 나를 보며 걱정하던 얼굴. 병원에 도착했을 때의 안도한 얼굴.

미스티아 아렌에게는 뚜렷한 표정이 있었다.

그녀를 잘 관찰하다 보면 네인가와 아렌가의 연결 고리를 만들어낼 수 있겠지.

나는 품속에서 아렌가의 봉랍이 붙은 편지를 꺼냈다. 감사의 편지를 보낸 후 받은 그녀의 답장에는 가문의 관계는 전혀 생각하지 않은, 나의 빠른 회복을 바란다는 내용만이 담겨 있었다.

연상이라면 몰라도 어린 영애에게 호감을 얻는 것은 간단하다. 이득과 달콤한 꿈을 슬쩍 보여주기만 하면 곧바로 이성을 잃고 함정으로 빠져들고는 하니까.

보석, 드레스, 잘생긴 배우를 활용하는 것도 좋다. 오라버니는 지금 학생회의 부회장이고, 용모 또한 단정하여 여학생들에게 주목받고 있다. 미스티아 아렌에게는 아직 약혼자가 없을 테고, 내가 사이에 끼어들어 두 사람을 친하게 만드는 방법도 있다.

"아버지가 한 말은 신경 쓰지 마. 딸에게 할 만한 말이 아니잖아. 나중에 내가 한 말씀 드리겠어."

"아뇨, 오라버니. 어차피 여자인 저는 오라버니를 대신할 수 없어요. 저를 이용해서 가치를 얻어야죠."

아버지는 예전부터 엄격한 분이었지만, 보통이라면 꺼려야 할 존재인 나를 세상에 드러냈다. 그게 아버지가 한 최대한의 양보이며, 그의 약점이기도 했다.

그러니 나는 여자로 태어나서 오라버니를 대신할 수 없는 만큼, 네인가의 번영을 위해 살아가야만 한다.

"너까지 그런 말을……."

내 말을 들은 오라버니는 안타까운 표정으로 고개를 숙였다. 아버지도 그렇지만 오라버니도 중요한 때에 이런 약한 모습을 보이곤 한다. 네인가는 남들의 표적이 되기 쉽다. 그 점 이외에도 고위 가문이기 때문에 발목을 잡히기도 쉽다. 언제나 발목에는 우리를 아래로 끌어내리려는 손이 잔뜩 붙어 있다.

예전부터 네인가와 수면 아래에서 경쟁하던 로무크가도 어떻게든 네인가를 무너트리기 위해 움직이던 가문 중 하나다.

아버지는 온 힘을 다하여 후작가가 되기 위해 애쓰기도 했지만 계속 고착 상태가 이어졌다. 하지만 이번에 사람을 시켜 나를 습격하도록 한 죄로 일가족이 전부 감옥에 들어갔고 이례적인 속도로 사형이 결정되고 집행되었다.

우리에게는 좋은 소식이다. 보통이라면 있을 수 없는 속도로 모든 일이 정리된 것은, 분명 아렌가가 뒤에서 손을 썼기 때문임이 틀림없었다.

아렌가는 백작가이면서도 공작가와 비슷한 영향력이 있었다.

나는 그 힘을 원했다.

그 힘을 얻어야만 나는 네인가에게 가치 있는 영애가 될 수 있다. 그때가 되면 살아갈 권리를 얻을 수 있겠지.

"오라버니. 저는 아렌가와의 연결 고리를 만들어서 네인가를 더 번영시킬 거예요. 그러니 부디 지켜봐 주세요."

"피나……."

나는 오라버니에게 미소 지은 후, 창문 너머의 저무는 해를 바라보다가 학생회실로 돌아왔다.

땅거미가 지기 직전

"자, 홍차예요."

"감사합니다. 잘 마실게요."

알리 씨가 타 준 홍차를 받아들고 클로버가 그려진 컵에 입을 가져다 댔다.

입학하고 1주일이 지난 오늘, 방과 후. 원래라면 에릭과 히로인의 만남 이벤트가 생겨야 하지만 이미 두 사람이 만나버린 탓에 '아무 게임 이벤트도 없는 날'이 되어 버렸다. 마음이 들뜬 나는 히로인이나 공략 대상들과 마주치는 상황을 피하기 위해 방과 후에는 교내를 배회하며 시간을 죽이고 있었다. 그러다 딱 마주친 알리 씨가 저번에 빌려준 손수건도 돌려주고 감사 인사를 하고 싶다면서 직원실에 나를 초대해서 지금 이 상황에 이른다.

직원실은 저번에 왔을 때보다 청소 도구들이 더 정리되어 있었고, 작은 꽃병이나 유리 공예품이 장식되어 있었다. 어쩌면 저번엔 새해 청소를 하느라 어수선했던 것일지도 모르겠다.

기분 탓인지 창 너머로 보이는 꽃의 수도 늘어난 것 같아서 그쪽을 바라보고 있자, 알리 씨가 손수건을 꺼냈다.

"기다리게 해서 죄송해요. 가방이 꺼내기 힘든 곳에 있어서."

"괜찮아요. 감사합니다."

손수건을 받아들자 햇빛과 꽃 냄새가 살짝 풍겨왔다. 어라. 이 꽃향기, 무슨 꽃이었더라? 떠올려 보려고 해도 머릿속에 안

개가 낀 듯 이름이 잘 떠오르지 않았다.

"실은 손수건을 깨끗하게 빤 건 좋았는데…… 돌려드릴 기회가 없어서…… 계속 기회를 노리고 있었어요."

아, 알리 씨는 직원이니까 수업 시간에 만날 수는 없겠지.

"아, 아, 앗! 그렇다고 뒤에서 몰래 훔쳐본 건 아니에요! 제 업무는 학생분들과 별로 만날 기회가 없어서 언제 만날 수 있을까 생각했던 것뿐이에요!"

"의심해서 본 거 아니에요. 그냥, 제가 먼저 찾아오는 게 좋았겠다고 생각하고 있었어요."

"아, 아아, 아하, 그렇군요…… 다행이다……."

신고당하는 줄 알았을까. 분명 '계속 기회를 노리고 있었어요.'라는 말은 상당히 오해를 불러일으키는 표현일지도 모른다.

"괜찮으시다면 방과 후에 언제든지 차를 마시러 와주세요! 항상 준비해 두고 있을게요! 저, 항상 혼자서…… 하루 종일 입을 안 여는 날도 있을 정도고……."

알리 씨는 "헤헤." 하고 웃더니 다시 곧바로 얼굴이 창백해졌다.

"아, 아, 아, 안…… 되겠죠?! 죄송해요. 혼자 신나서 그만. 죄송해요!"

"아뇨. 방해가 되지 않는다면 또 오고 싶어요."

"앗, 그, 그런가요? 기쁩니다! 저는 항상 기다리고 있으니까요! 언제까지나 저는…… 어라?"

알리 씨의 말을 끊듯이 누군가가 직원실의 문을 노크했다. 누가 왔는지는 모르겠지만 내가 계속 여기에 있으면 방해가 되겠지. 하지만 알리 씨는 일어서려는 나를 손으로 저지했다.

"아마, 괜찮아요. ⋯⋯들어오세요."

그의 말을 들었는지 문이 열렸다. 열린 문 앞에는 본 적 있는 소녀가 서 있었다.

"저는 피나 네인이라고 합니다. 저번 일의 감사 인사를 드리러 왔어요."

네인⋯⋯, 맞아. 저번에 화상을 입었던 아이다. 입학한 지 얼마 안 되었을 때 별동에 있던 아이.

분명 네인가에서 아렌가로 편지를 보내서 답장을 한 기억이 있었다.

그때, 요리장인 라이아스 씨는 조리원이 돈을 받고 학생을 습격했다는 이야기를 듣더니 "아아아아아아아아아아아!! 이제 절대, 절대절대절대절대 식당에 가지 마세요! 그냥 사형시켜 버리면 좋을 텐데!! 조리원 전부!!"라며 폭주했다.

피나 네인 씨는 내게 똑바로 시선을 보냈다. 문을 열었을 때도 잠깐 나를 본 것 같았는데, 그녀는 "어머⋯⋯!" 하며 기쁜 듯이 밝게 말했다.

"오늘은 직원님께 감사 인사를 하려고 왔는데, 설마 미스티아 씨도 여기 계셨을 줄은⋯⋯ 저번엔 도와주셔서 정말 감사했습니다."

"아뇨. 당연한 일을 했을 뿐이니까 신경 쓰지 말아 주세요. 게다가 옮겨주신 건 알리 씨인걸요."

"아뇨! 저는 미스티아 님을 조금 도와드렸을 뿐입니다."

알리 씨는 겸손하게 말했지만, 그때 그가 없었다면 분명 응급 처치가 늦었을 것이다. 하지만 내가 부정하자 그는 "정말 저는 아무것도 한 게 없어요……!"라며 더욱 겸손을 차렸다. 결국 피나 네인 씨가 곤란한 얼굴로 "두 분 다 감사해요."라고 말하며 우리를 봤다.

"……그때 치료가 더 늦었다면 제 몸에는 심한 화상 자국이 남았을 거래요. 그것도 운이 좋았을 경우죠. 잘못되었다간 다른 합병증이 생겨서 죽었을지도 몰라요. ……지금 제겐 화상 자국이 있지만, 어깨가 드러난 드레스를 입어도 화장으로 가릴 수 있을 정도예요. 서서히 옅어져서 몇 년 지나면 사라질 거라고 해요."

그녀는 울컥한 목소리로 말하며 울먹거렸다.

"……지금 이렇게, 제가 여기에, 살아서, 감사 인사를 할 수 있는 것도, 미스티아 씨, 알리 씨 덕분이에요. 이번엔, 정말로, 정말로 감사했습니다……!"

그렇게 말한 피나 네인 씨는 또다시 깊이 머리를 숙여 인사했다. 나와 알리 씨는 얼굴을 마주하고는 "천만에요."라며 어색한 대답을 건넸다.

창문 너머의 풍경이 주황빛으로 물들고 복도에 짙은 그림자가 진 시간. 나는 피나 네인 씨와 함께 걸었다.

그 후로 셋이서 잠시 대화를 나눈 후 해산하게 되어서 나는 피나 네인 씨와 함께 입구로 향하는 중이었다.

그녀는 다른 일이 있어서 아카데미에 남는다고 했지만, 같이 직원실을 나온 후 나를 배웅하고 싶다고 말했다. 퇴원한 지 얼마 안 된 그녀가 걱정되어서 거절했지만 대화하다 보니 자연스러운 흐름으로 이렇게 되었다.

"……그러고 보니 아직 볼 일이 남았다는 건, 동아리 활동인가요?"

이 아카데미에는 고등학교처럼 동아리 활동이 있었다. 두근 러브의 등장인물 중에 동아리에 속한 사람은 없었지만. 그녀는 "아뇨." 하고 고개를 가로젓고는 창문 너머, 본교사의 가장 위층을 손가락으로 가리켰다.

"학생회에서 도울 일이 있어서요. 그것 때문에 남는 거예요."

"와아…… 1학년인데 벌써. 대단하네요."

입학한 지 얼마 안 되었는데 학생회의 일을 돕다니 대단하다. 그러나 그녀는 확연히 당황한 표정을 짓더니 쿡쿡 웃었다.

"아, 미스티아 씨, 오해하고 계셨군요? 전 2학년이에요."

"어……? 그래도, 그, 선배는……?"

"오라버니와는 쌍둥이예요. 그래서 남매지만 같이 입학해서 저도 2학년이에요."

그렇구나. 쌍둥이……라서 같은 학년. 오빠가 2학년이라기에 틀림없이 1학년일 거라고 생각했다.

"그, 그랬군요. 죄송해요. 오해해서."

"아뇨. 신경 쓰지 마세요. 미스티아 씨가 실례되는 말을 한 게 아니니까요. 그러니까……라고 하기에는 이상한 이야기일지도 모르겠지만, 미스티아 씨에게 앞으로 뭔가 곤란한 일이 생길 땐 저희한테 말씀해 주세요."

"네?"

"저희는 미스티아 씨에게 구원받았어요. 그러니까 미스티아 씨의 힘이 되어주고 싶어요. 제 일생을 다해도 갚을 수 없는 은혜라는 건 알고 있거든요. 오라버니도 부학생회장이니까 미스티아 씨가 원활한 학교생활을 보낼 수 있도록 도와드릴 거예요."

뭔가 점점 이야기가 커지는 듯한 기분이 든다. 확실히 내가 그녀의 목숨을 구했다고 할 수 있을지도 모르지만, 목숨이 위험한 사람을 구하는 건 오히려 당연한 일 아닌가? 이렇게까지 보답받을 일은 아니다.

"……그러면, 하나 부탁드리고 싶은 게 있어요."

"네. 부디 편하게 말씀해 주세요."

"보답해 주시려는 마음은 고맙지만 저는 신경 쓰지 말아 주세요. 그러면, 전 먼저 실례하겠습니다."

역시 병상에서 일어난 지 얼마 안 된 선배를 계속 밖에 두는 건 마음이 편치 않다. 여기는 귀족이 모이는 아카데미지만 복도가 길어서 꽤 걸어야 한다.

나는 인사를 하고 빠르게 자리를 떴다. 냉정한 태도로 보일지도 모르겠지만 선배의 인사가 너무 과한 느낌도 들고, 무엇보다도 1층 입구로 향하는 계단을 같이 내려가는 건 그녀를 힘들게 할 것 같았다.

게다가 이미 수업이 끝난 지 약 두 시간은 지난 상태다. 마부솔 씨를 계속 기다리게 할 수도 없었다.

빠르게 계단을 내려가자 교사를 비추는 햇빛의 색이 노란빛이 도는 따뜻한 주황색에서 피처럼 붉은색으로 확 바뀌어 있었다.

입학한 후 계속 느꼈지만, 별동은 인적이 드물다. 그런데 지금은 기분 탓인지 누군가가 나를 보고 있는 듯한 기분도 들고, 뺨에 와닿는 바람도 서늘했다.

긴장하며 건물 현관에 도착하여 신발장 문을 열었다. 위치가 절묘했는지 노을빛을 받은 내 신발이 피로 물든 것처럼 보여서 심장이 덜컥 내려앉았다. 아니, 내가 너무 긴장하고 있었나 봐. 그렇게 생각하며 신발을 꺼내려고 했는데, 갑자기 내 손에 검은 그림자가 내려앉았다.

누군가, 내 뒤에 서 있었다.

착각이겠지. 일부러 무시하며 신발에 손을 얹자, 내 손 위로 다른 사람의 손이 슬며시 얹혔다.

"찾았다―."

목소리의 주인을 알아채고 안도했다. 살아 있어. 이 손은 분명히 산 사람――에릭의 손이었다.

"후후, 놀랐어? 주인, 이런 늦은 시간에 어디서 뭐 한 거야?"

"돌려 받을 물건이 있어서 직원실에……. 하임 선배는요?"

"난 청소 준비가 있어서."

청소 준비를 하느라 이 시간까지 남아 있었다니 일이 엄청 많았던 모양이다.

에릭은 실내화를 갈아신으면서도 계속 나를 바라봤다. 균형 감각이 좋잖아. 내게는 불가능한 기술이다. 나도 신발을 갈아신고 있자 그는 뭔가 떠오른 듯이 아, 하며 작은 소리를 냈다.

"그러고 보니 다음 주에 교외 학습이래."

에릭이 내게 보여준 것은 1학년의 일정표였다.

"하임 선배가 왜 1학년 일정표를 가지고 있어요?"

"으응? 선생님이 인쇄하는 걸 도와드렸더니 주셨어—."

아, 그러고 보니 이 시대에는 복사기가 없지. 사람이 직접 손으로 복사해야 한다. 사람과 대화하는 것을 어려워하던 그 에릭이 선생님을 도와주다니…….

"그러니까 나는 주인에 관해선 뭐든지 알고 있어! 주인이 모르는 것도 말이야!"

선생님에게 일정표를 받은 것을 이렇게 자랑스럽게 말할 줄은. 사람과 교류하는 것에 자신이 붙은 모양이다. 에릭의 성장에 감동하고 있자 그는 "예를 들면."이라고 말을 이어나갔다.

"와이즈가의 영식이 주인에게 접근하는 것도 알고 있어."

"네?!"

갑작스러운 말에 깜짝 놀랐다. 하지만 에릭은 "주인을 존경한다고 말하는데 말이야, 별로 안 어울리네."라며 느긋한 말투로 말하며 웃었다.

"어떻게 그런 걸 알고 있어요?"

"보고 있었으니까, 계속. 저기, 주인…… 녹터랑은 다르게 그 녀석은 싫어하지 않는 것 같던데, 그 녀석 좋아해?"

"네?"

"응? 알려줘! 그 녀석 좋아해? 싫어해?"

"좋아한다니요……. 그보다 처음 만난 후로 아직 두 번밖에 대화를 못 나눠봤는걸요. 그냥 같은 반의 학생 중 한 명일 뿐이에요."

"흐음. 후후! 그런데도 끈질기게 붙어 있는 거구나! 그러면 내가 한마디 해줄게!"

에릭은 크게 웃었다. 정체 모를 위화감을 느끼고 있자 그가 갑자기 멈춰 섰다. 의아하게 생각하며 그의 시선을 따라가 보니, 마부 솔 씨가 이쪽으로 걸어오고 있었다. 등이 가려운지 손을 뒤로 숨기고 있었다.

"아가씨―. 집에 가야지. 뭐 하고 있는 거야……?"

역시 너무 오래 기다리게 한 모양이다. 에릭에게 바로 인사를 하고 나가려 했는데, 그는 "손!" 하며 내 손을 잡았다.

"에릭?"

"괜찮잖아. 마차까지 이러고 걷자―."

"누, 누가 보면 안 되잖아요!"

"으음? 누가 안 보면 괜찮은 거야? 주인 엉큼하네."

"그 손 놔."

에릭의 손을 놓으려 하자, 마부 솔 씨는 평소와 다르게 느긋함이 느껴지지 않는 말투로 말하며 에릭을 노려봤다.

"약혼자도 아니면서, 손을 잡는 건, 나빠……!"

"조만간 내가 약혼자가 될 거니까 괜찮아. 녹터 같은 건 사라져 버릴 테니까."

에릭이 흥 하며 코웃음을 쳤다. 솔 씨는 입을 굳게 다물더니 내 몸통에 팔을 둘러서 나를 들어 올렸다. 그대로 나를 어깨에 짊어 멘 탓에 내 시야는 갑자기 높아졌다.

"너 말야. 전부터 생각했는데 주인한테 너무 친하게 구는 거 아니야?"

"남동생은 괜찮아."

"뭐?"

솔 씨의 말에 에릭은 무슨 말인지 이해하지 못한 듯한 표정을 지었다. 나도 종종 솔 씨의 생각을 전혀 알 수 없다고 느낄 때가 있는데, 아마 남매 같은 사이라거나 그런 의미겠지.

"뭐 그건 됐어. 난 잠깐 볼 일이 있어서."

불만스러운 듯한 에릭의 목소리에 나는 그를 부르려고 했다. 그러나 그 전에 솔 씨가 몸을 휙 돌려 문을 향해 걸었다.

뒤돌아봤지만 에릭은 마침 노을빛을 역광으로 받고 있어서 표정이 보이지 않았다. 뭐지. 표정은 보이지 않지만 상태가 이상했다. 다시 말을 걸려고 했으나 에릭이 저지하듯이 "주인."이라며 나를 불렀다.

"네?"

"뭔가 위험한 일이 생기면 바로 나한테 말해준다고 약속해 줘. 주인이 괴롭거나, 힘들거나, 싫거나 방해가 되는 녀석이 생기면 꼭, 나한테 말해 줘!"

에릭의 목소리엔 웃음이 담겨 있었다. 하지만 역광으로 보이지는 않아도 그 표정은 목소리와 다를 것 같았다. 나는 뭔가 불안한 예감을 느끼며 에릭과 헤어졌다.

해가 저물고 창밖으로 어렴풋한 외등 빛이 들어오는 마차 안에서 에릭이 한 말을 떠올렸다.

……다음 주는 교외 학습. 분명 오늘 받은 안내문에 오를 산의 이름이 적혀 있었을 것이다.

어렴풋한 빛에 의존하여 가방에서 안내문을 꺼내 해당 페이지를 펼쳤다. 일시, 집합 시간, 장소…… 순서대로 내려가다 보니 내가 찾던 항목이 눈에 들어왔다.

학생들은 이 나라의 유산이자 여신이 산다는 전설이 내려오는 산, 통칭 비너스레이에 올라 나라의 지리와 풍토를 익히고, 학생 간의 협조성을 기르며 친목을 다지는 것을 목적으로…….

또한, 비너스레이에는 계곡이 몇 군데 있으니 추락하지 않도록 충분한 주의를…….

"비너스, 레이."

미스티아는 앨리스를 증오하여 계곡이나 절벽에서 그녀를 밀어 떨어트린다. 그리고 그 계곡이 있던 산의 이름이 바로, 비너스레이였다.

즉, 미스티아가, 앨리스를, 계곡으로 떨어트리는 이벤트가 다가오고 있었다.

화창한 파란 하늘이 펼쳐졌지만 나는 절망적인 기분으로 아카데미의 복도를 걸었다.

어제, 마차 안에서 일련의 연애 이벤트를 떠올린 나는 '애초에 밀칠 사람이 없으면 앨리스가 추락할 일은 없다'라는 생각으로 교외 학습에 빠지는 방법을 생각했다.

하지만 빠지는 것은 불가능해 보였다.

내가 억지를 부리면 뭐든 들어주는 부모님, 생일에는 배를 사 주려던 부모님, 지인의 딸이 별장을 샀다는 이야기를 듣고는 눈물을 글썽이며 "미스티아는 별장 필요 없니?"라며 묻는 부모님에게, 내가 "교외 학습은 가기 싫어."라고 하자 걱정스레 이리 대답했다.

"혹시 학교에서 안 좋은 일 있었니?"

"뭐든 우리에게 말해 주렴."

"우리에게 말하기 어렵다면 담임인 시크 선생님에게 말해보는 건 어떨까? 시간을 잡아둘게."

"그분은 훌륭한 선생님이니까."

……원래 나는 어릴 적부터 '아이답지 않은 아이'여서 부모님을 걱정시켰다. 그런 아이가 입학한 지 시간이 꽤 지났음에도 친구들의 이야기는 일절 꺼내지 않고 아카데미 생활을 물어보면 '어려워.'라고만 대답한다.

부모님은 생각했겠지. '혹시 딸이 학교에서 괴롭힘을 당하고 있는 게 아닐까?'라고.

피나 네인 씨가 다과회 초대장을 보냈지만, 그것을 거절한 것도 '아카데미 생활이 너무 싫어서 관계자와는 만나고 싶지 않은 걸까?'라고 착각해서 걱정하고 있을 게 뻔했다. 그런 불안의 씨앗이 나의 "교외 학습은 가기 싫어."라는 발언으로 인해 단번에 꽃피우고 말았다.

제시 선생님에게 연락하려는 부모님을 어떻게든 뜯어말리고, "등산하는 게 왠지 불안해서 그래."라고 어젯밤 내내 길게 설득한 끝에 사태를 진정시킬 수 있었다. 그리고 나는 교외 학습에 가는 것이 결정되고 말았다.

지금 생각해 보면 꾀병을 부리는 게 나았을지도 모른다. 당일 요리장에게 도시락을 부탁해 놓았지만, 도시락은 저택 정원에서 먹으면 된다. 완전히 실패하고 말았다.

무거운 발을 이끌고 교실에 도착했다. 평소처럼 뒷문으로 교실에 들어섰는데, 칠판에 적힌 문구를 보고 핏기가 가셨다.

[앨리스 하트필은 평민 태생. 아버지와 어머니는 변두리에서 식당을 운영하는 평민.]

그렇게, 굵은 글씨로, 크게 적혀 있었다.

오싹한 기분을 느낀 나는 곧바로 칠판으로 향해 지우개로 글씨를 지워나갔다. 글씨의 흔적조차 남지 않도록 꼼꼼히. 게임에서 이런 일은 벌어지지 않았다. 내가 잊고 있었나? 이 글씨가 어제 방과 후에 적힌 건지, 아침에 갑자기 나타난 건지 알 수 없었다. 어쨌든 이런 글이 남겨져 있으면 큰일이다.

게임에서 앨리스의 신분은 아카데미에 입학하고 다음 날, 약혼자에게 접근하는 자의 신상을 전부 조사하지 않으면 직성이 풀리지 않는 미스티아가 폭로하여 밝혀진다. 그 후로 아카데미 전교생에게 이 이야기가 퍼져나가, 이후 앨리스는 평민이란 이유로 차별을 받고 모두와 거리감이 생겨 버린다.

이제 두 글자만 지우면 끝이다. 그렇게 생각한 것도 잠시. 뒷문에서 발소리가 들려왔다. 서둘러 글씨를 지우고 내 자리로 돌아가 앉자 교실로 들어온 로베르토 와이즈와 눈이 딱 맞고 말았다.

"앗······."

"아, 안녕. 아렌 양."

그는 상냥하게 말했다. 그러나 바로 내 손을 보고는 의아한 눈빛을 보냈다.

"거기, 하얀 게 묻었는데······ 칠판 청소를 한 건가?"

그의 말을 듣고 시선을 내리자 소매에 분필 가루가 묻어 있었다. 나는 서둘러 손을 등 뒤로 감추고는 고개를 가로저었다.

"앗, 아니, 그게 아니라······. 잠깐 소매 좀 털고 올게요."

계속 여기 있었다간 더 자세히 물어올 것이 뻔했다. 일단 오늘은 칠판과 엮이면 안 된다. 나는 도망치듯이 교실을 빠져나왔다.

교실에서 도망치듯이 나온 나는 별동 화장실에 몸을 숨겼다.

기본적으로 나는 공략 대상들이나 앨리스와 마주치지 않도록 쉬는 시간이나 수업이 시작하기 전······ 위생적으로 문제가 있는 점심시간 외에는 화장실에 있다.

평소엔 시간을 죽이기 위해 그저 앉아 있기만 했는데 오늘은 달랐다. 공포와 싸우는 중이다.

앨리스의 신분이 칠판에 적혀 있었다.

범인이 누군지는 알 수 없다. 애초에 범인이 있는 걸까. 게임의 구조적인 문제…… 앨리스의 신상이 주변에 알려지지 않으면 그녀가 해피 엔딩을 맞이할 수 없다는 이유로 앨리스를 위해 세계가 움직였을 가능성도 크다.

그렇다면 더 나아가서 레이드 녹터의 브라콤 등 공략 대상의 오류를 어떻게든 해결해 줬으면 좋겠지만, 일단 문제는 지금이다.

앞으로 정말 어떻게 해야 하지? 오늘은 로베르토 와이즈가 교실에 있으니, 또 칠판에 앨리스의 신분에 관해 적힐 일은 없겠지만 앞으로 이른 아침에 등교해서 칠판에 적힌 글씨를 계속 지워야 할 가능성도 있다. 위장이 아파졌다. 앨리스가 평민이란 것이 밝혀졌다간 미스티아 외의 인물이 앨리스를 괴롭힐 가능성이 크다. 앞으로 나는 결석할 수도 없을 것이다.

손목시계를 확인해 보니 조금 이르긴 하지만 교실로 향해도 될 만한 시간이었다. 세심한 주의를 기울이며 화장실에서 나가 주위를 확인하고 있자, 누군가가 내 어깨에 툭 손을 올렸다.

"뭐 하고 있어? 몰래 엿보고 있는 거야? 악취미네, 너."

"클라우스…… 씨."

"그렇게 부르지 마. 귀가 간지러우니까. 그냥 클라우스라고 불러."

그는 싫다는 표정으로 나를 바라봤다. 분명 방금까지는 없었는데. 대체 어디서 나타난 걸까.

"어, 어째서 클라우스가 여기 있는 건가요……? 여긴 여자 화장실 앞인데요……."

"아니, 너한테 그런 말 듣고 싶지 않거든? 나는 복도에 서 있었고, 네가 수상하게 나왔지……. 아무리 봐도 네가 더 이상하잖아."

"전 여자니까 여자 화장실에서 나오는 건 당연하죠."

"그럼 당당하게 나와. 널 계속 찾고 있었다고."

"왜죠?"

"그야, 모처럼 즐거운 무대가 준비됐는데 중요한 배우가 없으니까 그렇지. 쉬는 줄 알고 신발장을 확인해 보니 신발은 있고. 널 찾아다니느라 여기저기 뛰어다녔다고. 자…… 가자!!"

클라우스는 그렇게 말하며 내 팔을 붙잡고 빠르게 달려나갔다. 너무 빨라. 팔을 붙잡힌 덕분에 속도에 맞출 수는 있었지만 따라가기가 벅찼다. 복도, 계단, 건물을 잇는 복도를 달려나갔다.

이대로 끌려가다간 분명 넘어질 것이다. 하지만 넘어지려 할 때마다 클라우스가 속도를 더해서 아슬아슬하게 넘어지지 않는 상태다.

기분 탓인지 클라우스는 웃으며 뛰고 있는 것 같았다. 체력이 엄청나다. 이대로라면 다리가 부러져서 못 움직이게 될지도 몰라. 위기를 느끼고 있자 클라우스가 속도를 줄이기 시작했다.

"어, 뭐예요?"

"……좋아, 도착했어, 미스티아…… 히힛."

도착한 곳은 무대도 뭣도 아닌 A반 교실. 내가 속해 있는 반이다.

"여기가 무대란 건가요? 저기."

"자, 다녀와!"

"으앗!"

클라우스는 즐거운 표정으로 문을 열고는 나를 교실 안으로 힘차게 밀어 넣었다. 반쯤 뛰어들 듯이 교실에 들어서자 문이 소리를 내며 다시 닫혔다.

아슬아슬하게 넘어지지 않고 가방을 고쳐 매다가, 곧바로 묘한 분위기가 풍기는 것을 느꼈다. 평소처럼 수업 시작 전의 어수선한 느낌이…… 대화가 없었다. 그뿐만 아니라 소리 자체가 없었다. 주변의 공기가 얼어붙어서 소리를 내면 안 될 듯한 분위기였다.

주뼛거리며 주위를 둘러보자, 학생들이 전부 나를 보고 있었다. 전부—— 아니, 앨리스는 빼고. 다들 프린트를 가지고.

앨리스만이 그저 망연하게 서서 고개를 숙이고 있었다.

입구 근처에 있는 여학생의 프린트를 엿보니, 그곳에는 칠판에 적혀 있던 내용과 같은 글씨가 적혀 있었다.

"이건, 어디서……?"

"아침에 책상 서랍 안에 들어 있어서…… 미스티아 양의 책상 안에도 들어 있을 거예요……."

모두의, 책상 서랍 안에……? 생각해 보니 나는 아침에 교실에 도착하여 바로 칠판으로 향했다. 그 후에 로베르토 와이즈가 와서 책상 서랍은 확인하지 못했다.

……그때 봤다면 막을 수 있었을지도 모른다.

레이드 녹터가 도움을 줄 수 있지 않을까 하는 생각에 그를 찾았지만 그는 지금 여기 없었다. 그러면 로베르토 와이즈가 나서지 않을까. 그를 쳐다봤으나 그는 내게 의심하는 시선을 보낼 뿐, 움직일 생각이 없어 보였다.

"모두를 속인 거잖아."

누군가가 작게 중얼거렸다. 그러자 그게 신호라도 되듯이 모두가 앨리스를 규탄하기 시작했다.

"여긴 귀족 아카데미잖아?"

"지금까지 거짓말한 거네."

"왜 평민이 여기 있어?"

"전에 물건 없어진 적 있었지? 누가 계속 찾지 않았어?"

멀리서부터 들려오는 말에 학생들의 시선이 내 옆자리 여학생에게 모여들었다. 그녀는 "……거짓말이지?"라며 앨리스를 보고 상처받은 표정을 지었다.

"아니에요. 저는, 열심히, 공부해서, 부모님을 호강시켜 드리고 싶어서."

앨리스가 고개를 들고 비통하게 외치듯이 해명했다. 맞아. 앨리스의 목적은 단 하나. 공부가 하고 싶고, 부모님을 호강시켜 드리고 싶어서. 그녀는 그 일념으로 이곳에 입학했다.

"그러면 왜 말하지 않은 거야?"

학생 한 명이 앨리스에게 물었다.

켕기는 일이 없으면 설명할 수 있을 것이라고, 은근히 그렇게 생각하고 있는 거겠지.

내가 '앨리스는 공부를 하러 온 것뿐이에요!'라며 설명하면 '미스티아 아렌의 환심을 샀나 보네.'라면서 앨리스를 더욱 규탄하는 상황으로 이어질 수도 있었다.

실제로 미스티아는 레이드 녹터가 앨리스를 도와준 후, 그런 방식으로 그녀를 몰아붙였다. ……주변 사람들도 똑같이.

모두가 '저 사람은 나쁜 사람이야'라고 생각하고 표명한 이상, 갑자기 의견을 바꾸는 것은 어렵다. 게다가 앨리스는 평민이라서 분명 학생들은 그녀를 막 대해도 된다고 생각하겠지. 약하고 자신들을 거스를 수 없는 상대니까 무슨 짓을 해도 괜찮다고.

……그렇다면 더욱 강력한 힘으로.

"다들 입을 모아 무슨 소리를 하나 했더니, 시시하기 짝이 없는 얘기뿐이네."

나는 한 발짝 앞으로 나서며 앨리스를 제외한 반 학생 전부를 깔보듯이 눈을 내리깔았다. 이어서 게임 속에서 미스티아가 자주 하던 피식하는 웃음을 흘리자 모두가 확연히 위축되는 것이 보였다.

"……평민의 몸으로 입학한 게 뭐가 어때서? 이 아카데미는 원래 귀족만 입학할 수 있는 곳. 그런 곳에 평민이 있는 게 이상하다고, 앨리스 씨의 입학 자체에 의문을 품다니. 정말 생각이 얕고── 어리석군요."

내 목소리는 미스티아와 똑같을 터였다. 게임에서 앨리스에게 "내게 맞서려 하다니 어리석기는. 그야말로 어리석은 백성이란 말이 딱 어울리네."라며 비웃던 게임 초반의 미스티아를 떠올리며 나는 목소리를 냈다.

"이런 치졸한 종이 한 장에 속다니, 부끄럽네요. 평민인 앨리스 씨를 입학시킨 건 아카데미죠. 앨리스 씨의 입학은 분명 전례가 없는 일이에요. 이건 아카데미가 그녀를 특별한 존재로 인정한 것과 마찬가지. 그 뜻을 거스르고 싶다면 조용히 이 아카데미에서 나가는 게 어떤가요? 만일 그렇지 않다면 지금 당장 그 하찮은 종이는 제게 넘겨주시죠."

완전히, 협박이었다.

주어를 크게 부풀려서 공격하는 심한 처사였다. 학생들은 나의, 미스티아의 싸늘한 시선을 보고는 당황하더니 주춤거리며 내게 프린트를 건네기 시작했다. 모두에게서 프린트를 회수한 나는 앨리스의 손을 잡고 교실을 나왔다.

계속 교실에 두는 건 좋지 않다. "미스티아가 앨리스의 팔을 으스러뜨리려고 했어요!"라고 오해받는 상황을 피하기 위해 신중하게 손을 잡고 걷자, 앞에서 레이드 녹터가 걸어오는 것이 보였다.

늦잖아. 지각은 아니지만 너무 늦었다. 10분만 더 일찍 왔으면 좋았으련만. 그의 잘못도 아닌데 괜한 원망이 들었다. 이 절묘한 타이밍을 저주했다.

아니, 이러고 있을 때가 아니다. 내 머릿속에 '죽음'이라는 단어가 떠올랐다. 완전히 레이드 녹터와 눈이 마주치고 말았다. 도망치기엔 늦었고 지금 나는 앨리스의 손을 잡아끄는 중이었다.

"안녕, 미스티아."

"안녕하세요. 앨리스를 잘 부탁드려요."

그리고 브라콤을 고쳤으면 한다. 나는 타국으로든 어디로든 떠날 테니. 응원할게. 필요하다면 결혼식 주례도 비용도 부모님에게 부탁해서 전액 부담할게.

마음속으로 말하며 레이드 녹터의 손을 잡고 앨리스의 손을 그 위에 얹었다. 나는 얼굴 근육을 최대한으로 끌어올려 두 사람에게 웃어 보이고는 바로 전속력으로 뛰어서 자리를 벗어났다.

시계를 확인해 보니 조회 시간까지는 15분이 남았다. 일단 소각로에 가서 이걸 태워버리자. 점심마다 불을 피우는 것 같으니까 아직 시간이 남았을 것이다.

나는 계단을 내려가 교정 안쪽에 있는 소각로로 향했다.

번외. 당신은 나의

SIDE: Alice

"아빠, 엄마 지인의 소개를 받아서, 네가 봄부터 귀족 아카데미에 다니게 됐어."

지금으로부터 한 달 전의 일이다. 어딘가로 나갔다가 어두운 표정으로 돌아온 부모님의 말씀을 듣고, 당시의 나는 시간이 멈춘 듯한 감각을 느꼈다.

귀족 아카데미라는 곳이 어떤 곳인지는 알고 있다. 이 나라의 귀족이 모이는 배움의 장. 평민인 나는 다닐 수 없는 곳일 터였다.

아카데미의 학생들이 하교 후에 장난삼아 신분을 숨기고 가게에 오는 것을 노리고 장사를 하는 곳도 있을 정도로, 우리 평민들과는 사는 세계가 다른 사람들이 모인 곳.

──그런 곳에 내가 왜 가야 하는 거야?

엄마에게 물어봐도 엄마는 슬픈 표정으로 "힘내렴."이라고 말할 뿐, 납득 가는 대답을 들려주지 않았다. 아빠에게 물어봐도 "3년만 다니면 돼."라며 괴로운 얼굴로 시선을 피하기만 했다.

이유를 알지 못한 채로 시간만 흘러갔다. 집에 고급스러운 옷이 도착하고, 어느샌가 본 적 없는 펜과 양피지, 가방이 생겨나고, 나는 내 상황을 이해하지 못한 채로 귀족 아카데미에 입학하게 되었다.

불안함을 참을 수 없었지만, 언제까지고 혼란스러운 상태로 있으면 안 된다. 만일 내가 아카데미에서 뭔가 실수라도 해서 쫓겨나게 되면 부모님에게 매우 나쁜 일이 일어날지도 모른다.

나는 졸업할 때까지 3년간 힘내보기로 결심했다.

……하지만 입학식을 하자마자 그 결심은 약해지고 말았다.

집합 장소인 강당으로 가기 위해 교사 안으로 들어서자 사람이 잔뜩 모여 있었다.

주변 귀족들의 이야기를 들어 보니 매우 유명한 사람, 레이드…… 님?이라는 사람과, 아렌 양?이라는 사람이 있다고 한다.

신발을 갈아신는 곳을 둘러싸듯이 사람이 모여 있었다.

이대로라면 입학식이 시작하고 말 텐데. 다른 학생들은 다들 입학생 설명회에 참석했지만 나는 참석하지 못했기에 시설의 위치를 전혀 알지 못한다.

그리고 나는 넘어질 뻔했다가 옆에 있던 사람에게 도움을 받았다.

감사 인사를 하려고 했더니, 도와준 사람은 불쾌한 표정을 지었다. 그때 검은 머리칼을 지닌 여자아이와 눈이 마주쳤는데, 나를 보고 믿을 수 없다는 표정을 지으며 놀라서 오히려 내가 더 무서워졌다.

내가 평민이란 것을 알아챘을지도 모른다. 불안한 마음을 안고 교실로 향하자 방금까지 학생들의 화제에 올랐던 사람…… 같은 반의 레이드 님이 자상하게 말을 걸어줬다.

그제야 내가 평민이란 것을 들킨 게 아니었고, 그 흑발 여자아이는 그저 컨디션이 안 좋았던 것이라고 생각하여 안도했다.

레이드 님은 부드러운 금발과, 투명해 보일 정도로 푸른 눈동자를 지녀서 마치 그림책에 나오는·왕자님 같았다.

주변에 사람이 모이는 것도 당연하다. 주변 여자아이들은 다들 레이드 님에게 시선이 꽂혀 있었다. 나도 반짝거리는 것은 좋아했지만, 왠지 그와 길게 대화하지 않는 편이 좋다고 생각했다. 뭔가 다가가기 어려운 느낌이 있었기 때문이다.

교실을 둘러보니 나를 보고 놀란 여자아이의 모습도 있었다. 모두가 그녀를 보고 "아렌가의 영애야."라며 말하는 것을 듣고 아렌가의 여자아이라는 것을 알았다.

고개를 숙인 그녀는 피부가 새하얘서 연약해 보였다.

가끔 거리에서 보는 귀족 아가씨들보다도 더욱 선이 가늘었고, 보고 있으면 왠지 불안해졌다.

그렇게 잠시 자리에 앉아 가만히 있으니 담임 선생님이 들어왔다. 눈매가 날카롭고 화나면 바로 호통을 칠 것 같은 무서운 인상의 선생님이었다.

긴장하며 선생님의 아카데미 소개를 듣고, 그게 끝나자 자기소개 시간이 이어졌다. 앞에 나가서 자신의 이름을 말하는 것뿐이었지만 내 차례가 되었을 때, 내 이름을 말한 순간 모두가 웅성거렸다.

내 가문이 어떤 가문인지 모르기 때문이었다. 하트펄이란 성은 처음 듣는다고 하는데 당연하다. 하트펄은 귀족 가문이 아니니까.

그러니 이 아카데미에 다닐 수 없다. 나도 다니고 싶지 않았다. 내 자리에 돌아와서 땀이 밴 손을 쥐고 있자 흑발 여자아이가 칠판 앞에 섰다. 주변의 웅성거림이 순식간에 잦아들고 다들 그녀를 주목했다.

나를 보고 놀란 여자아이의 이름은 미스티아 아렌이었다. 차분하면서 조금 연약해 보이는 그녀의 자기소개는 담담했다. 모여드는 주목과는 대조적으로 앞에 나서기를 좋아하지 않는 사람처럼 느껴졌다.

그 후로 눈 깜짝할 새에 아카데미에서의 나날이 지나갔다.

나는 가게 일을 종종 도왔기 때문에 간단한 계산은 할 수 있었다. 아빠에게 배워서 글자를 읽고 쓰는 것도 자신이 있었다. 하지만 아카데미의 공부는 어려웠고 평소에 읽어본 적 없는 단어, 써 본 적 없는 글씨가 넘쳐났다.

칠판에 쓰인 글씨의 반은 이해가 안 되어서 사전을 뒤져 찾아볼 수밖에 없었다. 그러느라 시간만 지나고, 다시 고개를 들면 칠판의 글씨는 지워져 있는 상황의 반복이었다.

하지만 평민이라는 것을 들킬 수는 없었다. 시험 성적은 같은 반 학생 중에서도 끝에서 다섯 번째였다. 한편, 그 흑발 여자아이, 미스티아 씨는 학년 2위의 성적이었다. 수업 중에 선생님이 그 점을 칭찬하자 그녀는 "별말씀을요……."라고 말하며 머리를 숙여 인사하고는 별 감흥이 없다는 듯이 그대로 시선을 아래로 떨어트렸다. 수업 중에 지명받아 문제의 정답을 맞혀 칭찬을 받고도 "감사합니다……."라고만 했다.

그렇게 머리가 좋으니 칭찬받는 게 당연하리라 생각한 적도 있었다. 하지만 그녀는 아무래도 사람과 엮이는 게 불편한 모양이었다.

식당에서 점심을 먹는 모두와 다르게 나는 집에서 싸 온 도시락을 먹었다. 도시락을 가져온 것을 들키지 않도록 인적이 드문 곳을 찾다가 미스티아 씨의 모습을 몇 번 목격했는데 항상 혼자였다.

쉬는 시간이 되자마자 교실 밖으로 나가버리고, 전에 레이드 님이 말을 걸었을 땐 뒷걸음질을 치기도 했다.

대화해 본 적은 한 번도 없다. 사는 세계가 전혀 다른 사람이지만 왠지 나와 비슷한 면이 있는 것 같았다. 그녀의 모습이 신경 쓰여서 항상 나는 흑발을 흔들며 혼자 걷는 그녀의 뒷모습을 눈으로 좇았다.

"뭐야, 이거?"

등교하자 책상 서랍 안에 종이 한 장이 들어 있었다.

그곳에는 [앨리스 하트펄은 평민 태생. 아버지와 어머니는 변두리에서 식당을 운영하는 평민.]이라고, 내가 모두에게 숨기고 싶었던 내용이 적혀 있었다.

주변 학생들은 나를 이질적인 것처럼 바라보며 나와 거리를 뒀다.

평민이 아니라고 거짓말을 하면 이 상황을 모면할 수 있을지도 모른다.

그렇게 생각했으나 내 입에선 아무 말도 나오지 않았고, 그저 입술만이 떨렸다.

어느덧 모두가 내게 질문을 던졌다. 내가 훔치지 않았는데도 물건이 없어진 이야기를 하고, 범인 취급당하는 상황이 무서워서 나는 몸이 굳어버렸다. 아빠, 엄마의 얼굴이 떠올라서 그냥 울고 싶어졌다. 머릿속은 뜨거워지는데 반대로 손가락 끝은 차가워져서 움직일 수 없었다.

아무 말도 하지 못하고 그저 눈물만 글썽거렸다. 구태여 눈물을 훔쳐서 우는 것을 들키고 싶지 않았다. 고개를 숙이자 코웃음 치는 소리가 들려왔다.

"다들 입을 모아 무슨 소리를 하나 했더니, 시시하기 짝이 없는 얘기뿐이네."

목소리가 들리는 방향으로 고개를 돌리자 그곳엔 흑발의 여자아이가 있었다. 미스티아 씨는 입꼬리를 올리고는 웃긴 장면이라도 보듯이 쿡쿡 웃었다. 그러다가 한숨을 쉬었다.

"……평민의 몸으로 입학한 게 뭐가 어때서? 이 아카데미는 원래 귀족만 입학할 수 있는 곳. 그런 곳에 평민이 있는 게 이상하다고, 앨리스 씨의 입학 자체에 의문을 품다니, 정말 생각이 얕고—— 어리석군요."

그녀는 이런 사람이었던 걸까. 이렇게, 사람 앞에서 당당히 말하는 성격이 아니었을 텐데. 하지만 모두의 앞에서 당당히 말하는 모습을 보고 있자 머릿속에 한 영상이 떠올랐다. 머리가 욱신거리고, 심장이 크게 요동쳤다.

"이런 치졸한 종이 한 장에 속다니, 부끄럽네요. 평민인 앨리스 씨를 입학시킨 건 아카데미죠. 앨리스 씨의 입학은 분명 전례가 없는 일이에요. 이건 아카데미가 그녀를 특별한 존재로 인정한 것과 마찬가지. 그 뜻을 거스르고 싶다면 조용히 이 아카데미에서 나가는 게 어떤가요? 만일 그렇지 않다면 지금 당장 그 하찮은 종이는 제게 넘겨주시죠."

……뭔가를 잊고 있던 기분이 들었다. 그게 무엇인지는 모르겠다. 어느샌가 미스티아 씨는 내 앞으로 다가와 손을 잡았다.

그렇게 인식한 순간, 머릿속이 반짝이며 뭔가가 흘러들어왔다.

[대학]에 다니고 [레포트]와 싸우는 나. 웃으면서 [햄버거]를 팔고 [포스기]로 계산을 하는 나.

그렇게 얻은 돈으로 산, 보물.

엄마가 아닌 엄마에게 [남자친구 좀 만들어서 데려와.]라는 말을 듣고 상처 입은 마음을 보물로 치유하는, 나.

화면 안의 내 [■ ■ ■ ■]에게 항상 활기를 얻었다. 만나러 가고 싶다는 마음으로 [■ ■]를 몇 장이나 사서 빛을 보러 갔다.

하지만 [알바]를 하고 돌아오던 중, 하얗고 검은 선이 그어진 길에서, 빨간빛이 파랑으로 변해서 한 발짝을 내딛으려던 순간, 내게로 달려온 커다란 덩어리.

그건 분명, [트럭]이었다.

너무나도 사실적으로 움직이는 그림 같은 것이 내 머릿속으로 흘러들어왔다. 두통을 참으며 눈을 떴다.

어느샌가 내 손을 잡은 것은 미스티아 씨가 아니라, 레이드 님으로 변해 있었다. 그는 의아하단 얼굴로 나를 보고는 자리를 뜨는 미스티아 씨의 등을 바라봤다.

맞아. 떠올랐어. 나는…….

"나의 빛……!"

중얼거리자 레이드 님은 나를 보고 미간을 좁혔다. 평민이란 것을 들켜 버렸지만 상관없다. 아무래도 상관없다. 나는 앞으로 빛을 따라 살아갈 것이다.

나는 앞으로의 미래를 기대하며 고개를 숙이고 몰래 웃었다.

기억을 전부 태워버린다면

    게임에선 소각로에 가 봤자 아무 소득도 없었다.

    소각로에 가면 미스티아는 보통 레이드 녹터가 앨리스에게 준 물건을 태우고 있었다. 그것을 막으면 미스티아는 앨리스마저 소각로에 넣어버리려고 한다.

    하지만 지금 내가 태우는 것은 앨리스의 물건이 아니라 프린트다. 그건 앨리스도 알고 있을 테니 나를 막지 않을 테고, 프린트를 모은 이상 교실에 있는 학생들이 증인이 될 테니 안전하게 소각로로 향했다.

    안심하며 어슴푸레한 좁은 벽돌길을 걷고 있자, 소각로 앞에 누군가 서 있는 것이 보였다.

    "알리 씨. 안녕하세요."

    "아, 미스티아 님."

    알리 씨는 소각로를 보고 있다가 고개를 돌려 나를 보고는 미소 지었다. 뭔가 태우는 중이었는지 타는 냄새가 풍겨왔다.

    "괜찮으면 제게 주세요. 제가 제대로 처분해 드릴게요."

    "앗, 감사합니다."

    알리 씨가 뻗은 손에 프린트를 건넸다. 앨리스의 신분을 밝힌 종이는 불에 휩싸여 순식간에 타 버렸다.

    "지금 저도 필요 없는 종이랑 낙엽을 태우고 있었어요."

    알리 씨는 한 손에 부지깽이를 들고 웃었다. 소각은 점심에 한다고 들었는데 마침 타이밍이 잘 맞았다. 그 프린트는 빨리 처분하는 편이 좋으니까.

"나중에 소각로를 써야 할 때면 저한테 말씀해 주세요. 사용 시간이 낮으로 정해져 있지만, 열쇠는 제가 갖고 있거든요."

"그럼 필요한 일이 생기면 직원실로 갈게요."

"네. 미스티아 님에게 필요 없는 건 제대로 처분해 드릴게요."

알리 씨는 "화력을 올려야겠어요."라고 말하며 소각로의 뒤로 향했다. 타오르는 불꽃과 어렴풋이 보이는 단화 같은 것, 옷 등을 바라보고 있는데 문득 의문이 들었다. 왜 옷을 태우고 있었던 거지? 게다가 잘 타지 않는 소재인지 옷깃 달린 반소매 체육복 같은 것이 보였다.

"아렌 양."

나를 부르는 소리에 뒤돌아보자 로베르토 와이즈가 나무를 헤치고 이쪽으로 다가오고 있었다. 굳은 표정에선 망설임도 느껴졌다.

"무슨 일이에요?"

"잠깐, 묻고 싶은 게 있어서."

그는 어두운 얼굴로 시선을 떨어트렸다. 그리고 결심한 듯이 고개를 들어서 나와 시선을 맞췄다.

"……하트펄 양에 관해 적힌 종이와 같은 내용의 글씨…… 아침에 칠판에 적혀 있지 않았어?"

의심을 품은 목소리에 심장이 조여드는 것 같았다.

목소리가 잘 나오지 않아서 입을 다물어버렸다.

그는, 나를 의심하고 있다. 로베르토 와이즈의 괴로운 표정을 보니 그는 분명 내가 칠판에 글을 썼다가 그에게 들킬까 봐 황급히 지웠다고 생각하는 듯했다. 어설프게 동요했다가 오해라도 받으면 끝이다.

"그게 무슨 말인지……."

"오늘 아침 교실에서 만났을 때, 칠판 앞에 서 있었잖아?"

"……아침에 마주쳤던가요? 잘 기억이 나지 않네요."

미스티아의 당당한 모습을 의식하며 대답하자 로베르토 와이즈는 눈을 크게 떴다. 분명히 만난 상대가 자신을 기억하지 못해서 무례하다고 생각했을지도 모른다.

그는 시선을 확 돌리고는 "먼저 실례할게."라고 하며 자리를 떴다.

"미스티아 님."

뒤돌아보니 알리 씨가 소각로 뒤에서 고개를 내밀고 있었다. 우리가 대화를 끝내기를 기다렸던 것일지도 모른다. 사과하자 그는 고개를 가로저었다.

"그보다. 무슨 일이 있었나요?"

"실은 반 학생의 신분이 적힌 종이가 학생들 책상 서랍에 들어 있어서…… 잠깐 소란이 있었어요."

"그건 언제인가요?"

"아침 일찍 왔더니 서랍 안에 들어 있어서……."

그는 "아침에?"라며 평소와 다른 날카로운 말투로 내게 되물었다. 나는 무심코 고개를 끄덕였다가 깜짝 놀랐다. 피해자가

있는 일을 이렇게 퍼트리면 안 되는데, 왜 말해버린 거지? 상대
가 멜로라면 몰라도.

"저기, 이 일은 비밀로 부탁드려요."

"물론이죠. ……아, 시간이 됐나 봐요."

대화를 나누는 사이에 종이 울렸다.

나는 알리 씨와 헤어져서 교실로 돌아갔다.

앨리스 신분 폭로 사건이 일어난 후로 며칠이 지나, 교외 학
습 전날이 되었다. 지금은 4교시. 제시 선생님과 함께하는 대형
HR 시간 중이다.

안내문을 한 손에 들고 선생님은 교외 학습의 최종 확인을 했
다. 학생들은 주변 학생들과 즐거운 대화를 나누고, 앨리스도
긴장한 얼굴로 안내문을 보고 있었다.

그 후로 앨리스가 괴롭힘을 당하는 기미는 보이지 않았다. 들
키지 않도록 조심하며 주시하고 있는데, 이동 수업 때 같은 반
여학생이 같이 가자며 말을 걸기도 하고, 수업에서 짝을 지을
때도 혼자 남겨지는 일은 없었다. 모두와 화해한 모양이었다.

한편 나는 반에서 완전히 붕 뜬, 동떨어진 존재가 되었다.

유령이 된 기분이었다. 공중을 날고 있는 것 같았다. 좋게 말
하면 한발 물러서 있는 상태. 단호하게 말하면 외톨이다.

원래 나는 평소에도 최대한 교실에서 벗어나 있으려 했다. 대
화도 거의 레이드 녹터와만 나눈다. 오히려 반 학생들보다는 알
리 씨와 대화한 시간이 압도적으로 길다. 그래도 눈에 띄게 나

를 피하는 학생은 없었다. 그냥 있어도 없어도 별로 차이가 없는, '싫어하지도 않지만 좋아하지도 않는' 존재가 되어 버렸다.

누군가 나에 관한 인상을 물어보면 '아, 그러고 보니 그런 학생이 있었지. 딱 한 번 대화해본 적 있어.'라는 대답이 나올 것 같은 느낌이었으나, 앨리스 신분 폭로 프린트 사건으로 인해 모두와 거리감이 생겨 버렸다.

내가 움직이면 자석의 밀어내는 힘에 철 가루가 밀려나는 것처럼 학생들이 내게 거리를 둔다. 그뿐만이 아니다. 내가 교실에 들어서면 갑자기 공기가 얼어붙고, 반 학생들은 갑자기 대화를 멈추고 나를 바라봤다.

원인은 원래 비사교적이고 어두운 성격에 더해, 그 사건 이후로 '뭐야? 자기가 귀족 대표도 아니고 이래라저래라하기는.'이라는 생각을 심어주게 된 것이 결정타였겠지.

평소엔 반에 붙어 있지 않은, 반 운영에 소극적인 학생이 혼자만 우월한 것처럼 말하는데, '일단 엮이지 말자.'라고 생각하는 것도 당연한 일이다.

그 사건으로 반 학생 모두를 공포에 몰아넣고 게임 속 미스티아와 같은 행동을 해 버렸지만, 지금처럼 반에서 하찮은 존재로 전락해 버리면 '미스티아가 반 학생들에게 명령해서 앨리스를 괴롭히게 했어요!'라는 말은 나오지 않을 것이다. 이렇게 반 계급 가장 아래에서 지반을 다지고 있다 보면 오히려 내겐 유리하다.

"그러면 이것으로 교외 학습 설명은 끝이다."

어느샌가 종이 울리고, 제시 선생님이 교실을 나갔다.

오늘 점심은 어느 빈 교실에서 먹을까 생각하며 자리에서 일어서자, 시야 구석에 레이드 녹터가 들어왔다. 무엇보다 무서운 것은 앨리스와 같은 곳을 바라보고 있다는 점——, 두 사람이 나를 바라보면서 내게로 다가오려고 하고 있다는 점이었다.

나는 서둘러 가방을 들고 도망치듯이 복도로 나왔다. 거칠어지려는 호흡을 진정시키며 나는 갈 곳도 정하지 않고 교실에서 멀어졌다.

레이드 녹터의 그 눈매를 본 기억이 있다. 내게 뭔가 용건이 있다는 눈이다. 일단 별동으로 가려고 코너를 돌자, 복도 구석에서 피나 네인 씨…… 네인 선배가 걸어오고 있었다.

"미스티아 씨, 잘 만났네요. 마침 당신과 점심을 같이 먹고 싶어서 찾아가고 있었거든요."

"어어……."

선배와, 점심을……? 갑작스러워서 어떻게 대응해야 할지를 모르겠다. 슬쩍 뒤를 돌아보니 어렴풋이 레이드 녹터로 보이는 실루엣이 보여서 나는 서둘러 고개를 끄덕였다.

"네! 괜찮으시다면요."

"그럼 같이 가죠."

네인 선배는 놀란 표정을 잠깐 짓다가 싱긋 웃었다. 잠시 같이 걷다 보니 도착한 곳은 식당이었다. 하지만 선배는 식당 안으로 들어서지 않고, 식당 앞에 있는 고급스러운 문을 열었다.

"어……."

거긴 종업원들이 드나드는 문이 아닌가? 그렇게 생각한 것도 잠시, 그 안에 펼쳐진 것은 식당과는 또 다른 분위기의 실내 공간이었다. 식당은 차분하고 나무의 따스함이 느껴져서 마치 현대 고등학교의 친근한 학생 식당 같았는데, 이곳은 마치 성당처럼 하얀색 위주의 대리석 바닥이 깔려 있고 벽에는 엄숙한 느낌의 장식이 걸려 있었다.

"여긴……?"

"학생회랑 학생회와 연관 있는 학생들만 사용할 수 있는 공간이에요. 미스티아 씨와 차분하게 대화를 나누고 싶어서 여길 골랐어요."

"학생회 전용……인가요……."

두근러브에 이런 공간이 나왔던가……? 제시 선생님은 학생회 관계자가 아니었고, 다른 공략 대상인 학생 3인조도 학생회 임원이 아니다.

게임에서 이 공간이 나오지 않은 것도 당연했다. 하지만 비싸 보이는 미술품이나 식당과는 완전히 다른, 잘 모르는 사람이 봐도 영화에나 나올 것 같은 공간을 보고 있자니 불안함을 떨칠 수 없었다.

"미스티아 씨는 도시락을 가져온 것 같던데, 디저트라면 같이 먹을 수 있지 않을까 해서요. 여기 셰프는 실력이 좋거든요. 마음에 드시면 좋겠어요."

나는 네인 선배와 창가 자리에 앉았다. 선배는 기쁜 얼굴로 내게 메뉴를 내밀었다. 그리고 빠르게 자신의 식사를 주문하더니, 디저트는 나중에 주문할 테니 다시 와달라고 직원에게 말했다.

"저, 실은 전부터 당신과 대화가 해 보고 싶었거든요. 그래서 이렇게 같이 점심을 먹을 수 있게 되어서 기뻐요."

"혹시 우리 전에 어디서 만난 적이 있나요……?"

"딱 5년쯤 전에 10세 전후의 영애들을 초대한 공작가의 다과회가 있었잖아요? 그 후로 한 달쯤 지났을 때…… 자작 영애의 다과회에서 본 적 있어요."

네인 선배의 말을 듣고 나는 5년 전 다과회를 하나하나 떠올렸다. 공작가 다과회에 참여한 기억은 없으니까, 아마 녹터 부인이 습격당하고 얼마 지나지 않았을 때 열린 다과회겠지. 우리보다 작위가 높은 가문이 여는 다과회인데도 부모님은 초대를 거절했었다. 그리고 다과회에 다시 출석하기 시작한 것은 멜로와 외출한 이후부터……. 그렇게 기억을 되짚어보니 분명 자작 영애의 다과회에 간 기억이 있었다. 그래도 네인 선배와 만난 기억은 없었다.

"괜찮다면 이번에 제가 여는 다과회에 와 주지 않을래요? 네인가는 공작가를 보좌하는 조력 가문이라서, 공작가 영애들에게도 부디 미스티아 씨를 소개해 드리고 싶어요."

"소개……."

공작가에, 소개.

네인 선배에게 공작가 영애를 소개받아서, 그 영애와 친해져서, 레이드 녹터가 약혼을 파기하도록 압력을 가해달라고 하면 그와의 약혼을 파기할 수 있을지도 모른다.

하지만 투옥, 사형 엔딩에 네인 선배, 그리고 아직 보지 못한 공작가 영애를 끌어들이게 될 테니, 미래를 생각하면 위험하다. 불가능하다.

"저기⋯⋯."

"미스티아 씨가 절 도와주신 이야기도 하고 싶고⋯⋯ 맞다. 오라버니에게 부탁해서 다과회 말고도 연극을 보러 가는 건 어떨까요? 오라버니의 지인 중에 연극배우가 있거든요. 요즘 유행하는 연극의 표는 바로 구할 수 있어요."

네인 선배는 초조한 얼굴로 나를 바라봤다. 뭐지. 왠지 찜찜한 기분이 드는데. 이것저것 제공하며 내게 뭔가를 주려고 하는 그녀의 언동을 주의 깊게 관찰하다가 나는 뭔가를 짚어냈다.

⋯⋯고아원에서 본, 부모에게 학대당한 아이와 비슷해.

고아원은 부모를 일찍 여읜 아이 외에도, 부모에게 학대당한 아이도 보호한다. 그런 아이의 약 절반은 대가를 지불하지 않으면 보호자에게 아무것도 받을 수 없다고 생각한다.

부모가 어린아이에게 식사와 살 곳을 제공하는 건 당연한 일이다. 먹여준다, 재워준다고 생각하는 건 분명 이상하고 잔인한 일이다.

하지만 그런 일을 겪은 아이들은 뭔가를 교환해서 원하는 것을 얻는 게 당연하다고 생각한다. 그래서 보호 기간이 끝난 후에도 버림받지 않도록, 관계가 끊기지 않도록 집요하게 대가를 제시하곤 한다.

네인 선배도 그런 것처럼 보였다. 선배는 어쩌면 지금 학대를 당하고 있는 게 아닐까⋯⋯. 오라버니는 좋은 사람처럼 보였고 여동생을 걱정하는 마음도 느껴졌다. 하지만 그 순간 진심으로 걱정했더라도 뒤돌아서면 마음이 바뀌는 사람일지도 모른다.

아버지에게 상담할 생각을 하고 있자 네인 선배는 밝게 웃었다.

"분명 그 사고가 없었다면 이렇게 대화할 일은 없었겠죠. 그렇게 생각하면 감사한 일인 것 같아요."

네인 선배는 당연한 것처럼 말했다. 자신을 습격한 상대를 용서하는 게 아니라, 감사하려고 한다. 마음이 넓은 것일지도 모르지만, 뭔가 다른 기분이 들었다.

"그건 아니라고 생각해요."

"어……."

"네인 선배는 그 사고로 심한 상처를 입었잖아요. 의사 선생님도 흉터가 남지 않는 건 그저 운이 좋아서라고 했어요. 마음이 상처 입어서, 자기가 당할 만한 일이었다고 생각하고 싶어지는 것도 이해는 가요."

힘든 일을 겪고 나서 자신은 손해만 입었다고 계속 생각하는 것도 괴로운 일이다. 하지만 그런 사고가 없었더라도 우리는 자연스레 만날 수도 있었다. 안 좋은 일이 생겼기에 좋은 일이 일어났다는 건 틀린 생각이다.

일방적으로 당한 사고에 의미를 부여할 필요는 없다.

"네인 선배가 당한 건 일방적인, 이기적인 마음으로 누군가가 일으킨 사고예요. 감사한 일이 아니라 화내야 할 일이라고 생각해요. ……느끼는 거야 사람마다 다르겠지만요……."

하지만 이게 내 진심이다. 기세에 휩쓸려 말하고 말았지만 이 말이 네인 선배의 마음을 상처입혔을지도 모른다.

"죄송해요. 그냥 제 의견이고⋯⋯, 아니. 이것도 그저 변명이 겠죠."

"아뇨⋯⋯ 그런 게 아니라."

방금까지 수다스럽게 말하던 네인 선배가 멍한 표정을 짓기 시작했다. 큰일이다. 완전 대화가 어긋났나 봐.

그 후 결국 네인 선배는 계속 마음을 다른 데 두고 온 것 같은 상태였고, 나는 그 어색한 분위기를 바꾸지 못한 채로 같이 점심을 먹었다.

번외. 무너진 꿈

SIDE: Eric

미스티아가 아카데미에 입학하면 분명 그녀와 자주 만날 수 있을 것이다. 좀 더 가까이에 갈 수 있을 것이다. 그렇게 생각했다. 아카데미에 입학하면 그녀는 메이드와 함께 있는 시간이 줄어들고 나와 함께 있는 시간이 늘어난다. 그렇게 나는 그녀의 첫 번째가 될 것이다.

하지만 그녀가 입학해도 만나는 시간이 늘어나지는 않았다. 방해물은 늘어났고, 그녀와의 거리도 멀어질 뿐. 그녀가 입학하면 분명 밝고 즐거운 아카데미 생활이 찾아오리라 생각했는데, 내가 꿈꾸던 아카데미 생활과 실제 생활은 너무나도 괴리가 컸다.

예를 들면, 미스티아의 입학식. 함께 등교하기 위해 저택으로 찾아갔더니 그녀는 이미 떠난 후였고, 서둘러 쫓아갔더니 교사에 도착하자마자 방해가 들어왔다.

바로 앞에서 넘어지려는 신입생을 반사적으로 잡아줬는데, 그 장면을 미스티아가 보고 말았다. 순간 질투해 주지 않을까 하는 생각을 했으나 그녀는 다른 생각을 하는지 내게는 시선도 주지 않고 자리를 떠 버렸다.

그래서 입학식이 끝나는 것을 기다렸다가 미스티아의 교실로 만나러 갔는데, 교사가 들어와 방해했다.

교사는 그녀를 이상한 눈으로 본다. 2학년인 내가 신입생인 그녀와 대화해서 그렇다고는 생각하지만 기분이 나빴다.

그리고 함께 하교하기 위해 방과 후에 그녀를 기다리고 있었더니, 여학생 여러 명이 말을 걸어오며 나를 둘러쌌다. "멋있다."라는 등 시시한 말만 하는 그 끈적거리는 애교 섞인 목소리에서 벗어나려고 하는 사이에 레이드 녹터가 그녀를 먼저 데리고 가 버렸다.

미스티아의 입학식은 한 번뿐인데. 그녀에게 "축하해."라고 말해주긴 했지만 그건 한 달 전이었고 오늘이 아니다.

그녀의 저택에 들를까 고민했으나 입학 기념으로 가족끼리 어딘가 외출이라도 했을 것 같고 피곤할 것 같아서 포기했다.

다음 날도, 미스티아를 만나러 가자 레이드 녹터가 방해했다. 거기에 한 여학생이 "어제 도와주셔서……."라면서 다가오는 바람에 미스티아와 제대로 대화할 수 없었다.

쉬는 시간엔 이동 수업이 많아서 미스티아를 만나러 갈 수 없었다. 교실에서 내 옆에 있는 것은 그녀가 아니라 관심 없는 인간들뿐. 날 꼬시려는 듯한 시선도, 뭔가를 원하는 듯한 목소리도, 전부, 전부 기분 나빴다.

미스티아는 오전 수업이어서 방과 후에 같이 하교할 수가 없었다. 하지만 그녀가 하교하는 시간과 점심시간은 서로 같을 터라고 생각하며 점심시간을 알리는 종이 울리자마자 나는 그녀의 교실로 찾아갔다. 하지만 이미 그녀는 귀가한 후였고, 무거운 발걸음으로 교실로 돌아오자 이미 내 자리 주변은 방해자들로 넘쳐 있었다.

2학년이 되어도 내 주변 광경은 바뀌기는커녕 점점 심해지기만 했다.

함께 점심을 먹자거나, 도시락을 싸 왔다거나, 자꾸 내게 집적대서 기분 나빴다.

"속이 안 좋아서."라고 말하며 보건실로 가려고 하면 무리를 지어 따라오려고 한다.

미스티아와 대화하고 싶어. 그녀와 계속 만날 수 있다면, 다른 사람은 평생 만나지 않아도 괜찮은데. 그녀와 종이 마을을 만들던 시절, "나쁜 마법사는 산 제물을 이용해서 의식을 펼쳐."라고 미스티아가 말한 적이 있었다. 이 방해자들을 산 제물로 바쳐서 그녀와 계속 함께 있을 수 있다면 좋을 텐데. 그런 생각을 했다.

미스티아가 입학하고 3일 차가 된 날의 아침. 그녀를 기다리며 잠복하고 있자 나와 같은 반 남학생, 빅터 네인을 발견했다. 녀석은 무슨 일인지 그녀를 불러서는 동생을 도와준 것에 대한 감사 인사를 했다.

내가 없는 사이에 미스티아가 누군가를 도왔다. 나 말고 다른 사람을 도왔다. 그녀는 좋은 일을 했다. 하지만 그녀가 나 말고 다른 사람을 도와준 것이 정말이지 마음에 들지 않았다.

미스티아의 저택과 나. 그리고 정말 거슬리게 우리를 방해하는 레이드 녹터로 구성된 그녀의 세계가, 점점 넓어지고 있다.

당장이라도 미스티아를 데리고 떠나고 싶었다. 단둘이서, 언젠가처럼 어두운 방 안에서 같이 있고 싶었다. 그런 생각을 하고 있자 빅터 네인과 미스티아의 대화가 끝났다. 녀석과 헤어진 미스티아에게 다가가 그녀에게 질문했다.

대화 내용은 이미 들었다. 하지만 그녀가 솔직히 내게 말해줄지가 궁금했다.

결국 미스티아는 내게 빅터 네인과 대화한 내용을 알려주지 않았지만, 그녀는 계속 선의와 내게 솔직하고 싶은 마음 사이에서 흔들리는 것 같았다. 머릿속에 내가 가득한 것 같아서 사랑스러웠다.

피해자가 있는 일이라 이야기할 수 없다. 미스티아라면 그렇게 생각할 것이라고 예상했다. 하지만 내게 단호하게 말해줄 수 없다고 하는 게 아니라, 나를 위해서 고민하고 갈등해 줬다. 기뻐. 고민스러운 얼굴로 말을 고르는 그녀가 안쓰러워 보이기도 했지만 나는 만족했다.

하지만 걱정스럽기도 했다. 미스티아는 마음이 착한 탓에 자주 남을 도와주곤 한다. 그녀의 약한 부분을 노려서 나쁜 짓을 하려는 녀석은 반드시 나타날 것이다. 이미 레이드 녹터는 그러고 있었다.

내가 미스티아에게 걱정스러운 마음을 전해도 그녀는 매우 다르게 해석한 듯했다. 내가 제대로 지켜봐야 한다.

그리고 그다음 날은 미스티아와 함께 점심을 먹으려고 했으나 실패했다. 하지만 더 최악의 상황이 그다음 날에 일어났다.

"에릭은 미스티아 아렌을 좋아하나?"

점심시간에 복도를 걷고 있자 어딘가 끈적거리고 기분 나쁜 목소리가 한 교실에서 들려왔다.

신중히 발소리를 죽이며 교실로 다가가 안쪽을 살피니, 우리 반 학생들과 옆 반 학생들이 모여서 대화 중이었다. 내가 1학년 교실을 자주 찾아간다는 이야기와 미스티아에 관한 이런저런 이야기를 꺼내며 천박하게 웃었다.

고아원에 기부하는 것은 점수를 따기 위해서라거나, 미스티아의 부모님이 예전엔 나쁜 사람이었다거나, 그녀가 들으면 싫어할 만한 이야기를 아무렇지 않게 꺼내며 신나 있었다.

게다가 미스티아의 체육복에 장난까지 친 모양이었다. 진흙을 끼얹었다고 하는데, 미스티아에게 그런 이야기는 들어본 적 없었다. 하지만 만일 그런 일이 있었더라도 그녀는 자신이 괴롭힘을 당한 사실을 말하지 않았을 것이다.

미스티아는 자주 내게 "다 같이 사이좋게 지내."라고 말하곤 했다. 그래서 나는 다른 사람이 내게 들러붙어도 참고 웃었다. 하지만 미스티아는 내가 자신을 나쁘게 말하는 녀석들과 친하게 지내기를 바랄까? 머리끝까지 열이 뻗쳐서 나는 교실의 문을 있는 힘껏 열어서 미스티아를 욕보인 녀석들 앞에 섰다.

안에서 미스티아를 비웃던 녀석들은 꾸며낸 웃음을 지으며 내 비위를 맞추려 했다. 하지만 그들이 뻗은 손을 내치는 나를 보며 놀랐다.

"이제 됐어. 너희는 나한테 방해될 뿐이야. 미스티아가 한 말

때문에 친하게 지내주려고 했을 뿐이지, 처음부터 너희는 필요 없었어."

안 되겠어. 더는.

내 말에 미스티아를 욕하던 녀석들은 반성은커녕 변명하기 시작하면서 "그럴 의도가 아니었어."라던가, "에릭을 생각해서." 같은 말을 꺼냈다. 나는 주먹을 꾹 쥐고 벽을 쾅 내리쳤다.

용서할 수 없어.

당장이라도 모두를 이 자리에서 박살 내서 엉망으로 만들어 버리고 싶어. 나를 위해서, 나를 위해, 나를 위해 나를 위해. 나를 위해서 미스티아를 상처입혔다고?

"이제 됐어. 내 앞에서 당장 사라져."

나조차도 놀랄 정도로 차갑고 낮은 목소리가 나왔다. 미스티아를 상처입히는 방해자들은 다들 두려워하는 얼굴로 교실을 나갔다. 전부 한꺼번에 창문 밖으로 던져버리고 싶어. 언젠가 미스티아와 인형 놀이를 하며 그랬던 것처럼, 어딘가에 묶어 놓고 죽여버리고 싶어. 하지만 실제로 그런 짓을 했다간 미스티아가 싫어하겠지.

슬퍼할 테고, 분명 내게 화낼 것이다. 그런 일은 분명 바라지 않을 것이다.

하지만 오늘부로 녀석들에게 상냥하게 대하는 것은 그만두기로 했다.

처음부터 관심 없는 인간들이었으니 바뀐 것은 없다. 미스티아가 걱정하리라고 생각해서 상냥하게 대해준 것뿐. 그녀의 상냉함을 받기에는 녀석들은 너무 더러웠다.

내 세계에는 미스티아만 있으면 된다. 그 외에는 전부 방해자들일 뿐이다. 친하게 지내려 해도 그건 전부 미스티아 때문이다. 나는 결국 미스티아만을 원한다는 것을 강하게 깨닫게 될 뿐이었다.

그래서 나는 미스티아의 세계를 상냥하고 예쁜 것으로 만들자고, 결심했다.

제 8 장

교외학습

안전한 선택

교외 학습 당일. 다른 반이 어딘가 긴장한 얼굴로, 또는 즐거운 얼굴로 산을 오르는 것을 나는 죽은 눈으로 바라봤다.

우리 귀족 아카데미의 안내문으로부터 발췌하자면, 교외 학습은 '자립성을 높인다'라는 교육 방침에 따라 1학년 학생은 등산, 비너스레이에 오른다.

일단 아카데미에 모인 후에 준비된 마차를 타고 산으로 이동한 후, 각자 흩어져 등산한다. 정상에서 점호한 후 반 학우끼리 모여 점심을 먹고 마지막에는 반별로 다 같이 하산하는 흐름이었다.

뭐, 교외 학습답다고 해야 하나. 귀족답다기보다는 현대적인 분위기가 풍기는 이 행사는 두근러브의 레이드 녹터 루트에서 처음 나오는 갈등 이벤트이기도 했다. 히로인과 악역 영애가 처음으로 맞붙는 사건 말이다.

이 이벤트에서 앨리스는 미스티아와 같은 마차를 타고 산으로 향하게 된다.

운명의 장난이라고밖에 할 수 없는 우연이다. 그리고 미스티아는 마차에서 추종자 네 명과 함께 앨리스를 도망치지 못하는 상황으로 몰아붙인 후에 규탄한다.

"너, 요즘 레이드 님과 친하게 지내더라?"

"가정 교육을 잘못 받았나? 다른 사람 게 탐나는 모양이지?"

"돈 생각에 정신이 나갔다거나?"

"어머. 그 신발이랑 가방, 평민인 네게는 어울리지 않는 것 같은데?"

그렇게 말하며 미스티아는 앨리스의 신발과 가방에 손을 뻗는다.

등산 전에 상대의 장비를 빼앗는 것이다. 살의가 느껴지는 행동이었다.

그리고 산적 영애 미스티아에게 가방과 신발을 빼앗길 위기에 처한 앨리스는 "아니에요. 레이드 님과는 그저 화제가 잘 맞아서 대화한 것뿐이에요! 전 그럴 생각이 아니었어요!"라고 말대꾸하며 미스티아에게 반항한다.

아니, 말대꾸가 아니라 그저 가방과 신발이 빼앗기는 상황을 막기 위한 것이었지만 미스티아는 '나를 거스르다니!'라고 해석해 버린다.

발끈한 미스티아가 앨리스의 뺨을 내리치려던 때, 마차는 산에 도착하여 멈추어 선다. 사태는 그렇게 수습되는 듯했지만, 따귀를 때리려다 불발로 끝나는 바람에 분노에 찬 미스티아는 등산길에서 아무도 보지 않는 틈을 타 앨리스를 있는 힘껏, 풀스윙으로 밀어 계곡으로 떨어트린다.

보통이었다면 계곡 바닥까지 추락할 위력으로.

하지만 앨리스는 계곡 바닥이 아니라 낙하지점으로부터 2m 반 정도 아래에 떨어진다. 히로인 보정으로 인해 살아난 것이다.

그렇게 어떻게든 자력으로 올라오기 위해 방법을 모색하는 앨리스를 지나가던 레이드 녹터가 발견하여 도와준다. 그렇게 같이 정상을 향해 올라가는 시나리오다.

레이드 녹터에게 도움을 받아 그에게 반하는 앨리스. 앨리스와 대화하며 그녀의 꾸밈없는 태도와 솔직한 감성에 끌리기 시작하는 레이드 녹터. 사랑의 첫걸음이었다.

한편 미스티아는 완전히 상해죄, 살인미수였다. 파멸을 향한 첫걸음. 재판에서 범행을 일으킨 사실뿐만 아니라 '살해 의도의 여부'와 '책임 능력'을 물을 정도의 흉악한 범죄였다.

그래서 오늘은 어떻게든 레이드 녹터와 앨리스와 엮이지 않기로 마음먹었건만, 아카데미에서 집합했을 때 산으로 향하는 마차를 앞에 두고 레이드 녹터는 당연하다는 듯이 "미스티아, 같이 마차 타고 가자."라고 말했다.

평소라면 레이드 녹터의 압박에 못 이겼겠지만 이번엔 대책을 미리 짰났다. "몸이 안 좋은 학생이 많은 게 아니라면 선생님과 같은 마차를 타고 싶은데요……."라고 어제 미리 제시 선생님에게 부탁해둔 것이다.

원래는 앨리스와 동승하지 않기 위해서 생각한 계책이었고, 레이드 녹터가 "같이 타자."라고 말할 줄은 상상도 못 했으나 결국 지옥의 상황을 모면한 것은 마찬가지였다.

덕분에 적어도 가는 길과 돌아오는 길에는 안전이 보장된다. 지금은 반 점호를 끝낸 후 학생들이 줄지어 출발하기 시작한 참이다. 나는 이대로 후미 포지션을 유지하며 산을 오르기만 하면 된다. 간단한 일이다.

미스티아가 다른 사람을 밀어 떨어트린다는 시나리오가 재현되면 안 되니까 나는 후방, 최대한 가장 낮은 곳에 있는 편이 좋다.

하지만 슬슬 나도 출발해야겠지. 앨리스는 혼자서 벌써 출발해 버렸고, 그녀가 출발하고 조금 후 레이드 녹터는 남학생들과 함께 등산을 시작했다. 두 사람이 출발하고 꽤 시간이 지나서 지금 내 주변에 있는 학생은 몇 명뿐이다.

슬쩍 나무 그늘에서 고개를 빼꼼 내밀었는데, 갑자기 옆에서 확! 하고 내 얼굴을 들여다보듯이 누군가…… 아니, 클라우스의 얼굴이 나타났다.

"왜 그런 표정으로 있어? 못자리라도 찾고 있는 거야?"

비뚤어진 성격의 서포트 캐릭터, 클라우스의 등장이었다. 그는 놀라는 내 등을 찰싹찰싹 때리기 시작했다.

"자, 네 약혼자님은 벌써 올라갔다고. 빨리 따라가야지? 아니면 내가 약혼자님이 있는 곳까지 업어다 줄까?"

출발한 학생들을 가리키는 클라우스. 내가 스스로 무덤에 들어가는 그런 짓을 왜 해? 하는 생각을 하다가 정신을 차렸다.

약혼자라니 무슨 소리야? 레이드 녹터를 말하는 거야? 그게 문제가 아니라, 어떻게 약혼자가 있다는 사실을 알고 있지?

……어쩌면 나를 떠보려고 일부러 그렇게 말한 것일 수도 있다. 위험할 뻔했어.

"누구를 말씀하시는 거죠? 무슨 의미인지 잘 모르겠네요."

"모르는 척하지 마. 내 앞에서 그래봤자 소용없다고…… 그보다 너 뭐야? 천하의 레이드 녹터 님과 약혼한 사실을 숨기고 있는 거야?"

"죄송한데 무슨 말씀이신지 전혀 모르겠……."

"그 이상 재미없는 소리를 계속했다간 미스티아 아렌과 레이드 녹터가 약혼 중이라고 아카데미에 소문을 퍼트릴 거야."

"……어떻게 아신 거죠?"

"어떻게 알았는지 알려줄 리 없잖아, 멍청아. 그보다 미스티아, 최근 심심하지 않아? 잠깐이라도 괜찮으니까 사고 좀 터트려 줘. 재밌게 해 줘."

"저는 평온이 가장 좋다고 생각하는데요."

"그러니 그 평온을 깨트리려는 나와는 엮이고 싶지 않다, 라는 말이야?"

정확하게 내 생각을 맞춰서 놀라는 나를 보며 클라우스는 입꼬리를 더 끌어올렸다.

"그럼 말야. 내가 무례하게 군다고 부모님한테 말해서 처리해 달라고 해 보는 게 어때? 아렌가라면 우리 가문 따위는 간단히 무너트릴 수 있을걸."

클라우스의 얼굴에서 웃음이 사라졌다. 무슨 소리를 하는 거야? 의미를 알 수가 없었다. "우리 가문을 무너트리는 게 어때?"라니, 정상적인 사고가 아니다. 무섭게 느껴지기까지 했다.

"자, 자기가 무슨 소리를 하는지 알고 말하는 거예요?"

"응. 어차피 넌 그러지 못할 거잖아. 그러니까 뭐든 말할 수 있지."

클라우스는 뭔가를 포기한 것처럼, 지친 듯한 말투로 한숨을 쉬며 말했다. 정말로 그 말대로다. 대꾸할 말도 없었다.

"⋯⋯네. 그 말대로예요. 그러니 저는 아무 말도 못 하겠네요."

그렇게 대답하자 클라우스는 고개를 숙이고 어깨를 들썩이더니 곧이어 크게 웃기 시작했다.

"흐⋯⋯ 푸핫⋯⋯ 하하하⋯⋯ 아하하하하하하하하! 긍정하는 거냐고! 제대로 대꾸해야지!"

눈물을 글썽이기까지 했다. 포복절도였다. 너무 웃어서 힘들다는 것처럼 배를 쥐고 웃었다.

"아하하하하! ⋯⋯하아, 그래도 너 말야. 배짱은 있는데 일시적이라고 해야 하나. 그런 건 전혀 재밌지 않다고."

"네?"

"적어도 너와 레이드 녹터의 스타일이 반대였다면 좋았을 텐데 말야⋯⋯. 원하는 것을 얻기 위해서 무슨 짓이든 하는 쪽이 더 재밌잖아?"

응? 설마 레이드 녹터가 브라콤인 걸 알고 있나⋯⋯? 가능성은 충분하다. 그의 말대로 나와 레이드 녹터가 반대가 된다면 나도 뭔가에 집착해야⋯⋯.

게임 속 미스티아가 바로 그랬잖아.

클라우스의 재미를 추구하는 가치관은 미스티아의 흉악성과 아마 잘 맞았을 것이다.

"그럼 나는 갈게. 정상에서 네가 재밌는 일을 보여주기를 기다리고 있을 테니까 너도 빨리 올라오라고."

클라우스는 기지개를 켜고는 정상을 향해 가볍게 뛰기 시작했다. 산을 만만히 보고 있는 것이 틀림없었다. 하지만 그는 도망치는 것도, 쫓아가는 것도 빠르고 지구력도 높았었지.

나는 클라우스와도 마주치지 않기 위해 그의 모습이 완전히 사라지는 것을 기다렸다가 천천히 산을 오르기 시작했다.

묵묵히 산을 오른 지 한 시간째. 나는 딱히 페이스를 잃지 않고 산을 오르는 중이다. 교외 학습 장소로 선택받은 산이어서 그런지 길이 제대로 정비되어 있어서 산길이라기보다는 길게 이어진 언덕길에 가까웠다.

푸릇푸릇한 나무 사이로 보이는 간판에는 현 지점으로부터 정상까지의 거리가 적혀 있었다. 짧게 요약하자면 '조금 더 가면 3분의 2지점임. 여기가 3분의 2지점인 게 아니라, 조금 더 가야 3분의 2지점임.'이라고 적혀 있었다.

그러니 지금은 대충 3분의 2 정도는 올라온 거겠지.

지금쯤 앨리스와 레이드 녹터는 이미 정상에 도착하지 않았을까. 어쩌다 마주치지 않도록 전방을 예의주시하며 산을 올랐다.

나는 아마 A반 학생 중에서 가장 늦은 편이겠지.

앨리스는 빠르게 출발했고, 레이드 녹터는 운동도 잘하는 사람이니까 둘 다 빠르게 정상에 도착하여 지금쯤 단둘이서 대화를 나누며 거리를 좁혀나가고 있을지도 모른다.

앞을 보니 아무도 보이지 않았다. 저 멀리 사람 같은 형태가 어렴풋이 보일 뿐이었다. A반뿐만 아니라 학년 전체로 따져도 가장 늦게 올라가는 중일지도 모르겠다.

"미스티아."

뒤돌아보니 제시 선생님이 있었다.

선생님이라서 낙오되는 학생이 없도록 천천히 등산 중인 걸까. 그렇다면 나는 역시 정상에서 가장 먼 학생일지도…….

"선생님. 안녕하세요."

"그래…… 그보다 너, 무슨 일이야? 다치기라도 했나?"

"아뇨. 아무렇지도 않아요. 그냥 천천히 걸었더니 다른 학생들이랑 거리가 벌어졌나 봐요."

"그래? 그러면 됐고. 나는 길을 잃은 학생이 있을까 봐 제일 뒤에서 확인하면서 오르는 중인데…… 네가 꼴찌인 모양이군."

제시 선생님이 친근한 느낌으로 웃었다. 역시 내가 꼴찌 확정이었다. 그보다 선생님은 공략 대상이지만 함께 있어도 사건이 일어나지 않을 테니 안심이다.

"괜찮으시다면 선생님이랑 같이 올라가고 싶은데 혹시 괜찮을까요……?"

"마차도 같이 타고 싶다고 했었지. 등산이 그렇게 불안해?"

"별로 익숙하지가 않아서요."

"하하. 자기보다 몇 배나 덩치 큰 말에는 탈 수 있었으면서?"

그 말대로, 선생님에게 승마를 배울 때 나는 상당히 큰 말에 탔었다. 지금도 실력이 녹슬지 않도록 아렌가의 말을 타곤 하는데, 당시보다 키가 컸거니와, 고소공포증이었다면 분명 훈련에도 지장이 생겼을 것이다.

잠시 제시 선생님과 사소한 대화를 나누며 산을 오르자 선생님이 갑자기 "아…… 그러고 보니, 있잖아."라며 뭔가 주저하듯이 입을 열었다.

"여신의 산에는 전설이 있다고 해."

"전설? 어떤 전설인가요?"

"정상에서 소원을 빌면서 산을 내려다보면 꿈이 이뤄진다거나, 밤에 별을 보면 연인이 생긴다거나…… 등산하는 사람이 많으니까 좋을 대로 의미를 부여한 거겠지."

"꿈……."

소원을 이뤄준다는 무지개도 맑은 날에 나타나는 거고, 맑은 날이어야 밤에 별도 볼 수 있다. 그러면 소원이 이뤄지는 건 날씨에 달린 건가? 생각해 보니 비가 오는 날에 소원을 이뤄준다는 전설은 별로 들어본 적이 없었다.

……지금 내게 소원이 있다면 분명 '투옥, 사형 엔딩을 피하게 해 주세요.'겠지. 레이드 녹터와 에릭의 오류도 고치고 싶지만 소원은 보통 하나만 빌 수 있으니까. 투옥, 사형 엔딩만 확실히 피할 수 있다면 나는 안심하고 마음껏 대담하게 움직일 수 있다.

가족, 사용인의 행복과 레이드 녹터, 에릭의 갱생은 필수 사항이다.

"너는 이루고 싶은 소원이 있나?"

"있어요. 그런데 이건 이루고 싶은 소원이 아니라 꼭 이뤄야 할 소원이에요."

"그렇구나……."

제시 선생님은 고개를 끄덕이고는 주위를 확인했다. 정말로 선생님이 있어서 다행이었다. 나는 등산을 시작할 때엔 전혀 느낄 수 없었던 안심감을 느끼며 정상을 향해 걸어 나갔다.

정상에 도착하자 제시 선생님은 "교사끼리 할 이야기가 있다."라면서 자리를 떴다. 그래서 "점심도 같이 먹고 싶어요."라고 부탁할 수가 없었다.

선생님을 떠나보낸 나는 앨리스와 레이드 녹터를 포함한 A반 학생들이 모인 곳보다도 낮은 곳에, 게임 시나리오처럼 누군가를 밀어 떨어트리는 일은 불가능한 곳으로 가려고 했는데──,

"미스티아, 점심 같이 먹자."

레이드 녹터에게 손을 붙잡혔다.

시야 바깥에서 갑자기 끼어든 탓에 반응이 늦고 말았다.

중지부터 약지까지를 붙잡히고 말았다. 다섯 손가락 중에 세 손가락이다. 뿌리쳐 보려고 했으나 꼼짝도 하지 않았다.

"어, 아뇨, 저는, 그게, 저, 식사는 혼자서 먹는 게 편해서요."

"네인 선배와는 같이 먹지 않았어? 여동생 쪽 말이야."

"최대 두 명이 한계라서요. 하지만 레이드 님은 반장이니까 다 같이 먹는 게 좋지 않을까 하고……."

"나랑 단둘이 먹는 건, 싫어?"

레이드 녹터의 강속구 질문이 직격했다. 항상 그는 전속력으로 투구해 온다. 결국 어느 쪽을 선택하든 지옥이다. 내게 대답을 선택할 권리는 없었다.

"같이 먹어요……."

"응. 가자."

큰일이다. 등을 보이고 말았다. 모르는 새에 가방도 뺏기고 말았다. 아마도 그는 반을 똘똘 뭉치게 만들고 싶은 거겠지. '반 친구끼리 다 같이'라던가, 결속을 강조하는 스타일. 제발 참아줬으면 좋겠다. 어라, 그런데 방금 단둘이라고 하지 않았나……?

반 학생들이 모이는 곳으로 가자 주위에 있던 학생들이 하나같이 나를 보고 놀란 표정을 지었다.

레이드 녹터가 한 발짝 앞으로 나가 나무 그늘에서 식사하라면서 커다란 나무 아래를 가리켰다. 우뚝 서 있던 반 학생들은 순순히 그가 가리킨 방향으로 향했다.

나는 반 학생들로부터 조금 거리를 두고 구석에 돗자리를 폈다. 그러자 그늘이 조금 더 짙어졌다.

예상이 갔다. 분명 레이드 녹터겠지. 요즘은 슬프게도 발소리만 듣고도 알아챌 수 있었다.

"앉아요."

먼저 말하며 뒤돌자 그는 조금 놀란 표정을 지었다. 하지만 곧바로 자상한 웃음을 지으며 내 옆에 돗자리를 펼치기 시작했다.

반 학생들 무리에서 떨어진 곳에 자리를 잡은 것은 실책이었다. 흡사 단둘만의 공간이 만들어지고 말았다.

슬쩍 옆을 보니 레이드 녹터의 남색 돗자리에는 식물 자수가 새겨져 있었다. 선명한 한색 계열로 통일되어 있었다.

"자수가 예쁘네요."

"그래?"

"네. 여기는 이렇게 세세하게 그림자를 표현했고 색 배치도 선명하고, 분명 시간이 오래 걸렸을 거예요."

"응. 어머니의 자수야. 평소에 가족이 외출할 때 쓰는 건데 빌려왔어."

"녹터 부인이……."

대단하다고 생각하며 바라보고 있자 레이드 녹터가 내 돗자리 위에 놓은 가방을 자신의 돗자리로 옮기기 시작했다.

"어, 왜, 왜 가져가시는 건가요?"

"같이 먹자고 했잖아. 짐, 내 옆에 둬도 괜찮아."

"아뇨. 괜찮아요. 가족의 사랑이 담긴 돗자리니까 가족끼리 사용하시는 게……."

"너는 나중에 녹터 성(姓)을 받을 거잖아? 뭐, 내가 아렌 성을 받아도 괜찮지만."

무서워. 자르드 군에게 자연스럽게 녹터 가문을 잇게 한다는 계획을 이렇게 대대적으로 표명할 줄이야.

계획까지 대놓고 드러내기 시작했고, 정말로 슬슬 앨리스와 어떻게든 이어지지 않으면 큰일이다. 죽음이 다가올지도 모른다.

"앉아. 이러다 시간 다 지나겠어."

레이드 녹터에게 재촉당해 나는 녹터 부인의 자수를 놓은 돗자리에 앉았다. 이제 최대한 빠르게 먹고 철수하는 방법뿐이라고 생각하며 내 돗자리를 접어 가방에 넣은 후 도시락 통을 꺼냈다.

"입학한 후에 같이 밥 먹는 건 처음이네."

"그러게요."

"미스티아, 항상 바빠 보였으니까."

"네. 아직 익숙해지지 않아서요."

"그럼 익숙해지면 같이 밥 먹어 줄 거야?"

"그런 날이 찾아올지 모르겠네요……."

"올 거야. 언제쯤이려나. 가능한 한 빨랐으면 좋겠는데."

레이드 녹터는 도시락 통을 꺼내 뚜껑을 열었다. 그와 아카데미에서 함께 식사라니. 죽음의 냄새밖에 풍기지 않는다.

평생 익숙해지지 말자고 다짐하며 도시락 통의 뚜껑을 열자, 요리장의 수제 샌드위치가 모습을 드러냈다. 도시락 통에는 칸막이가 있었고, 다른 칸에는 과일이 담겨 있었다. 하트나 별모양으로 깎인 과일에는 먹기 좋도록 작은 이쑤시개가 꽂혀 있었다.

고마워, 요리장. 잘 먹을게. 돌아가면 감사 인사를 하자고 다짐하고 있는데 레이드 녹터가 내 도시락을 바라봤다.

"아렌가의 요리장이 만들어 준 거야?"

"네. 요리 실력이 정말 좋아요……! 전에 칼질하는 걸 직접 본적이 있었는데 속도가 엄청 빨랐어요."

"그러고 보니 아렌가의 요리사를 실제로 본 적이 없네. 어떤 사람이야?"

"좋은 사람이에요. 항상 새로운 요리가 나오면 알려주거든요."

저번에도 요리장은 집사를 통해 신작 케이크를 전해주었다.

케이크에 항상 독특한 이름을 붙여서 '고뇌가 담긴 케이크', '계속 먹고 싶어지는 푸딩', '이거야말로 타르트' 등 다양하고 재밌었다.

"그렇구나. 식사는 전부 그 사람이 만들어?"

"네. 실은 좀 더 사람을 고용해서 쉬엄쉬엄할 수 있게 해 주고 싶었는데 그게 오히려 힘들다고, 뭔가, 다른 사람이 오면 자기가 그만둬야 할 것 같아서 불안하다는 모양이에요."

"흐음……."

샌드위치를 한 입 먹다가 문득 깨달았다. 레이드 녹터는 왜 앨리스와 같이 식사하지 않는 거지?

어째서, 앨리스에게 밥을 같이 먹자고 권유하지 않은 거지? 정상에서 같이 도시락을 먹는 건 꽤 좋은 기회인데. 그녀의 모습을 찾아 주위를 둘러보니, 앨리스는 목소리가 아슬아슬하게 들려올 정도로 떨어진 곳에서 기도하듯 손을 모으고 "잘 먹겠습니다."라며 목숨이 붙어 있는 것에 감사하고 있었다.

레이드 녹터와 앨리스의 친밀도가 아직 낮아서 둘이서 같이 식사하지 않는 건가……?

두근러브는 본편이 끝나는 3월의 호감도에 따라 세 개의 엔딩으로 나뉜다.

예를 들어, 레이드 녹터 루트의 경우. 그가 히로인에게 고백하여 결혼하는 것이 해피 엔딩. 히로인에게 고백하지 않고 내년을 기대하는 노말 엔딩. 미스티아와 결혼하여 히로인과 이어지지 않는 것이 배드 엔딩이었다.

그리고 각기 결말이 다른 세 개의 엔딩의 유일한 공통점은 미스티아 아렌의 투옥…… 그리고 사형이었다. 친밀도에 따라 발생 이벤트가 사라지는 상황은 없었지만, 일반적으로 생각해 보면 친하지 않은 사람과는 같이 식사할 생각을 하지 않겠지. 레이드 녹터가 내게 같이 식사하자고 권유한 것은 반의 통솔을 위해서거나 내가 어릴 적부터 알던 사이이기 때문일 터였다.

묵묵히 식사를 이어나가자 그는 앞을 응시했다.

"그러고 보니 저 애, 우리 반 학생들이랑 화해한 모양이야."

"화해?"

"앨리스 하트필 양 말이야."

갑자기 나온 이름에 아찔한 기분이 들었다. 나는 레이드 녹터와 그녀의 이야기를 하고 싶지 않다. 게임에서 그가 그 이름을 입에 담을 때마다 미스티아는 "그 여자 이름은 듣고 싶지 않아!"라며 화냈다. 이유는 다르지만 나도 그녀의 이름은 듣고 싶지 않았다.

무서우니까. 엄청나게.

"네가 저 애를 감싸줬다고 들었어."

"그걸 감싸줬다고 할 수 있을까요……."

"설마 평민이 아카데미에 입학할 줄이야. 나도 깜짝 놀랐어."

감싸줬다니. 좋은 이미지의 표현이지만 실제로 내가 한 것은 히어로처럼 악으로부터 앨리스를 구한 게 아니라, 권력을 휘둘러 반 학우들을 협박한 것뿐이다. 애매하게 고개를 끄덕이고 있자 그는 나를 빤히 바라봤다.

"특별하다고는 해도, 누군가가 신분을 소문내려고 했잖아. 저 애랑 가까이 지낼 땐 조심하는 게 좋을 거야."

레이드 녹터의 눈은 진지했다. 나를 바라보고, 다시 앨리스에게 시선을 돌리며 "원한을 샀을지도 모르니까 말이야."라고 중얼거렸다.

"네 교우 관계에 관여하고 싶은 건 아니야. 단지 사귈 상대는 잘 골랐으면 좋겠어. 역시 우리와 저 애는 사는 세계가 달라. 우리가 당연하게 가지는 장식품은 저 애뿐만 아니라 저 애의 가족까지 일하지 않고 평생을 살 수 있게 할 정도로 가치가 있어. 그만큼 저 애와 우리는 생활이 아예 달라."

"그……."

"너는 말야. 사용인들도 차별하지 않고 똑같이 대하니까……. 그게 나쁜 건 아니지만 그들은 적어도 너보다는 연상이고 사회를 더 잘 알고 있어. 하지만 저 애는 우리와 동갑이야. 어쩌면 좀 더 환상을 품고 있을지도 모르지."

앨리스와 친하게 지내지 말라는 말을 하고 싶은 듯하지만, 게임에선 이런 말을 들은 기억이 없었다.

이것도 브라콤의 영향인가? 데릴사위로 들어가기 적합한 아렌가에 뭔가 문제가 생기면 안 되니까 더 신중해진 걸까……? 그래서 앨리스와의 이벤트가 제대로 전개되지 않는 거야……?

"뭐, 네가 감싸줘서 저 애가 감사 인사를 하러 다가올지도 모르지만 말이야……. 무시하라고는 하지 않을게. 나도 제대로 지켜볼 거고……."

"네……."

앨리스를 경계하는 레이드 녹터. 확실히 히로인을 보는 눈이 아니다. 게다가 이벤트가 진전될 기미도 보이지 않았다. 나는 위기감을 느끼며 히로인이 없는 그의 옆에서 도시락을 먹었다.

"……하아."

나는 레이드 녹터와 식사를 마친 후 녹터 부인의 자수가 상하지 않도록 돗자리를 접는 철수 작업을 돕고, 화장실에 간다고 말하며 재빠르게 자리를 떴다. 그는 떨떠름한 표정이었지만 '정말 화장실에 가는 거야?'라고는 당연히 묻지 않았다. 신사에 상식적인 사람이니까. 동생을 아끼는 마음은 상식을 벗어났지만.

그래서 나는 지금 정상에 마련된 화장실 건물의 개인 칸에서 아무것도 하지 않고 앉아 있는 중이다.

원래는 전망 좋은 벤치에 앉아 멍하니 있거나 앞으로의 일을 생각하고 싶었는데, 레이드 녹터가 "반 친구들끼리 다 같이 잠깐 노는 건 어때?"라고 말한 탓에 화장실에서 나갈 수가 없었다.

순간 어딘가 나무 뒤에 몸을 숨기려고도 생각해 봤지만 그러다가 들키는 게 더 큰일이니까. '잠깐 노는 것'은 계획에 없던 상황이라 무슨 일이 일어날지 예측할 수 없어서 위험하다. 숨바꼭질을 하다가 앨리스가 눈앞에 나타나기라도 하면 죽을지도 몰라.

최악의 경우엔 산 정상에서 보내는 휴식 시간을 화장실에 틀어박힌 채로 보내는 것도 염두에 두고 있자 여학생 여러 명의 목소리가 들려왔다.

역시 아무것도 하지 않고 화장실 칸 하나를 차지하는 건 좋지 않다. 나는 손을 씻고 화장실을 나와 절대 안전지대인 제시 선생님을 찾으려 했는데 누군가가 뒤에서 "잠깐."이라며 나를 불렀다.

차가운 표정의 로베르토 와이즈가 인상을 쓰며 내게로 다가왔다.

"하트펄 양의 신분을 폭로한 종이를 뿌린 건 너지?"

그는 나를 노려보며 차가운 목소리로 말했다. 나는 갑작스러운 일에 머리가 새하얘졌지만 고개를 가로저었다.

"……그런 짓 하지 않았어요."

"그 종이는 네 책상 서랍에만 들어있지 않았어. 게다가 너는 아침에 만났을 때 칠판에 하트펄 양의 신분을 폭로하는 글씨를 지우고 있었지. 실은 몰래 칠판에 적으려다가 내가 오는 바람에 서둘러 지운 거잖아!"

"아, 아니에요!"

"너는 노력파에 총명한 사람이라고 생각했어. 하지만 실은 선생님에게 아부를 떨어서 부정하게 좋은 성적을 얻은 거지?"

"아뇨. 저는 평범하게 정원사와 메이드한테 가정교사를 부탁해서……."

"거짓말은 듣고 싶지 않아. 나는 네가 시크 선생님과 함께 있는 것을 봤어. 같이 점심을 먹었잖아."

그 말을 듣고 깨달았다. 분명 입학하고 곧바로 나는 제시 선생님과 같이 점심을 먹었다. 하지만 그것만으로 내가 부정하게 성적을 올렸다고 생각하는 것은 이상한 판단이었다.

실제로 아카데미 내에서 학생과 교사가 함께 식사하는 것은 두근러브에서도 일상적인 장면으로 나왔다. 빈 교실에서 학생과 교사가 함께 식사하고, 착실히 보강까지 하는 것을 몇 번이나 본 적이 있었다. 그 탓에 빈 교실을 찾기가 어려워져서 몇 번은 교정에서 식사한 적도 있었다.

"너는 정원사와 메이드에게 가르침을 받았다고 들었는데 그것도 실은 나를 우습게 보고 거짓말한 거였어. 그런데 나는 아무것도 모르고 너를 따라다녔다니······ 믿을 수 없어. 너 같은 여자는······!"

"와이즈 씨는 뭔가 오해하고 있어요. 저는······!"

내가 해명하려고 입을 열기 전에, 무언가가 내 옆을 지나갔다.

"미스티아를 모욕하는 건 그만둬 주지 않겠어?"

목소리의 주인······ 레이드 녹터가 내 앞에 섰다. 느긋한 말투였지만 그 목소리에선 명확한 분노와 서늘함이 느껴졌다.

뇌가 레이드 녹터의 존재를 인식한 순간, 순식간에 이성이 돌아왔다.

나는 나쁜 짓을 하지 않았다. 하지만 왠지 좋지 않은 예감이 들어서 서둘러 레이드 녹터를 불렀다.

"레, 레이드 님. 이건, 아니에요. 오해예요. 잠깐 기다려 주세요. 그게 말이죠. 아무튼 아니에요. 모욕 같은 게 아니에요. 전혀 아니에요."

"감싸려는 마음은 알겠지만, 반장으로서도 지금 발언은 그냥 넘어가 줄 수 없어."

"녹터, 너와는 관계없는 일이잖아!"

로베르토 와이즈가 레이드 녹터까지 노려보기 시작했다. 두 사람이 싸우는 상황은 게임에 없었다. 딱히 두 사람이 엮이는 이벤트는 없었지만, 레이드 녹터가 앨리스에게 좋지 않은 감정을 품은 지금, 내가 앨리스를 괴롭히는 것 외에도 게임과 다른 상황이 펼쳐지는 건 막고 싶었다.

"저기, 레이드 님, 이건 오해……."

"화제를 돌리지 말아 주겠어? 나는 네가 와이즈가의 당주가 될 사람으로서 일방적으로 상대를 모욕하고도 부끄럽지 않냐고 묻고 있는 거야."

"크윽……!"

레이드 녹터는 평온하게 얘기했다. 그에 비해 로베르토 와이즈는 그게 마음에 들지 않는 듯이 인상을 찌푸리며 입을 닫았다.

와이즈가의 훌륭한 당주가 되는 것을 꿈꾸고 있는 로베르토 와이즈에게는 치명적인 정신 공격이다. 두 사람 사이에 갈등이 생기고 말 거야.

"기다려 주세요, 레이드 님. 저는 모욕을 받지……."

"그리고 관계라면 있어. 나와 미스티아는 예전부터 가문끼리 교류가 있거든. 미스티아의 부모님이 아카데미에서 미스티아를 잘 지켜봐 달라고 내게 부탁하셨어. 올해…… 그것도 이번 달에 처음 만난 너보다는 훨씬 관계가 깊지."

레이드 녹터의 말에 로베르토 와이즈는 눈을 크게 떴다. 그리고 다시 나를 노려보고는 빈정거리듯이 웃음을 지었다.

"뭐야, 그렇게 된 건가. 교사와 선배만으로도 부족해서 녹터까지 네 사람으로 만든 건가. 아렌가의 영애는 남자를 꾀어내는 데에 재능이 있나 보군."

"그건 아렌가와 녹터가, 두 가문을 모욕하는 말이라고 이해해도 되나? 재판이 열리면 네 가문은 패소해서 길거리에 나앉게 될 텐데. 네 여동생도 말이지."

"읔……. 됐어. 너희한테 할애할 시간은 없어."

로베르토 와이즈는 인상을 찌푸리고 뒷걸음질 치며 빠르게 자리를 떴다. 그 뒷모습을 멍하니 바라본 후 레이드 녹터에게 몸을 돌렸다.

그는 어째서인지 "미안해."라고 내게 사과했다.

"어……, 왜, 사과를……?"

"너무 늦게 도와주러 와서."

"아, 아뇨. 저야말로 감사해요."

내가 감사 인사를 하자 레이드 녹터는 고개를 가로젓고는 로베르토 와이즈가 떠나간 방향을 바라봤다.

"그 녀석, 대체 왜 그러는 거지? 그렇게 감정적으로 나오다니. 앞으로 가까이하지 않는 게 좋겠어."

로베르토 와이즈. 그는 미스티아를 싫어한다. 그러니 올바른 반응이지만 어째서 이렇게 갑자기 공격적인 반응을 보이기 시작한 걸까.

내가 모르는 사이에 무슨 일이 벌어진 건가……?

게임의 강제력 같은 것이 원인이라면 왜 레이드 녹터는 나와 점심을 같이 먹으려고 했지……?

내 옆에 선 그의 모습을 살폈지만 그의 파란 눈동자는 왠지 평소보다 어두워서 속마음을 읽어낼 수가 없었다. 나는 마땅한 말을 찾지 못한 채로 그저 그 자리에 우뚝 서 있기만 했다.

교외 학습으로부터 하루가 지나 평온한 일상…… 아니, 평소와 같은 수업 시간이 돌아왔다.

눈꺼풀이 무거운 것은 지금이 4교시여서일까, 아니면 어제의 피로가 풀리지 않아서일까. 아니면 지학(地學) 수업이 졸려서인가.

고개가 멋대로 앞으로 고꾸라지려는 것을 필사적으로 참고 있다 보니 흔들리는 커튼에 시야가 가려졌다. 유백색 커튼을 배경으로 담담하게 교과서를 읽어나가는 레이드 녹터의 목소리조차 자장가로 들렸다.

점심을 먹고 나서 잠깐 눈을 붙이자는 생각을 하는 사이에 종이 울렸다.

지학 교사가 교실에서 나가는 것을 보고 도시락 통을 한 손에 들고 총알처럼 교실을 뛰쳐나왔다.

아직 종이 울린 지 얼마 안 되어서인지 복도에는 사람이 없었다. 미끄러지듯이 별동으로 피난하여 빈 교실이 없는지 물색했다.

기억하지 못하는 이벤트가 있을지도 모르니까 아카데미 내,

특히 복도에서는 방심할 수 없다.

하지만 평소처럼 빈 교실의 문을 열려고 했는데 잠겨서 열리지 않았다.

옆 교실의 문도 굳게 닫혀 있었다.

보통 별동 교실의 절반 정도는 상시 열려 있어서 자유롭게 출입할 수 있었다.

방범을 생각하면 괜찮은지 걱정되기도 했지만 귀족 아카데미라서 교문, 교사 입구 등에 수위가 적절한 인원으로 균일하게 배치되어 있으므로 외부 방범은 확실하다.

그래서인지 아카데미 내의 교실은 자유롭게 출입할 수 있었는데, 오늘은 문이 열리지 않았다.

아까부터 빈 교실을 하나하나 확인했으나 전부 열리지 않았다.

여긴 2층이니까 얌전히 위층이나 아래층으로 이동하는 게 타당할지도 모른다. 3층은 교실 간 이동을 편리하게 하기 위해 건물을 잇는 복도가 있는 위험 지대니까 1층으로 갈까.

"미스티아 님?"

"알리 씨."

목소리가 들리는 방향을 바라보니 알리 씨가 복도 끝에서 공구함을 들고 내게 다가오고 있었다.

"이런 곳에는 무슨 일이신가요?"

녹슨 공구함이 알리 씨의 동작에 따라 달그락달그락 소리를 냈다.

그에게 피난 왔다고 말할 수는 없었다. 내가 대답을 못 하고 있자 그는 고개를 내렸다.

아무래도 내 손에 시선을 보내는 모양이었다.

"어라, 그거, 점심······이죠?"

"네. 평소엔 빈 교실에서 점심을 먹는데 오늘은 전부 문이 잠겨 있어서······ 지금 1층으로 내려가려던 참이었어요."

내 말에 알리 씨는 "앗." 하고 큰 소리를 냈다.

"오늘은 교실이 잘 쓰이지 않는 날이라 방과 후까지는 전부 닫혀 있을 거예요. 괜찮다면 직원실에서 같이 식사하지 않으실래요?"

"네?"

"홍차도 드릴 수 있고······ 물론, 괜찮으시다면······."

"그래도 되나요? 제가 방해되거나······."

"아뇨!! 괜찮아요! 오히려 미스티아 님이 싫으신 게 아니라면 대환영이라고 해야 하나······! 아아앗, 이상한 의미가 아니라요!! 그게, 항상 저 혼자 식사해서······!!"

알리 씨의 목소리에 불안이 배어 나왔다. 그는 또 뭔가 오해한 모양이었다. 직원실에서 식사할 수 있는 것은 내게 감사한 일이다. 나는 그를 안심시키며 "괜찮아요."라고 고개를 끄덕거렸다.

"그러면 감사히······ 잘 부탁드릴게요."

"네! 정말 기뻐요!!"

알리 씨가 환하게 웃었다.

그렇게 확실히 인식할 수 있었던 것은, 앞머리 사이로 잠깐 색이 보였기 때문이다.

창문으로 들어오는 빛을 받은 알리 씨의 눈동자는 매우 따뜻한 해바라기색이었다.

알리 씨와 함께 식사를 마친 나는 예비종 소리를 들으며 교실로 돌아왔다.

평소대로 자리에 앉으려는데 칠판에 그려진 여러 개의 사각형이 눈에 들어왔다.

좌석 배치표 같은, 마치 지금부터 자리를 바꾸려는 듯한 그림이었다.

교탁에는 선생님이 아니라 레이드 녹터가 서 있고, 그는 누가봐도 '제비뽑기'에 쓰기 좋은 상자를 들고 있었다. 중앙에는 손을 넣을 수 있는 금테가 둘린 구멍까지 있었다.

……어? 뭐야, 이거. 자리라도 바꾸는 거야?

멍하니 서 있자 그가 내게 다가왔다.

"아, 미스티아. 왔구나."

"네……, 저기, 이건 대체……?"

"자리를 바꾸려고. 5교시 수학이 국어로 바뀌었거든. 시크 선생님 수업이라 자리를 바꾸기로 했어."

뭐라고? 의미를 이해할 수 없었다.

수학이 국어로 변경된 것은 이해했다. 시간표가 바뀌는 일은 자주 있으니까. 그런데 왜 거기서 자리를 바꾸는 얘기로 넘어가는 거야?

의아해하는 나와 다르게 레이드 녹터는 환하게 웃을 뿐이었다.

"슬슬 다들 반 친구들의 이름을 외웠잖아? 그러니까 이제 자리를 바꿔서 새로운 친구들과 교류할 수 있도록 하는 게 어떻겠냐고 점심시간에 내가 제안했어."

반장으로서 그는 올바른 행동을 했다. 자리를 바꿔서 교류의 범위를 넓히고 반의 친목을 다지려는 마음가짐. 훌륭하다. 반장의 귀감이다. 하지만 그 행동이 나를 죽음으로 몰았다. 지옥행 편도 티켓을 발권하는 행동일 뿐이었다.

지금 내 자리는 매우 안전한 자리다. 입실과 퇴실이 즉각 가능한 복도 쪽 가장 뒷자리. 멀리 떨어진 레이드 녹터와 앨리스. 게다가 두 사람은 붙어 있다. 지금이 가장 좋다. 그렇다는 것은 자리를 바꾸면 두 사람은 멀어진다는 것이다.

머릿속에 최악의 상상이 선명하게 상영되었다.

오른쪽에 앨리스, 왼쪽에 레이드 녹터. 도망치기 어려운 창가와 중앙 자리. 두 사람이 앞뒤여도 죽는 건 마찬가지다. 대각선이어도 죽는다. 죽음의 게임. 데드 엔딩.

"수고하시네요……."

절망을 끌어안고 자리에 앉자마자 레이드 녹터는 교탁으로 되돌아가 칠판 옆에 등을 기대고 서 있는 제시 선생님에게 상자를 내밀었다.

"선생님, 제 번호를 먼저 뽑아주실 수 있나요?"

"그래."

자리 교체는 레이드 녹터가 주도하는 모양이다. 반장이기 때문인지, 제안한 사람이기 때문인지는 모르겠다.

선생님은 제비를 하나 뽑아 손에 쥐었다. 창가의 가장 앞자리부터 순서대로 레이드 녹터가 제비뽑기 상자를 옮겼다.

이 흐름을 보아하니 나는 마지막 순서인 모양이다. 제비를 뽑는 순서를 고를 권리조차 부여받지 못했다.

아니…… 다르게 생각해 보자. 이건 전지전능한 신의 뜻이다…… 아니, 신의 뜻은 안 돼. 신용할 수 없어. 지금까지 계속 사건에 휘말리기만 하고, 특히 유학 서류가 감쪽같이 사라진 일 때문에 원망밖에 들지 않는다.

"자, 뽑아. 미스티아."

레이드 녹터가 내게 상자를 내밀었다. 뽑으라고 말했지만 어차피 제비는 하나밖에 남지 않았다. 그런데도 "뽑아."라고 말하는 건 대체 뭐지.

그렇게 생각하며 상자에서 제비를 뽑았다. 내게 부여된 번호는, 4번이었다.

"내가 숫자를 적을 건데 마음에 들지 않는 자리가 걸린다면 미안해."

칠판 앞에 선 레이드 녹터는 분필을 들고 미안한 표정으로 웃었다. 교실에 순식간에 온화한 분위기가 흐르고 다들 그를 따라 웃었다.

"아니. 내가 하지. 자, 네 제비."

선생님이 레이드 녹터의 손에서 분필을 가져가고 제비를 건넸다. 레이드 녹터는 놀라면서도 "감사합니다, 선생님."이라고 인사하며 자리에 앉았다.

"안 좋은 자리가 걸려도 무효는 없어."

선생님이 칠판에 번호를 적어나갔다.

교실은 꽤 기묘한 분위기에 휩싸였다. 여기 모인 것은 대부분이 귀족. 좋은 자리가 걸렸다고 "좋았어!"라고 큰소리를 내지도 않고, 나쁜 자리가 걸려도 "안 돼!"라고 소리치지 않았다.

나는 상황에 따라선 마음속으로 소리치겠지만.

이내 칠판에 그려진 자리에 모든 번호가 적혔다. 나는 시간이 멈춘 듯한 착각에 빠졌다.

……기적이야. 기적이 일어났어. 내 새로운 자리는, 지금과 같은 자리였다. 자리가 바뀌지 않았다.

복도 쪽 열의 가장 뒤, 가장 구석 자리. 이동하지 않아도 되는 기적. 좋았어! 바로 도망칠 수 있는 자리가 확보된다면 매우 안심이다. 신은 나를 버리지 않았다. 죄송해요, 신님. 저는 당신을 오해하고 있었어요. 인간에게 치사량의 시련을 주는 순수한 냉혈한이라고 생각했어요.

"자, 수업 시간이 남았어. 빨리 이동하도록."

선생님의 말씀에 따라 다들 자리를 옮기기 시작했다. 레이드 녹터는 자신의 가방을 들고 앞쪽으로 이동했다. 창가의 가장 앞자리였다. 좋아, 이건 좋은 현상이야! 최고의 자리 배치다. 레이드 녹터는 이제 웬만하면 뒷문을 사용할 일이 없을 거야! 처음에 레이드 녹터가 자리 바꾸기를 제안했다는 이야기를 들었을 땐 절망에 빠져서 저주하고 싶었지만 정정한다. 고마워, 레이드 녹터! 자리 교체 최고야! 최고!

기쁨에 몸을 부르르 떨자 옆자리에 사람이 다가왔다. 게임에서는 미스티아의 추종자였으나 지금은 평범하게 아카데미 생활을 즐기고 있는 학생이다. 자리를 바꾸기 전에도 그녀와는 자리가 가까웠다. 안심, 안전, 완벽한 주위 환경이다. 기뻐서 마음속으로 춤추고 있는 것을 들키지 않도록 책상을 빤히 바라봤다. '자리 옮기는 걸 까먹은 녀석'이라고 오해받아도 별로 상관없다. 왜냐하면 내 자리는 바로 여기니까. 제비도 내 손에 있다. 하아, 최고야.

"……이걸로 짐은, 전부 챙겼고……. 잊은 것도 없고……."

옆에서 들려오는 목소리에 위화감이 들었다. 어라, 분명 그 애 목소리는 조금 달랐던 것 같은데……? 상큼하고 달콤한 이 목소리는, 분명 교실에서 일부러 듣지 않도록 노력했던 그녀의——.

"저기, 미스티아 님! 앞으로…… 잘 부탁드립니다!"

내게 말을 거는 목소리에 고개를 든 나는 상대의 모습을 확인하고 몸이 굳어버렸다. 왜냐하면 내 옆에 앉은 것은, 분홍색 머리의 소녀. 앨리스 하트펄이었기 때문이다.

번외. 미래를 향한 인사

SIDE: Jey

마차를 타고 가정 방문을 위해 미스티아의 저택으로 향했다.

학생의 저택에 방문하는 것이니 저택 방문이라고 불러야 하는 것이 아닌가 하는 의문이 들었지만, 선배 교사가 말하기로는 가정 방문이라고 한다.

집 상태를 보고 문제가 없는지 판단하고, 아카데미에서의 모습을 보호자에게 전달하는, 교사로서 아주 중요한 업무다.

하지만 그것은 이미 끝났다. 원래 우리 반에는 문제나 왕족 같은 학생은 없으니까. 성적이 심하게 나쁜 녀석도 없다.

아카데미 내 유일한 평민 학생, 앨리스 하트펄의 집은 귀족에 비해 빈곤한 느낌은 있었으나 제대로 건강하게 생활하고 있는 것 같았다. 부모님과의 사이도 양호하여 안심했다.

창밖을 바라보니 아렌가 저택에 가까워져 가는 것을 알 수 있었다. 자주 보던 풍경이다.

하지만 미스티아의 저택 안에 들어가 본 적은 지금껏 단 한 번도 없었다. 생일 파티는 우리 사이가 비밀인 이상 출석하기 어렵다. 저택 데이트는 우리 사이를 들킬 가능성이 있으니 할 수 없었다.

오늘은 그녀의 부모님께 좋은 인상을 남겨서 장래에 내가 인사하러 왔을 때 '이 녀석이라면 딸을 맡겨도 괜찮겠군.'이라고 생각하게 만들어야 한다.

선물이라도 가져가고 싶었지만 오늘은 딸의 연인으로서가 아니라 학생의 담임교사로서 저택에 방문하는 것이므로 단념했다.

아렌가 저택에 도착하여 마차에서 내려 주변을 빙 둘러보았다.

손수건을 돌려주기 위해서…… 매일같이 건너편 길가에서 이 문 앞을 바라보곤 했었다.

마치 몰래 미행하는 것 같았네. 그렇게 회상하며 문지기에게 이름을 말하고 안으로 들어섰다.

가시나무처럼 생긴 검은색 담장은 다른 저택보다 훨씬 높은 위치까지 저택을 둘러싸고 있어서 미스티아를 가두는 우리처럼 보인 적도 있었다.

그래서인지 저택의 문턱을 넘었을 때, 감개무량하여 환희의 충동이 끓어올랐다. 아아, 나는 여기까지 왔구나. 연인이 아니라 교사로서 온 거지만.

머지않은 미래에 나는 미스티아의 연인으로서 이 문턱을 넘을 것이다.

아렌가 저택에 들어서자, 여기서 미스티아가 생활한다고 생각하니 평소라면 관심조차 두지 않았을 가구들이 사랑스럽게 느껴져 신기한 기분이었다.

집사에게 접객실로 안내받자, 그곳에는 백작과 부인…… 미스티아의 부모님…… 나의 미래의 가족이 있었다.

인사를 적당히 나누고 앉으라는 말에 따라 진홍색 소파에 걸

터앉았다.

백작은 걱정이 담긴 얼굴로 입을 열었다.

"저, 선생님. 어떤가요, 미스티아는…… 아카데미에서, 괴롭힘을 당하지는 않나요……?"

그녀를 괴롭히는 녀석이 있으면 진작 죽었습니다.

그리 말할 수는 없지. 미스티아의 상태는 교사로서도, 연인으로서도 주의 깊게 지켜보고 있다. 기억을 되짚어 봐도 그녀가 괴롭힘당하는 기색은 보이지 않았다. 그 녀석은 스스로 반 학생들과 거리를 뒀고, 같은 반 녀석들은 그것을 보고 어찌해야 할지 몰라 우왕좌왕하는 느낌이었다.

분명 미스티아는 누구와 사이좋게 지내거나 상대의 본질을 꿰뚫어 보는 중이라고 생각했는데, 그 녀석에게 괴로운 일이나 부모님을 불안하게 만드는 사건이 있었던 걸까.

"그런 일은 없는 것 같습니다만…… 뭔가 신경 쓰이는 일이 있으신가요?"

"아뇨…… 미스티아는 정말 상냥해서 남을 배려할 줄 아는 아이입니다만 까다로운 면이 있다고 해야 할까요, 남에게 적극적으로 다가가는 성격이 아니라……."

백작의 시선이 추욱 늘어졌다.

미스티아는 상냥하다. 그리고 배려심이 깊다. 정말 완벽한 연인이다. 내게는 아까울 정도의 연인.

나와의 미래를 생각하며 육아책을 읽고, 장래를 생각하여 행동할 정도로 총명하고 배짱도 있다. 그 매력은 사람을 끌어당기고, 그만큼 질투받기도 하겠지. 반 녀석들은 그 녀석을 선망의 눈빛으로 보고 있다고만 생각했는데, 어쩌면 갈등 상황이 벌어진 적이 있을지도 모르겠다.

그러고 보니, 에릭 하임과 레이드 녹터와 같은 망할 꼬맹이 두 마리 때문에 곤란해하는 모습을 자주 목격했었다. 그럴 때면 미스티아는 피곤한 표정을 짓곤 했다. 미스티아가 아직 어리긴 해도 그 녀석들에 비하면 어른이다.

백작은 미스티아의 그런 모습을 보고 괴롭힘을 당하는 게 아닌지 걱정했던 건가.

"저기."

내가 입을 열자 백작이 움찔하는 것이 보였다. 위험해. 의욕이 앞서서 사나운 눈매로 돌아오고 말았어.

"저기, 미스티아 씨는 제가 제대로 지켜보고 있습니다. 지금까지 그래왔고 앞으로도 그럴 거예요. 미스티아 씨가 괴롭힘을 당하는 일이 생기기 전에 제가 반드시, 반드시 대처하겠습니다. 제가 미스티아 씨를 지키겠습니다. 그러니 부디 안심하세요."

교사로서, 한 명의 남자로서, 연인으로서, 그리고 남편으로서.

아카데미에서도, 아카데미를 졸업해도, 계속, 영원히.

"그리고 미스티아 씨의 상냥하고 배려심 깊은 성격을 주변 학생들도 이해하고 있습니다. 미스티아 씨와 친하게 지내고 싶어 하거나 동경하는 학생들도 많죠. 저도 그녀는 매우 훌륭한……… 학생이라고 생각합니다."

그래. 최근 미스티아는 학생들의 화제에 오르곤 했다.

길을 알려줬다거나, 짐을 옮기는 것을 도와줬다거나, 몸이 안 좋을 때 같이 보건실에 데리고가 줬다는 등, 성별을 가리지 않고. 그리고 미스티아에게 도움을 받은 학생들은 제대로 감사 인사를 하고 싶어도 미스티아가 쉬는 시간에 바로 교실을 나가는 바람에 교실에 체류하는 시간이 극단적으로 적어서 어떻게 감사를 전해야 할지 모르겠다며 내게 상담해오기도 했다.

상대가 학생이기는 했지만 남학생이 그런 상담을 해 올 때는 '흑심을 품거나 손이라도 대 봐. 당장 날려버릴 테니까.'라는 생각만 들었고, 미스티아의 장점은 나만 알고 싶다는 생각도 들었다. 하지만 미스티아의 칭찬을 들으면 확실히 기쁘기도 했다.

"딸이······."

백작은 눈을 크게 떴다. 미스티아는 자기 이야기를 많이 하지 않는다. 나에 관한 것도 그렇고, 아카데미 생활에 관해서도 부모님에게 별로 말하지 않았겠지.

미스티아는 사람을 돕는 게 당연하다고 생각하는 성격이고. 나도 미스티아에게 도움을 받은 녀석들의 상담을 듣기 전까지는 몰랐다. 정말로 성격이 너무 좋다고 해야 하나, 손해 보기 쉬운 성격이었다. 그러니까 내가 제대로 지켜봐야만······ 그런 생각을 하고 있자, 백작과 부인이 내 손을 잡았다.

"선생님. 부디, 부디 딸을 잘 부탁드립니다······!"

두 사람은 감격한 얼굴로 내게 부탁했다.

아, 이거, 위험했어. 드디어 미스티아를 아내로 맞이할 때가 왔다고 무심코 착각할 뻔했어. 진정하자. 이건 가정 방문이다.

나는 아직 제대로 인사드리지 않았다. 교사로서, 가정 방문을 하러 온 거다.

……좋아, 진정됐어.

"네!! 물론입니다! 제가, 책임을 지고 제대로 따님을, 미스티아 씨를 맡겠습니다……!"

그리고 평생 행복하게 해 주겠습니다. 그러니 안심하세요, 장인어른, 장모님.

나는 두 사람의 눈을 제대로 보고 힘차게 고개를 끄덕였다.

그 후로 시간이 지나 교외 학습일이 찾아왔다.

놀랍게도 미스티아는 이동할 때 나와 함께 마차를 타고 싶다고 부탁했다. 이 어찌나 귀여운 부탁이란 말인가. "몸이 안 좋은 학생이 많은 게 아니라면." 하고 운을 뗀 그 부탁은 너무나도 미스티아다웠다. 정말 사랑스러웠다.

옆 반 담임도 동승했으므로 대화는 하지 못했지만 다섯 번이나 눈이 마주쳐서 괜히 두근거리기도 했다.

그 녀석은 산에 오를 때도 나와 붙어 다녔고, 일부러 늦게 걸으면서 나를 기다리고 있었다. 손은 잡을 수 없었지만 무의식인지 걸을 때마다 점점 다가와서 옷 소매도 여러 번 스쳤다. 주변에 사람이 있었다면 남들에게 우리 사이가 들키지 않도록 자연스럽게 거리를 뒀겠지만, 그 정도는 괜찮으리라 생각하며 나란히 산을 올랐다.

그리고 잠시 소소한 대화를 나누며 걷고 있을 때였다. 별생각

없이 미스티아에게 산의 전설에 관해 이야기해 주자 그녀는 사랑을 고백해 왔다.

소원이 없냐고 내가 물었을 때, "있어요. 그런데 이건 이루고 싶은 소원이 아니라 꼭 이뤄야 할 소원이에요."라고, 미스티아는 내 눈을 보며 마음을 확실히 전해왔다.

미스티아에게 고백받은 것은 그 녀석이 10살이었던 어느 가을 날. 그 이후로는 서로 마음을 전하는 것을 피하던 시기가 이어졌다. 누군가 이야기를 들을지도 모르고, 편지를 보내도 저택의 다른 사람이 볼 가능성이 있으니까 말이다.

하지만 나의 연인…… 아니, 아내는 정말 대단하다. 산에서 단둘이 되었을 때 솔직하게 사랑을 고백했다.

용감하게 느껴지기까지 했다. 매일매일 그녀에게 반했고, 인간에게 '반해서 죽는 병'이 있었다면 나는 매일 죽었을 것이다. 미스티아는 나를 매일 죽이고 말 것이다.

미스티아라면 날 죽여도 좋아. 아니, 하지만 미스티아를 혼자 두고 떠날 수는 없다. 게다가 내가 죽으면 슬퍼하겠지. 아내를 슬프게 만드는 것은 남편으로서 있을 수 없는 일이다.

정상에 도착한 후, 나는 회의를 하러 가는 바람에 미스티아와 함께 식사하지 못했다. 그래도 자연스러운 흐름으로 같이 하산하고 싶어서 그 녀석을 넌지시 불렀더니, 정말로 자연스러운 흐름으로 같이 산에서 내려올 수 있었다.

내 생각은 간단히 알아채는 모양이었다. 미스티아는 돌아갈 때도 내게 "돌아가는 길도 좀 불안해서……"라며 마차 동승을 부탁했다.

내 아내는 정말 세상에서 제일 귀여워.

나는 들떠 있었다. 그래서 빨리 알아차리지 못했다. 망할 꼬맹이의 마수가 미스티아의 바로 옆까지 다가온 것을.

"입학한 지 꽤 지났으니까 자리를 바꾸는 건 어떨까요?"

점심시간, 수업 변경을 알리기 위해 교실로 향하는 길에 반장인 레이드 녹터가 그렇게 말했다. 딱히 거절할 이유도 없어서 승낙하자 점심시간 다음 수업은 자리 교체 시간이 되었다.

자리를 언젠가 바꾸려고 생각하고 있었던지라 말이 나온 김에 지금 바꿔도 괜찮다고 생각했다.

레이드 녹터의 자유에 맡기고 지켜보고 있으니, 녀석은 내게 자신의 제비를 뽑아달라고 부탁했다. 슬쩍 들여다보니 제비 종이는 얇았고, 상자를 든 사람은 빛을 이용해 간단히 안의 번호를 확인할 수 있게 되어 있었다.

반 학생 전원의 번호를 기억하는 것은 불가능하겠지만, 꼭 멀어지고 싶은, 가까이 두고 싶은 사람의 번호를 파악해서 조작하기는 쉬워 보였다.

……그 대상이 제비를 뽑는 순서가 맨 마지막이라면 특히나.

혹시 저 녀석, 자기가 원하는 대로 자리를 바꾸려고…… 좋지 않은 예감이 들어서 레이드 녹터가 어떤 순서로 도는지 확인한 후, 다음 경로를 예측해 보니 맨 마지막은 미스티아였다.

망할 꼬맹이. 미스티아의 옆자리를 노리나 보네.

두통이 일 정도로 화가 들끓었지만 미스티아의 얼굴을 보며 참았다. 미스티아는 불안한 표정이었다. 괜찮아, 미스티아. 내가 지켜줄 테니까.

하지만 번호를 알 수 없었다. 지금 미스티아의 옆으로 가서 그녀가 몇 번을 뽑는지 확인해 보려고도 생각해 봤지만 망할 꼬맹이가 먼저 미스티아에게 도착해 버렸다. 미스티아의 입이 "4번." 하고 작게 움직였다.

역시 운명이야. 아무도 우리를 방해하지 못해.

"내가 숫자를 적을 건데 마음에 들지 않는 자리가 걸린다면 미안해."

그렇게 말하며 웃는 망할 꼬맹이의 손에서 분필을 뺏어 내가 대신 칠판에 숫자를 적었다. 미스티아는 저번과 같은 자리다.

실은 맨 앞자리에 두고 싶었지만 그렇게 하면 직권남용인 데다가 저 자리는 복도 뒤쪽으로 교실에 들어오면 자연스럽게 대화할 수 있는 자리다.

그다음은 제대로 자리가 섞이도록 번호를 적어나갔다. 그리고 13번. 망할 꼬맹이의 번호를 적을 차례였다.

가만히 옆에 서 있는 망할 꼬맹이의 분위기가 긴박하게 바뀌었다. 네 녀석의 생각은 이미 눈치챘다고. 게다가 번호도 말이야. 나는 미스티아의 자리와 정반대 위치에 녀석의 번호를 적었다.

모든 번호를 칠판에 기입한 후 다시 교탁 앞에 서자 미스티아는 기쁜 표정을 짓고 있었다.

다행이다. 앞으로도 내가 지켜줄게. 그런 생각을 하며 자리를 옮길 것을 지시하자 학생들이 일사불란하게 움직이기 시작했다. 미스티아는 이동할 필요가 없었다. 너무 빤히 쳐다본 것 같아서 시선을 앞으로 돌리자 망할 꼬맹이…… 레이드 녹터가 조용히, 그리고 확실히 나를 관찰하듯이 시선을 보내고 있었다.

손을 내미는 자

자리를 바꾸고 다음 날 아침. 나는 복도에 서서 선생님이 입실하는 타이밍을 노리고 있었다. 왜냐하면 최고라고 생각했던 옆자리가 어제부터 앨리스의 자리가 되어 버렸기 때문이다.

시력이 나쁘다.

이는 자리를 바꿀 때, 결정을 뒤집어엎을 수 있는 비장의 기술이었다.

원래 제비뽑기를 한 시점에 내 옆자리로 올 예정이었던 학생은 매우 평범한, 안심하고 대할 수 있는 일반적인 반 학우였다. 일가족과 사용인이 뿔뿔이 흩어지는 투옥, 사형 엔딩으로 이어지는 폭탄도 아니었고, 이 세계의 절대적인 히로인도 아니었다.

하지만 그 평범한 반 학우야말로 방심할 수 없는 상대였다.

그녀는 시력이 나빴기 때문이다. 원래라면 자리를 바꾸기 전에 선생님께 앞자리로 가고 싶다고 미리 말하는 게 가장 좋았겠지만, 레이드 녹터가 제비뽑기로 자리를 정하자면서 분위기를 장악한 상황에서 의견을 꺼내기에는 어려웠을 것이다.

어쩌면 제비뽑기로 앞자리가 될 가능성도 있으니까. 적다고 할 수 없는 그 가능성에 건 결과, 그녀가 얻은 자리는 복도 쪽에서 두 번째 열의 맨 뒷자리였다.

절체절명의 궁지였을 것이다. 그리고 그녀는 마침 앞자리를 얻은 앨리스와 자리를 교환하게 되었다.

상냥해라. 모두에게 자애를 베푸는 앨리스. "앞자리가 아니면 칠판이 안 보여서."라고 말하는 학생의 소원을 들어주지 않을 수가 없었을 것이다. 시력이 나쁜 학생은 자애의 수호신 앨리스에 의해 '칠판이 보이지 않는 상황'으로부터 구원받았다. ……나의 시체를 밟고 말이다.

이건 어쩔 수 없는 일이다. 칠판이 안 보이면 수업을 듣기 힘들어진다. 하지만 그 때문에 내게는 강한 절망과 깊은 슬픔이 찾아왔다. 대체 뭐야. 앨리스가 옆자리라니. 날 죽일 셈이야?

레이드 녹터까지 근처 자리였다면 난 이미 죽었을 것이다. 최악의 상황을 면한 것을 기뻐하라는 건가, 신은.

왜 내가 이렇게 앨리스가 자리를 옮긴 경위를 잘 알고 있냐면, 앨리스 본인이 말해줬기 때문이다. 잘 부탁한다는 인사와 함께. 모든 것을 말해준 앨리스에게 내가 돌려준 대답은 "앗……. 그렇군요."였다.

간단한 맞장구…… 예를 들면 '아아.' 하나여도, 차가운 '아…….'로 들릴 수도 있고 흥미를 담은 '아아!'로 들릴 수도 있다. 어떻게 들을지는 상대의 자유. 레이드 녹터가 좋은 예시다.

내가 무심코 자르드 군과 즐겁게 대화를 나누고 있다 보면 그는 차갑고도 차가운 절대영도의 '아…….'로 맞장구를 친다. 반대로 날씨나 계절 등 자르드 군과 전혀 관계없는 화제를 꺼내면 흥미가 있다는 듯이 '아아.'라고 반응한다. '흐음.'도 마찬가지다.

그래서 나는 "그렇군요."를 선택했다. 원래 "앗……."을 앞에 붙일 생각은 없었으나 나도 모르게 입에서 나와 버렸다.

멀리에서 지켜보는 것이라면 몰라도, 근접거리에서 앨리스를 흘끔였다가 '날 노려봤어.'라고 오해할까 봐 무서웠고, 의자를 고쳐 앉다가 실수로 부딪혀서 '일부러 그랬어.'라고 오해할까 봐 무서웠다. 교과서나 필기구가 실수로 날아가 앨리스의 뺨에 직격하는 재해가 일어난다면 죽음뿐이다.

그 후 5교시와 6교시 수업은 최대한 기척을 죽이고 움직이지 않도록 집중하며 수업을 받았다.

오늘도 원래는 결석하고 싶었지만 자리를 바꾼 다음 날에 결석하는 것은 너무 노골적이었다. 그래서 나는 적당히 시간이 흐를 때까지 별동 화장실의 변좌에 앉아 있었다. 이제 화장실은 아카데미 내에 있는 내 저택이라고 표현해도 과언이 아니었다.

그리고 지금은 종이 울려서 제시 선생님이 오는 것을 애타게 기다리는 중이다.

문에 달린 창으로 내부를 확인해 보니 앨리스는 이미 자리에 앉아 있는 듯했다. 창으로 슬쩍 보이는 분홍색은 아마 앨리스의 정수리일 것이다. 주위에는 아무도 없었다. 레이드 녹터의 기척도 느껴지지 않았지만 주의를 최대한으로 기울였다.

"미스티아 아렌."

뒤돌아보니 제시 선생님이 뒤에 서 있었다.

"안녕하세요, 선생님."

"그래. ……계속 여기에서 기다린 건가?"

선생님이 의아하다는 표정을 지었다. 뭔가 일이 있어서 교실에 들어가지 않는다고 생각했을지도 모른다.

"네, 그게, 잠깐 복도에서 볼 일이 있어서요."

"……그래. 미안. 괜한 질문을 했군. 내가 섬세하지 못했어. 정말 미안."

제시 선생님의 말씀에 나는 "괜찮아요."라며 고개를 가로저었다.

그보다 섬세하지 못했다는 것은 무슨 뜻이지? '여기서 뭐 하는 거야?', '그냥 멍하니 있는 건데?'와 같은 어색한 대화를 하게 만들어서 미안하다는 걸까.

"……슬슬 조회 시간이군. 교실로 들어가도록."

"네!"

나는 교실에 들어가 자리에 앉았다. 누군가와 눈이 마주치지 않도록 최대한 아래를 보면서.

조회 시간이 시작하자 앨리스가 "아."라며 작게 소리를 냈다. 그 후에 옆에서 뒤적거리는 소리가 들려왔다.

신경 쓰였지만 시선은 돌리지 않았다. 너무 고개를 숙이고 있어도 이상해 보일 테니 이번엔 시선을 앞으로 고정해서 제시 선생님의 말씀만 듣고 선생님의 얼굴만 쳐다봤다.

"그리고 오늘 1교시는 내 수업이다. 바로 시작하지…… 그만큼 빨리 끝내줄 테니 안심하도록."

제시 선생님은 조회를 마치고는 교과서를 꺼내 바로 수업을 진행했다. 조회가 끝난 후부터 1교시 수업이 시작하기 전까지 5분간 피난하러 나가서 밖을 어슬렁거리지 않아도 된다. 다행이다.

제시 선생님은 바로 교과서를 펼쳤다. 나는 선생님의 수업을 정말 좋아한다. 알기 쉽고 친절하게 설명해 주고 재밌기까지 하다. 지문을 읽고 해설하는 수업에서는 선생님이 어떤 생각을 했는지까지 상세하게 이야기해 주는 덕분에 '이 이야기는 별로네.'라고 생각했더라도 선생님의 이야기를 듣고 더 깊이 생각해 볼 기회를 가질 수 있었다.

가방에서 교과서, 필기구, 노트를 꺼내 책상 위에 올려두고 평소처럼 레이드 녹터와 앨리스의 위치를 확인……하려고 옆을 봤다가 깜짝 놀랐다.

맞다. 확인이고 뭐고, 지금 내 옆자리가 앨리스였지. 앨리스는 가방 안을 열심히 뒤지느라 나를 전혀 보고 있지 않았다. 세이프였다.

안도하면서 교과서를 펼쳤다. 오늘은 분명 새로운 지문을 읽는다고 했지. 오늘 날짜는 내 출석번호와 관계없었다. 지명 당해서 책을 읽을 일은 없겠다고 생각하면서 펜을 꺼내 칠판을 보자 옆에서 또 뒤적거리는 소리가 들려왔다.

시선만 옆으로 돌렸다. 앨리스의 책상 위에는 필기구와 노트는 꺼내져 있었지만 교과서는 없었다. 앨리스가 가방을 뒤적거리는 것을 멈추고 고개를 든 탓에 나는 서둘러 시선을 앞으로 돌렸다.

……이건, 설마, 앨리스가 교과서를 잊은 상황인가?

제시 선생님이 담당하는 과목은 국어. 교과서가 필수다. 과학이나 물리 등, 실험해서 레포트만 내면 되는 수업이 아니었다. 교과서가 메인이다.

슬쩍 옆을 보자 앨리스는 교과서를 꺼내지 않고 노트만 펼치고 수업에 임하려고 하고 있었다. 그럼 힘들 텐데.

가져오는 것을 잊은 건가, 아니면 누가 훔친 건가. 잘 모르겠다. 하지만 게임에서 미스티아가 비밀리에 훔친 앨리스의 물건은 레이드 녹터가 준 것들뿐이었다.

그 외…… 그 누구와도 관계없는 앨리스 본인의 물품은 훔친 적 없었다. 단지 철저할 정도로 눈앞에서 찢거나, 물에 빠트리면서 적극적으로 망가트렸다. 몰래 훔쳐서 불태우는 것은 레이드 녹터와 관련된 물건들뿐이었다.

역시 앨리스는 교과서를 까먹고 안 가져온 걸까……?

그렇다면 이대로 뒀다가는 앨리스는 수업을 들을 수 없다. 제시 선생님의 수업은 교과서의 내용을 칠판에 적는 게 아니라 교과서를 읽으며 해설을 적는 수업이다. 하지만 그녀에게 말을 거는 것은 리스크가 컸다.

앨리스와 대화하는 것을 누군가 목격하고 '미스티아가 앨리스를 괴롭히고 있었어.'라고 생각한다면 난 죽을 것이다.

……글로 적을까?

가방에서 메모장을 꺼내 [교과서는?]이라고 적어 앨리스에게 보여줬다. 앨리스는 메모를 빤히 쳐다보고 고개를 좌우로 흔들었다.

역시 없나 보네.

책상을 붙이는 것 정도는 괴롭힘으로 보이지 않겠지?

책상을 있는 힘껏 밀어서 상대를 다치게 만든다거나, 붙이는 게 아니라 부딪히게 하는 등의 폭력 행위를 하는 게 아니라면.
……아니, 그래도 상대가 싫어할 수도 있잖아? 잘 모르겠다. 그
냥 물어볼까.

　[책상을 옆에 붙여도 괜찮을까요?]

　메모를 적어 보여주자 앨리스는 주저하는 듯했지만 고개를 끄
덕였다. 나는 그녀 쪽으로 신중하게 책상을 옮겨서 펼친 교과서
를 중앙에 두었다. 교과서가 더 잘 보이도록 손으로 고정한 후
[괜찮다면 같이 봐요.]라고 메모를 적었다.

　그대로 나는 시선을 아래로 내렸다.

　아마 이거면 될 것이다. 슬쩍 앨리스를 몰래 본 후 노트에 필
기를 시작하려고 하자 앨리스가 메모를 건넸다.

　[감사합니다.]

　나는 대답 대신 고개를 가볍게 끄덕이고는 시선을 앞으로 돌
렸다. 이 정도 사건으로 그녀와 엮일 리는 없겠지만 절도를 유지
하는 게 중요하다. 나는 평소보다 더 긴장하며 수업을 받았다.

　수업이 끝나 별동으로 도망가자 점심시간을 알리는 종이 울렸
다. 드디어 점심시간이다. 나는 바로 도시락을 들고 복도로 나
왔다.

　창문 밖에는 활짝 폈던 벚꽃이 지고 푸릇푸릇한 풍경으로 바
뀌어 있었다. 땅에 떨어진 벚꽃잎도 이제 보이지 않았다. 바람
에 흔들리면서도 잎을 하나도 떨어트리지 않는 나무의 모습에
서는 생명의 힘이 느껴졌다. 그에 비해 나는 약하기만 하다는

생각에 한숨이 나왔다.

앨리스가 옆자리가 된 지 2주일이 지났다.

솔직히 자리가 바뀐 후로 피로가 8배는 늘어났다.

지금까지는 정신적 피로뿐이었지만, 이제는 육체적 피로도 엄청났다. 수업 중에도 칠판과 책상에만 시선을 두는 데에 집중해야 하므로 눈이 아팠다. 등도 무거워서 마치 누군가가 업힌 기분이었다.

게다가 이 2주간, 수업 중에 앨리스의 이름이 불리는 빈도가 매우 높았다. 여성향 게임 히로인을 위한 게임 보정 때문인지, 앨리스는 자주 딴생각에 빠져 있었고, 책을 읽어야 하는데 어딜 읽어야 하는지 모르거나, 선생님이 물어본 질문의 정답을 모르거나, 애초에 무슨 이야기를 들었는지 모르는 등의 위기가 빈발하여 내가 그때마다 메모를 적어서 알려주곤 했다.

그냥 방치해야 하는 게 아닌지도 생각했지만, 그녀는 유일한 평민 학생이고 주변엔 귀족들뿐이다. 만일 내가 앨리스였다면 매우 불안할 것이다. 앨리스는 어떤 생각을 하고 있을지 모르겠지만 '다음엔 제대로 정답을 맞혀야지! 힘내자!'라고 생각하고 있을지도 모른다.

하지만 '환경이 바뀌어서 무서워, 죽고 싶어.'라고 생각한다면 수업에서 이름이 불렸을 때 '잘 모르겠어요.'라고 대답하여 반 학생들의 주목을 받는 것은 매우 큰 대미지로 와닿을 것이다. 그래서 방치하기가 어려웠다.

순간 이게 그녀와의 연결 고리가 되어 버린 게 아닐까? 라고 생각했지만, 필요할 때만 소통할 뿐, 나는 기본적으로 책상과 칠판만 본다.

앨리스는 나를 '평소에 책상과 칠판에 시선을 고정하고 있는 알 수 없는 녀석' 정도로 생각하고 있을 것이다.

하지만 피곤하다. 그냥 쉬고 싶고, 조퇴라도 하고 싶었다. 하지만 오늘 조퇴하는 게 무슨 소용이겠는가. 내일도 모래도 옆자리가 앨리스라는 투옥, 사형, 일가족과 사용인과 헤어지는 엔딩을 향한 폭탄 상황인 것에는 변함이 없는데.

별동에서 점심을 먹기 위해 건물을 잇는 복도를 걷고 있자, 창밖으로 낯익은 인물이 교정에 서 있는 것이 눈에 들어왔다. 피나 네인 선배다.

저번에 선배로부터 편지가 왔다. 매우 호화로운 과자 상자와 함께.

솔직히 '접점도 없고 식사 자리에서도 오지랖을 부렸으니 더는 엮일 일 없겠지.'라고 생각했는데 맹점이 찔리고 말았다. 그리고 그 편지에는 나와 친구가 되고 싶다는 내용이 적혀 있었다.

나는 아직 답장하지 못했다. 그녀의 가정환경을 알기 위해서는 친구가 되는 것은 좋은 방법이다. 하지만 과연 그래도 될지 의문이 들었다.

언젠가 다가올 데드 엔딩, 사용인들은 해고해서 새로운 취직처를 소개해 주면 된다. 가족은 함께 데리고 도망가면 된다. 에릭은 미스티아가 배드 엔딩으로 향하고 있을 때 어차피 앨리스 옆에 있을 테니 문제없다.

하지만 평범한 친구는 다르다. 내가 투옥이나 사형을 당하게 되면, 휘말릴 위험이 있다.

어쩌면 있지도 않은 혐의를 뒤집어쓸지도 모른다. 그렇다고 해서 1년 후, 투옥과 사형을 피한 후에 답장할 수도 없었다. 그 때까지 답장을 기다리게 하는 건 너무 무례하잖아.

어떻게 하는 게 가장 좋은 방법일지를 고민하다가 아직 답장을 하지 못했다.

솔직히 나와 친구가 되고 싶어 하는 사람이 나타날 것이라고는 전혀 상상도 하지 못했다. 에릭과는 자연스럽게 친구가 되긴 했지만, 나는 원래 비사교적이고 반에도 잘 섞이지 못하는 성격이다. 전생이나 지금이나 변하지 않는 어두운 성격, 입을 열면 유머 감각이라고는 없는 대화만 할 뿐. 아주 좁은 범위의 인간관계.

내게 은혜를 입었다고 생각해서 겉치레로 친하게 지내자는 말을 한 것일지도 모른다고 생각했으나, 편지에서는 뜨거운 마음이 느껴졌다. 나는 어떻게 해야 할까. 과연 어떻게 답장하는 게 올바를까.

그런 생각을 하며 빈 교실을 향해 걷고 있자 갑자기 등 뒤로 와닿는 시선이 느껴졌다. 게임에서 신출귀몰하게 나타났던 클라우스일지도 모른다고 생각하며 뒤를 돌아봤으나 아무도 없었다. 착각이었나 보네, 하고 생각하며 다시 앞으로 몸을 돌리자 내 앞에는 알리 씨가 서 있었다.

"미스티아 님……?"

"알리 씨."

"무슨 일이시죠……? 컨디션이 안 좋아 보이시는데요……."

알리 씨가 내 안색을 살폈다.

"보건실로 가시나요? 저라도 괜찮으시다면 같이……."

"아뇨. 컨디션은 괜찮아요. 감사합니다."

"그럼 뭔가 고민이라도 있으신가요?"

알리 씨가 걱정스러운 듯이 고개를 갸웃했다. 앞머리에 가려져서 눈은 보이지 않았지만 확실히 걱정을 끼쳤다는 사실만큼은 절절히 통감할 수 있었다.

"……제게는 말씀해 주실 수 없는 일인가요? 절대로 아무에게도 말하지 않을게요. 때로는 누군가에게 말하는 것만으로도 마음이 편해지기도 하니까, 어쩌면 도움이 되지 않을까요?"

"어, 그게……."

"직원실로 가죠. 홍차도 준비해 뒀어요. 그냥 물보다는 바로 우린 따뜻한 홍차가 더 마음 안정에 좋을 거예요."

알리 씨가 그렇게 제안했다. 내가 그냥 괜찮다면서 거절하면 괜히 더 걱정을 끼치게 될지도 모른다. 나는 직원실로 가기로 했다.

"저, 잘 설명할 수 있을지 모르겠는데요."

"괜찮아요. 고민이 있을 땐 누구나 어떻게 이야기해야 할지 모르는 법이니까요."

직원실의 소파에 앉아 운을 떼자 알리 씨는 홍차를 우리며 온화한 웃음을 지었다. 애초에 눈동자는 앞머리에 가려져서 보이지 않는다. 시선을 마주친 것도 아닌데 안심되는 웃음이었다.

"그, 예를 들면 말이에요. 저와 친해지면 상대에게 악영향이 끼칠지도 모르는 상황에, 누군가가 저와 친구가 되고 싶다고 한다면, 어떻게 하면 좋을까요……?"

길게 생각하지 않았는데도 고민하던 내용이 입에서 술술 나와서 나도 놀랐다. 방금까지만 해도 그렇게 고민하던 일이었고, 어떻게 설명해야 할지 몰랐는데 왜 이렇게 말이 술술 나오는 걸까.

"악영향……이란 건 뭔가요?"

"최악의 경우에는 상대의 이미지가 추락한다거나……, 죄송해요, 추상적이라."

투옥과 사형이 예정된 인간의 친구라는 내용은 역시 말할 수 없다.

"그렇군요……. 자기 때문에 상대가 나쁜 상황에 빠질 수도 있으니까 친구를 만들기가 어렵다는 거군요……."

창문으로 들어오는 따스한 햇볕을 받아 알리 씨의 남색 머리가 반짝이는 것처럼 보였다. 그는 곱슬거리는 머리카락을 흔들며 고개를 갸웃했다.

"그게 왜 잘못된 일이죠?"

"어……."

알리 씨의 솔직한 질문에 나는 할 말을 잃고 말았다. 그는 "왜냐하면."이라며 이야기를 이어나갔다.

"누구나 어느 날 갑자기 나쁜 상황에 빠질 가능성은 있어요.

미스티아 님은 지금 자신이 나쁜 상황에 빠질지도 몰라서 고민하시는 것 같지만, 그건 네인 영애도 마찬가지 아닐까요? 네인 영애가 남몰래 나쁜 일을 할 가능성은 절대 없다고 미스티아 님도 단언하지는 못하시잖아요?"

알리 씨의 말에 조용히 고개를 끄덕였다. 분명 네인 선배는 자기도 모르게 나쁜 일에 휘말렸을 가능성도 있다. 그녀의 모습을 떠올려 보면 집안에서 무언가를 시켰을 가능성도 부정할 수 없다.

"저도 남몰래 사람을 몇 명이나 죽인 살인자일 수도 있잖아요. 미스티아 님에게 그런 모습을 보이지 않은 것뿐이고요. 미스티아 님이 하시는 걱정은 그냥 전제일 뿐, 실제로 일어나는 일이 아니잖아요?"

"전제요?"

"상대가 자신 때문에 불행해질 것 같다는 전제요. 하지만 불행이 아니라 행복해질지도 모르죠. 그런 걱정은 내버려 두고 상대만을 보는 게 중요하다고 생각해요. 미스티아 님은 네인 선배와 친구가 되고 싶으신가요?"

"……가능하다면 되고 싶기도 해요."

친구가 되면 좋겠다고, 분명 생각한다. 아직 그녀가 어떤 성격인지도 모른다. 하지만 상대가 내게 '친구가 되고 싶다'라고 말해줬다. 그 마음에 응해주고 싶었다.

"그러면 친구가 되면 되죠. 게다가 만일 미스티아 님의 상황이 나빠지더라도 '그녀와는 친구가 아니다, 그녀의 가문을 보고 이용했다.'라고 말하면 되잖아요. 마침 네인가는 공작가와도 친분이 있으니까요."

알리 씨는 싱긋 미소지었다. 만일 위험에 빠지면 손을 놓는다. 그것만으로 괜찮은 걸까……?

"게다가 다가올 수도 있는 미래라는 긴 다가오지 않을 가능성도 있는 거잖아요? 알 수 없는 미래를 위해 뭔가를 얻거나 준비하는 것은 중요하지만, 그걸 위해서 뭔가를 버리지는 않아도 되지 않을까요? 성공했을 때도 생각해 보시면 좋아요."

다가오지 않을 수도 있는 미래. '어쩌면 그렇게 될지도 모른다'라는 것만 골몰히 생각한 나머지 너무 비관에 빠져 있었던 것일지도 모르겠다.

성공…… 데드 엔딩을 피했을 경우. 그 후에 어떻게 살아갈지는 생각하지 않았다.

"미스티아 님의 현재는 다시 오지 않아요. 시간은 되돌릴 수 없죠. 그러니까 낭비하는 게 아니라, 많이 즐기고 행복해져야 해요."

그래. 투옥, 사형이 기다리고 있으니 1년간은 그것만을 주의하자고 생각했지만, 이 1년은 되돌릴 수 없는, 지나가면 돌아오지 않는 1년이기도 하다. 그 1년을 버리지 않는 방식으로 데드 엔딩을 피하는 것. 친구도, 가족도, 멜로도, 사용인들도, 버리지 않고…….

"게다가 분명 미스티아 님은 괜찮을 거예요! ……반드시요. 당신은 행복해져야 할 존재예요."

행복해져야 할 존재…… 생각지도 못한 말에 놀라자 알리 씨는 "당신은 행복해지지 않으면 안 돼요."라고 강조하듯이 말했다.

"……힘내 볼게요. 감사합니다."

알리 씨의 말을 들으니 마음 깊은 곳에서 활력이 끓어오르는 것이 느껴졌다. 그래. 등산도 잘 넘겼잖아. 지금 투옥, 사형 엔딩이 정해진 게 아니야.

"자, 그럼 이제 식사하죠, 미스티아 님. 안색도 많이 좋아지셨고 배도 고프시죠?"

그러고 보니 알리 씨는 아까 안색이 안 좋다면서 걱정했다. 즉, 얼굴에 전부 드러났다는 뜻이다.

나는 지금까지 내가 얼굴에 잘 티가 나지 않는 사람이라고 생각했지만 실은 그 반대인 게 아닐까.

그보다 내가 네인 선배의 이름을 알리 씨에게 말했던가?

기억을 되짚어보고 있자 알리 씨가 "아아아!"라고 소리를 내며 허둥대기 시작했다.

"어, 아니, 그저, 그냥 그런 느낌이 들었을 뿐이고, 그게, 계속 빤히 지켜보고 있던 건 아니에요. 절대 아니에요!"

"괜찮아요. 그런 걸 의심한 게 아니라, 저는 제가 표정에 생각이 잘 드러나지 않는 사람이라고 생각했거든요."

"그렇군요…… 그래도 보다 보면 조금씩 보일까, 말까……한 정도니까 괜찮아요! 노골적으로 드러나는 게 아니에요. 안심하세요."

어? 그럼 보다 보면 결국 알 수 있다는 뜻 아닌가. 그런 생각을 하고 있자 알리 씨가 뭔가 떠오른 듯이 벌떡 일어났다.

"아! 홍차 가져올게요."

"감사해요. 홍차도, 고민 들어주신 것도요. 그, 정말 안심돼서, 말씀드리길 정말 잘했다고 생각했어요. 지금까지도 여러모로……."

"천만에요. ……도움이 되는 게 제 기쁨이고, 저의 하나뿐인 행복이니까요."

알리 씨의 말도, 홍차도, 마법처럼 안정을 가져다준다.

그에게 시선을 보내자 앞머리에 가려져 해바라기색 눈동자는 보이지 않았지만 상냥하게 미소짓는 것처럼 보였다.

"또 직원실에 갔어?"

알리 씨와 점심 식사를 마치고 직원실을 나와 걷고 있자 복도에 에릭이 서 있었다.

에릭도 어딘가 다녀온 걸까 생각하며 고개를 끄덕이자 그는 이해하지 못하겠다는 표정으로 직원실을 뒤돌아봤다.

"그 사람, 작년엔 없었어."

"그래요?"

알리 씨는 올해부터 일하기 시작한 걸까. 그렇다면 들어와서 얼마 되지 않았을 때부터 아카데미 전체의 일을 맡게 된 것이었다. 너무 가혹하잖아…….

"그 사람이랑 사이좋아?"

"궁지에 빠졌을 때 그분이 몇 번이나 도와줬거든요."

"흐음……."

알리 씨에게는 도움만 받았다. 응급 처치를 할 때도 도와줬고, 점심 식사 장소도 제공해 줬고 이렇게 상담도 들어주었다. 정말 감사할 따름이다.

"그 사람이 이상한 짓이나 나쁜 짓 하지는 않아?"

"네?"

전에도 "힘든 일이 있으면 말해 줘."라고 말했었지.

오늘 알리 씨도 내게 안색이 좋지 않다고 했었다. 혹시 나는 오늘 계속 사신 같은 표정을 짓고 있었던 걸까.

"힘든 일도 없고 무슨 짓을 당하지도 않았어."

지금은 앨리스가 옆자리라는 사실에 일방적으로 피폐해졌을 뿐, 아무 일도 없다. 게다가 앨리스에게는 '잘 모르는 녀석이 옆자리에 있어.'라는 정신적 피로를 주고 말았다.

"그럼 저 녀석은?"

"네?"

"아까부터 주인을 계속 노려보는 것 같은데."

에릭의 시선 끝에는 로베르토 와이즈가 서 있었다.

이대로 본교사로 가려면 그의 앞을 지나 건물을 잇는 복도를 건너가야 한다.

"그게……."

갈등이 있었다는 것을 말해야 해도 될지 몰라 망설이고 있자, 에릭은 내 어깨를 감싸듯이 팔을 두르고 걷기 시작했다.

"어, 잠깐, 에릭?"

"뭔가 저 녀석, 엄청 위험해 보이니까 실례할게. 저 녀석 앞을 지나갈 때까지는 이대로 평범하게 대화하면서 걷자."

"평범한 대화라는 게……."

"그럼 공부 얘기 하자. 주인, 지금 무슨 수업을 듣고 있는지 내 질문에 계속 대답해 줘."

그대로 어깨를 감싸진 채로 걸어서 에릭의 질문에 대답했다. 혹시 다른 사람이 보고 있지 않을까 싶어서 주위를 둘러보니 마침 아무도 없었다.

그대로 로베르토 와이즈의 앞을 지나쳤다. 에릭이 사이에 있는 덕분에 로베르토 와이즈의 표정이 보이지 않았다. 본교사의 복도 코너를 돌아 로베르토 와이즈가 보이지 않게 되었을 때, 에릭이 내 어깨에서 손을 거뒀다.

"좋아. 이제 괜찮아……. 저런 것들은 무슨 생각을 하고 무슨 짓을 할지 모르는 타입이니까. 주인을 보는 눈이 좀 이상해서 말이야. 억지로 끌고 와서 미안해."

"아니…… 나야말로 고마워."

에릭은 날 지켜주려고 했던 거구나.

로베르토 와이즈가 날 싫어한다는 사실은 알고 있었지만, 싫어하는 대상인 나뿐만 아니라 제삼자에게도 '좀 이상한 눈'으로 보였다니. 조심해야 할지도 모르겠다. 날 싫어하는 것은 당연한 반응이지만 뭔가가 걸렸다.

"저기, 뭔가 힘든 일이 있으면 바로 말해줘야 해?"

간절히 부탁하는 듯한 에릭의 목소리에 반사적으로 고개를 들었다.

그의 쓸쓸해 보이는 얼굴을 보고 서둘러 고개를 끄덕이자 에릭은 새끼손가락을 내밀었다.

"자, 손가락 걸고 약속하자."

"어?"

"자."

에릭은 다른 손으로 내 손목을 잡아 내 새끼손가락에 자신의 새끼손가락을 걸었다.

"새끼손가락 걸었으니까 지금 약속한 거야."

두근러브 세계에서도 약속은 새끼손가락을 걸고 하는 건가. 새로 알게 된 사실에 감탄하고 있자 에릭이 싱긋 웃었다.

"약속 깨면 안 돼, 주인. 알았지?"

"네……."

"그래서, 어떻게 할래? 내가 저 녀석을 처리해 줄까?"

"아, 안 된다니까."

에릭의 발언에 눈을 크게 떴다. 아니, 그렇게 가벼운 말투로 처리해 주겠다니. 당황한 나를 보고 그는 쿡쿡 웃었다.

"농담이야. 진심으로 알아들은 주인도 귀엽네. 자, 계단 올라가자."

에릭의 말을 따라 계단을 올랐다. 너무 자연스럽게 '처리해 줄까?'라고 말한 탓에 나도 모르게 진심으로 받아들이고 말았다. 곧이어 1학년 교실이 있는 층에 도착하자 점심시간 종료를 알리는 종이 울렸다.

"아─, 계단참에서 좀 더 대화하고 싶었는데 종이 울리네. 그럼 다음에 봐."

"네. 오늘은 고마웠어요."

에릭은 2학년이니까 한 층을 더 올라가야 한다. 계단을 올라가는 에릭을 배웅한 후 나는 교실로 돌아왔다.

번외. 돌이킬 수 없는 첫사랑

SIDE: Loberto

와이즈가의 장남으로 태어난 내게, 가문을 이어 훌륭한 당주로서 살아가는 것은 나의 사명이며 삶의 의미였다.

하지만 아카데미에 다니는 것은 그리 내키지 않았다. 일대일로 가정교사에게 배우는 공부보다 일대 다수로 수업을 받는 게 효율적이란 생각이 들지 않았기 때문이다.

하지만 의료와 관련된 사업을 펼치는 아렌가의 영애이면서, 자선 활동에 힘을 쓴다고 하는 아렌 양과 함께 아카데미에서 생활할 수 있다는 것이 기뻤고 기대되기도 했다.

가난한 자들에게도 가르침을 받고, 기본적인 생활을 영위할 수 있도록 지원하고, 인재를 육성한다. 귀족의 참된 모습이다. 우리 부모님과는 차원이 다르다. 그 청렴한 모습을 동경했고 무척이나 닮고 싶었다. 설명회에서 만났을 땐 앞으로의 아카데미 생활이 기대되어서 나답지 않게 고양감이 들었을 정도였다.

아렌 양의 본질이 실은 매우 비뚤어져 있고 썩어 빠진 인간이라는 것을 알지도 못하고.

아카데미에 입학하여 그곳에서 만난 아렌 양의 모습에, 나는 이따금 강한 위화감을 느낄 때가 있었다.

처음엔 입학식 당일. 그녀의 마차에서는 어째서인지 녹터가 나왔다. 게다가 교실에 모였을 때 그녀는 누군가와 약혼하지 않았을 텐데 선배인 남학생과 친밀하게 대화를 나눴다.

그뿐만 아니라 녹터가의 영식과 같은 마차를 타고 하교했다. 다음 날에는 그 두 사람에게 둘러싸여 대화를 나누고 있었다.

그에 비해 사교적인 모습은 보이지 않았고, 여학생과는 일절 대화하지 않았다. 이성과만 친하게 지냈고, 게다가 선배에게 특히 상냥하게 구는 모습에 뭔가 개운치 않은 감정을 느꼈다.

하지만 그날 아렌 양이 누군가를 응급처치하는 장면을 목격했다. 그녀는 화상을 입은 듯한 학생을 수레에 태우고 달리고 있었다.

그녀는 나를 보고는 바로 보건실 선생님을 불러 달라며 반쯤 외치듯이 부탁했다.

나는 달려서 보건실로 가 보건 선생님을 불렀다. 선생님과 함께 지정된 곳으로 찾아가니 아렌 양은 화상을 응급 처치하고 있었다.

신중하게 옷 위로 물을 뿌렸고, 그 후의 행동도 신속했다. 그녀는 자신의 마차를 이용하라면서 솔선수범해서 움직였다.

그동안 나는 그저 우뚝 서 있었을 뿐, 아무것도 하지 못했다.

훌륭한 와이즈가의 당주로서 학업에 힘쓰는 한편, 의사의 꿈을 포기하지 않고 공부해 왔는데. 아무것도 할 수 없었다. 전혀 움직일 수 없었다.

그저 아렌 양이 하는 것을 멍하니 쳐다볼 뿐이었다.

학생에게 손을 대다니 최악의 선생님이라고 생각하며 아렌 양을 도와주러 가려던 나는 발을 멈추고 말았다. 내가 도와주려던 아렌 양은 싫어하기는커녕 친근하게 선생님과 대화를 나누고 있었다.

복도에서는 무슨 대화를 나누는지 들리지 않았지만 감격한 얼굴로 선생님을 바라보며 몇 번이나 머리를 숙였다.

나는 더는 지켜볼 수가 없어서 도망치듯이 그 자리를 떴다.

하지만 아무리 시간이 지나도 그 광경이 머릿속에서 떠나지 않았다. 담임과 아렌 양도 평범하게 생활하는데, 나만이 뒤에 남겨진 것처럼 마음에 생긴 응어리가 계속 지워지지 않았다.

교사에 관해 아렌 양에게 직접 물어보는 편이 좋을지도 모른다.

그렇게 생각했을 때였다. 그녀가 남학생과 내 이야기를 하는 장면을 목격한 것은.

"좋아한다니요…… 그보다 처음 만난 후로 아직 두 번밖에 대화를 못 나눠봤는걸요. 그냥 같은 반 학생 중 한 명일 뿐이에요."

나를 좋아하냐는 질문에 곤란하게 그렇게 대답하는 목소리가 몇 번이나 귀에 메아리쳤다. 좋아하지 않는다. 그건 딱히 상관없었다. 좋아할 정도로 대화를 많이 해본 것도 아니니까.

하지만 마치 존재를 거절당한 느낌이었다. 그녀와 내가 어울리지 않는다는 것은 알고 있다. 하지만 나는 대화를 하고 싶었을 뿐이다. 그녀에게 접근하려고 했던 게 아니다.

단지, 동경해서, 그 마음을 표현하고 싶었던 것뿐이다. 의학에 관련된 이야기를, 나눌 수 있는 사람이, 대화를 나누고 싶은 사람이 드디어 나타나서 기뻤을 뿐인데.

그날 밤, 아무 기력이 없어서 공부를 소홀히 했다가 어머니에게 들키는 바람에 또 맞았다.

나는 아무 반응도 하지 않고 단지 시간이 지나기만을 기다린 줄 알았는데, 나도 모르게 뭔가 반응을 보이고 만 모양이었다. 어머니의 분노는 사그라지지 않았고 나는 밤새도록 어머니의 노성을 들어야 했고 결국 맨발인 채로 저택 밖으로 쫓겨났다.

어머니가 잠든 것을 확인한 집사가 아침노을을 받으며 나타날 때까지, 나는 그저 땅만 바라보고 있었다.

아침에 등교하자 아렌 양이 있었다. 칠판의 글씨를 열심히 지우는 중이었는지 소매에 하얀 가루가 묻어 있었다. 그것을 가리키자 그녀는 어째서인지 매우 당황한 모습으로 교실을 나가 버렸다.

이상하게 생각하면서 내 자리에 앉아 가져온 교과서를 책상 서랍 안에 넣으려던 때였다. 뭔가 걸리는 것을 느끼고 서랍을 뒤적였다.

안에는 종이가 한 장 들어 있었다. 종이에 적힌 글을 보고 나는 숨을 들이삼켰다.

[앨리스 하트펄은 평민 태생. 아버지와 어머니는 변두리에서 식당을 운영하는 평민.]

그 종이에 적힌 마지막 두 글자. 그것은 아렌 양이 지우던 칠판 글씨의 두 글자와 일치했다. 좋지 않은 예감이 들어 다른 학생의 자리도 살펴보자 모든 좌석에 하트펄 양의 태생을 밝히는 종이가 들어 있었다. 주저하며 아렌 양의 책상 서랍 안을 살피자 그녀의 자리에만 그 종이가 없었다.

설마, 그, 아렌 양이 괴롭힘을?

그럴 리 없다. 그녀는 친절하고 상냥한 마음을 지녔다. 그럴 리 없다. 그렇게 생각하면서도 의심을 지울 수 없었다.

남학생과 즐겁게 대화하는 아렌 양의 모습이 떠올랐다. 그리고, 남학생과 손을 잡고 가는 모습. 함께 같은 마차를 타는 뒷모습. 그리고, 담임교사와 친해 보이던 표정.

……만일, 만일 점수를 잘 받기 위해 착한 영애인 척하면서 뒤에서 남몰래 다른 학생을 괴롭히고 있던 거라면.

성적이 좋은 것은 교사에게 아양을 떨었기 때문에……?

아니, 다른 학생을 괴롭힐 이유가 없잖아. 그렇게 생각을 고치고 있었는데 문득 입학한 지 이틀째가 된 날의 일이 떠올랐다. 그러고 보니 아렌 양은 레이드 녹터, 그리고 친해 보이는 남학생과 대화할 때 앨리스 하트펄이 나타나자 얼굴이 굳었다.

친절한 척하는 이유가 모두에게 좋은 인상을 주기 위해서라면, 이건 단순한 괴롭힘이 아니라 어쩌면 하트펄 양을 궁지로 몰아넣은 후 도와줘서 착한 학생이라는 이미지를 만들기 위함이 아닐까.

우뚝 서서 생각에 빠져 있자 학생들이 교실에 모습을 나타냈다. 모두가 오기 전에 종이를 전부 회수할 생각이었는데 움직이지 못했다.

앞으로의 대책을 생각하는 사이에 하트펄 양이 나타났고, 모두가 그녀를 규탄하기 시작했다. 막아야 해. 그렇게 생각하여 앞으로 나서려던 순간, 웃음소리가 들려왔다.

누구의 목소리인지 순간 알아채지 못했으나 이 목소리는 틀림없이 그녀의 목소리다.

고개를 들자…… 역시 아렌 양. 아니, 미스티아 아렌이 빈정거리는 웃음을 지으며 모두를 응시하고 있었다.

번외. 바라보는 자, 명도의 단편

SIDE: ???

그녀의 뒷모습을 바라봤다.

흔들리는 긴 흑발은 빛을 받아 반짝였다. 그 사이로 보이는 눈처럼 하얀 피부, 피처럼 붉은 눈동자는 과연 무엇을 비추고 있는 걸까. 분명 파란색은 보라색으로, 초록색은 탁하게, 노란색은 주황색으로 보이겠지. 다시 한번 그녀의 붉은 세상의 일부가 되고 싶었다.

그렇게 생각하며 나는 그녀가 눈치채지 못하도록 조심히 따라갔다.

그녀와의 만남은 입학한 지 얼마 안 된 날. 그녀가 내게 말을 걸어준 것이 계기였다. 그저 멍하니 걷던 나를 그녀가 불러서 무언가를 부탁했다.

대화는 별로 나누지 못했지만 그 후부터 나는 항상 그녀의 모습을 찾았다.

그녀를 지켜보며 그녀가 얼마나 상냥한지를 알게 되었다. 상냥한 나머지 자신을 희생하는 면도 있지만 자신의 몸을 아끼지 않고 다른 사람에게 손을 내미는 그녀는 매우 멋졌다.

서서히 나는 그녀를 우연히 마주쳐서 따라가는 게 아니라, 직접 그녀를 찾으러 가는 횟수가 많아졌다.

그녀의 교실 근처까지 가기도 하고, 저택 근처로 찾아가기도 했다. 저번 휴일에는 그녀가 사는 저택으로 그녀를 보러 갔다.

나는 아직 그녀에 대해서 모르는 것이 너무나도 많다.

아침 일찍 와서 더러운 칠판을 깔끔하게 닦는 모습을 안다. 시험이 있으면 그 누구보다 일찍 등교하여 교실에서 예습하는 모습을 안다.

국어 수업을 좋아하는 것을 안다. 학년 2위라는 것을 안다. 쉬는 시간에는 대부분 별동에 있다는 것을 안다. 그 사이에 책을 읽는다는 것을 안다. 그 책이 어떤 내용인지도, 지금 어느 부분을 읽는지도 알고 있다. 점심에 도시락 통을 들고 기쁜 얼굴로 교실을 나가는 것을 안다. 그것을 소중한 듯이 기쁜 얼굴로 먹는 것을 안다. 교실에 돌아갈 때 조금 우울한 표정을 짓는 것을 안다. 하교할 때 잠시 별동에서 시간을 보내는 것을 안다.

하지만 그것뿐이다. 좀 더 알고 싶다. 좀 더 자세히 알고 싶다. 좀 더 자세히 알면 너는 나를 좋아하게 될지도 모른다. 나를 사랑해 줄지도 모른다.

그리고 알아봐 줄 것이다.

네가 신경 쓰는 레이드 녹터나 에릭 하임보다도 내가 더욱더 많이 너를 지켜보고 있다는 것을.

제9장

소문의 위험한 위원회

비밀스러운 속박

 입학식으로부터 2개월이 지나 서서히 기온이 올라가고 햇살이 뜨거워지는 시기.

 나는 책상의 나무 물결을 바라보며 고민에 빠져 있었다.

 내 머리를 복잡하게 만드는 문제…… 그것은 바로, 앨리스와 레이드 녹터의 친밀도에 관한 것이었다.

 두 사람은 입학식 후부터 전혀 친해질 기미가 보이지 않았다.

 처음엔 "걔는 평민이고……."라고 말하면서도 친해질 줄 알았는데 진전은커녕 레이드 녹터와 앨리스가 교류하는 장면을 목격한 적조차 없다.

 남들에게 들키지 않도록 연애하고 있는 게 아닐까 해서 슬쩍 앨리스와 레이드 녹터를 관찰했지만 그 두 사람은 전혀 엮이지 않았다.

 자리를 교체한 것도 원인 중 하나겠지만, 게임에서는 앨리스를 신경 쓰며 수업할 때나 이동 수업으로 교실을 옮길 때 어떻게든 말을 걸던 레이드 녹터가 지금은 그녀에게 전혀 말을 걸지 않았다. 그뿐만 아니라 앨리스에게 전혀 다가가려 하지 않는다.

 쉬는 시간에 레이드 녹터는 독서, 앨리스는 예습을 하느라 바빴고 점심시간에도 따로 움직였다.

 실험을 하는 수업에서 같은 조가 되어도 무덤덤하기만 하고, 어쩌면 지인 단계까지 올라가지도 못한 게 아닐까.

하지만 앨리스가 레이드 녹터의 브라콤 증상을 신속히, 조금이라도 빨리 고쳐주지 않으면 나는 이 아카데미에서 도망갈 수 없다. 이대로 있다간 자르드 군이 형에게 감금을 당할지도 모르기 때문이다. 나를 보는 레이드 녹터의 눈동자는 날이 갈수록 흉흉해지는 것 같고, 그가 정의감 강한 성격 때문에 울적한 기분을 마음속에 쌓아두기만 하다가 어느 날 폭발해 버릴까 봐 조마조마했다.

뭔가 대책이나 이벤트가 필요한데, 그 이벤트가 전혀 일어나지 않았다.

두근러브의 레이드 녹터 루트에서는 교외 학습 후부터 정기 시험을 위한 '스터디 모임' 전까지 아무 이벤트가 없었다. 스터디 모임 시즌은 6월 말이며 시험은 7월이다.

그 전까지는 계기로 삼을 만한 게 없다. 전혀 없다. 새로운 연애 이벤트를 만들 생각도 해 봤지만 좋은 방법이 떠오르지 않았다. 그저 두 사람과 접촉하지 않도록 노력하는 일상을 보내고 있을 뿐이다. 이러면 안 된다. 정말로 안 된다.

"자, 다음은 월말에 있는 체육제에 나갈 선수를 정해야겠군."

제시 선생님이 칠판에 '체육제'라는 단어를 적었다.

전생에서도 신체 능력에 자신이 없었던 나는 최대한 단체 경기에만 참여했다. 달리기, 릴레이 등의 개인 경기는 최대한 피하고 줄다리기나 공 던지기에 총력을 쏟아부었다.

……아니, 잠깐, 체육제? 그런 이벤트가 있었던가……?

학교 행사에 체육제가 있는 것은 당연한 일이지만, 이곳은 귀족 아카데미이고 두근러브의 이벤트 중에도 체육제는 없었다. 레이드 녹터뿐만 아니라 에릭이나 로베르토 와이즈, 제시 선생님 루트에서도 이런 이벤트는 등장하지 않았다.

……생략된 건가?

체육제는 학교 행사의 꽃 중 하나. 운동 계열 학교 행사의 대표이며, 문화 계열에서 가장 큰 행사인 문화제와 쌍벽을 이룬다. 학교를 무대로 한 게임에서는 문화제 다음으로 가장 잘 쓰이는 소재일 것이다.

……게임에서는 체육제 이벤트가 등장하지 않았다. 그렇다는 것은 체육제에서 무슨 일이 일어나더라도 정규 이벤트를 망가트리거나 영향을 미칠 일이 없다는 게 아닐까?

에릭의 가정교사 사건처럼 공략 대상의 트라우마의 근간이 되는 시나리오는 본편이 시작된 지금, 존재하지 않는다.

이벤트가 없다는 것은 악역인 미스티아가 히로인인 앨리스에게 아무 짓도 하지 않는다는 것.

……그렇다면 체육제는 내가 자유롭게 움직일 수 있는, 유일한, 그야말로 무적의 시간이 아닐까……?

"지금 나눠주는 종이에 어떤 경기에 참여하고 싶은지를 적어서 앞 사람에게 건네면 내가 회수하지. 말해두겠지만 1지망 경기에 반드시 참여할 수 있는 건 아니야. 3지망까지 제대로 생각하고 적도록."

제시 선생님이 경기 신청 용지를 나눠줬다. 받아든 종이에는 달리기 경주, 장애물 경주나 물건 빌리기 경주, 공 던지기 등 체육제다운 경기가 설명과 함께 나열되어 있었다. 단체 경기는 전원 참가, 개인 경기는 반드시 하나 이상 참가해야 하는 시스템이었다.

달리기에는 자신이 없으니 달리기 경주는 3지망에 적고 물건 빌리기 경주를 2지망, 장애물 경주를 1지망으로 적자.

공란을 채워 기입한 후 종이를 앞으로 넘겼다.

제시 선생님은 맨 앞자리로 모인 종이를 전부 회수하여 교탁 앞에 섰다.

"그리고 체육제는 실행위원뿐만 아니라 운동부, 문화부의 동아리 활동 관계자도 준비를 돕게 된다만 인원이 부족해서 말이다. 강제는 아니지만 시간이 비는 사람은 자원해서 준비를 도와주면 고맙겠어."

선생님이 도우미의 역할에 관해 설명을 시작했다. 도우미가 될 경우, 체육제 위원이 방과 후에 모여 체육제를 준비할 때 함께 참가하여 도와주면 되는 듯하다. 힘들겠다는 생각을 하다가 문득 생각이 하나 떠올랐다.

……그렇다는 건, 도우미가 되면 뭔가를 결정하는 자리에 참여할 수 있을지도 몰라.

그 자리에 끼면 평범한 학생들보다 체육제 정보를 빨리 들을 수 있다.

그리고 체육제 위원은 레이드 녹터도, 로베르토 와이즈도 아니다. 평범한 학생이다.

체육제 정보를 먼저 입수할 수 있다면 뭔가 선수를 칠 수 있지 않을까……? ……어쩌면 이것은 완벽한 기회일지도 모른다.

"자, 참가하고 싶은 사람 있나?"

"저요."

손을 들었다. 제시 선생님은 눈을 크게 떴다. 전생의 학교와 비슷하게 행사 등에는 항상 도우미 인력이 부족한 것일지도 모르겠다.

"괜찮겠나? 미스티아 아렌."

"네. 꼭 참가하고 싶어요."

"그래. 그러면 오늘 방과 후 위원회가 있으니 부탁하지."

"네!"

고개를 끄덕이고 손을 내렸다. 나는 단순히 도우미가 될 목적으로 참가하는 게 아니다. 나를 보호하기 위해서다.

이벤트가 없다면 만들면 된다. 여성향 게임은 두근러브만 플레이해 봤지만 사람과 사람이 친해지는 이벤트는 동생이 읽던 순정만화를 참고하면 된다.

레이드 녹터와 에릭. 나는 공략 대상 두 사람과 히로인인 앨리스의 체육제 연애 이벤트를 만들어 두 사람의 오류를 고친다.

지금까지 '왜 이렇게 된 걸까.'라거나, 유학 서류 사건 때처럼 '신은 죽었다.'라는 생각을 계속해 왔지만, 이번에야말로 신은 나를 도와준 것이다. 나는 앞을 응시하며 마음속으로 체육제의 성공을 빌었다.

방과 후, 나는 하교하는 학생들의 흐름을 거슬러 본교사의 계단을 올라갔다. 도우미로서 체육제 위원회에 출석하기 위해서다. 회의는 특별동의 한 교실에서 이뤄진다고 한다.

원래라면 체육제 위원과 함께 참가하는 게 가장 좋겠지만, 교실에 없어서 찾으려다가 '뭐, 꼭 같이 갈 필요는 없겠지.'라고 생각하며 혼자 가기로 결정했다.

"미스티아 아렌."

뒤에서 날 부르는 목소리가 들려와 뒤를 돌자 계단 아래에 제시 선생님이 서 있었다.

"무슨 일이세요?"

"잠시 할 말이 있으니 준비실로 와 주겠어?"

제시 선생님은 심각해 보이는 표정이었다. 바로 선생님을 따라 준비실로 향하자 제시 선생님은 주위를 확인하고 문을 잠갔다. 심각해 보이는 게 아니라 상당히 심각한 사태가 일어난 것일지도 모른다.

"위원회 때문……인가요?"

"아―, 그게 아니라 그, 레이드 녹터에 관한 일이다만…… 그리고 에릭 하임도……."

제시 선생님의 입에서 두 사람의 이름이 나와 나도 모르게 눈을 크게 떴다. 선생님은 내 표정을 보고 미간을 찌푸렸다.

"너, 그 녀석들한테 무슨 짓을 당한 건 아니겠지?"

"아뇨. 아무 일도 없었는데요."

"정말이야? 에릭 하임은 둘째치고 레이드 녹터와는 자주 만나잖아."

불안한 목소리였다. 내가 괴롭힘당한다고 생각한 걸까. 그러고 보니 제시 선생님은 내가 레이드 녹터를 피하려 하는 모습을 몇 번이나 목격했다. 팔로 줄다리기를 당할 때도 말이다.

그럼 역시…… 괴롭힘당한다고 생각해서 걱정하시는 거구나. 뭐라고 말해야 선생님을 안심시킬 수 있을까 고민하고 있는데 선생님이 진지하게 입을 열었다.

"너는 그 녀석을 어떻게 생각하지?"

"반장……이라고요. 무섭다고 생각하지는 않아요. 그냥 반 학생, 그 이상도 이하도 아니라고 해야 하나……."

"그런가. 그러면 됐어."

그리고 일가족과 사용인이 뿔뿔이 흩어지는 투옥, 사형 엔딩의 폭탄……이라고도 생각하지만 그걸 말할 수는 없다. 내 대답을 듣고 안심했는지 제시 선생님의 표정이 온화해졌다.

"시간을 뺏어서 미안하게 됐어. 위원회 회의에 가던 참이었지? 중간까지 바래다주지."

"아뇨. 괜찮아요. 그리고 여기서 가까우니까요."

"그 정도는 괜찮지 않나. 그냥 걷는 것뿐이니까. 자, 가자."

제시 선생님이 문을 열었다.

나는 중간까지 선생님과 대화하며 위원회 교실로 향했다. 그리고 준비실로 돌아가는 선생님을 배웅하고 안으로 들어섰다.

그곳엔 이미 각 반의 위원 절반 이상이 모여 있었다. 전부 같은 교복이어서 1학년이 어디에 모여 있는지 알 수가 없었다.

칠판을 보니 위원회는 앞, 도우미는 뒷자리에 앉도록 적혀 있었다.

일단 가장 뒤, 구석 자리를 노리고 이동했다. 창가에서는 에릭이 남학생들과 대화하고 있었다.

어라, 에릭…… 체육회 위원이었나……?

도우미일 가능성도 있지만 앞쪽에 있는 걸 보니 위원일 가능성도 있었다. 순간 깜짝 놀랐지만 이벤트를 계획하며 그의 동향을 알 수 있는 건 좋은 일이겠지.

에릭은 뭔가 곤란하다는 얼굴로 선배들과 대화하고 있었다. 지금은 인사하지 않는 게 낫겠지. 하지만 조용히 교실 뒤편으로 이동하고 있자 그가 나를 향해 뒤돌았다.

"어라……? 주인?"

"안녕하세요."

에릭은 놀라면서 재빨리 남학생들과의 대화를 끊고 내게 다가왔다.

"왜 여기 있어? 무슨 일이야? 체육제 위원은 아니지? 너희 반위원은 남자애 아니었어?"

"전 보조 도우미로 온 거예요."

"그렇구나! 그럼 체육제 준비 같이 할 수 있겠다. 이런 일도있구나. 엄청 기뻐! 신난다!"

"하임 선배는 위원으로 참가하는 건가요?"

"응! 우리 반 여자애가 퇴학해서 말이야."

"퇴학……?"

이런 시기에……?

아직 신학기가 시작하고 얼마 지나지 않았다. 그런데 퇴학자가 나오다니 대체 무슨 일이지……?

그런 생각을 하고 있는데 뒤에서 "어머?" 하는 목소리가 들려왔다. 뒤를 돌아보니 피나 네인 선배가 서 있었다.

"미스티아 양, 안녕. 혹시…… 당신도 체육제 위원?"

"아뇨. 저는 도우미로 참가했어요."

네인 선배와 이렇게 얼굴을 마주 보고 대화하는 건 그날 점심을 같이 먹은 후 처음이다. 그때보다 안색이 매우 좋아진 느낌이었다.

"네인 양. 저번엔 고마웠어."

"어머, 하임 군. 안녕하세요."

에릭이 네인 선배와 인사를 나눴다. 다른 사람과 대화하기가 어려워서 괴로워하던 시절의 그의 모습을 떠올렸다. 가슴이 뜨거워졌다. 잘됐다……라고 말하고 싶은 것을 꾹 참았다.

"방금 저한테 '당신도'라고 한 건…… 네인 선배도 위원으로 참가하나요?"

"응. 체육제 위원에 결원이 생겨서 학생회 임원 보조인 내가 대신 참가하기로 했어."

"무슨 일이 있었나요?"

"응. 원래 위원을 맡았던 학생이 퇴학을 해서."

"퇴학……."

"그래서 1주일쯤 전에 내가 그 자리를 대신하기로 했어. 나도 이 실행위원회에 참가하는 건 미스티아 양처럼 처음이야."

이 사람도 퇴학, 저 사람도 퇴학. 2학년 학생들 사이에서 무슨 일이라도 있었던 걸까? 무슨 사고라도 있었던 것 같잖아. 우연이라고는 생각하지만 체육제 위원이 두 사람이나 퇴학하다니. 이거 완전 괴담 아니야?

"두 분 다 수고하시네요……."

"대신하는 건 자신 있으니 괜찮아. 게다가 미스티아 양과 함께할 수 있다니 정말 기뻐."

"나도, 나도! 이렇게 돼서 다행이다!"

학생이 연속으로 퇴학하는 이상 사태가 벌어졌는데 둘 다 웃고 있다. 나도 아는 사람이 있는 건 기쁘지만…….

"다들 모이셨네요. 자리에 앉아 주세요. 위원회 시작할게요―."

위원회 고문으로 보이는 선생님이 교탁 앞에 섰다. 에릭과 선배는 그대로 나를 사이에 두고 나란히 앉았다.

"어, 괜찮은가요? 위원분들은 앞에 앉아야……."

"괜찮아, 주인. 자리가 정해진 건 아니니까."

왼쪽에 앉은 에릭은 왠지 즐거운 표정이었고, 내 오른쪽에 앉은 네인 선배도 온화하게 웃었다. 혹시 내가 1학년이고 아직 이곳이 낯선 도우미라서 배려해주는 걸까? 낯선 것도 사실이니 그래 주면 고맙기도 하고 아는 사람이 옆에 있으면 든든하다.

나는 그대로 에릭과 네인 선배의 호의에 기대 함께 설명을 들었다.

그리고 이틀간의 휴일을 보내고 등교한 날, 나는 체육회 위원이 되었다.

우리 반의 체육제 위원을 맡은 남학생이 집안일이 바빠서 방
과 후에 남기가 어렵다며 사퇴했기 때문이다.

바로 등 뒤에는

주말이 끝나자마자 체육제 위원이 되고 3일 후.

나는 아침 일찍 별동의 빈 교실에서 혼자 잔뜩 쌓인 종이와 격투 중이었다.

다른 사람이 보면 별로 재미있을 것 없어 보이는 작업이다. 그러나 어째서인지 이곳에 클라우스가 얼굴을 비쳤다.

"여어―, 저주받은 체육제 위원. 혼자서 몰래 뭘 하는 거야? 변태냐."

"선수를 정하고 있어요."

그래. 선수 결정. 도우미에서 체육제 위원으로 승격한 나는 각 학생이 희망하는 경기를 보고 실제로 출전할 선수를 선출하는 작업을 맡았다.

아직 위원회에 제출할 기한까지는 여유가 있지만 희망하는 경기에 나가지 못하는 학생이 분명 나올 것이다. 그들에게 설명할 시간도 필요했고, 점심시간과 방과 후에는 위원회의 다른 일도 산처럼 쌓여 있다.

그래서 나는 평소에 교내를 어슬렁거리던 아침 시간을 이렇게 유용하게 활용하는 중이다.

"저주받은 위원회에 들어간 기분은 어때? 저주받은 영애."

"우연이니 아무 생각도 안 들어요."

클라우스의 질문에 바로 대답했다. 에릭도 네인 선배도 고생

한다고 생각했는데 설마 우리 반에서도 결원이 나올 줄이야.

원래 체육제 위원이었던 학생은 집안 사정이라고는 했지만, 살짝 안색도 안 좋았고 컨디션도 좋지 않아 보여서 '이거 정말로 소문처럼 저주받은 거 아니야?'라는 의심을 떨칠 수가 없었다.

하지만 저주라고 인식하면 무서워지니까 비과학적인 일이라고 생각하며 무시하는 중이다.

"하아―, 그래?"

클라우스는 원하는 대답을 듣지 못해서인지 한숨 섞어 말하고는 내 앞에 있는 의자 위에 쪼그려 앉았다. 나는 교외학습 때 묻지 못한 것을 묻기로 했다.

"……저기, 앨리스 씨의 출신에 관해서 칠판에 적고 종이를 뿌린 건 당신인가요?"

앨리스가 평민이란 내용을 적은 칠판과 종이.

그녀가 평민이라는 것을 알고 있던 건 나와 클라우스와 교사진뿐이다.

교사가 그런 일을 벌일 이유는 없고, 그렇게 되면 소거법으로 클라우스만 남는다. 하지만 그가 칠판에 적은 범인이라고 생각해도 이해할 수 없는 부분은 있었다.

재밌는 것을 좋아하고 남이 괴로워하는 얼굴을 매우 좋아한다는 그라면 오히려 적지 않는 게 더 이상하다. 하지만 그런데도 납득하지 못할 기묘한 위화감이 있었다.

……직감일 뿐이라 아무 증거도 없지만.

"아니라고 말하면 믿을 거야?"

클라우스가 내 반응을 시험하듯이 시선을 내게로 보냈다. 내가 대답하기 전에 그는 크게 한숨을 쉬었다.

"뭐어. 나는 아니지만 말이야. 그런 쓸데없고 재미없는 타이밍에 밝혀봤자 재미 하나도 없다고. 그보다 뭐? 칠판에도 적혀 있었어? 전혀 몰랐네―, ……아, 네가 지웠겠구나?"

흥이 깨졌다는 그의 시선에 나도 그를 바라봤다.

"그럼 언제가 좋은 타이밍이라고 생각하나요?"

"당연히 체육제 전후지. 반 학생들의 바보 같은 우정 놀이가 잘 무르익었을 때 말이야. 앨리스뿐만 아니라 모두의 정보를 넣어서 말이야. 지금까지 같이 땀을 흘리고 같이 힘내자고 말하던 따뜻한 분위기가 순식간에 얼어붙으면 얼마나 재밌을까. 말 나온 김에 우리 반에서 해 봐도 좋겠네."

클라우스는 신뢰하기 어려운 인물이긴 하지만 그의 향락주의적인 성격을 생각하면 그가 말한 베스트 타이밍이 가장 적절했다.

……그렇다면 대체 누구지? 앨리스가 평민이란 것을 밝혀서 궁지에 몰아넣으려는 사람이 있는 걸까?

아니면 시나리오의 강제력이 작용했거나, 혹은 나 말고도 이곳이 두근러브의 세계라는 것을 아는 사람이 있거나.

하지만 앨리스를 궁지에 몰아넣어서 무슨 이득을 얻을 수 있지?

앨리스가 괴로워하는 모습을 보고 싶어 하는 것은 게임 속 미스티아 아니면 누구든지 괴로워하는 모습을 보고 싶어 하는 클라우스 정도다.

……조사해 보는 게 좋으려나.

생각에 빠진 내 얼굴을 보고 클라우스가 느슨하게 입꼬리를 올렸다.

"탐정 놀이를 해 봤자 아무 소용도 없을걸."

"그게 무슨 뜻인가요?"

"저주받은 여자가 눈치챌 정도로 허술한 인간이라면 벌써 사라졌겠지. 뭐, 네가 눈치채지 못했더라도 사라졌겠지만."

클라우스는 양손의 검지를 세워 빙글빙글 돌리며 말했다. 어느 쪽이든 사라졌을 거라니 그게 무슨 뜻이지?

"사라진다니……."

"나도 모두를 파악한 건 아니지만 말이야. 확실히 한 사람은 있다는 건 알겠어…… 그런데 엄청 만만치 않은 상대라고 해야 하나, 좀처럼 꼬리를 밟히지 않는다고, 그 녀석."

클라우스는 나른한 얼굴로 책상 위에 있는 경기 희망 용지를 한 장 집어 들더니 손가락으로 튕겨냈다.

"……희망하는 경기라. 우와ㅡ, 엄청 재미없네. 학년 릴레이는 절대 싫다고? 이 녀석 꼭 학년 릴레이에 내보내서 수치스럽게 만들자. 몰아넣자."

"아뇨. 안 그럴 거예요. 싫다고 하잖아요."

그의 손에서 종이를 뺏자 역시나 종이 중앙에 자국이 생겨나 있었다. 구겨진 것을 피며 항의하자 클라우스는 진심으로 지긋지긋하다는 표정을 지었다.

"하ㅡ, 진짜 싫다. 착한 아이의 쓰레기 같은 발상. 이런 녀석을 내보내야지. 반 학생들한테 비난을 받게 만들어야 즐거운 파티가 시작되지."

변함없이 발상이 위험하기 그지없다.

게다가 진심으로 즐겁다고 생각하니 내가 어찌할 도리가 없었다. 남의 기호를 가지고 이러쿵저러쿵 말하는 것은 좋지 않은 일이지만 클라우스의 기호는 가만 놔두면 분명 위험해질 것만 같았다.

"……당신은 어느 경기에 나가나요?"

"그냥 달리기만 하는 건 전부—."

"전부라니, 정말로요?"

클라우스는 그런 열정적인 성격이었던가. 애초에 경기를 방해하거나 심판에게 들키지 않고 반칙하는 것으로 승부할 것 같은데.

"어. 장애물은 귀찮아. 물건 빌리기도 귀찮아. 다른 것도 귀찮아. 그래도 달리는 건 잘해. 그러니까 단번에 반의 바보 녀석들에게 좋은 평가를 받을 좋은 기회지."

"뭔가 목적이 있는 건가요? 인망을 얻어서 뭘 할 생각이에요?"

"넌 변함없이 재미없는 녀석이네. 신용을 얻으면 마음껏 헤집을 수 있잖아? 네 여자친구가 얼마 전에 다른 가문의 영식이랑 같이 걷고 있더라 하는 사소한 한마디가 신뢰하는 사람 입에서 나온다면 무시할 수 없을걸."

"치정 싸움을 만들려고…… 달리다니……."

"나는 말야. 재밌는 일이라면 뭐든 하는 남자라고. ……저기, 네가 받는 신용도 나한테 나눠줘. 어차피 알지도 못하니까."

"네?"

클라우스가 나를 손가락으로 가리키고는 그 손가락을 빙글빙글 돌렸다.

"넌 바닥에 구멍이 뚫린 망가진 꽃병이니까 말이야."

"제가 바보라는 의미인가요?"

"아니—? ……적어도 내 꽃병에는 바닥이 있거든. 그냥 바늘만 통과할 수 있을 정도로 터무니없이 입구가 좁을 뿐이지. 물을 붓기에는 고생할 테지만 말이야. 히힛."

장난스러운, 연기하는 듯한 목소리로 말하는 내용이 전혀 이해가 가지 않았다. 하지만 그 말에 엄청난 진리가 담겨 있는 듯해서 매우 불안한 기분이 들었다.

"구멍이 없는 건 맞지만 어차피 망가진 건 마찬가지인가."

클라우스는 벌떡 일어서서 코웃음을 치며 자리를 떴다. 잠깐, 가는 건 좋은데 의자는 정리하고 가라고. 그런 생각을 하며 나는 앞에 있는 의자를 제자리로 돌려놓았다.

"끝났다."

선수 명부에서 고개를 들었다. 기지개를 켜며 시계를 보니 시곗바늘은 아침 예비종이 치기 몇 분 전을 가리키고 있었다.

이대로 교실에 돌아가서 임시 선수 명부를 발표하면 시간에 맞춰 제시 선생님이 들어올 테니 자연스럽게 칠판 앞을 떠날 수 있다. 그러면 어색함을 느낄 새도 없이 조회 시간이 시작될 것이다.

계획을 세운 나는 재빠르게 교실로 돌아가기 위해 종종걸음으로 걸어 우리 반의 문을 열었다. 내 모습을 인식한 학생들은 순식간에 조용해졌다.

마치 장례식 분위기 같았다.

하지만 제대로 설명해야만 한다. 실은 이 선수 명부는 학생들의 희망 사항을 전혀 반영하지 않았기 때문이다.

이번에 우리 반에선 달리기 경주에 인기가 집중되었다. 반의 9할이 달리기 경주를 선택한 것이다. 엄청난 불균형이었다.

올해 입학하여 맞이하는 첫 학교 행사. 그저 달리기만 하는 심플한 경기에 인기가 집중하는 것은 당연한 일이다.

그래서 발이 빠른 학생을 달리기 경주 선수로 넣었고, 장애물 경주에는 악기 연주를 하며 달리는 등 무서운 미션이 있으므로 음악을 하는 학생에게 맡기고, 물건 빌리기 경주는 잘 겁먹지 않는, 남들에게 말을 잘 거는 학생을 골랐다. 당연히 본인들의 희망은 반영하지 않았다.

내가 결심하고 교탁 앞에 서자 점점 긴장된 분위기가 퍼져나가는 것이 피부로도 느껴졌다. '이 녀석 대체 무슨 말을 하려는 거야?'라고 생각하고 있으려나. 체육제와 관련된 이야기만 할 테니 안심해 줬으면 한다.

"체육제 위원으로서 안내할 게 있어요. 희망표를 보고 선수를 골랐는데, 희망하는 학생이 많았던 달리기 경주를 고른 분에겐 기대에 못 미치는 결과가 되었을 거라고 생각해요. 죄송해요. 지금 결정한 명부를 나눠드릴게요. 경기 규칙도 적혀 있으니까 확인해 주세요."

일단 모두에게 이름과 어떤 경기에 출전하는지가 적힌 종이를 나눠줬다.

종이 한 장에 적어서 벽에 붙여놓으면 편하겠지만, 그 후에 출전 경기를 꼭 바꾸고 싶다는 학생들이 몰리면 힘들어질 테니 귀찮아도 각자에게 한 장씩 나눠주기로 했다.

"사정이 있거나 궁금한 점이 있으면 내일까지 제게 말씀해 주시면 고맙겠어요. 그러기 어려운 경우엔 이 상자에 메모를 넣어 주시면 확인할게요."

그렇게 말하며 교실 뒤의 선반에 상자를 뒀다.

지금 나는 교실을 떠다니는 유령처럼 동떨어진 인간이다. 직접 대화하기는 좀……이라고 생각하는 학생이 대다수일 테니 준비해 둔 것이다.

레이드 녹터는 나를 살피듯이 시선을 보냈다. 나는 자연스럽게 시선을 피해 조용히 내 자리에 앉았다.

선수 임시 발표로부터 하루가 지난 날의 방과 후. 나는 새빨간 노을빛을 받으며 복도를 걸었다.

교정에서는 2학년의 행사 때문인지 단체 줄넘기를 연습하는 목소리가 들려왔다.

어제 모두의 출전 경기를 발표했으나 반 학생들의 변경 신청은 없었다. 이제 결정된 선수표를 체육제 위원회실에 제출하기만 하면 된다.

역시 귀족 아카데미. 막대한 기부금을 받아서인지 각종 위원회 전용 교실이 따로 마련되어 있다.

위원장, 서기, 회계 등, 위원회 중에서도 상위 임원들이 이용하는 방이다. 참고로 최상층의 가장 안쪽에는 학생회실이 있다고 한다.

그 최상층으로 가는 계단은 하나뿐이라 일반 학생이 사용하면 주의를 받는다고 한다. 학생회는 완장을 차는 등 특별 대우를 받는 거겠지.

그러고 보니 그 계단이 이 주변에 있었지. 그런 생각을 하며 시선을 돌리자 마침 피나 네인 선배가 계단을 내려오고 있었다.

"어머, 미스티아 양. 하교 중……은 아닌가 보네. 혹시 위원회 일 때문에 온 거야?"

"위원회실에 선수 목록을 제출하려고요."

"벌써 정해졌어?"

네인 선배는 놀란 듯이 눈을 크게 떴다. 나는 그렇게 놀랄 일이 아니라며 고개를 가로저었다.

"……반 학생들 반 이상이 달리기 경주를 선택하는 바람에 달리기 경주의 배율이 높아져서, 절반 이상은 원하는 경기에 나가지 못하지만 말이에요………."

"역시. 1학년은 달리기 경주가 인기인가 보네."

1학년은. 이라는 것은 1학년에게만 인기란 걸까? 달리기 경주가? 그렇게 특수한 경기가 아닐 텐데……?

"2학년이 되면 달라지나요?"

"응. 1학년 때 달리기 경주를 선택해서 발이 빠른 학생과 같이 달리다 보면…… 뭐라고 해야 할까. 크게 뒤처지는 학생이 많아

지니까…… 2학년이 되면 다들 그렇게 되고 싶지 않아서 달리기 경주 말고 다른 경기를 선택하거든."

공개 처형 대회로 인한 마음의 상처……. 그 마음은 충분히 이해할 수 있다. 트라우마가 되겠지. ……어라, 그럼 선배는 달리기 경주 말고 다른 경기에 나가는 걸까?

"선배는 어떤 경기를 선택하셨나요?"

"달리기 경주. 달리는 건 싫어하지 않…… 아니, 좋아해서. 미스티아 양은?"

"저는 달리는 것보다는 가만히 있는 게 특기라 물건 빌리기 경주요."

대답하자 네인 선배가 쿡쿡 웃었다. 선배는 달리는 걸 좋아하는구나. 왠지 의외인걸.

요즘 점심시간이나 방과 후에 활발한……이라고 하면 이상할지도 모르겠지만, 평범한 상태의 선배를 볼 기회가 늘어났는데 그야말로 순수한 아가씨였다. 머리끝부터 발끝까지 우아하고 완벽한 영애라는 이미지였다. 레이드 녹터가 완벽한 왕자님이라면 선배는 완벽한 여왕님이라고 생각한다. 전생의 표현을 빌리자면 그야말로 미스 아카데미였다.

"저기, 미스티아 양."

"네?"

"……곤란한 일이 생기면 뭐든지 나한테 말해줬으면 좋겠어. 은혜를 갚고 싶은 마음도 당연히 있지만, 미스티아 양은 갑자기 위원이 되었으니까 힘들 것 같아서."

"감사해요. 마음이 든든하네요."

네인 선배가 날 치하하듯이 내 손을 잡았다. 아무래도 선배는 내가 갑자기 위원이 된 것이 신경 쓰이는 모양이었다.

고마워하고 있자 선배가 뭔가 떠오른 듯이 입을 열었다.

"그리고…… 그게…… 만일 괜찮다면 날 이름으로 불러줬으면 좋겠어."

순간 사고가 정지했다. 이름으로, 부르라고?

뭔가, 경계하거나, 주의를 시키는 게 아니라? 눈을 동그랗게 뜨는 나를 보고 선배는 "아아." 하며 말을 덧붙였다.

"미스티아 양. 계속 나를 선배라고만 부르잖아? 혹시 어떻게 불러야 할지 몰라서 고민하는 게 아닌가 하는 생각이 들어서."

확실히 그랬다. 피나 선배라고 이름으로 불러 버리면 왠지 친한 척하는 것 같고…… 그렇다고 해서 네인 선배라고 부르면…….

"이유는…… 아마 '네인 선배'라고 부르면 오라버니와 겹치니까 그런 거겠지?"

"네. 맞아요……."

네인 선배가 두 사람이기 때문에 네인 선배라고 부르는 선택지는 없었다. 그러니 '선배'라고 부를 수밖에 없었다. 하지만 두 사람을 상대해야 할 때는 어떻게 해야 할까. 아니 그런 일이 있을까? 라면서 계속 어떻게 해야 할지 고민해 왔다.

"이름으로 불러도 괜찮아. 편하게 불러 줘. 나도, 미스티아 양과 편하게 이야기하고 싶어."

"……그럼 잘 부탁드릴게요. 피나 선배……."

이름으로 부르자 피나 선배는 온화하게 웃었다.

왠지 기분 좋다. 평화로운 우정을 쌓아나갈 수 있을 듯한 기분이 들었다. 에릭과도 주종 놀이가 아니라 이런 식으로 친해지면 좋겠다.

그렇게 피나 선배와 함께 위원회실로 가는 사이에 문득 깨달았다. 어라, 선배도 위원회실에 가려던 중이었나? 그래도 방금, '위원회 일 때문에 온 거야?'라고 물었는데 볼 일이 있었던 걸까.

"저, 선배는 어느 쪽으로 가시나요?"

"나는 오라버니에게 부탁받은 일로 위원회실에 전할 말이 있어서. 그러니까 같이 가자."

"네. 좋아요."

우리는 사소한 대화를 나누며 위원회실로 향했다. 왠지 피나 선배가 즐거워 보여서 나도 가벼운 마음으로 발걸음을 옮겼다.

나는 몇 겹이나 접힌 천을 들고 조심스럽게 계단을 올라갔다.

선수표를 제출한 나는 접힌 천——반 깃발을 옮기는 중이었다.

이야기를 들어보니 매년 반별로 큰 깃발을 만들어서 응원할 때 사용하는 모양이다.

내가 받은 것은 선화가 그려져 있는 천으로, 반 학생들이 모여 이 커다란 천을 색칠해 그림을 완성하는 것이라고 한다.

체육제 전까지 반 깃발을 같이 제작하며 결속력을 다지자는 것이 아카데미의 방침이라는 듯하다. 그렇게 설명한 위원장에게 "지금 나눠주러 갈 생각이었는데 마침 잘 됐다. 하하하."라며 깃발을 받아 지금 이 상황이 되었다.

그때 반 깃발의 견본을 볼 수 있었는데 상당히 컸다.

반에서 붕 뜬 상태로 있어도 괜찮다고 생각했는데, 어떻게든 반 학생들의 협력을 구해 이 깃발을 완성해야만 한다.

이건 의외로, 아니, 굉장히 심각한 상황이다.

……머리를 숙여 부탁하자. 그것뿐이다. 혼자서 어떻게든 할 수 있는 양도 아니고, '반 학생들이 모두 힘을 합치는 경험'을 모두에게서 뺏을 수는 없었다.

마음을 고치고 계단을 내려가는데 "저기." 라며 감정이 느껴지지 않는, 마치 기계음 같은 목소리가 들려왔다. 뒤돌아보니 에릭이 서 있었다.

"주인."

"하임 선배."

에릭도 깃발 천을 들고 있었다. 위원회실에 다녀오는 길인가.

어라. 그래도 위원회실에 갈 때랑 돌아올 때 한 번도 못 마주쳤는데.

"하임 선배 어디에……."

"왜 네인 양이랑 친하게 지내?"

"네? 왜라니……."

"네인 양을 피나 선배라고 불렀잖아. 나는 하임 선배라고 부르면서."

내가 피나 선배라고 부르기 시작한 건 바로 조금 전 일이다. 하지만 그 자리에 에릭은 없었다. 어떻게 아는 건지 생각하고 있자 에릭이 중얼거렸다.

"그럼 나도 에릭 선배라고 부르는 게 맞잖아."

"어⋯⋯."

"혹시, 내 이름은 부르기 싫어?"

"아뇨. 부르기 싫은 게 아니라⋯⋯."

다른 사람 앞에서 피나 선배를 이름으로 부르는 것과 그를 '에릭'이라고 부르는 것은 매우 다르다.

피나 선배의 경우는 네인 선배가 두 사람이라는 문제가 있었기 때문이다.

"⋯⋯저기, 우리, 친구지?"

"친구야. 그래도 이름으로는 안 부르⋯⋯."

"친구면 이름으로 불러야지. 아니면 주인은 나를 친구라고 생각하지 않는 거야? 나는 이제 필요 없어⋯⋯?"

에릭이 당장이라도 울 것 같은 표정을 지었다.

아니다. 이런 표정을 짓게 만들려는 마음은 없었다. 에릭은 항상 웃어줬으면 한다.

"아니야."

"그러면 이름으로 불러 줘. 다시 예전처럼. 실은 별로 마음에 안 들지만 선배라고 붙여도 괜찮아. 응? 부탁이야⋯⋯."

에릭 선배라면, 이름만 부르는 것보다는, 괜찮으려나⋯⋯. 하지만 그의 상태가 이상해 보여서 가볍게 고개를 끄덕일 수가 없었다. 어떻게 대답해야 좋을지 모르겠다. 뭔가 말해야 하는데 무슨 말을 해야 할지 알 수가 없었다.

"계속 같이 있어 주겠다고 약속해 줬잖아, 주인이."

에릭은 내 왼손을 잡고는 약속하듯이 내 새끼손가락에 자신의 손가락을 걸고는 풀었다.

"약속, 깨지 마."

에릭은 부드럽게 웃었다. 하지만 눈앞에 있는 것은 분명 그일 텐데 왠지 위화감이 느껴졌다. 분명 그에게는 지금과는 다르게 치명적인 무언가가 있었다.

"저기……."

"그럼 다음에 봐, 주인."

"……네, 다음에."

에릭은 웃으며 내 어깨를 톡톡 두드린 후 발걸음을 돌려 가 버렸다.

"……그래서 오늘부터 방과 후에 시간이 있는 분은 반 깃발을 만드는 데에 협력해 주시면 좋겠어요."

반 깃발을 받은 후 이틀간의 휴일, 그리고 다시 평일이 찾아왔다. 나는 아침, 교탁 앞에 서서 깃발에 관해 설명하고는 아주 깊이, 기도를 담아 머리를 숙였다.

원래라면 좀 더 나중에 시작해도 좋지만 도와줄 사람을 충분히 확보하지 못할 것 같아서 일찍 제작에 착수하기로 하였다.

점심시간은 위원회 일 때문에 바쁘고, 예전에 아슬아슬할 때까지 반 깃발을 완성하지 못한 반이 있던 탓에 큰일이었다는 이야기를 들어서 반 깃발 제작 마감은 체육제 1주일 전까지로 설정되어 있다.

아마 지금 시작하지 않으면 기한에 맞추지 못할 것이다.

고개를 들자 모두가 어색한 표정을 짓고 있었다. 내 자리에 돌아가려고 하자, 문이 드르륵 열리며 나타난 제시 선생님이 "오." 하고는 멈춰 섰다.

"무슨 일 있나?"

"아뇨. 방금까지 체육제 안내를 하고 있었어요. 죄송해요. 지금 비킬게요."

"괜찮아. 앉도록."

자리에 앉으려는데 날카로운 시선이 느껴졌다. 그 방향을 바라보니 로베르토 와이즈가 원망스러운 얼굴로 나를 노려보고 있었다. 나는 최대한 그를 무시하면서 그저 칠판만 바라봤다.

방과 후를 알리는 종소리와 함께 교실을 나섰다. 교실의 모두에게 같이 깃발을 만들자고 말을 걸어볼까 잠시 고민했지만 강제할 수 있는 일이 아니고 협박하고 싶지도 않았으므로 마음을 접었다.

자, 그러면 이제부터는 즐거운 반 깃발 제작 재료 옮기기의 시간이다. 빨강, 노랑, 파랑, 하양, 검정, 갈색 도료가 든 페인트 통과 붓, 물통, 팔레트를 업자가 입구에 가져다 뒀다고 하니까 그것을 교실로 옮겨야 한다.

도료 색상은 한정적이지만 다른 색은 삼원색을 조합해서 만들면 되겠지. 아마 갈색은 서비스일 것이다.

그보다 반에 한 명쯤은 남아 주겠지……?

계단을 내려가 불안한 마음으로 1층 복도를 걷고 있자 창밖 바로 옆에서 알리 씨가 멍하니 꽃을 바라보고 있는 것이 보였다.

"안녕하세요."

열린 창문 너머로 인사를 건네자 알리 씨는 놀란 듯이 어깨를 들썩이고는 내게로 고개를 돌렸다.

"아! 미스티아 님! 안녕하세요."

알리 씨는 물뿌리개를 들고 있었다. 직원 업무뿐만 아니라 정원 관리도 하는 건가. 발치에는 예쁜 다알리아 꽃이 피어 있고, 중앙에는 빨간 장미가 선명한 색을 뽐내며 피어 있었다.

"물 주고 계신 거예요?"

"네. 원래 여기는 원예부가 관리하는 화단이었는데 지금은 원예부의 관리 구역이 정문 근처로 바뀌어서……."

알리 씨가 서 있는 곳은 중정(中庭)이라고 불리는 곳이다. 벤치나 분수도 있지만 한산한 곳이었다.

도서실을 이용하는 학생이 기분 환기 겸 들르는 정도고, 게임에서도 별로 등장하지 않은 곳이라 나는 자주 이곳에서 시간을 보내곤 했다.

"그렇군요. 수고하시네요."

"네. 곧 우기가 다가오니까 그때까지만 관리하면 되지만요."

알리 씨의 입술이 부드럽게 호선을 그렸다. 왠지 조금 기뻐 보였다. 물을 주지 않아도 되어서 우기가 다가오는 게 기쁜 걸까? 하지만 그는 자진해서 꽃의 관리를 맡은 것처럼 보였다.

"비를 좋아하시나요?"

"네. 단비라고도 하잖아요? 그래도 가장 좋아하는 건 눈이지만요."

알리 씨는 눈을 좋아하는구나.

그런데 어째서일까. 그는 겨울보다는 여름이 잘 어울린다고 멋대로 생각하고 있었다.

딱 한 번 본 눈동자가 해바라기색이었기 때문일지도 모른다.

갑자기 조용해진 나를 보며 알리 씨는 "왜 그러시나요?"라며 고개를 기울였다.

"왠지 알리 씨는 해바라기라고 해야 하나, 여름이 어울리는 인상이어서……. 죄송해요. 멋대로 그렇게 생각했어요."

알리 씨는 그 자리에 멍하니 멈춰 섰다. 앞머리에 가려져 눈은 보이지 않았지만 아마 눈을 크게 뜨고 있을 것 같았다. 아니, 분명 그럴 것이다.

"……아뇨. 그런 말을 들을 줄은 몰라서. 기뻐요, 정말로."

알리 씨가 조금 당황한 것처럼 말을 더듬거렸다.

내가 별생각 없이 말한 탓에 신경 쓰이게 만들었나 보다. 어떻게 해야 할지 몰라 고민하고 있자 그가 "앗." 하고 외쳤다.

"미스티아 님. 체육제 위원을 맡게 되셨다면서요. 수고하시네요!"

"아, 감사합니다."

"원래 위원을 맡았던 분이 갑자기 그만뒀다고 들었는데 괜찮으신가요?"

알리 씨의 목소리엔 걱정이 담겨 있었다. 설마 직원인 그의 귀에도 위원이 바뀌었다는 소문이 흘러 들어갔을 줄이야.

확실히, 위원이 없어지거나 변경되는 일이 전 학년에서 일어나고 있으니 소문이 날 법도 하지. 우연이라고 믿고 싶지만 위험할 것 같으면 교회에 액막이를 부탁하자. 그걸로 괜찮아질지는 모르겠지만.

"괜찮아요. 지금은 별일 없는걸요."

"무슨 일이 생기면 언제든 말씀해 주세요."

알리 씨는 정말 상냥하다. 이렇게 대화도 해 주고, 만나면 기쁘게 인사해 준다. 저번에는 조언을 해주기도 했고. 아무리 감사해도 부족할 지경이다. 게다가 대화하고 있으면 차분해지는 기분이다.

"감사해요. 정말 계속 도움만 받네요."

"아뇨. 제가 좋아서 하는 일이니까요."

그간의 감사를 전하자 알리 씨는 부드럽게 미소지었다. 눈은 여전히 보이지 않았지만, 마음이 통하는 기분이 들었다. 덕분에 나는 의욕이 솟아올라 가벼운 발걸음으로 그 자리를 떴다.

페인트와 팔레트, 붓이 든 상자를 끌어안고 조심스럽게 발을 옮겼다.

입구에서 무사히 그림 재료를 받은 나는 넘어지지 않도록 세심한 주의를 기울이며 복도를 걷는 중이다.

그림 도구를 받을 때 다른 학년의 체육제 위원이 하는 이야기를 들었는데, 아무래도 퇴학한 2학년 학생들은 같이 무리를 지어 몰려다니던 친구 사이였다는 모양이다.

그리고 같이 체육제 위원을 지원했다가 퇴학했다고 한다. 그림 도구 수령 장소에 있던 위원들은 괴담이 도는 곳에 갔다가 저주받은 게 아니냐는 대화를 나누고 있었다.

저주. 다들 처음엔 농담처럼 받아들이는 분위기였지만 요즘엔 정말 저주를 두려워하는 사람들도 늘어난 기분이었다. 하지만 그것보다는 반 깃발 제작이 우선이다.

한 명이나 두 명쯤은 남아서 도와주면 좋을 텐데……라고 기도하며 우리 반의 문을 열었다가 눈 앞에 펼쳐진 광경에 할 말을 잃고 말았다.

"어……?"

학급 재판이 열린 건가? 아니면 환상인가. 혹시 내가 시간을 잘못 봐서 수업 중에 페인트 통을 받으러 다녀온 건가?

이 광경은, 이상했다.

교실에는 사람, 사람, 사람. 거의 반 학생 전원이 모였다고 해도 될 정도로 많은 사람이 있었다. 멍하니 말문이 막혀버린 내 앞에, 레이드 녹터가 학생 무리 사이에서 나타났다.

"재료 가져오느라 수고했어……, 생각보다 양이 많네. 나랑 같이 가면 좋았을걸."

"어, 아……, 왜, 여기에."

"도와주러 왔지. 그럼, 어떻게 칠하면 될까?"

레이드 녹터의 질문에 나는 서둘러 완성도가 그려진 종이를 꺼내 모두에게 보여주듯이 펼쳤다.

"어, 완성도는 이거예요. 복도 쪽 자리인 분은 파란색, 창가 자리인 분은 빨간색, 중간 줄에 앉는 분은 노란색을 부탁해요. 섞어서 만들어야 하는 색은 나중에 칠할게요. 제가 지금 도료랑 팔레트, 붓을 나눠드릴 테니 각자 줄에 가서 서 주세요."

모두를 줄 세운 후 순서대로 도구를 나눠줬다. 그 사이에는 앨리스도 있었다. 도와주려고 남은 모양이었다. 다들 나를 보고 얼굴을 굳혔지만 도와주는 데에는 의욕적이었는지 "저기부터 칠하자.", "여긴 내가 칠할게."라며 열심히 천을 둘러싸고 모이기 시작했다.

……이 집합 상황. 혹시 레이드 녹터가 열심히 설득해서 학생들을 모아준 게 아닐까.

그에게는 통솔 능력이 있다. 반의 리더이기도 하다. 다들 나를 돕는 게 아니라 그를 돕기 위해 열심인 거겠지.

……항상 그에게 무례한 행동만 보였는데. 나는 계속 그에게 도움받고 있다.

"저기."

학생들에게 팔레트를 전부 나눠준 후 나는 결심하고 레이드 녹터에게 다가갔다.

"왜 그래? 미스티아."

"정말 감사해요."

"응?"

"저 대신 학생들을 모아줘서요. 이 은혜는 꼭 갚을게요. 실은 아무도 안 남으면 어쩌지 고민하고 있었거든요. 감사합니다."

감사 인사를 하자 레이드 녹터는 '무슨 소리를 하는 거야?'라는 듯한 표정이었다.

그건가. 다들 반 깃발을 만들기 위해 자진해서 모인 거니까 내 덕이 아니다, 라는 겸손인가.

"정말 덕분에 살았어요. 레이드 님 덕분이에요."

"아냐, 다들 미스티아를 위해 자진해서 모인 거야."

"아뇨. 그렇게 위로해 주실 필요 없어요. 제 위치는 제대로, 확실하게 이해하고 있거든요."

역시 레이드 녹터의 상냥한 배려도 이 정도로 과하면 부담된다. 나는 반에서 붕 떠 있는 존재인데.

"아아! 미스티아는 다른 학생들에게 미움받는다고 생각했던 거야?"

레이드 녹터는 '아하!' 하고 뭔가를 깨달은 것처럼 '미움받는다'는 말을 뚜렷하게 발음했다. 목소리가 컸던 탓에 교실에 그 말이 울려 퍼졌다.

배려의 화신이었던 레이드 녹터가, 이런 잔혹한 일을 벌이다니.

……어쩌면 단죄 이벤트의 일종인 걸까. 평소의 레이드 녹터였다면 다른 사람에게 '미움받는다고 생각해?'라는 민감한 화제를 크게 말하지 않았을 것이다.

실제로 지금 나를 보고 어색해하던 반 학생들은 다들 멍한 표정을 짓고 있었다.

자애와 정의와 배려의 소유자인 레이드 녹터가 이런 눈치 없는 발언을 하면 당연히 누구나 당황하겠지.

"미스티아 님이 미움을 받는다고요……?"

앨리스 또한 멍한 표정을 지었다. 그만둬, 확인 사살당하고 싶지 않아. 게다가 레이드 녹터가 또 입을 열려고 해서 나는 이제 어떻게 되든 상관없다며 생각을 포기했다. 하지만 그가 꺼낸 말은 의외의 내용이었다.

"하지만 다들 미스티아에게 경멸당한다고 생각했는걸?"

"네……?"

"어라? 전혀 모르겠다는 표정인 걸 보니, 역시 미스티아는 모두한테 미움받는다고 생각해서 교실을 자주 비웠던 거구나."

레이드 녹터가 어린이 방송의 사회자처럼 장난스러운 말투로 말했다. 대화도 묘하게 어긋나는 것 같고, 전혀 이해할 수가 없었다. 한편 주위의 학생들은 무슨 말인지 이해했는지 분위기가 부드럽게 바뀌기 시작했다.

"그게 정말, 인가요……?"

"경멸, 하는 게 아니에요……?"

"이게 무슨 일이야……?"

반 학생들은 나를 보며 제각기 납득했다는 것처럼 입을 열었다.

"저기, 이건 대체……?"

"미스티아와 같은 생각을 하고 있었던 거야, 다들."

일단 이 분위기를 주도한 레이드 녹터에게 질문하자 그는 싱긋 웃었다.

"다들 본인들이 앨리스 양을 비난해 버린 탓에 미스티아에게 경멸당한다고 생각했어. 미스티아는 좋지 않은 말투로 말해버려서 모두에게 미움받았다고 생각했을 테고."

레이드 녹터의 목소리는 여전히 컸다.

내가 반 학생들을 경멸한다고……?

확실히, 앨리스를 비난한 것은 좋은 일이 아니지만 화내는 것은 앨리스의 정당한 권리다. 게다가 어느 날 갑자기 예상하지도 못한 일이 일어나서 혼란스러운 마음도 이해할 수 있었다. 그 상황에서 내가 건방진 얼굴을 하고 멋대로 지껄인 탓에 기분이 상한 게…… 아니었던…… 거야?

"화나지 않았나요?"

주저하며 주위 학생들에게 말을 걸자 다들 고개를 세차게 가로저었다.

"미스티아 양은 저희가 미스티아 양을 싫어한다고 생각했나요?"

"어어, 네."

"교실을 자주 비우는 건 저희의 얼굴을 보기 싫어서인가요?"

"네? 아뇨, 저, 전혀 그렇지 않아요. 그게, 그건 개인적인 이유 때문이었어요!"

"입을 잘 열지 않았던 건 화나서 그런 게 아닌가요?"

"아, 아뇨. 그냥 제 성격이 그래서……."

반 학생들의 질문에 대답하자 점점 교실의 분위기가 부드럽게, 온화하게 바뀌었다.

그보다, 그랬던 건가. 교실에 없으니까 '뭐야, 이 녀석?'이라고 생각한 게 아니라 내가 사람을 싫어해서 피한다고 생각한 건가. 당연히 남을 피하는 사람 앞에선 저절로 긴장되겠지. 그래서 그랬던 건가.

"그렇구나. 아렌 양은 내 예상과 같은 분이었어."

"아하하, 다행이다."

"좋았어. 다들 힘내서 깃발을 완성하자!"

반 학생들은 각자 납득한 것처럼 자신이 맡은 구역을 칠하기 시작했다.

응? 예상과 같은 사람이란 게 뭐야? 무슨 뜻이야?

주위는 긴박한 장례식 분위기가 아니라 단란한 분위기에 휩싸였다. 이건 대체 무슨 일이지?

"저기, 괜찮으면 여기 같이 칠하지 않을래요?"

멍하니 서 있는 내게 학생 한 명이 다가와 말을 걸었다.

"저, 저번에 아렌 님이 노트 옮기는 걸 도와주신 적 있어요. 그땐 감사했습니다."

"아, 아니에요."

학생의 말을 따라 붓을 들자 이번엔 옆에 있던 남학생이 나를 바라봤다.

"나한테는 저번에 길을 알려준 적이 있었거든. 고마워."

"아, 그랬군요."

"실은 계속 대화해 보고 싶었거든. 괜찮겠지?"

"네? 아, 저로도 괜찮다면."

고개를 끄덕이자 남학생이 즐거운 듯이 웃었다. 대체 이게 무슨 상황이야?

"아, 치사하게! 아렌 님, 저도 저번에 물건을 떨어트렸다가 아렌 님이 주워주신 적이 있는데 기억하시나요?"

"저번에 칠판 청소를 도와주신 적이 있는데 그때는……."

신나 보이는 반 학생들이 연달아 내게 말을 건넸다.

뭐야, 이거? 이해를 못 하겠어. 상황을 따라가지 못해서 "앗." 하는 소리밖에 내지 못했다. 아니, 길을 알려준 적도 있고 노트 옮기는 걸 도와준 적도 있지만 그렇다고 해서 이렇게 내게 우호적일 이유가 없잖아.

다들 이상한 허상을 봤거나 집단 환각 증세를 보이고 있는 게 아닐까?

내가 계속 분위기를 압박한 탓에 뭔가 다른 걸 본 게 아닐까? 혹시, 나의 신기루가 보이는 건 아니겠지……?

한 발짝 물러서자 어느샌가 내 바로 뒤에는 레이드 녹터가 있었다. 전지전능한 그에게 물어볼 수밖에 없다. 이 혼돈을 정리해달라고 부탁할 수밖에 없다.

"저기, 이게, 무슨 일이죠? 무슨 상황인가요?"

"다들 미스티아랑 친해지고 싶은 거야."

"왜……?"

그렇게 말하자 레이드 녹터는 곤란한 얼굴로 웃고는 색칠 작업을 개시했다.

아니, 기다려. 멋대로 해결한 것처럼 굴지 말라고. 반 학생들은 뭔가 찜찜한 것이 사라진 것처럼 내게 말을 걸어온다. 나는 무슨 일이 일어난 건지 전혀 파악하지 못한 채로 그저 학생들의 말에 대답하며 작업을 시작했다.

번외. 어두운 희망은 사랑을 속박한다

SIDE: Raid

입학식에 같이 가자고 권유하면 미스티아는 거절할 것이다. 그렇게 생각한 나는 입학식 당일, 그녀의 저택에 찾아가 녹터가의 마차를 돌려보냈다.

만일 미스티아가 예상대로 거절하더라도 내가 지각할지도 모른다는 사실을 알려주면 상냥한 그녀는 나와 같이 등교할 수밖에 없겠지.

나는 그녀의 선택지를 빼앗는 것에 예전만큼 죄책감을 느끼지 않았다.

하지만 그때 예상외의 일이 일어났다. 함께 마차를 타고 등교하다가 아카데미가 보이기 시작했을 때, 그녀가 나를 붙잡은 것이다.

그 전엔 뭔가 계산하거나 얼굴이 창백해져서 큰소리를 내는 등 이상한 행동을 보이기도 했다. 하지만 그 행동이 전혀 신경 쓰이지 않을 정도로 내게 충격적인 일이 일어났다.

다른 사람이었다면 아무 의미도 없을 듯한, 사소한 대화를 미스티아와 나눴다.

미스티아가 감사와 사죄, 인사 외의 용건으로 내게 말을 건 적은 처음 만났을 때부터 지금까지를 되돌아봐도 거의 없었다. 기적에 가까운 시간이었다.

그녀는 내게 무슨 말을 할지 고민하더니 "그래도 힘내라거나 수고한다는 말도 이상한데……."라고 중얼거렸다.

그녀는 말을 시작할 때 보통 '어어.', '저기.', '뭐.', '아니…….' 라고 머뭇거리고 뭔가를 생각하며 말하는데 그게 없었다. 너무 긴장해서인지 생각이 그대로 입 밖으로 나온 것이다.

미스티아가 내게 호의적인 말을 건네려 했다.

하지만 내가 방심한 탓에 그녀는 도망쳐 버렸고, 입구에서 그녀를 붙잡았더니 그 재수 없는 에릭 하임이 나타났다.

그는 넘어지려는 여학생을 안아서 붙잡았다. 미스티아가 그 행동을 보고 질투하는 건 아닐지 걱정했으나 같이 그 장면을 목격한 그녀는 질투하는 모습을 보이지 않았다.

그를 좋아한다면 상처받은 표정을 지었을 텐데, 미스티아는 재빠르게 입학식이 열리는 홀로 향했다.

아카데미에 다니게 되면서 에릭 하임과 미스티아의 접촉 횟수가 늘어나리라고 생각한 나는 그가 다른 여학생을 안아 세운 것은 신경도 쓰지 않고 놔둔 채로 달려가는 미스티아에게 기대를 걸었다.

어쩌면 내게도 끼어들 틈이 아직 남아있을지도 모른다고 생각하면서.

신입생 대표 인사는 실수 없이 무사히 마쳤다.

인상에 남은 것은 무대 옆에 긴 백발을 지닌 사람이 서 있었고, 그 앞을 지나갈 때 머리카락 사이로 붉은색이 보여서 미스티아와 비슷한 붉은 눈동자라고 생각한 것 정도였다.

오랫동안 나를 좀먹어 온 연정은 이쯤 되면 병에 가까웠다. 입학식을 마친 나는 그런 내 모습에 한숨을 쉬며 교실로 향했다.

자리는 미스티아와 떨어져 있었지만 나쁘지 않은 자리였다. 그녀는 마침 문 근처 자리. 교실을 드나들며 자연스럽게 말을 걸 수도 있고, 나와 자리가 가까우면 그녀는 바로 내 움직임을 감지하고 도망쳤을 테니까.

그리고 무슨 우연인지 내 옆자리는 아침에 에릭 하임이 붙잡았던 그 여학생이었다.

웃음을 지어내 말을 걸자 그녀는 앨리스 하트펄이라고 자신을 소개했다.

이 학생과 에릭 하임의 사이가 좋아지면 방해되는 인간이 한 명 줄어든다. 이용할 수 있도록 얼굴과 이름을 확실히 외우며 몇 가지 대화를 나눴다.

하굣길도 당연히 미스티아와 함께였다. 교사를 나오자마자 에릭 하임을 발견해서 오늘은 절대 방해받지 않겠다는 마음으로 그녀의 팔을 억지로 잡아끌었다.

내게는 계속 생각해둔 계획이 있다.

동생인 자르드의 무의식적인 협력을 받아 미스티아를 확실히 내 것으로 만들 계획.

나를 데려다주기 위해 녹터 저택에 오게 된 미스티아는 자르드가 응석을 부리자 간단히 함께 노는 것을 승낙했다.

그녀가 점심 식사 준비가 되어 있을 거라고 말한 탓에 장소가 그녀의 저택으로 바뀐 것이 유일하게 예상하지 못한 일이었지만, 계획에 지장이 생길 정도는 아니었다.

그렇게 생각했는데, 내 예상이 틀렸던 모양이었다.

자르드와 소꿉놀이를 한다는 명목으로 소품인 척 혼인계약서를 미스티아에게 건네 적게 만드는 계획은 실패하고 말았다.

그녀는 내가 건넨 진짜 서류, 기입해서 제출만 하면 바로 부부로 인정받는 혼인계약서를 소꿉놀이 소품이라고 생각해 웃으며 이름을 적고는 자르드와 놀았다.

나는 계약서를 소중히 가방에 넣고 해가 질 때까지 소꿉놀이를 즐겼다.

즐겁기 그지없었다. 약혼이 도중에 파기되는 일은 거의 없고, 절대적인 효력을 발휘한다는 것은 알고 있었지만 미스티아를 보고 있으면 막연한 불안이 항상 내 마음을 죄어왔다. 그 불안이 단번에 사라진 것이다.

하지만 저택에 돌아오자 가방 안에 있어야 할 혼인계약서가 없었다.

멍해진 머리 한구석에, 아렌 저택을 떠날 때 느꼈던 위화감이 떠올랐다. 지금까지 미스티아의 전속 메이드는 나를 배웅한 적이 없었다. 그런데 그날만큼은, 차가운 남색 눈동자로 나를 바라보고 있었다.

완벽했다고 생각한 작전이 실패로 끝난 후엔 다음 대책을 마련하기로 했다.

하지만 좋은 아이디어가 떠오르지 않았다. 미스티아의 전속 메이드가 만만치 않다는 것은 서류를 몰래 빼앗겼다는 황당한 형태로 증명되었고, 아카데미 안에는 하임가의 영식이 있다.

자리 교체를 위한 제비뽑기도 담임 교사에게 방해받았다. 어떤 수단을 사용하면 그녀를 얻을 수 있을까 고민한 나는 가능성 하나를 떠올렸다.

미스티아를 의도적으로 약하게 만들어서 그 틈을 파고드는 것이다.

상처 입고 기력을 잃었을 때 손을 내민다. 칠판에 앨리스 하트펄이 평민 신분이라는 내용이 적힌 사건에 대해 전해 듣고 그런 방법을 떠올렸다.

내가 확실한 너의 편이라는 것을 미스티아에게 인식시키면 된다고.

분명 그녀는 나를 좋아하지 않더라도 손을 잡을 수밖에 없을 것이다.

……하지만 나는 미스티아를 무너트릴 다양한 계책을 떠올려 놓고 아무것도 실행할 수가 없었다.

궁지에 몰린 미스티아에게 손을 내미는 인간이 나뿐이라면 그녀는 내 손을 잡을 수밖에 없을 것이다. 가장 확실한 방법일 텐데, 나는 결국 마지막의 마지막까지 그 선을 넘을 수가 없었다.

마음속에는 나를 바보라고 꾸짖는 내가 있었다.

이런 짓을 할 바에는 선물을 보내고 편지를 써서 그녀에게 내 마음을 전하면 좋을 텐데.

하지만 거절당하기가 무서웠다.

거절당해서 내가 그녀를 어떻게 할까 봐 무서웠다. 그녀에게 미움받아도 경멸당해도 좋으니 그녀를 손에 넣을 생각이었는데.

무너지기를 원하면서, 나는 항상 무너지는 것을 두려워했다. 몇 번이나 마음을 포기하고, 몇 번이나 기대한다.

언젠가 미스티아의 시선이 나를 바라보게 되지 않을까 기대하고 기도했다.

미스티아에게 호감을 품으면서도 그녀를 매도한 로베르토 와이즈는 매우 어리석었지만, 나도 마찬가지였다.

앨리스 하트펄의 신분이 칠판에 적힌 사건 이후로 반 학생들과 미스티아의 거리는 계속 멀어지기만 했다.

반 학생들은 '지금까지 우리를 속인 거야?'라면서 앨리스 하트펄을 규탄했다. 규탄받은 앨리스 하트펄을 감싼 것은, 그 누구도 아닌 상냥하고 마음 약한 미스티아였다.

미스티아는 일부러 건방진 말투를 꾸며내서 반 학생들을 책망했다. 자신을 깎아내리면서까지 다른 사람을 구하려는 모습은 5년 전과 변함이 없었다. 그때 심하게 떼를 쓴 것도 우리 어머니를 구하기 위한 것이었다고 나는 믿고 있다.

그때 앨리스 하트펄이 규탄당하는 것을 보고 나는 도와주러 가야 할지 고민하면서 복도에서 시간만 보내고 있었다.

어쩐지 그녀가 미스티아에게 관심을 보인다는 것을 느낀 나는, 평민인 그녀가 혹여나 미스티아의 물건을 훔치거나 좋지 않은 일을 저지를까 봐 의심했고, 차라리 아카데미를 떠나는 게 좋으리라 생각했기 때문이다.

어째서인지 앨리스 하트펄을 도와준 미스티아는 내게 그녀의 손을 넘겼지만.

그 이후, 반 학생들은 자신들의 얕은 생각을 반성했다.

반 학생들은 그녀에게 경멸당했다고 오해하며 미스티아를 부자연스럽게 피했다.

그들이 말하는 '미스티아가 반 학생들을 피하는 행동'은 전부 그녀가 원래 하던 행동들이다.

미스티아는 나를 피해 자리를 비울 때가 많았고, 애초에 그녀는 다른 사람에게 잘 다가가는 성격이 아니었다.

나는 그녀가 단독행동을 하는 게 원래 성격이란 것을 알고 있지만, 그것을 모르는 사람에게는 '같은 공기를 들이마시고 싶지도 않다'라는 이유로 교실을 떠나는 것으로 보일 것이다.

언뜻 보기엔 담담한 태도가 오히려 그녀의 원래 성격이라는 것도, 감정 기복이 별로 없어 보이는 표정이 실제로는 상당히 우왕좌왕한다는 것도, 익숙하지 않으면 모를 것이다.

어제도 모두에게 상담을 받았다. 미스티아에게 미움을 받았을지도 모른다고. 자신은 미스티아에게 도움을 받았는데 어떻게 사과해야 할지 모르겠다고.

아렌가 영애에게 혐오당한다는 사실 때문에 더 초조한 것일 수도 있지만, 친절히 대해준 상대를 실망시킨 것에 대한 괴로운 마음도 느껴졌다.

반 학생들은 다들, 지금 미스티아와 대화할 수 있는 것은 반장인 나뿐이고 유일하게 미움받지 않는 존재가 나라고 생각 중이다.

오히려 미스티아의 마음에서 가장 멀고 미움받는 게 나라는 진실에 헛웃음이 나왔다.

이대로 반 학생들의 오해를 풀지 않고 거리를 두게 만들면 앞으로 미스티아를 손에 넣을 때 확실히 유리해지겠지.

[미스티아는 정직한 성격이니까 너희가 한 짓을 분명 용서하지 못할 거야.]

그렇게 말하면 미스티아를 헐뜯지 않고 정당하게 그녀와 반 학생들의 사이를 떨어트릴 수 있다.

······하지만 어제 상담을 받은 내 입에서 나온 것은 그녀와 반 학생들의 사이를 화해시키려는 말들뿐이었다.

미스티아는 체육제 위원에 취임했다. 체육제 위원회에는 에릭 하임이 있었고, 냉정하게 생각하면 수단을 고를 때가 아니다.

파고들 틈이 있다면 최대한 이용해야 하는데.

나는 정말 바보였고, 미스티아의 노력은 보상받아야 한다는 생각을 떨칠 수가 없었다.

미스티아에게 경멸당한다고 오해한 반 학생들이 이대로 있으면 안 되겠다고 확실히 생각한 것은 체육제 출전 선수가 발표되었을 때였다.

희망하지 않은 경기를 배정받은 학생들에게 미스티아가 나눠준, 경기 설명과 팁이 가득 적힌 카드.

그것은 선택하지 않은 경기에 참여하게 됐지만, 불안해하지 않고 즐길 수 있기를 바라는 미스티아의 뚜렷한 배려였다.

경멸당하더라도 뭐든 하고 싶다. 돕고 싶다고 생각하며 반 학생의 과반수가 오늘 반 깃발 제작을 위해 모였다. 하지만 모두의 태도는 어색하기만 했다. 도료를 들고 온 미스티아는 교실에 있는 학생들을 내가 모은 것이라고 생각하고 감사 인사를 했다.

이대로, 내가 학생들을 모았다고 오해하게 놔두면 된다.

"아아! 미스티아는 다른 학생들에게 미움받는다고 생각했던 거야?"

그런데 일부러 큰 목소리로 주위 학생들에게 들리도록 미스티아에게 물었다. 미스티아와 반 학생들 사이에는 오해가 있다는 것을 확실히 알려주기 위해서.

분명 나는 나중에 이 행동을 후회하겠지. 그때 반 학생들과 미스티아의 사이를 돌려놓지 않았다면, 미스티아는 내 손에 들어왔을지도 모른다고 몇 번이나 회상하겠지.

하지만 반 학생들의 달리기 기록을, 그 적성을 일일이 찾아본 미스티아를 안다.

빈 교실에서 열심히 선수표를 앞에 두고 시행착오를 거듭한 미스티아를 안다.

그런 미스티아의 노력을 내 이기적인 마음으로 짓밟을 수는 없었다. 지금도 미스티아를 누구보다도 무엇보다도 원한다. 미움받더라도 상관없다. 그녀를 얻을 수 있다면 그녀의 웃음을 보지 못해도 괜찮다. 좋아한다. 정말 좋아한다. 사랑한다. 분명 기회는 지금뿐이다. 그런데도.

　나는 바보였다.

표리일체 구세주

　태양이 서서히 그 모습을 드러낼 시각. 나는 내 방 책상에 앉아 상자와 분투 중이었다.

　경이롭게도 성황을 이룬 깃발 제작으로부터 약 1주일이 지났다. 그것은 하루 한정의 기적이라고 생각했으나 방과 후의 반깃발 제작은 항상 상당한 인원수가 모였다.

　나도 모르게 거울 속의 반전된 세계에 들어온 게 아닐까 생각한 적도 있었으나 눈에 보이는 이변이라고는 반 학생들이 내게 우호적인 것뿐이었다.

　아마도 레이드 녹터가 뭔가를 해 준거겠지. "나는 아무것도 안 했어."라고 말은 했지만 그가 솔선해서 반 학생들을 선도해 준 것이 틀림없다.

　그래서 지금은 반 깃발과 위원회 일로 계속 미뤄뒀던 체육제 연애 이벤트 및 그 공사에 착수했다.

　이번에 나는 체육제의 성공을 위해 실행위원이 된 게 아니다. 전부 레이드 녹터 및 에릭과 앨리스의 관계를 진전시키기 위해서였다.

　본래 목적 달성을 위해 움직이지 않으면 슬슬 위험하다.

　그들을 위해 만들어낼 유사 이벤트의 내용은 이미 생각해 뒀다. 분명 전생에서 동생이 읽던 순정만화에 이런 장면이 나온다. 물건 빌리기 경주에서 '소중한 사람'을 찾아오라는 미션을 받은 남학생이 마음에 품었던 여학생을 공주님 안기로 데려가는 장면.

다른 만화에도 비슷한 시추에이션이 있었으니, 분명 물건 빌리기 경주에는 좋아하는 사람이나 소중한 사람을 찾아오라는 미션이 있을 것이다.

그러니 물건 빌리기 경주의 미션으로 앨리스가 선택될 수 있도록 조작한다. 우연히도 레이드 녹터와 에릭은 둘 다 물건 빌리기 경주에 참여하니까 마침 잘 되었다.

둘 다 조작하기 쉬운 마지막 순서. 문제는 어떻게 조작하느냐 하는 것이다.

모든 미션 종이에 앨리스의 특징만 적는 게 가장 손쉬운 방법이지만 그런 짓을 했다간 조작이 금방 들통나고 말 것이다. 물건 빌리기 경주가 아니라 앨리스 경주가 된다. 전 학년의 물건 빌리기 경주 참가자가 한꺼번에 앨리스를 노릴 것이다. 광기의 경주다. 이 세계의 절대적인 히로인인 앨리스도 그런 일이 생기면 트라우마가 되겠지.

물건 빌리기 경주 때에는 반칙하는 일이 없도록 위원이 미션 종이가 담긴 상자 앞에 서 있어야 한다. 그 권리는 이미 얻었다. 하지만 주위의 시선이 모여들 테니 노골적으로 움직일 수는 없다.

한 장 적게 준비해 뒀다가 마지막 순서 직전에 준비한 카드를 넣는 방법을 썼다간 단번에 들킬 것이다.

그러니 나는 2중 바닥을 만들어서 그 아래에 앨리스 카드를 넣는 방법을 생각했다가, 빼낸 바닥은 어떻게 할지, 상자를 처분할 때 발각되면 어떻게 할지를 고민하다가 지금에 이르렀다.

책상에는 생산과 개조를 반복하며 만들어진 무수한 상자와 앨리스의 특징이 적힌 카드가 있었다.

……자, 이걸 어떻게 해야 할까. 깊은 한숨을 쉬고 있자 누군가 방문을 노크했다.

"들어와."

"실례하겠습니다. 미스티아 님. 아침 식사 준비가…… 미스티아 님?"

멜로가 방에 들어와서 상자를 앞에 두고 생각에 빠진 나를 걱정스러운 눈으로 바라봤다.

내가 뭔가를 심각하게 고민 중이라는 것을 알아챈 듯하다. 멜로에게는 얼버무리지 않고 솔직하게 조력을 구하는 게 나을지도 모르겠다.

"멜로. 공부와는 전혀 관계없는 일이긴 한데 뭐 좀 물어봐도 될까?"

"편하게 말씀해 주세요."

"예를 들어 멜로가 특정한 사람한테 특정 카드를 뽑게 만들고 싶다면 어떻게 할 거야? 참고로 그 특정한 사람이 카드를 뽑는 건 마지막 순서인데……."

구조를 쉽게 설명하기 위해 단면이 보이는 상자를 내밀어 보여주자 멜로는 그것을 빤히 내려다보았다.

그리고 주머니에서 자수실을 하나 꺼내 가볍게 두 줄이 되도록 접었다.

거기에 실과 풀을 사용하여 뭔가 장치를 만들기 시작했다.

"이렇게 카드를 상자 옆면에 두고 실을 이용해서 고정해요. 그리고 상자 옆면에 구멍을 뚫은 후에 실 끝을 밖으로 꺼내죠. 때가 되었을 때 실을 빼면……."

멜로가 실을 빼낸 순간, 상자 옆면에 고정되어 있던 앨리스 카드가 아래로 떨어졌다.

"실을 상자 아래, 혹은 겉에 티 나지 않게 붙인 후에 길이를 조절하면 다른 사람이 눈치챌 일은 없으리라고 생각해요. 어떠신가요?"

멜로는 담담하게 설명했지만 일련의 동작이 화려해서 마치 마술을 보는 것 같았다. 이 방법이라면 분명 들키지 않을 것이다. 이렇게 하면 2중 바닥을 만들지 않아도 되고 실이라서 멀리서는 보이지도 않을 것이다.

"멜로는 천재야! 대단해! 이 방법이라면 분명 괜찮을 거야! 고마워, 멜로!"

"미스티아 님께 도움이 되었다니 영광이에요."

멜로는 기쁜 듯이 웃어 보였다. 천재다. 후광이 비치는 것처럼 보였다. 멜로는 머리도 좋고 눈치도 빠르고 천사인 데다가 정말 최고의 메이드다.

최고의 메이드 덕분에 물건 빌리기 경주 조작 건은 일단 해결되었다. 이제 체육제에서 레이드 녹터와 에릭이 앨리스를 데려가게 만든 후, 그들이 빠르게 골인해서 빠르게 관계를 진전시켜나가면 빠르게 완벽해진다.

나는 외국으로 나가 시나리오가 끝나는 것을 기다리기만 하면
된다. 서류가 없어서 유학을 하지 못하는 탓에 확실히 유급 처
리가 되겠지만, 가족과 사용인들이 무사하다면 문제없다.

"좋았어. 아침 먹으러 가자!"

나는 밝은 미래를 가슴에 품고 조작된 상자를 정리했다.

"하아……."

멜로에게 조작 방법을 배우고 등교하여 벌써 방과 후가 되었
다. 나는 오늘도 여전히 반 깃발 제작에 힘쓰는 중이다.

……그보다 오늘은 피곤하다. 몸도 피곤하고 정신적으로도 피
곤하다. 이 피로의 원인은 오늘 1교시와 2교시 수업을 대체한
전 학급 체육제 예행 연습 탓이었다.

연습이라고는 해도 본격적으로 해야 한다는 이유로 모든 경
기에서 온 힘을 다해 달려야 했고, 당일처럼 집합, 입장, 경기를
진행한 후 퇴장했다.

그리고 자신이 참가하지 않는 경기도 체험해야 한다는 수업
방침에 따라, 나는 달리기 경주와 물건 빌리기 경주도 체험했다.

달리기 경주는 공개 처형 시간이었지만 그건 어쩔 수 없으니
포기하고, 물건 빌리기 경주는 미션에 적힌 것을 찾는 시간이
많은 경기. 달리기 경주는 예정대로 평범하게 공개 처형을 당하
고 예상한 결과를 맞이했지만 물건 빌리기 경주는 정말 지옥이
었다.

왜냐하면 내가 뽑은 미션이 하필이면 '자신의 학급의 반장'이

었기 때문이다.

레이드 녹터를 데리고 골인 지점을 향해 달리는 도중에, 시야 구석에서 환하게 웃고 있는 클라우스를 발견했다. 순간 '네 짓이냐'라고 생각했지만 상자에서 미션 카드를 뽑을 때 딱히 수상한 점은 보이지 않았으니 아마 내 운이 절망적으로 나빴던 것뿐이겠지.

다시 한숨이 나오려는 것을 참으며 깃발을 완성하기 위해 반학생들과 물을 퍼담을 양동이를 들고 주위를 둘러봤다.

다른 반의 학생들이 깃발 제작을 위해 물을 퍼 나르거나 붓이나 팔레트를 들고 움직이고 있었다.

오늘은 깃발 제작 마지막 날로, 내일 위원회에 제출해야만 한다. 모든 반이 시끌시끌했다.

우리도 힘들지만 다들 힘들겠지. 나도 힘내야겠다고 생각하며 물을 담고 있자 옆에 있던 반 학생이 "앗!" 하고 큰 소리를 냈다.

"미스티아 님, 큰일이에요!"

반 학생이 가리킨 방향은 내 손. 시선을 내리자 종이가 양동이의 물결에 따라 둥둥 떠 있었다.

집어 들어 확인해 보니 체육제의 관람 초대용 티켓이었다.

귀족이 모이는 아카데미이기 때문에 '누구든지 어서 오세요.'라고 문을 활짝 열어둘 수는 없었다. 보호자만 관람을 허용하더라도 보호자를 가장해 외부인이 들어올 수 있으니 따로 초대용 티켓을 배부했다.

학생 한 명당 한 장씩 받을 수 있으며 가족 혹은 사용인을 세

명까지 초대할 수 있다고 아침에 제시 선생님이 설명하며 모두에게 한 장씩 나눠주었다.

나는 티켓으로 부모님과 멜로를 초대할 예정이었는데—— 그를 위한 관람 초대용 티켓이, 바로 지금, 푹 젖고 말았다.

"저…… 이거, 혹시, 제 주머니에서 나온 건가요?"

"네. 손수건을 떨어트린 줄 알고 봤더니, 그게……."

주춤거리며 반 학생에게 묻자 그녀는 복잡한 표정으로 긍정했다.

주머니를 뒤져봤으나 그곳에 티켓이 있을 리 없었다. 말리면 되지 않을까 생각했다가 깨달았다.

이 잉크, 수성이다.

티켓을 잡은 손에 시선을 보내자 유학 서류가 젖었을 때처럼 잉크가 흐르고 있었다.

이 세상의 종말을 실감하는 것도 잠시, 뒤에서 이쪽을 향해 후다닥 달려오는 발소리가 들려왔다.

"아렌 양, 큰일이야! 도료가 없어."

"네?"

안색이 창백해진 반 학생이 달려왔다. 도료를 다 썼다거나, 쏟았거나, 어디 있는지 못 찾겠다는 뜻일까.

죽어버린 티켓을 접어서 주머니에 넣은 후 그를 따라 교실로 서둘러 가자 교실에는 중앙을 둘러싸듯이 학생들이 모여서 웅성거리고 있었다.

"도료가 없다니 무슨……."

나는 그렇게 말하며 정지했다. 교실 중앙에는 확실히 도료 통이 있었다. 바닥에 쏟은 것도 아니다

하지만 뚜껑이 열린 통 안에는 있어야 할 도료가 없고 빈 상태였다.

나는 옆에 있던 레이드 녹터에게 물었다.

"저기, 이건, 대체."

"다 같이 칠하려고 열었는데 이 상태였어."

"전부 쓴 건, 아니죠……?"

"응."

어제 도료 통을 닫을 때 전부 썼다는 이야기는 못 들었고 낭비하지 않도록 주의하면서 사용했다. 이렇게 내용물이 전부 없어질 리가 없었다.

……무슨 일이 일어난 것은 확실하지만 우선 지금 생각해야 할 것은 도료를 어디에서 조달해와야 할지에 관해서다.

"다른 반에 가서 나눠달라고 하면 안 될까요?"

"방금 다른 반에 전부 물어 봤는데 다들 안 된대."

레이드 녹터가 고개를 가로저었다. 학급별로 배분되는 양이 정해져 있고 예산이 있어도 주문하기가 어려우니 아껴서 쓰라는 이야기를 분명 위원회실에서 들었었다.

"도료, 미술실에 있지 않을까?"

"그래도 미술부는 깃발 제작은 못 도와준다고 하지 않았어? 미술부가 쓸 비품이 줄어든다고."

"오늘은 그 벽보가 안 붙어 있었던 것 같기도 하고. 제대로 못

봤어."

반의 분위기가 굉장히 어수선해졌다. 위원으로서 이 분위기를 어떻게든 해야 하는데.

"그럼 저는 도료를 찾으러 미술실, 위원실에 다녀올게요. 다른 분들은 여기서 기다려 주세요."

일단은 '괜찮아요. 어떻게든 해결할게요.'라고 말하는 듯한 표정을 지어낸 후, 교실을 나와 문을 닫았다.

일단 밀져야 본전이니 미술실에 한번 가 보고, 그 후에 위원실로 가자.

아니면 아예 나가서 사 올까……? 그게 더 빠를까?

하지만 시간이 얼마나 걸릴지 모른다. 아카데미에서 나눠준 도료가 일반적인 제품인지도 알 수 없었다.

앞으로의 방침을 생각하며 건물을 잇는 복도를 달려나가 코너를 돌자 내 눈앞에 갑자기 누군가의 발이 나타났다.

"으앗……."

아슬아슬하게 정지한 덕분에 부딪히지는 않았지만 상대를 다치게 할 뻔했다.

"죄, 죄송해요. 다치신 곳은 없나요?"

사과하며 고개를 들었다. 그러자 알리 씨가 깜짝 놀란 눈으로 나를 보며 입을 벌리고 있었다. 자세는 무너지지 않았지만 어딘가 삐끗했을지도 모른다.

"알리 씨, 죄송해요! 괜찮으세요? 다치진 않으셨어요?"

"네, 저는 괜찮아요. 죄송해요, 저도 서두르느라…… 미스티아 님이야말로 다치진 않으셨나요?"

"저도 괜찮아요. 정말 죄송해요. 알리 씨가 다치지 않아서 다행이에요."

알리 씨의 손에는 상자가 있었다. 뭔가를 옮기는 중이었던 모양이다. 정말 부딪히지 않아서 다행이다. 안도하고 있자 알리 씨가 고개를 갸웃했다.

"무슨 일 있으셨나요? 급하신 것 같은데……."

"조금 사고가 생겨서, 도료를 찾으러 가는 중이에요."

"도료? 반 깃발에 쓸 도료 말인가요?"

"네. 내용물이 사라져서……, 이대로라면 완성이 어려울지도 몰라서요."

설명하자 알리 씨가 "그렇다면." 하고 들고 있던 상자를 천천히 열었다.

"괜찮다면 이걸 사용하세요."

알리 씨가 연 상자 안에는 도료 통이 들어 있었다. 그것도 아카데미에서 나눠준 모든 색상의 도료 통이.

"이건……?"

"마침 남은 도료를 처분하러 옮기던 중이었어요. 그런 상황이라면 이걸 사용하세요."

생각하지도 않았던 제안에 나는 눈을 크게 떴다. 알리 씨는 싱긋 웃으며 상자를 내밀었다.

"여기요!"

"바, 받아도 괜찮나요?"

"당연하죠! 처분하기 전에 미스티아 님과 만나서 다행이네요. 많이 남았는데 버리기 아깝다고 생각하고 있었거든요. 그래도 달리 쓸 데도 없어서……."

놀라면서도 상자를 바라보고 있자 알리 씨가 "그리고……."라며 주머니에서 종이 한 장을 꺼냈다.

"이건……."

그 종이는 분명, 체육제의 관람 초대 티켓이었다.

"저는 데려올 사람이 없기도 하고 당일에 참가하지도 않거든요. 미스티아 님은 데려올 분명 친구가 많을 테니까 제 티켓을 대신 드리고 싶었어요. 괜찮다면 이것도 같이 받아주세요."

구세주가 나타났다. 틀림없는 구세주다. 알리 씨는 타이밍이 너무 좋았다. 뭐지? 신의 안배인가? 오히려 알리 씨 본인이 신인 건 아닐까?

"감사합니다! 실은 제 티켓을 못 쓰게 되어 버려서…… 감사합니다, 감사히 받을게요."

"그러셨나요? 그러면 마침 잘됐네요. 저야말로 받아주셔서 감사합니다."

"저야말로, 정말 항상 무슨 일이든 도움만 받네요. 정말 감사합니다……!"

알리 씨가 없었다면 지금 나는 어떻게 됐을까. 교실에서 나오자마자 도료 문제가 이렇게 금방 해결될 줄이야. 더군다나 티켓까지…… 아무리 감사를 건네도 부족하다.

"당일엔 가지 못하지만 미스티아 님을 응원할게요. 꼭이요!"

알리 씨는 부드럽게 웃었다. 눈은 앞머리에 가려져 보이지 않았지만 그 웃음을 보고 있으면 이상하게 마음이 진정되고 의욕이 솟아올랐다.

"감사합니다, 힘낼게요!"

"……그럼 전 이만."

"정말 감사합니다! 실례하겠습니다."

감사 인사를 하고 티켓과 도료를 받아들고 나는 다시 알리 씨에게 감사를 전했다. 그리고 나는 교실로 돌아가기 위해 달렸다.

알리 씨 덕분에 도료 통을 얻어 무사히 반 깃발을 완성했다.

레이드 녹터는 내가 어디선가 도료를 훔쳐 왔다고 생각했는지 입수경로를 자세히 물었지만, 직원이 처분하려던 것을 받았다고 열심히 설명하자 납득해 주었다.

반 학생들은 반 깃발이 완성되어서 신났는지 "부디 한 말씀이라도!"라면서 내게 축사를 요구했고, 마침 좋은 기회라고 생각해서 모두에게 감사한 마음을 전하자 그것으로 또 분위기가 불타올랐다.

순간 '어라. 혹시 오늘이 체육제 당일이었나?'라고 착각할 뻔했으나 당연히 그런 일은 없었다. 준비하느라 바쁜 나날이 지나고 드디어 내일이 체육제였다. 요컨대 오늘은 체육제 전날이다.

수업도 전부 끝났고 이제는 체육제 위원 주도 아래 학생회 임원과 운동부, 각종 위원회와 도우미들이 모여 교정에 경기 기구를 꺼내고 관람용 의자를 설치했다.

．

그래서 지금 나는 피나 선배와 함께 구호 텐트에서 사용할 작업 테이블을 교정으로 옮기는 중이었다. 하나를 옮긴 후에 다시 옮길 책상을 가지러 교사로 가는 중이라 손은 비어있지만 말이다.

걸으면서 주위를 둘러보다 보니 마치 시체 같은 표정으로 무거운 기구를 옮기는 학생들이 잔뜩 있어서 마치 악덕 기업의 노동 현장을 보는 것 같았다.

자립이 교훈이라고는 하지만 학생들은 모두 귀족가의 영애, 영식이다. 의자나 책상을 옮기는 건 일상에선 있을 수 없는 일이겠지.

한편, 익숙지 않은 노동으로 괴로워하는 학생들과는 대조적으로 운동부로 보이는 학생들은 신나게 무거운 용구들을 옮기고 있었다. "이것도 단련이다. 오오!"라고 기합을 외치며 웃는 모습은 빛나는 청춘 그 자체였다.

게다가 더 안쪽에서는 레이드 녹터의 지시에 따라 학생들이 의자를 옮기고 있었다.

그도 학생인 것은 마찬가지일 텐데 어째서인지 지시를 내리며 많은 사람을 부리고 있는 광경은 지도자의 모습처럼 보였다.

레이드 녹터가 통솔한다는 것은 아마 1학년 반장들과 다른 위원들이겠지. 그 카리스마에 감탄하면서도 마음 한구석으로는 두려움을 느끼고 있자 피나 선배가 입을 열었다.

"녹터 군 대단하네. 학년 수석에 인망도 있고. 분명…… 미스티아 양과 같은 반이었지?"

"네. 맞아요."

역시 레이드 녹터. 유명하다니까. 녹터가가 명문 가문이기 때문이기도 하지만 그는 모든 부문에서 우수한 덕분에 얼굴과 이름이 널리 알려졌다.

"차기 학생회 임원 후보자로서 알아봤는데 나무랄 데가 없는 사람이란 건 분명 저런 사람을 말할 거야."

피나 선배는 감탄하면서 그에게 시선을 보냈다. 그녀의 오라버니는 학생회 임원이다. 선배는 오라버니를 돕는다고 했고, 실제로 후보자에 관해 알아보는 것을 보니 지금 피나 선배는 학생회 임원인 오라버니를 도우면서 체육제 위원 일을 병행하고 있는 듯했다.

……엄청 힘들겠다. 오라버니를 도와주면서 체육제 위원까지 맡다니.

"정말 수고하시네요, 선배."

"응? 갑자기 무슨 소리야?"

"체육제 위원 일도 있는데 학생회도 도와주고 계시잖아요. 대단하다고 생각해서……."

"아냐. 어릴 적부터 오라버니를 도와서 습관이 되었다고 해야 하나, 내겐 당연한 일인걸."

"그런가요? 대단해요. 두 가지 일을 한꺼번에 한다는 건 멋진 것 같아요."

"멋지다고……?"

"네. 다른 사람의 일을 도와준다는 건 작업이나 작업하는 사람을 파악해야만 할 수 있는 일이잖아요. 체육제 위원 일을 하면서 오라버니를 도와드리는 건 상당히 힘든 일일 텐데, 그걸 해내는 게 멋지다고 생각해요."

그렇게 말하다가 피나 선배가 나를 부자연스럽게 바라보고 있는 것을 깨달았다. 나는 깜짝 놀라 서둘러 해명했다.

"아니, 결코 실례되는 말씀을 드리려던 건 아니었고, 말 그대로예요! 죄송해요. 그, 그게, 이상한 뜻이 아니에요."

"……저기, 미스티아 양."

"네!"

"앞으로도, 잘 부탁해."

"네? 아, 네! 저야말로 잘 부탁드립니다."

피나 선배는 내 손을 잡았다. 일단 잘 부탁한다고 인사한다는 건 계속 친구로 있어도 괜찮다는 뜻이겠지? 나는 안심하고 선배에게 미소로 화답했다.

피나 선배와 즐겁게 대화하며 체육제 준비 작업을 한 지도 세 시간. 파랬던 하늘은 붉은빛으로 물들었고, 필요한 용구를 교정에 전부 꺼냈는지 다들 운반이 아니라 손질 작업에 들어갔다.

나는 뭘 하고 있냐면 점수판의 얼룩을 걸레로 닦는 중이었다. 피나 선배는 학생회 소집이 있어서 그쪽으로 갔기에 지금 나는 혼자였다.

더블 체크가 불가능해진 이상 방심할 수 없다. 얼룩 때문에 점수를 잘못 보고 오판으로 이어지는 일이 생기면 안 된다. 최대한 깨끗하게, 글씨가 제대로 보이도록 구석구석까지 닦고 있자 뒤에서 "주인—."이라는 목소리가 들려왔다.

"에릭……."

이 호칭을 사용하는 사람은 한 명뿐이다. 뒤돌아보니 그는 바로 예비용 걸레를 들었다.

"도와줄게."

"고마워요."

둘이서 말없이 점수판을 닦았다. 에릭과 함께 있으면 말이 없어도 어색하지 않다. 멜로도 마찬가지다. 흡족한 기분을 느끼고 있자 그가 작게 말했다.

"……좀, 싫다. 체육제 끝나는 거."

아직 시작도 안 했는데. 그만큼 체육제를 기대했던 걸까?

"그런가요?"

"왜냐하면 체육제 때문에 주인이랑 같이 점심도 먹고 방과 후에 같이 하교할 수 있었잖아."

체육제 위원회는 체육제 당일뿐만 아니라 체육제 이전 기간 준비의 흐름도 파악해야만 한다. 그를 위해서 최근에는 방과 후뿐만 아니라 점심시간에도 위원회 소집이 있었다.

그래서 최근 점심은 계속 에릭과 피나 선배와 함께 먹고, 방과 후에는 중간까지 같이 하교하기도 했다.

셋이서 사소한 대화를 나누는 건 매우 즐거웠다.

"체육제가 끝나면 주인이랑은 또 만나기 힘들어지잖아. 교실에도 없고, 나는 주인이랑 좀 더 많이 대화하고 싶은데."

에릭이 고개를 숙였다. 마음이 아프지만 이건 그를 행복하게 만들기 위해서다.

실제로 지금 에릭은 여전히 나를 '주인'이라고 부른다. 주종관계도 아니고 친구…… 그것도 연하에게 말이다.

그는 앨리스와 엮여야 '진실한 행복'을 발견하고 사랑을 알게 된다. 악역을 주인이라고 부르고 있다가는 진실한 행복이나 사랑을 발견할 수 없을 것이다.

"주인의 저택에서 사용인으로 일하면 안 되려나? 여름방학만이어도 괜찮으니까. 전속 집사 같은 거로."

"그, 그건 안 되죠."

농담인 것 같기는 하지만 지금 주종 관계에 푹 빠진 에릭이 이렇게 말하면 웃어넘길 수가 없었다. 생각해 보니 그는 종이 마을 만들기를 할 때부터 본격적인 것을 원하는 타입이었다. 농담이어도 '그래.'라고 대답할 수는 없었다.

"당주가 되기 위해서 잠시 다른 곳에서 일해보는 사람들도 있잖아."

"아뇨. 하임가에 그런 방침은 없는 것으로 아는데요."

"없다면 만들면 되지. 같이 있는 시간이 늘어날 거야! ……혹시 주인은 싫어? 나랑 같이 있는 거."

방금까지 순수하게 말하던 목소리가 갑자기 서늘해진 기분이 들어서 에릭의 눈을 봤다. 비취색 눈동자는 초승달 모양으로 휘어 있었지만 어쩐지 얼어붙어 있는 것처럼 느껴졌다.

"아뇨. 에릭 선배랑 같이 있는 게 싫은 게 아니에요. 제가 말하고 싶은 건 친구의 저택에서 일하는 건 좋지 않다는 뜻이었어요."

"······그럼 다행이지만······."

에릭이 나를 보고 노골적으로 못마땅하다는 표정을 지었다. 말과 표정이 일치하지 않는 그가 이상하다고 생각하면서 뒤를 돌아보니 멀리서 레이드 녹터가 이쪽을 보고 있었다.

가볍게 끄덕여 인사했으나 보지 못한 모양이었다. 그대로 책자를 든 학생들에게 불려서 뒤돌아 가 버렸다.

"······저 녀석 역시 방해돼."

에릭이 레이드 녹터의 등을 노려봤다. 아마도 에릭은 지금도 여전히 레이드 녹터를 '친구 사이를 위협하는 존재'로 보고 있는 거겠지.

그리고 레이드 녹터는 에릭을 '원활한 데릴사위 계획을 위협하는 존재'로 보고 있을 것이다.

에릭과는 주종 놀이 중독 때문에 거리감이 이상해졌을 뿐이지, 우리는 연애하는 사이가 아니라 그저 친구다. 게다가 어떤 루트에서도 에릭은 결국 앨리스를 좋아하게 된다.

따라서 에릭은 레이드 녹터의 미래 계획······, 아렌가에 데릴사위로 들어가 자르드 군에게 녹터가를 잇게 만드는 계획을 파괴하는 원인이 될 수 없다.

레이드 녹터는 브라콤 때문에 아렌가를 안정된 혼처로 생각하고 있다. 에릭의 친구 자리를 빼앗으려는 게 아니고 나를 오히려 예비 바람둥이, 혹은 어린아이에게 이상한 애정을 품는 인간으로 보고 있다. 나와 친구가 되고 싶어 하는 마음은 티끌만큼도 없을 것이다.

게다가 레이드 녹터도 앨리스를 좋아하게 된다.

두 사람 사이에 끼는 것은 내가 아니다. 두 사람이 사이에 두고 다투는 것은 절대적인 히로인인 앨리스, 그리고 그녀의 연인 자리다.

데릴사위로 들어가기 위한 혼처나 악역 영애의 친구 자리가 아니다.

빨리 두 사람의 브라콤과 주종 놀이 중독을 갱생시켜서 이 어긋난 상호 인식을 바로잡아야 할 텐데. 그를 위해서 내일 체육제도, 그 연애 이벤트도 꼭 성공시켜야만 한다.

나는 굳게 다짐하며 걸레를 들고 점수판을 다시 닦기 시작했다.

번외. 바라보는 자, 색상의 단편

SIDE: ???

이른 아침, 그녀의 교실에서 빌려온 통을 깨끗이 닦았다. 통 안에 잔뜩 들어 있던 도료는 물이 닿자 색과 색이 섞이면서 흘러갔다.

주변에는 진득한 도료 냄새가 가득했다. 창문을 열자 조금씩 학생들이 등교하는 모습이 보였다.

재미없어. 보잘것없는 인간들 무리에 싫증이 나서 다시 통으로 시선을 내렸다.

빨강, 파랑, 노랑. 전부 섞여서 검정이 되었다. 지금까지는 하늘색이 좋다고 생각했다. 하늘색은 너무나 아름답고 아무리 그려도 그림으로 재현할 수 없다. 봄에 흩날리는 꽃잎의 색도 좋아했다. 하지만 지금은 빨강과 검정이 가장 좋다.

빨강은 그녀의 눈동자 색. 검정은 그녀의 머리카락 색. 그것을 탁하게 만들면 내 색이 된다. 하지만 같은 인간이니 내가 지닌 색과도 겹칠 텐데, 그녀는 이 세계의 인간이라고는 생각되지 않을 정도로 매우 아름답다.

마치 그림에서 나온 여신 같았다. 만들어진 아름다움이 아니다. 기적 같은, 그야말로 신이 만든 듯한 예술품이었다. 후작가인 우리 가문에 있는 미술품 따윈 순식간에 폐지처럼 보일 정도다. 그 아름다움은 인간의 손으로는 평생 그리지 못하겠지.

아, 그녀와 같은 몸으로 태어나고 싶었어. 분명 신이 장난을 쳐서 다른 몸으로 태어나 버린 것일지도 모른다. 사실 우리는 새나 나비였을 텐데 신의 장난으로 갈라져 버린 거겠지.

통을 전부 닦은 후 다양한 색으로 더러워진 걸레로 닦았다.

그녀는 분명 곤란해하겠지. 열심히 반을 위해 노력하는 모습을 나도 제대로 봐 왔다. 너는 계속 선수 명부를 보고 있었지. 이번엔 종이 같은 게 아니라 날 봐 주면 좋을 텐데.

반 깃발의 그림 도구는 배분된 양밖에 없다. 교사도 바로 준비할 수는 없을 것이다. 분명 그 완벽한 녹터가의 영식도, 여자에게 인기 있는 하임 영식도, 누구도 그녀를 도울 순 없다.

하지만 괜찮다. 내가 있다. 나만이, 그녀를 도와줄 수가 있다. 내 옆으로 와 준다면, 당장이라도, 원하는 대로 줄 수 있다.

다양한 그림 도구도 줄 수 있다. 색을 어떻게 만들어야 할지 모른다면 대신 섞어줄 것이다. 그 누구에게도 빌려주지 않은 나만의 색을 네게만 주겠다.

그녀는 조금 곤란해하겠지만 이건 필요한 일이다. 이렇게라도 하지 않으면 아무 쓸모없는 나와 만나주지 않을 테니까.

자, 다음은 교실에 빈 통을 두기만 하면 된다. 분명 그녀는 방과 후에 날 만나러 와 주겠지.

아, 빨리 만나고 싶다.

"미스티아 님, 아니, 미스티아."

방과 후에 기다리고 있을게.

악역 영애입니다만 공략대상의 상태가 이상합니다

제10장

파란의 체육제

호각의 선율

아카데미의 탈의실에서 교복을 벗고 저지에 팔을 꿰웠다. 중세와 근세를 적당히 섞은 세계관이라고는 해도 현대의 게임인지라 체육복은 저지였다.

교복과 달리 흰색을 베이스로 한 디자인의 운동복으로 갈아입었다.

드디어 오늘은 체육제 당일. 개회 전, 아침에 체육제 위원들은 모여서 개회식의 최종 확인을 한 후 회의를 했다. 그 후에는 학년별 학급 대항 릴레이 예선이다. 발이 빠른 순서로 조를 짜고, 모든 부문에서 톱 수준의 실력을 자랑하는 절대왕자인 레이드 녹터가 앵커를 맡는다.

그의 천부적인 재능과, 재능에 자만하지 않고 쌓아온 노력의 결과는 체육 수업에서도 충분히 발휘되어서 항상 최고의 성적을 받아왔으니 1위는 확실하겠지.

레이드 녹터의 차원이 다른 능력을 생각하며 복도로 나오자 멀리서 제시 선생님이 멍하니 창밖을 바라보는 모습이 보였다.

"선생님. 안녕하세요."

"좋은 아침."

제시 선생님에게 다가가 인사하자 역시 선생님은 생각에 빠진 모습이었다. 바쁜 걸까.

말을 걸면 방해가 될지도 모르겠다. 그대로 지나가려던 순간,

선생님이 쓸쓸한 목소리로 입을 열었다.

"저기, ……뭔가 내가 할 수 있는 일은 없나?"

오히려 내가 먼저 물어보는 게 나았을지도 모르겠다. 아무리 봐도 지금 도움을 원하는 건 제시 선생님 쪽이다.

"딱히 없는 것 같은데……, 그래도 감사해요. 마음만으로도 충분해요."

"그래."

뭔가 부탁할 일이 있다면 도움이 되고 싶지만 상대는 선생님이다. 내게는 별다른 방법이 없었다. 어떻게 하지.

"너 말이야……."

"네."

"그 남자 직원과 자주 대화하지?"

"알리 씨 말인가요?"

"아, 맞아. 그 녀석. ……친한 사이인가?"

"네? 은인, 이라고 해야 할까요. 항상 신세 지고 있는 분이에요. 수레를 빌려주시기도 하고 여러 도움을 받았거든요."

"그렇군."

대답하자 선생님의 눈동자가 망설임으로 흔들린 듯한 기분이 들었다.

"그럼 나도 한번 인사를 해 둬야겠군."

"네? 네……."

제시 선생님은 직원인 알리 씨와 만난 적이 없었던 걸까. 그럴 리 없을 텐데. 직원끼리 만난 적 있을 텐데 새삼스럽게 인사를?

대화해 보겠다는 의미인가?

문득 시선을 돌리자 복도 끝에서 피나 선배가 종종걸음으로 이쪽으로 다가오고 있는 것이 보였다. 제시 선생님은 선배 쪽을 바라보더니 다시 나를 돌아보며 어딘가 쓸쓸한 웃음을 지었다.

"미안하군. 불러세워서. 내 이야기는 이걸로 끝이다. 가도 돼."

"아…… 네. 실례하겠습니다."

선생님을 지나 피나 선배에게 다가갔다. 선배는 활짝 꽃이 피는 듯한 웃음을 지었다.

"피나 선배."

"잘 만났다, 미스티아 양. 위원들이 모이기 전에 둘이서 최종 확인을 하고 싶어서 데리러 왔어."

"네!"

대답한 후 뒤돌아보니 제시 선생님은 이미 자리를 뜬 상태였다. 나는 위화감을 느끼며 그대로 피나 선배와 함께 걸었다.

순조롭게 위원회 회의를 마치고 드디어 개회식 시간이 찾아왔다. 다들 교정에 학적번호 순서대로 두 줄로 서서 교장 선생님의 말씀을 듣는 중이다. 나도 마찬가지다.

다행히 레이드 녹터와는 번호가 멀어서 안전하다면 안전하다. 하지만 내 대각선 뒤에는 클라우스가 있어서 안심은 할 수 없었다.

"분명 괜찮을 거야. 오늘 체육제 결과가 좋으면 고백하면 돼. 백작 영애와의 신분 차는 간단히 넘을 수 있다니까."

그는 교장 선생님의 말씀을 전혀 듣지 않고 상냥하고 밝은 목소리로 자신의 앞에 있는 남학생과 대화를 나누는 중이었다.

슬쩍 뒤돌아보니 클라우스는 남학생에게 보이지 않도록 입꼬리를 올리고 혀를 내밀었다.

게임에서도 그는 자신의 동급생이나 히로인 외의 학생에게는 온화하고 올곧은 학생의 얼굴을 꾸며냈다. 말투가 거칠어지는 건 히로인이나 미스티아에게만. 올곧은 학생인 척하는 이유는 그러는 편이 신뢰를 얻기 쉬우니까, 속이기 쉬우니까.

실제로 남학생은 클라우스의 말을 믿었는지 "맞아!" 하면서 고개를 끄덕이고 있었다.

아마도 남학생의 사랑은 이루어지지 않겠지.

하지만 '그 사람이 말하는 건 들으면 안 돼요.'라고 말하는 건 간단하지만, 대화를 해 본 적도 없는 사람과 반 친구 중에 누구를 더 믿을지는 명백하다. 게다가 클라우스는 재밌어지기만 하면 거짓말을 하기도 하고 사실을 말하기도 한다. 수단을 가리지 않는다.

그러니 남학생은 괜찮을지도 모른다. ……클라우스가 기뻐 보이는 데다가 친절을 베푸는 것을 보니 해피엔딩이 될 것 같지는 않지만.

약간 불안한 마음을 품고 있자 잡념을 지워주듯이 체육제 개최 팡파르가 교정에 울려 퍼졌다.

개회식도 이걸로 끝이다. 우리는 위원의 지시에 따라 지정된 대기실로 돌아갔다.

교정은 중앙을 경기회장으로 하고 그 주변을 둘러싸듯이 보호자석, 교직원과 위원회, 구호반, 그리고 학급별로 구역이 나뉘어 있다. 클라우스는 F반이라 끝쪽으로 향하는 사람들 무리에 섞여서 사라졌다.

기본적으로 대기 장소에는 의자가 설치되어 있고 경기에 참여하지 않는 학생은 참가 선수를 응원한다.

학급별 좌석 뒤에는 반 깃발이 세워져 있어서 멀리서 봐도 자신의 학급이 어디 있는지 알 수 있게 되어 있었다.

나는 대기석에 앉지 않고 그 깃발을 향해 걸어갔다. 대기석에 앉았다가는 레이드 녹터가 내게 다가올지도 모른다. 안 그래도 그는 혼자 있는 학생을 구제하기 위해서인지 아침에 내게 "같이 보자."라며 말을 걸었다. 위원회 일이 있다고 하면서 거절했지만.

깃발의 바로 뒤, 관전하기에는 그다지 좋지 않은 그늘에 서 있자 레이드 녹터가 내게 다가왔다. 좋지 않은 예감이 들어서 이동하려 하자 "미스티아."라며 나를 부른 탓에 멈추어 서야만 했다.

"거기 있었구나. 계속 찾았잖아."

싱긋 웃으며 레이드 녹터가 내 옆에 섰다.

이쯤 되면 '우리 반에서 겉도는 학생은 절대 나오지 않게 할 거야.'라는 기개가 느껴진다. 한 발짝씩 거리를 떨어뜨리려고 시도했지만, 그는 그만큼 거리를 좁혀왔다.

"여긴 그늘이긴 해도 경기를 보기에는 별로 좋지 않네. 그래서 거절한 거야?"

"어어, 네……."

전혀 다르지만. 당신을 피하기 위해서였다고는 절대 말할 수 없다.

레이드 녹터는 "햇볕이 뜨겁긴 하지."라며 고개를 끄덕였다. 큰일이다. 온도조차 느껴지지 않았다. 이건 완전히 '레이드 녹터를 독점하고 싶어서 사람이 없는 곳으로 끌어들이려 하는 미스티아' 같은 상태다.

"……화장실 좀."

"오늘은 외부에서 온 내빈도 있으니까 위험할지도 몰라. 같이 가줄게."

"……그럼 경기 전에 갈게요."

"응. 갈 때 얘기해 줘."

큰일이다. 레이드 녹터의 상냥함과 선의에 의해 퇴로가 점점 차단되어 간다.

이렇게 되면 차라리 태도를 바꿔서 그가 옆에 있는 상황을 이용할 수밖에 없다.

레이드 녹터와 앨리스가 체육제를 둘이서 감상하도록 상황을 만들어 내는 거다. 원래 셋이서 한자리에 모이는 것은 스스로를 위험에 노출하는 일이지만, '앨리스가 곤란한 상황에 처한 것 같아요.'라고 레이드 녹터에게 말하면 그는 분명 정의감 때문에 확인하러 갈 것이다. 그사이에 내가 숨어버리면 두 사람은 사이좋게 관전하겠지. 앨리스의 모습을 찾자 마침 그녀는 관전석 근처에 쪼그려 앉아 있었다.

뭔가 곤란한 상황이라기보다는 혼자만의 놀이를 즐기고 있는 느낌이라 가만히 두는 게 좋을 것 같았지만 나는 결심하고 레이드 녹터와 시선을 맞췄다.

"앨리스 씨, 뭔가 곤란해하는 것 같지 않나요?"

"그래?"

전방에 쪼그려 앉은 앨리스의 등을 손가락으로 가리켰다. 하지만 레이드 녹터는 앨리스가 있는 방향이 아니라 땅으로 시선을 보냈다. 아니, 앨리스가 땅에 묻힌 게 아니라고. 저기 쪼그려 앉아 있잖아.

"저기, 저쪽에요. 저는 괜찮으니까 레이드 님이 앨리스 씨한테 가 보는 게 낫지 않을까요……?"

"그래? 문제없어 보이는데."

레이드 녹터가 드디어 앨리스에게 시선을 보냈다. 하지만 그 시선 끝에 있는 앨리스는 열심히, 멀리서 봐도 기합이 팍 들어간 것이 느껴질 정도로 신중하게 준비 운동을 시작한 참이었다. 아, 쪼그려 앉아 있던 게 아니라 스트레칭 중이었던 건가…….

"미스티아, 괜한 걱정이야. 힘이 넘쳐 보이는걸. 내가 갈 필요는 전혀 없어 보이네."

"하하하, 그러네요……. 죄송해요."

"아냐. ……아, 이쪽으로 온다."

"네?"

레이드 녹터의 불쾌한 듯한 목소리에 놀라면서 앞을 보자 등만 보이던 앨리스가 뒤돌아 이쪽으로 빠르게 다가오고 있었다.

응? 갑자기 뭐야. 레이드 녹터에게 할 말이 있나 싶어서 한 발짝 물러서서 멀어질 준비를 하고 있자 그녀가 속도를 올려 뛰어왔다.

"미스티아 님, 드릴 말씀이 있는데……."

전 없는데요. 그렇게 말하고 싶었지만 앨리스는 어딘가 비장한 표정으로 나를 응시했다. 빠르게 대화를 마무리할 심산으로 무슨 용건인지, 상냥하게, 실수로라도 모욕하는 것처럼 들리지 않도록 신중히 입을 열자, 내가 말하기 전에 레이드 녹터가 "미안하지만."이라며 그녀에게 차가운 시선을 보냈다.

"마침 지금 미스티아랑 진지한 이야기를 하던 중이어서 할 말은 나중에 해주겠어?"

"앗, 아…… 알겠습니다. 실례할게요."

레이드 녹터의 말에 앨리스는 고개를 숙이고 떠나갔다. 게임에서 이런 일이 있었던가? 게임에서는 미스티아와 대화할 때 앨리스가 다가오면 "반장으로서 도와주러 가야 해."라면서 항상 자리를 떴을 텐데.

이상하다고 생각하고 있자 그는 내게로 뒤돌았다.

"전부터 말하려고 했는데, 미스티아는 혹시 저 애랑 나를 친하게 만들고 싶은 거야?"

레이드 녹터의 강속구가 날아왔다. 게임에서 그가 이렇게까지 직구로 말한 적이 있었던가? 아니, 그가 솔직하게 질문할 정도로 내 태도가 수상했던 것일지도 모른다.

"……그, 그런 게 아니라……."

"저 애의 형편에 동정해서 반장인 내가 지켜주면 안심이라고 생각했을지도 모르지만 나는 저 애한테 반장 이상의 인정을 베풀 생각은 없고, 평민의 입학에는 회의적인 입장이야."

반장, 평민, 회의적이라는 말을 특히 강조하는 듯한 기분이 들었다.

미스티아에게 "나는 저 애에게 반장 이상의 마음으로 다가갈 생각은 없어.", "평민과 귀족도 사람으로서 평등하게 대해야 해."라고 몇 번이나 호소하던 레이드 녹터는 어디로 간 걸까.

고개를 들자 그는 어딘가 화난듯한, 상처받은 듯한 눈으로 나를 보고 있어서 핏기가 가셨다.

"그, 그게."

"미안. 화내려던 건 아니었어. 그저, 나는 저 애한테 지금 이상으로 다가갈 생각은 없어. 아무리 네 부탁이더라도."

고개를 숙이는 레이드 녹터를 보고 마음이 죄어와서 말을 걸려고 했다. 하지만 그는 바로 시작된 경기……, 학년별 학급 대항 릴레이에 소집되어 자리를 떴다.

[1학년 마지막 주자는 자리에 서 주세요!]

지시를 따라 레이드 녹터가 스타트라인에 서는 것을 나는 응원석에서 멍한 기분으로 바라봤다.

시험도 1위, 체력 테스트도 1위. 외모도 단정.

문무겸비라는 말을 몸소 보여주는 그의 활약은 성별을 따지지 않고 화제였는지 지금 주목을 받는 것은 달리고 있는 선수가 아니라 시작 지점에 서 있는 레이드 녹터였다.

모든 구역에서 그를 응원하는 목소리가 들려왔다.

……그러고 보니 레이드 녹터와 에릭, 혹은 제시 선생님과 로베르토 와이즈. 그들이 앞으로 앨리스 말고 다른 사람을 좋아하게 되는 일이 과연 생길까.

인생은 무슨 일이 일어날지 모른다. 만일 그렇게 되면…… 어떻게 되는 걸까.

다른 상대를 좋아하게 된다면 상식을 벗어난 집착이 나아지거나 주종 놀이를 그만두는 편이 낫다는 것을 깨닫게 될까.

……모르겠다. 하지만 빠른 대응이 필요하다는 것만큼은 확실하다.

특히 레이드 녹터는 내가 용건이 있어서 자르드 군과 대화해도 나를 난도질할 듯한 분위기를 풍긴다. 이대로 계속 악화한다면 분명 피를 보게 될 것이다.

몸을 떨다가 앨리스의 모습이 보이지 않는 것을 깨달았다.

레이드 녹터가 주자로 나서는데 히로인이 안 보인다니.

교정을 둘러봐도 앨리스는 어디에도 보이지 않았다. 어쩐지 불안해져서 뒤쪽으로 빠져나와 그녀를 찾고 있자, 귀에 익은 이름이 들려와 발을 멈췄다.

"저기, 앨리스 양."

"네. 무슨 일이세요?"

앨리스의 목소리였다. 서둘러 목소리가 들리는 방향으로 향하니 그녀는 여학생 다섯 명에게 둘러싸여 있었다. 풋살이라도 할 것 같은 인원수였다. 앨리스를 둘러싼 학생은 초면이었다. 다른 반 학생들이겠지.

"네가 평민이라는 소문이 돌던데, 정말이야?"

"……네."

"어머, 세상에나! 여기가 귀족이 모이는 아카데미란 건 알고 있어?"

"대체 무슨 목적으로 여기까지 들어온 걸까?"

"부모님은 식당에서 일한다던데, 혹시 귀족에게 아부를 떨면서 생활하고 계신 거야? 신기한 일이네."

정말이지, 어째서 앨리스가 평민이란 것을 알면 다들 이렇게 공격적인 모습을 보이는 걸까.

반대로 공작가의 사람이 평민 신분을 가장해서 다른 사람을 관찰하러 왔다는 가능성은 생각하지 않는 걸까. 게다가 평민이라는 게 다섯 명이 그녀를 괴롭힐 이유는 되지 않는다.

"그렇지 않아요. 저희 부모님은 성실하게 일하고 계세요. 부모님을 모욕하지 말아 주세요!"

교실에서 신분이 밝혀졌을 때와 다르게 앨리스는 강한 어투로 대답했다. 오히려 내가 그 기세에 눌릴 정도였다.

하지만 다른 반 학생들은 그렇지 않은 모양이었다. 다들 화났는지 인상을 찌푸리고는 근처 우물의 양동이를 가져와 앨리스의 얼굴에 물을 뿌리려 했다. 나는 바로 튀어 나가 앨리스와 여학생들 사이에 끼어들었다.

"꺅."

앨리스의 높은 목소리가 메아리쳤지만 분홍색 머리카락은 아직 공기를 머금고 흔들렸다. 물은 한 방울도 묻지 않았다. 그녀는 꾹 감고 있던 눈을 뜨더니 눈이 동그래졌다.

"미, 미스티아 님……?"

"네."

'안녕하세요.'라고 인사하기에는 미스티아가 게임에서 불쾌함을 담아 자주 하던 인사였기에 말할 수 없었다. 대신 가볍게 대답했다. 앨리스는 "오, 옷이!"라면서 내 저지를 가리켰다.

두꺼운 재질인 데다가 바로 벗으면 문제없겠지. 등은 조금 차가워졌지만 안쪽까지는 젖지 않았다.

앨리스가 무사한 것을 확인하고 뒤돌자 다른 반 학생 다섯 명은 놀란 얼굴을 하고 있었다.

"다들, 안녕하세요? 뭘 하고 계셨나요?"

이쪽에게는 '안녕하세요.'라고 말할 수 있었다. 마음에 걸릴 게 없으니까. 앨리스를 둘러싸고 있던 다섯 명은 내가 앞에 나타나자 방금까지 화내던 게 거짓말처럼 서둘러 태도를 바꾸기 시작했다.

나는 그 한 사람 한 사람에게 시선을 보냈다.

"아, 인사가 늦었네요. 제 이름은 미스티아 아렌. 여러분의 이름도 알려주실 수 있나요?"

앨리스를 둘러싸던 학생들은 다들 얼굴이 창백해졌다. 역시 아렌가. 영향력이 크다. 역시 범죄 정도는 묻어버릴 권력을 지닌 가문이다. 다들 떨고 있다. 괴롭힘이 더 심해지지 않도록 못

박아두자.

"저는 오늘 처음 알았네요. 당신들은 여럿이서 한 명을 둘러싸고 물을 끼얹는 행동으로 인사한다니. 아버지께도 알려드려야겠어요. 분명 모르고 계실 테니까요."

분명, 게임 속 미스티아는 앨리스를 괴롭히는 것을 방해하는 학생에게 "아버님께 알려드려야겠어요."라며 협박을 하곤 했다.

"그, 그러지 마세요. 그러지 않을게요. 저희는 그저——."

"추한 목소리로 변명하는 건 듣고 싶지 않은데. 사라져 주실래요? 그리고 다음에도 무슨 짓을 했다고 제가 판단한 경우엔 당신들을 키우고 간접적으로라도 영향을 준 분들을 찾아가 대화를 해볼 테니, 부디 그렇게 알아두세요."

가 보라는 말을 미스티아의 언어로 번역하여 말하자 앨리스를 둘러싸던 학생들은 거미 새끼들이 흩어지듯이 떠나갔다. 정말 미스티아식 언어는 편리하다니까. 연전연승, 무패.

뒤돌아서 일단 확인해 보니 앨리스는 물 한 방울도 맞지 않고 안절부절못하고 서 있었다.

뭔가 대화를 나누거나 위로를 해 주는 게 좋겠지만 앨리스와 단둘이 있는 장면을 남들에게 들키고 싶지 않다.

나는 젖은 저지를 벗으며 그녀에게서 한 발짝 물러섰다.

"선생님 말고 다른 사람에게 불릴 땐 사람들의 시선이 닿는 곳에 있는 게 좋아요."

에둘러서 불리더라도 무시했으면 좋겠다고 부탁하자, 상식을 벗어난 게임 속 미스티아의 만행을 피해가거나, 여성 편력이 화려한 게임 속 에릭을 열심히 지도하는 등 허용 범위가 다른 사람보다 훨씬 넓은 앨리스가 어리둥절한 표정을 지었다.

"……오늘 일은, 아니, 지금까지도, 앞으로도 제 존재 전부를 잊어 주세요. 체육제 힘내요."

당신과 공략 대상의 관계를 응원하겠습니다! 라는 말을 갑자기 꺼냈다간 이상한 종교에 빠졌다고 오해하겠지. 나는 그 말을 목구멍 뒤로 삼키고 나는 앨리스를 남겨둔 채로 자리를 떴다.

"하아……."

흠뻑 젖은 저지의 물기를 짜서 교실에 두고 온 나는 힘 빠진 걸음걸이로 응원석으로 향했다.

다행히 머리카락도 젖지 않았다. 물의 양에 비해서는 많이 젖지 않은 편이다. 등이 차가운 것을 느끼며 학급 대항 릴레이에 시선을 돌리자, 이미 많은 학생이 자신의 순서를 마치고 중앙의 대기 장소에 앉아 있었다.

이제 잠시 후에 레이드 녹터가 달리는 순서가 다가온다. 응원석의 학생들은 매우 들떠 있었다.

나는 재채기가 나오려는 것을 참고 응원석으로 돌아갔다. 그러고 보니 아카데미에서 반소매 차림이 되는 건 처음인 것 같았다. 아카데미 교복은 기본 블레이저였고 셔츠도 긴소매다. 체육 시간엔 보통 겉옷을 입었고 소매도 손을 씻을 정도로만 걷고는 했다. 위팔을 문지르고 있자 같은 반 학생이 "저기!"라면서 결심한 듯이 내 앞에 섰다.

"미, 미스티아 양."

"네."

"겉옷, 비, 빌려줄까? 내, 내 걸로 괜찮다면, 말이야."

남학생은 그렇게 말하며 내게 겉옷을 내밀었다.

위팔을 문지르는 것을 보고 걱정한 걸까. 체육 시간에 반소매 차림인 학생은 많고, 평상시 긴소매 차림을 하는 것은 나를 포함한 일부 학생들로 극소수다. 사용인들이, 특히 포레스트가 "미스티아 님의 피부는 연약하니까요!"라면서 긴소매 차림을 권했는데, 그것 때문에 이런 일이 생긴 모양이다.

뭐, 그렇게 추운 것은 아니었다. 거절하려고 하자 "내 것도", "아, 저도 있어요!"라며 근처에 있던 학생들 대여섯 명이 모여들었다. 큰일이야. 완전히 중증 환자 취급을 당하고 있잖아. 앞으로는 적극적으로 반소매 차림으로 있어야겠어.

"아뇨. 딱히 추운 날씨도 아니니까 괜찮아요. 다들 신경 써 주셔서 감사…… 으앗."

말하려는데 시야가 갑자기 막이 내린 것처럼 어두워졌다. 아니, '내린 것처럼'이 아니라 진짜로 내려왔다. 막이 내렸다. 물리적으로 머리에 천이 씌워졌다.

"괜찮아. 내 겉옷을 빌려줄 거니까."

에릭의 목소리가 들렸다. 아마 그가 겉옷을 씌우고 내 어깨를 잡은 모양이다. 아니, 그래도 이 상황 너무 무섭잖아. 완전히 죄수가 호송되는 것 같다고. 겉옷을 내리자 시야가 확 밝아지더니 앞에 있는 에릭의 모습이 보였다. 그러나 어째서인지 겉옷을 빌려주려던 남학생들의 모습은 보이지 않았다.

"에릭 선배 안녕하세요. 어…… 다들 어디로……?"

"경기가 있다면서 가버렸어. 그보다 주인, 겉옷은 어쨌어?"

"어, 그게 앨리……."

에릭의 질문에 대답하려다가 아슬아슬하게 멈췄다. 안 돼. 앨리스가 물을 맞을 뻔해서 그녀를 감쌌다고 에릭에게 말할 수는 없었다. 에릭의 머릿속에서 '앨리스에게 물을 뿌렸어요.'라는 잘못된 내용으로 변환되기라도 한다면 인생이 끝장나고 말 것이다.

그는 나를 믿어주겠지만 기억이란 것은 애매한 법이니 그를 이 사건에 끌어들이면 안 된다.

"더러워져서……라고 해야 하나."

"더러워졌다고?"

"……더러워질 뻔한 학생이 있어서 감싸다가요."

에릭이 바닥을 길 정도로 낮은 목소리로 물은 탓에 솔직히 대답했다. 앨리스의 이름만 꺼내지 않으면 괜찮으리라 생각하며 에릭을 보니, 그는 "아ㅡ, 주인이라면 그럴 법해……."라며 납득했다.

"그래도 그런 녀석은 그냥 놔두면 되는데! 주인의 옷까지 더럽힐 필요는 없잖아! ……그래도 주인이 그럴 리가 없지……. 그 물 뿌린 녀석은 누군데? 아는 사이야?"

"다른 반 학생인 것 같은데요……."

"흐음. 그럼 나중에 특징 좀 알려 줘. 그보다 주인, 내 겉옷 꼭 입고 있어! 항상 긴소매 차림이었으면서 갑자기 그러고 있으면 안 돼."

"아뇨, 괜찮아요. 춥지는 않아서⋯⋯."

"내가 싫으니까 입어! 아까처럼 또 둘러싸인다? 그래도 괜찮아? 둘러싸이고 싶어? 아니지?"

"역시 둘러싸이고 싶지는 않지만⋯⋯."

"그럼 입어. 자, 팔을 올려보세요―."

에릭이 "자." 하면서 내게 겉옷을 입혔다. 나는 그가 시키는 대로 그의 겉옷을 입었다.

"어어, 감사합니다."

"응. 계속 입고 있어."

에릭은 만족스럽게 고개를 끄덕였다. 그의 겉옷은 내 것보다 사이즈가 크다.

처음 만났을 땐 내가 더 키가 컸는데, 지금은 그를 올려다봐야 할 정도다.

여자아이라고 착각했던 가녀린 몸도 지금은 근육이 붙어서 단단해졌다. 소매 아래로 보이는 팔은 근육이 울퉁불퉁하다기보다는 너무 과하지도, 부족하지도 않게 적당히 건강한 몸매라는 느낌이었다.

"에릭, 키⋯⋯ 많이 컸네요⋯⋯."

"후후. 주인을 뛰어넘었네."

"그러네요. 이제는 올려다봐야 하고."

팔 길이도 전혀 다르다. 헐렁한 소매를 보고 있자 여학생들이 환성을 지르기 시작했다.

"꺅! 녹터 님 차례야!!"

여학생들의 시선 끝에는 바통을 들고 위치에 선 레이드 녹터가 서 있었다.

"아, 1학년 릴레이는 곧 끝나나 보네요. 다음은 2학년……."

에릭에게 말을 걸려는데 그가 뒤에서 팔을 잡아당긴 탓에 몸이 기울어졌다……지만, 그가 붙잡아 준 탓에 넘어지지 않고 몸만 빙글 돌아갔다.

"음? 뭔가요?"

나를 잡아당긴 에릭의 얼굴을 올려다보니 그는 뭔가 복잡한 웃음을 짓고 있었다.

"아무것도 아니야―. ……잠깐 장난치고 싶어져서."

"네? 다음부턴 말로 해 주세요. 갑자기 잡아당기면 위험하잖아요."

"네에―."

어째서인지 갑자기 튀어나온 에릭의 장난기. 팔을 잡아당기면 넘어질 위험도 있는데 그는 왠지 기분이 좋아 보였다.

"주인은 저 녀석을…… 아니, 아무도 보지 않아도 돼. 나만 보고 있어. 계속 둘이서 있자. 응?"

저 녀석이란 건 레이드 녹터를 말하는 거겠지. 하지만 이쯤 되니 에릭의 질투심에 광기 같은 것이 느껴졌다. 아직도 친구 자리를 빼앗길지도 모른다고 생각하는 걸까. 그런 일은 절대 없을 텐데.

……아니, 입학한 후 존댓말로 대하고 거리를 둔 게 영향을 줬

을지도 모르겠다.

"저기, 잠깐 내 말 좀 들어줄래요?"

에릭은 "뭔데—?" 하며 얼굴을 가까이했다. 그렇게 가까이 오지 않아도 된다고 막자 "뽀뽀해 주는 줄 알았는데—."라며 입술을 삐죽였다.

나는 헛기침을 하고 슬쩍 품에서 위원회 종이를 꺼냈다. 이게 있으면 다른 사람이 봐도 위원회 일로 대화하는 중이라고 생각하겠지. 주변에 이야기가 흘러나가지 않는 것을 확인한 나는 에릭의 눈을 똑바로 바라봤다.

"저기, 아카데미에서 에릭에게 존댓말을 쓰거나 선배라고 부르는 건 에릭이 싫어지거나 관심이 없어져서가 아니야."

"······."

"1학년 후배가 에릭한테 반말하는 걸 다른 사람이 듣거나, 나와 친한 게 알려져서 나쁜 상황에 빠지는 걸 바라지 않아서 그런 거야."

그는 내 눈을 잠시 빤히 쳐다봤다. 그리고 조용히 웃었다.

"응. 그런 이유라고 생각했어. 그래도 역시 나는 주인의 모든 걸 갖고 싶어! 주인이 친구 잔뜩 만드는 것도 싫어."

"그게 무슨 의미인가요?"

"그 말 그대로—. 아무도 안 봤으면 좋겠단 거야!"

"다른 사람의 시야에 들어가지 않는 건······ 살아있는 이상 힘들 것 같은데요."

"힘들지 않아. 전처럼 틀어박히면 되니까."

"……산속에 틀어박힌다거나?"

"응. 그런 거지. 뭐, 지금 당장 그럴 필요는 없지만. 그보다 기쁘다—."

"기쁘다고요?"

"응! 꼴 좋다, 라는 느낌. ……아, 맞다! 나 다음에 심판을 맡아야 하는데 그 전까지 같이 확인 좀 해 줄래? 실행위원 자리로 가자."

"아——……. 저도 심판은 어떻게 해야 하는지 익혀둬야 하니까, 그렇게 해요."

방금까지 위태로워 보였던 게 거짓말처럼, 에릭은 천진난만하게 웃었다. 나는 안도하면서 그와 경기 심판 준비를 하기 위해 실행위원 자리로 향했다.

에릭과 준비를 마친 나는 멍하니 경기를 관전했다.

그리고 지금 에릭이 참가한 경기도 중반에 돌입했다. 슬슬 물건 빌리기 경주의 실행위원들이 소집될 것이다. 조금 이르지만 지각보다는 일찍 도착하는 게 낫다. 실행위원이 있는 방향을 보며 나는 마음속으로 각오를 다졌다.

……이번 날조 연애 이벤트를 꼭 성공시켜서 레이드 녹터와 에릭 두 사람을 앨리스에게 다가가게 만든다.

미션 카드 조작은 완벽하다. 게다가 레이드 녹터와 에릭이 달리는 레인의 미션 상자 담당 자리도 얻었다.

상자의 장치도 멜로와 시행착오를 거쳐서 손가락으로 실을 조금 당기는 것만으로도 작동하게 해 뒀다.

솔직히 나도 장치까지 만들어서 다른 사람의 행동을 제어하는 것은 그야말로 악역다운 수단이라고 생각한다.

"1학년 A반 도착했습니다."

위원회 텐트에 들어가자 마침 위원들을 소집하려던 참이었나 보다. "빨리 왔네! 이거 부탁해!"라며 위원 선배에게 3학년 미션 상자를 받았다.

상자를 받으며 교정 구석을 바라보니, 물건 빌리기 경주의 선수가 줄을 서서 입장하고 있었다. 레이드 녹터와 에릭 두 사람도 있었다. 레이드 녹터는 남학생과, 에릭은 여학생 여러 명과 대화 중이었다.

하지만 왜인지 에릭과 여학생들 사이에 거리가 느껴졌다. 서먹하다고 해야 하나, 오히려 에릭이 여학생들과 멀어지고 싶은 듯, 거리를 두려는 듯이 보였다.

"좋았어! 선수들은 입장했네! 각자 지정된 위치로 가 줘!"

에릭을 바라보고 있자 옆에서 선배의 목소리가 들려왔다. 나는 서둘러 상자를 들고 지정된 위치에 자리 잡았다.

순서는 3학년부터로, 에릭과 레이드 녹터는 각각 마지막 주자다. 교정에 스타트를 알리는 호각 소리가 울려 퍼지고, 3학년 주자들이 이쪽으로 달려와 미션 상자에 손을 넣어 카드를 뽑았다.

"아, 안경? 빨리 찾아야 해!"

안경이 적힌 미션 카드를 뽑았나 보다. 주자는 안경을 찾아 어디론가 달려갔다. 아카데미에 안경을 쓴 선생님과 학생은 꽤 있다. 하지만 우리 반에는 로베르토 와이즈 한 명뿐이다. 아마 안경 캐릭터가 겹치지 않도록 게임 제작진이 신경 쓴 결과겠지.

3학년 선배들이 달려와, 카드를 뽑고 달려나가는 행위의 반복. 얼마 안 있어 3학년 마지막 주자가 달리는 중이었다.

다음은 2학년이다. 달리는 사람이 적은 것은 역시 찾는 데에 시간이 걸리기 때문일까.

나는 위원회의 대기 장소로 재빨리 돌아가 이번엔 장치를 만들어놓은 2학년 미션 상자를 들고 다시 지정된 위치에 섰다.

3학년에 이어서 이번엔 2학년 주자들이 스타트 신호를 듣고 일제히 달렸다.

에릭에게 줄 미션은 '머리를 높이 하나로 묶은 1학년 여학생'이었다. 여기서 포인트는 '높이 하나로 묶은'이다. 체육제 때문에 머리를 묶은 학생들은 여러 명 있지만, 높이 하나로 묶은 학생은 앨리스뿐이다.

두 사람은 아는 사이니까 에릭이 미션을 보면 바로 앨리스를 떠올리고 그녀를 찾을 것이다. 나는 자연스럽게 바닥에 설치한 실을 잡았다.

이제 에릭의 순서가 오면 실을 잡아당기면 된다. 실을 잡아당기기만 하면 상자 안의 장치가 작동되어서 그곳에 설치해 둔 '머리를 높이 하나로 묶은 1학년 여학생'이란 카드가 떨어지게 된다.

정말, 이 장치를 고안한 멜로에게는 감사할 따름이다.

마음속으로 멜로에게 감사하며 위원 일을 수행하고 있자 에릭이 스타트 위치에 섰다.

바닥의 실을 손가락으로 움직이자, 진동으로 상자 안에서 장치가 작동된 것이 느껴졌다.

시작을 알리는 호각 소리가 울리고, 에릭이 이쪽으로 달려왔다.

그러고 보니 그가 달리는 것을 보는 건 처음이다. 인형 놀이뿐만 아니라 숨바꼭질 등 다양한 놀이를 함께 해 봤는데 달리는 놀이는 해본 적이 없었다.

드디어 에릭이 숨을 몰아쉬며 내 앞에 도착했다. 그는 나를 보고 부드럽게 미소 지었다.

"아, 주인이 상자 담당이었구나. 기쁘다."

"안녕하세요. 이 상자에서 카드를 뽑아 주세요."

"네에─."

에릭은 천진난만하게 미션 상자에 손을 집어넣어 카드를 뽑았다. 그리고 종이를 빤히 쳐다봤다. 내가 미리 준비해 둔 '머리를 높이 하나로 묶은 1학년 여학생'이 누가 있을지 생각하고 있는 거겠지.

"좋아, 가자. 주인."

"네…… 으, 에엑?!"

팔이 홱 당겨져서 미션 상자를 떨어트릴 뻔했으나 서둘러 붙잡았다. 왜인지 그대로 상체가 앞으로 기울어져서 발을 앞으로 내밀어야 했다. 놀라는 와중에도 에릭은 내 팔을 계속 잡아당겼다. 무슨 상황이야, 이건? 왜 내가 에릭과 달리고 있는 거지?

"뭐, 뭐예요? 왜? 저를?"

"내 미션 카드, 체육제 위원이니까. 주인을 데리고 가면 바로 갈 수 있어!"

그런 미션 카드는 없을 터였다. 상자를 잘못 가져왔나? 아니, 분명 실을 잡아당겼으니 장치를 해 둔 상자가 맞다.

에릭은 나를 데려가서는 골인 지점 옆에 있는 체육제 위원에게 카드를 건넸다. "합격입니다!"라고 확인을 받자마자 그대로 다시 달려나갔다. 에릭은 결승 테이프를 끊었고, 1위로 도착했다는 호각 소리가 울려 퍼졌다.

대, 대체 이게 무슨 상황이야?

"신난다! 주인! 1위야! 고마워!"

환하게 웃는 에릭이 내 팔을 잡고 붕붕 휘둘렀다. 그가 기쁘다면 나도 기쁘다. 이제 될 대로…… 되게 둘 수는 없었다. 그가 기뻐하는 모습은 좋지만…… 이건 뭔가 잘못되었다. 혼란스러워하고 있자 1학년 주자가 시작 지점에 서기 시작했다.

"미안. 에릭, 이거 놔 줘. 1학년 미션 상자도 맡아야 해서."

"네에—."

에릭은 바로 대답하고 내 팔을 놓아주었다. 나는 인사를 적당히 하고 위원 대기 장소에 있는 1학년용 미션 상자를 들고 지정된 위치로 돌아왔다.

그보다 대체 무슨 일이 일어난 거지? 분명 실을 잡아당겼으니 그건 내가 장치를 해 둔 상자가 맞다. 결과가 달라진 이유를 찾기 위해 기억을 되짚어봤지만 걸리는 점이 없었다. 생각하는 사이에 스타트 신호가 울려 퍼지고, 1학년 주자가 달려왔다.

달리는 모습을 눈으로 좇고 있자 체육제 위원 텐트 옆에서 낮

익은 웃음을 짓는 사람과 눈이 마주쳤다.

……그건 분명 클라우스의 짓이다.

내가 노려보자 그는 나를 손가락으로 가리키며 한바탕 웃었다. 그리고는 뭔가를 집어넣는 시늉을 하고는 자신을 가리키고 크게 엑스 표시를 그렸다.

내가 한 게 아니다, 라는 뜻인가? 그럼 누군데?

내가 눈을 크게 뜨자 손가락으로 가리키며 날 바보 취급하는 듯한 몸짓을 보였다. 아무도 보지 않는다는 걸 이미 확인했는지 주변 학생들은 클라우스의 행동을 눈치채지 못했다.

점심시간이 되면 클라우스한테 물어볼까……?

하지만 클라우스를 붙잡을 수 있을 것 같지가 않다. 그렇다고 해서 그의 교실로 바로 찾아가면 "재밌을 것 같아."라면서 술래잡기나 숨바꼭질을 시작할 것이다.

그렇게 되면 나는 발이 빠른 클라우스를 절대 잡지 못할 것이고, 장난에 괜한 힘만 낭비하게 될 것이다.

기적적으로 그가 나를 찾아오는 타이밍을 노리는 수밖에 없겠지.

"다음은 1학년 여학생 물건 빌리기 경주, 마지막 주자입니다."

호각 소리가 울리고 정신을 차렸다. ……클라우스 체포는 나중으로 미루고 앞을 바라보자 스타트 위치에 앨리스가 서 있었다.

레인은 다르지만 왜 앨리스가 여기 있지? 그녀는 달리기 경주 선수였을 텐데. 이런저런 가능성을 떠올리고 있는 사이에 스타트 신호가 울려 퍼지고 앨리스가 달리기 시작했다.

그리고 내 바로 옆 레인의 미션 상자에서 카드를 꺼내 확인하고는 엄청난 기세로 나를 향해 몸을 돌렸다.

나는 실수로라도 무시했다는 오해를 받지 않기 위해 앞을 바라봤다. 마침 내가 담당한 레인의 주자가 다가와 미션 카드를 뽑았다. 미션을 클리어하기 위해 응원석으로 달려가는 선수를 배웅하자 그녀와 교대하듯이 앨리스가 내 앞에 섰다.

뭐, 뭐지?

"미스티아 님, 죄송해요. 같이 와 주세요!"

앨리스가 미션 카드를 내게 내밀었다. 그곳에는 '존경하는 사람'이라고 적혀 있었다.

"……네?"

"안 되나요?"

"아뇨, 그런 건 아닌……."

앨리스의 질문에 반사적으로 대답하자 그녀는 "감사합니다! 그럼 실례할게요!"라며 환하게 웃으며 내 손을 잡고 엄청난 기세로 달리기 시작했다.

앨리스, 엄청나게 발이 빠르잖아.

그대로 그녀는 마법이 풀리는 12시의 종소리를 들은 신데렐라처럼 달려나갔다. 나는 그저 그녀에게 끌려가기만 했다.

잠깐, 신데렐라. 너무 빠르다고. 그보다 왜 나야? 존경하는 사람으로 왜 나를 고른 거야. 마침 근처에 반 학생이 있으니까 간단히 끝내려고? 그런 교활함을 지금 발휘해도 되는 거야?

혼란스러운 채로 앨리스와 함께 달려나가 결승 테이프를 통과하자 도착을 알리는 호각 소리가 울려 퍼졌다. 호흡을 가다듬으며 앨리스를 바라보니 그녀는 "미스티아 님! 1위예요! 감사해요!"라면서 방방 뛰었다.

기뻐 보이는 건 좋은데 의미를 알 수가 없었다. ⋯⋯아니, 일단 담당 위치로 돌아가야지. 다음 레이스가 시작되고 말 거야.

나는 사고가 정지된 채로 내 할 일을 하기 위해 미션 상자를 들고 다시 서둘러 지정 위치로 돌아갔다.

완전히 무너져버린 야망

"죄송해요. 미스티아 님, 부탁할게요!"

눈앞의 남학생에게 부탁받아 함께 골인 지점까지 달려 결승선을 통과한 나는 서둘러 미션 상자를 두는 곳으로 돌아왔다.

관객석에서는 모두가 와하하 웃음을 터트리고, 옆 레인을 맡은 위원 선배가 "힘들겠네." 하면서 쓴웃음을 지었다.

앨리스와 함께 달리고 잠시 후, 여학생의 물건 빌리기 경주가 끝나고 남학생들의 차례가 돌아왔다. 서서히 이 경기도 끝나가는 듯했는데, 어째서인지 A반 학생들은 모두 내 손을 잡고 골인 지점으로 달렸다.

거의 두 경기에 한 번의 페이스로 내게 선수가 다가와서 미션 카드를 보여주고는 같이 가달라고 부탁했다.

미션은 '머리카락이 긴 사람', '성적이 좋은 사람', '은인', '여학생' 등, 아무나 골라도 될 듯한 라인업뿐이고 꼭 내가 갈 필요는 없었다.

하지만 원인은 아마 그 점에 있겠지. 미션에 걸맞은 사람이 바로 앞에 있으면 그 사람을 데려가는 게 시간 단축도 되고 가장 효율적이니까.

하지만 나는 매우 곤란했다. 선수도 아닌데 계속 달려야 했다. 다리 아파. 약간 부들부들 떨리는 것 같기도 하고. 거의 왕복 달리기 경기나 마찬가지였다. 지금 나만 왕복 달리기를 강요

당하고 있다. 이게 무슨 수행이야.

"아렌 양, 부탁해도 될까요?"

"물론이죠."

반쯤 의식이 날아간 상태로 미션 카드를 든 학생의 손을 잡고 달렸다. 미션은 '상냥한 사람'이었다. 아마 내년부터는 체육제 위원을 데리고 가는 건 금지되겠지. 그렇지 않으면 또 이런 상황이 펼쳐질 것이다.

나는 골인한 후 다시 전속력으로 지정 위치로 돌아왔다. 내가 자리로 돌아올 때마다 각 구역에서는 내게 박수를 쳐주기 시작했다. 그냥 죽여줘.

반쯤 만신창이가 된 와중, 고개를 들어보니 마지막 주자가 시작 지점에 서 있었다.

레이드 녹터가 위치에 섰다. 피곤해할 때가 아니다. 남들에게 들키지 않도록 상자를 흔들어 안에 아무 카드도 들어있지 않은 것을 확인한 후 실을 잡아당겼다.

에릭의 순서에서 내가 정한 미션 카드가 제대로 뽑히지 않은 것은 아마도 사고일 것이다.

나도 모르는 새에 뭔가 실수를 한 것이다. 이번엔 괜찮을 것이라고 심호흡을 하자 그와 동시에 스타트를 알리는 호각 소리가 울려 퍼지고 레이드 녹터가 내게로 달려왔다.

그저 달리는 것만으로도 무서웠다. 그는 그냥 선수일 뿐이고, 자르드 군과 관련된 일이 아니면 그가 나를 쫓아올 이유는 없다. 그러나 그에게 쫓긴다면 분명 금방 잡혀서 죽을 것이란 생각이 들어서 소름이 돋았다.

"어, 미스티아."

"안녕하세요."

내 앞에 도착한 레이드 녹터에게 상자를 내밀자 레이드 녹터가 그곳에 손을 집어넣었다.

자, 빨리 우리 반 응원석에 있을 앨리스를 찾아서 데려가라고.

그에게 줄 미션은 에릭 때와 같다. 미션이 겹치는 것도 허용되기 때문에 똑같은 미션으로 했다. 에릭이 앨리스를 데려가는 장면을 보고 질투심을 불태워주기를 바랐지만 에릭의 미션 작전은 실패했다.

레이드 녹터는 에릭과 다르게 앨리스와 전혀 대화하려 하지 않으니, 이번엔 부디 그가 앨리스를······.

"미스티아, 미안."

"우와앗!"

레이드 녹터가 내게 사과하자마자 갑자기 시야가 변했다. 눈앞에 하늘이 펼쳐지고, 몸이 균형을 잃고, 그의 옆모습이 시야에 들어왔다.

떠 있어······ 아니, 떠 있는 게 아니야. 무릎과 어깨를 붙잡혀서 지탱······ 아니, 안겨 있다.

이 자세는 본 적이 있다. 공주님 안기다. 왕자님이 공주님을 안을 때와 같은 자세인데······?

"어? 어? 어어? 어, 왜, 어째서, 이런? 왜?"

"미스티아가 피곤해 보여서. 이게 빠를 거야."

나를 안은 레이드 녹터가 씩씩하게 달려나갔다. 숨소리도 고르다.

"앗, 저기, 내려주……."

"꽉 잡지 않으면 떨어져서 머리가 깨질걸?"

뭐야, 무서워. 무서워 무서워. 머리라는 구체적인 부위를 말하는 게 무서워.

"아뇨, 내려 주세요. 미션은 제가 아니잖아요?"

"미스티아가 맞아. 아니, 미스티아밖에 없어."

"네?"

"자, 제대로 목에 손을 둘러야지."

안 돼. 그렇게 사이좋아 보이는 포즈를 취할 수는 없다.

에릭이라면 그의 천진난만한 성격을 생각해서 '평범한 스킨십'이라고 여길 수도 있겠지만 이건 아니다. 레이드 녹터에게 그런 천진난만함은 없다.

미스티아 아렌과 레이드 녹터 사이에 뭔가가 있다고 생각할 것이다. 주위를 둘러보니 관전하던 학생들은 레이드 녹터에게 반하기라도 한 듯이 볼을 물들이고 있었다.

"지금 내가 머리를 조금 숙일 테니까 팔을 둘러. 아래 보면서 달리면 위험하니까 빨리 해 줘야 해."

그렇게 말하며 레이드 녹터가 내게 얼굴을 가까이 가져다 댔기에 서둘러 팔을 둘렀다. 뭐야, 이거. 나는 앨리스가 아니다. 뭐야, 이 접근은. 이상하잖아.

팔을 두르자 그가 순식간에 속도를 올려서 바로 골인 지점 앞에 도착했다. 고속열차인가? 그가 앞에 있는 체육제 위원에게 미션 카드를 건넸으나 내 위치에선 내용이 보이지 않았다. 아무래도 확인을 받았는지 골인을 알리는 호각 소리가 울렸다.

"저, 이젠 정말로 내려 주세요."

"그래. 이대로 계속 붙잡고 있으면 안 되겠지."

레이드 녹터가 내려준 덕분에 드디어 땅에 발을 디딜 수 있었다.

그는 물건 빌리기 경주의 마지막 주자였지만 나는 빠르게 지정 위치로 돌아왔다. 동시에 선수 퇴장 시간이 다가와 선수들은 퇴장했다.

멀어져가는 학생들을 배웅하며 체육제 위원 텐트로 돌아오자 위원 선배들의 시선이 내게로 모여들었다.

"에릭 군은 알고 있었는데, 레이드 군이랑도 친했어?"

"깜짝 놀랐잖아! 연극이나 오페라를 보는 줄 알았어!"

"저기, 어느 쪽을 좋아하는 거야?"

예상대로였다. 레이드 녹터의 행동 때문에 오해받고 있다.

"아뇨……, 아마 미션 상자 앞에 있는 위원을 바로 데려가면 가장 빠르게 골인할 수 있어서 효율이 높으니까 이렇게 된 것 같아요……."

나도 모르게 힘없는 목소리가 흘러나오고 말았다. 선배들은 복잡한 표정을 지었다.

"그, 그렇구나. 힘들었겠다……."

"뭐, 그 애들은 인기 있잖아⋯⋯, 그렇구나. 그런 이유였구나."

"무슨 일 있으면 말해 줘."

선배들은 내게 한마디씩 하며 동정의 시선을 보내기 시작했다. 큰일이다. 필요 이상으로 걱정시키고 말았어.

"아— 그래도 괜찮아요. 다치진 않았거든요. 보시는 대로 멀쩡해요."

"그래도 무슨 일이 있으면 바로 말해줘야 해. 다른 애들이 질투할지도 모르니까."

"네. 감사합니다."

고개를 끄덕이자 "그럼 다음 경기 준비를 시작할까요!"라며 상황을 정리하는 목소리와 함께 점수 집계와 다음 경기 준비 작업을 시작했다.

이 작업도 순조롭게 끝나서 나는 위원 텐트에서 나와 우리 반 응원석으로 돌아가려 했다. 급수대와 응원석을 오가는 인파를 헤쳐나가고 있자 마침 앞에 레이드 녹터가 서 있었다.

가볍게 고개를 끄덕여 지나가려고 했으나 그가 태연하게 내 옆으로 다가와 걸었다.

"데리러 왔어. 한 명씩 응원석으로 돌아가는 것보다는 둘이서 가는 게 나을 것 같아서."

"네?"

"분명 우리 관계를 물을 테니까."

그렇구나. 반 학생들도 그 광경을, 아니, 전 학년이 그 광경을 봤겠구나.

약혼자라는 사실은 밝히지 않았지만 관계를 의심당할 것이다. ⋯⋯이건 그거다. 잘 얼버무릴 수밖에 없다. 거짓말을 할 수밖에 없다.

그래⋯⋯ 거짓말을 하자. 실은 나는 다리를 삐었고 레이드 녹터가 구조의 일환으로 날 데려간 것이다. 그렇게 말하자. 레이드 녹터는 착한 사람이다. 그건 다들 알고 있을 것이다. 괜찮다. 그렇게 생각하지 않으면 죽을 것 같았다.

그에게 재촉당하듯이 반 응원석에 도착하자 역시 거의 모든 반 학생들이 우리에게 달려왔다.

"방금, 봤어요! 멋졌어요!"

"정말로, 무슨 소설을 보는 것 같았어요⋯⋯."

"레이드 엄청나다. 다른 사람을 안은 채로 1위라니."

"멋있었어ㅡ!"

제각기 칭찬을 건네는 반 학생들. 이건, 그건가? 미션으로 지정된 사람을 안은 레이드 녹터에게 흥미가 집중되어서, 안긴 사람에게는 전혀 흥미가 없는 상황을 기대해도 되는 건가? 거짓말을 할 필요도 없고, 이 사건은 모두의 기억 속에서 풍화되어서⋯⋯.

"그러고 보니 미션 내용은 뭐였나요?"

반 학생 중 한 명이 레이드 녹터에게 물었다. 그래, 미션 내용 말이지. 뭐, 체육제 위원이거나 머리카락이 긴 사람 같은 거였겠지.

"약혼자였어."

그가 별일 아니라는 듯한 얼굴로 이 자리에서 가장 나오면 안 될 단어를 내뱉었다. 나는 생각지도 못한 상황에 입을 떡 벌렸다.

"자."

그는 품속에서 카드를 꺼냈다. 그 카드에 쓰인 글씨가 무슨 뜻인지는 알겠으나 뇌가 그것을 받아들이기를 거절했다. 반사적으로 뒷걸음질을 치자 그는 내 어깨를 붙잡았다.

"내 미션은 약혼자여서 미스티아를 데려가야 했던 거야."

레이드 녹터는 내 어깨를 잡으며 당연하다는 듯이 대답했다. 그리고 주위의 소란을 차단하듯이 체육제 오전 경기 종료를 알리는 종소리가 울려 퍼졌다.

"하하! 그보다 최고였어! 레이드 녹터의 그 발언!"

체육제 오전 경기를 마친 나는 별동의 빈 교실에서 도시락을 펼쳤다. ……클라우스의 맞은편 자리에서.

"……설마 당신이 먼저 절 만나러 올 줄은 몰랐는데요."

"그렇지? 네가 날 찾으러 왔다면 숨었을 거야."

식사하려고 별동의 빈 교실을 찾고 있을 때 "날 불렀어?"라며 그가 갑자기 뒤에 나타났다. 심장이 멎는 줄 알았다.

그리고 함께 오지 않으면 레이드 녹터에게 내가 별동에 상주한다는 사실을 알리겠다고 협박한 탓에 이렇게 식사를 하게 된 것이다. 정말 무서운 현실이다.

"그보다 엄청 재밌는 상황이 펼쳐졌잖아? 네 약혼자, 아무리 봐도 최고로 미친 것 같아. 거기서 약혼자라는 걸 밝히다니.”

물건 빌리기 경주를 마치고 레이드 녹터는 응원석에서 내가 약혼자라는 사실을 입에 담았다. 명백한 실언이다.

“언제 약혼한 건가요?”

“첫 만남은?”

“과정은?”

반 학생들은 연달아 질문을 던졌고, 나는 이 상황을 어떻게든 해결해야겠다는 생각에 머리가 새하얘졌다.

하지만 레이드 녹터가 상쾌한 얼굴로 “뭐, 농담이지만 말이야. 선배가 위원을 데려가는 걸 보고 따라 한 거야.”라고 웃으며 순식간에 '그 레이드 녹터에게 약혼자가 있다'라는 분위기를 '레이드 녹터의 재치로 득점했다', '레이드 녹터 대단해'라는 분위기로 바꿔버렸다.

이렇게 회상하기만 해도 무섭다. 자칫 잘못했으면 지금쯤 약혼자란 소문이 퍼져나갔겠지. 무슨 목적인지 알 수 없는 사람이 가장 위험하다던데 정말 그 말대로였다.

“저도 정말 이상하다고 생각해요. 그 행동은.”

“푸흡. 그쪽도 너한테 그런 말 듣고 싶지 않겠지만 말이야! 이히히히!”

“즐거워 보이시네요……..”

클라우스는 기쁜 듯이 낄낄 웃어댔다. 다른 사람의 불행을 행복으로 느끼는 웃음이었지만, 악의 없는 아이처럼 순진무구해 보이는 게 더 위험하게 느껴졌다.

"전부 다 가진 녀석이 가장 원하는 걸 못 얻고 있다는 거, 진짜 유쾌하잖아!"

배를 끌어안고 웃는 클라우스. 지금은 기분이 좋아 보이니까 질문에 대답해 줄지도 몰라⋯⋯. 미션에 관해서 물어볼까.

"저기, 에릭 선배가 경기에 나왔을 때 미션에 뭔가 수를 부린 건 당신인가요?"

"반쯤은 정답이야."

일부라도 인정했다는 점에 눈을 크게 뜨자 "그런데 말이야."라며 클라우스는 말을 이어나갔다.

"내가 건든 건 어제고, 오늘은 아무 짓도 하지 않았어. 최고였지. 연습할 때 네 표정, 그리고 너한테 말 거는 네 약혼자의 얼굴도."

"그럼 오늘은 안 했다는 건가요?"

"그렇다고 말했잖아. 무슨 짓을 했을 거라고 믿게 만든 다음에 아무것도 안 해서 불안하게 만들 생각이었는데, 뭐 재밌었으니까 됐어. 용서할래."

클라우스는 가방을 아무렇게나 뒤적여 빵을 꺼내 책상 위에 올려놨다. 그러더니 뭔가 떠올린 듯이 내게 몸을 내밀며 물었다.

"맞다! 그보다 너, 깃발 말이야, 깃발. 도료가 전부 없어졌다니 엄청 재밌는 일이 있었잖아. 왜 나한테 안 알려준 거야? 이 냉혈한! 날 불렀어야지! 너 정말 피도 눈물도 없는 녀석이구나?"

"⋯⋯무슨 짓을 하려고요?"

"당연히 너희 눈앞에서 도료를 잔뜩 쓰면서 자랑해야지."

그것도 모르냐는 듯이 한숨을 쉬더니 클라우스는 가방에서 빵을 더 꺼냈다.

"그보다 일부러 빈 통을 두다니 굉장한 변태였나 보네. 나도 질릴 정도야. 엄청 이상한 녀석이잖아."

"네?"

"보통이라면 깃발을 다 찢어버리고 물감을 쏟은 후에 물감이 묻은 가위를 아무 녀석 책상 안에 집어넣으면 없는 범인을 찾느라 서로 의심하는 재밌는 상황까지 볼 수 있잖아!"

그리고 클라우스는 혐오스러운 듯한 표정을 지으며 이야기를 이어나갔다.

"분명 기분 나쁘고 음산한 민달팽이 녀석이 그런 거 아니야? 어디 주변에 기어 다니고 있는 거 아니냐고."

"민달팽이?"

"민달팽이는 민달팽이 나름대로 재밌는 일을 벌여주면 상관없지만 말이야. 분명 예상 가능한 따분한 일밖에 안 하겠지. 위험하게 달려든다거나."

"으음."

"진득하게 따라다니다가, 마지막엔 폭주하고, 소금 맞고 구제당해서 끝나 버리겠지, 분명."

클라우스는 코웃음을 친 후 빵을 물어뜯으며 병과 물통을 꺼냈다. 병에는 숟가락과 가루…… 설탕으로 추정되는 것이 들어 있었다. 그는 컵에 물통 안의 내용물을 쏟으며 나를 봤다.

"너는 정말 계속 귀찮은 걸 달고 다니네. 한 번쯤은 교회에서 참회해 보는 게 어때? 평소 행실이 쓰레기 같아서 죄송합니다, 라고."

아니, 클라우스에게 평소 행실을 지적받고 싶지 않다. 나쁜 짓을 한 기억도 없다. 내 생각이 전해졌는지 그는 히죽 웃었다.

"지금 너보다는 내가 가야 한다고 생각했지? 그래도 안 돼."

"가고 싶지 않아서요?"

"아—니. 우리 집 근처에 있는 건 어릴 때 망했어."

"망했다고요? 교회가요? 왜요?"

"신부가 뒤에서 신기한 꼬맹이를 전시하면서 돈을 벌던 게 들켜서 말이야. 참회가 필요한 건 누구보다도 착한 척하던 신부였던 거지. 쓰레기 신부를 존경하던 바보 녀석들이 진실을 알았을 때의 모습은 떠올리기만 해도 재밌어."

클라우스는 신나게 이야기했다. 뒤에서 신기한 꼬맹이를……, 사람을 사고팔았다는 것, 즉, 인신매매 같은 행위가 있었던 걸까. 그것 때문에 체포당해서 망했다? 신부의 대타를 세우는 게 아니라 교회 자체가……. 그런 일이 정말 있었던 걸까.

"그러니까 말야. 엄청 질이 안 좋은 녀석일수록 착한 얼굴을 하고 있단 말이지. 나는 꽤 친절한 편이라고?"

"반 친구한테 조언하던 당신은 착해 보이긴 했어요."

"당연하지. 수라장을 바로 옆에서 볼 수 있다면 나는 뭐든 할 거야."

"……일부러 그러지 않아도 되잖아요."

"뭘 모르네. 남이 꿈꾸는 일을 망가트리는 게 제일 재밌는 거라고."

그는 '그것도 몰라?'라는 듯이 나를 바보 취급하는 시선을 내게 보냈다.

"목숨이 달린 중요한 일일수록 더 좋단 말이지. 다른 사람이 자기 인생, 목숨을 걸고 간절하고 신중하게 세운 계획을 마지막의 마지막에 망가트리는 거, 최고잖아."

생기가 넘치는 얼굴로 꿈을 말하는 클라우스는 반짝였지만 그 내용이 너무 악질이었고 사악했다.

"체스를 둘 때, 상대가 이길 것 같다고 방심한 그 순간에 판을 뒤집어엎고 싶다고, 나는. 절망한 표정이 보고 싶어. 근데 그런 계획을 세우는 녀석이 좀처럼 없단 말이지……. 졸업하면 나라의 군대라도 들어갈까. 보좌 자리에서 맘대로 조종하고 싶네."

"……그 파괴 충동은 언제 싹튼 건가요?"

"태어났을 때겠지."

"어떻게 그런……."

"신이 실수한 거 아닐까? 사실은 엄청나게 자비로운 인간으로 태어나게 할 예정이었는데, 너무 착하면 안 되니까 나쁜 마음을 약간만 넣으려다가, 이렇게, 잔뜩 넣어버려서……."

클라우스는 컵 안에 설탕을 넣기 시작했다. 숟가락에 산처럼 담은 설탕을 몇 번이나 집어넣더니 대충 섞고는 마시기 시작했다.

"그, 그렇게 마셔도 괜찮은 건가요?"

"피곤하단 말이야, 놔둬. 나는 너랑 다르게 체육제에서 뛰어다니는 것 말고도 체력과 머리를 쓰고 있다고, 바보 녀석."

그렇게 말하며 클라우스는 컵의 내용물을 단번에 비웠다. 나는 그의 말에 위화감을 느끼며 식사에 손을 댔다.

주위에는 점심 식사를 마친 학생들이 교정 곳곳에 흩어져 담소를 나누고 있다. 경기가 아직 시작하지 않아서인지 연습을 하는 학생도 보였다.

한편, 클라우스와 헤어진 나는 계속 가지고 있는 것도 미안해서 에릭에게 겉옷을 돌려준 후 아무 목적지도 없이 걷는 중이다.

……연애 이벤트가 실패로 끝났다.

이리저리 도망치거나 클라우스와 대화할 때는 잠시 잊을 수 있었으나, 이렇게 혼자서 걷고 있으면 그 생각이 떠올라 기분이 처진다.

장치는 완벽했을 텐데. 역시 정규 연애 이벤트가 아니면 히로인과 공략 대상은 가까워지지 않는 건가? 정규 이벤트가 없을 때 접촉하려고 하면 반발이 일어나는 건가?

이렇게 될 거였으면 다른 연애 이벤트도 준비할 걸 그랬다. 학교 행사 계열 이벤트는 행사 하나당 하나니까, 위원회 일도 해야 한다면서 물건 빌리기 경주 하나에만 집중한 것은 확실히 내 실수였다.

어깨를 늘어트리고 바닥을 보며 걷고 있는데——.

"아깐 누구 겉옷을 입고 있었던 거야?"

레이드 녹터에게 어깨를 붙잡혔다.

"네?"

"오전 시간에 릴레이가 끝난 후에 남자 겉옷을 입고 있었잖아. 지금은 반소매지만."

그는 내 위팔과 팔꿈치 근처로 손을 옮겼다. 갑작스러운 접촉에 놀란 나는 고개를 가로저었다.

"……하, 합의한 거예요! 비, 빌린 것뿐 뺏은 건 아니에요!"

"누구한테 빌렸는데?"

"어, 에릭 선배한테."

"흐음. 왜?"

"거, 거, 거, 겉옷이 입지 못할 상태가 됐는데, 선배가 지나가다가, 빌려주셨어요."

"겉옷이 어쩌다 입지 못할 상태가 됐는데?"

말문이 막혔다. 심문 리턴즈였다. 에릭은 몰라도 레이드 녹터에게는 절대 말할 수 없다.

"못 말해 줘?"

"조금, 사고로 물에 젖어서……."

사고라는 점을 강조해서 설명하자 레이드 녹터는 의심의 눈길을 내게 보냈다. 그의 눈은 지금 완전히 거짓말 탐지기였다.

시선이 너무 따가워서 눈을 피하고 싶었으나 나는 뒤가 켕기는 짓은 하나도 하지 않았다. 그에게 자세한 사정을 말하지 못할 뿐.

"……뭐, 됐어. 그럼 이거 입어."

"네?"

"내 겉옷 빌려줄게."

레이드 녹터는 입고 있던 겉옷을 벗었다. 역시 레이드 녹터. 정의와 상냥함과 예의의 화신이다. 신사적이다.

……아니, 지금은 감탄하고 있을 때가 아니지. 이것보다 더 그와의 접촉을 늘리면 안 된다.

"자."

레이드 녹터가 겉옷을 내게 입히려 했다. 나는 슬쩍 몸을 돌리며 뒷걸음질을 쳤다.

"아, 아뇨. 그, 괘, 괜찮아요. 마음만 받을게요. 감사합니다."

"사양하지 말고."

"아뇨. 정말로 추운 게 아니라서, 괜찮아요."

춥지 않다는 점을 설명하자 레이드 녹터는 수상하다는 얼굴로 나를 보고는 손을 내렸다.

"그럼 저는 실행위원 일을 확인해야 해서 이만 실례할게요."

분명 다음 경기에서는 피나 선배와 함께 할 일이 있었다. 그러고 보니 위원회 텐트에서 누군가가 저지를 빌려줄지도 모른다. 나는 고개를 꾸벅 숙이고 발을 돌려 위원회의 대기 장소로 향했다.

번외. 원한의 등불

SIDE: Loberto

경기를 마치고 물통을 찾아 뒤돌자 시야에 미스티아 아렌이 들어왔다. 녀석은 학생회 부회장의 딸——네인가의 영애에게 아부를 떨고 있었다. 불쾌한 마음이 들어서 나는 시선을 돌려 버렸다.

……저 악녀와는 교외 학습 이후 한 번도 대화하지 않았다. 애초에 녀석과는 자리도 멀고, 녀석은 수업이 끝나면 바로 교실을 나가 수업 시작종이 울릴 때 돌아온다.

교실에 있다고 하더라도 공부를 하거나 책을 읽을 뿐이다. 마치 사람과의 관계를 스스로 거부하는 듯한, 진절머리 나게 잘난 체하는 태도를 보였다. 그녀가 대화하는 것은 그녀가 아양을 떨며 성적을 올려달라고 부탁하는 담임인 시크 선생님, 혹은 소꿉친구인 레이드 녹터, 그리고 여자들에게 인기가 많아 보이는 하임 선배뿐이다. 생각해 보면 동성인 여학생과 대화하는 것을 본 것은 처음이었다.

남자를 밝힌다.

아렌가라는 고위 귀족 가문의 딸이면서 그 자각이 부족했다.

지금도 술술 말을 꺼내며 위원 활동에 끼어들어 선배에게 알랑거리고 있었다.

이 얼마나 한심한지. 마음속으로 비난하고 있자 어쩐지 괴로 워졌다. 그런 자신에게 그저 화가 났다.

화가 치밀어 물통을 들고 내용물을 벌컥벌컥 마시고 있자 품 위 없이 깔깔대는 웃음소리가 들려왔다. 평소엔 신경 쓰이지 않 았을 텐데 불쾌한 이름이 등장한 탓에 내용이 귀에 들어왔다.

"아까는 진짜 놀랐어. 녹터의 약혼 선언."

"맞아. 진짜……라고 해야 하나. 듣고 보니 두 사람이라면 그 럴 수도 있겠다고 생각했어. 성적 상위 1, 2등이고, 녹터가의 영 식, 아렌가의 영애잖아? 반대로 거짓말인 게 더 위화감이 느껴 질 정도야."

"그러게. 아렌 양도 녹터처럼 완벽하니까 말이야."

"의외로 그 두 사람, 몰래 사귀고 있는 거 아니야?"

신경 쓰지 않기 위해 다시 물을 마시려 했으나 물통 안이 빈 것 을 떠올렸다. 아무렇게나 뚜껑을 닫고 있자니 한 사람이 "뭐어?" 하며 하찮은 목소리로 외쳤다.

"그러면 안 되지. 나 아렌 양을 노리고 있었다고."

"바보야. 가문이 상대가 안 되잖아."

뒤에서 웃음판이 벌어졌다. 자리를 옮기려고 했으나 대화를 몰래 듣고 있었다고 오해받기는 싫어서 멈춰 섰다. 정말, 그 여 자와 엮이면 되는 일이 없다.

"의외로 다가가기 어려울 줄 알았는데 체육제 준비 때도 그렇 고, 보고 있으면 꼭 그렇지만은 않았잖아. 게다가 아렌 백작과 부인은 무른 사람들이잖아? 자작 가문 정도면 가능성 있을 것 같지 않아?”

“뭐, 아렌 양은 외동딸이라 가문에 사위를 들여야 할 테니 말이야……. 나도 시도해 볼까.”

뒤에 있는 인간들은 그 악녀에게 말을 걸어보자며 들떠 있었다. 분명 전부 그 여자의 계산일 것이다.

일부러 거리를 두고 말을 거는 것을 기다리고 있겠지. 대화가하고 싶다고 상대가 먼저 말하기를 바라면서.

정말 싫다. 그런 타산적인 영애는 살면서 본 적이 없다. 주먹을 꾹 쥐자 머지않아 뒤에 있던 학생들은 경기에 나가기 위해집합 장소로 향했다. 주변에는 아무도 없었다.

나는 한숨을 쉬고 예비 물통을 가지러 교실로 가려 했다. 하지만 어디에선가 나타난 녹터가 내게 말을 걸었다.

“안녕. 오늘 컨디션은 어때?”

“딱히 아무렇지도.”

웃음을 짓고 친근하게 말을 거는 레이드 녹터의 앞을 지나갔다. 걷는 속도를 높였는데도 녀석은 가벼운 발걸음으로 따라왔다.

“잠깐만. 실은 나, 너한테 묻고 싶은 게 있어.”

“뭔데?”

녹터가 내게 묻고 싶은 것?

예상 가는 게 전혀 없다. 어쩌면 미스티아 아렌에게 사과하게만들려고 말을 걸었나.

“음…… 왜 너는 미스티아에게 집착하나 해서.”

“뭐……?”

"너, 계속 미스티아를 보고 있잖아?"

예상외의 질문에 머리가 뜨거워졌다. 내가, 녀석에게 집착한다고? 내가, 녀석을 보고 있다고?

"큭! 그런 적 없어! 그냥 눈에 거슬릴 뿐이야!"

그런 적 없다. 그럴 리가 없다. 바보 같은 말을 부정하기 위해 소리치자 녹터의 표정에서 감정이 사라졌다.

"눈에 거슬린다면 보지 않으면 되잖아?"

"그건……!"

"누구나 맞는 사람과 안 맞는 사람은 있지. 싫다고 생각하는 건 나쁜 게 아니야. 엮이지만 않으면 될 일이지. 일부러 저질이라고 비난할 필요도, 볼 필요도 없다고."

"그, 그건…… 윽, 나는, 그 여자에게 귀족으로서의 자각이 없어 보이니까……."

"자각 말이지."

엮이지 말라고 하지만 엮인 적 없었다.

녀석과 대화한 적은 그날 이후 한 번도 없었다.

그렇게 말하면 되는데, 말문이 막혀 버리자 녹터가 웃었다.

"미안. 심술궂게 말해 버렸네. 나는 네가 미스티아를 싫어한다고 말하면서 마음속으로는 반대 감정을 품고 있는 줄 알았어. 예전의 나처럼."

예전의 나? 예전의 녹터? 무슨 말이지?

"하지만 내가 오해했던 모양이야. 미안……, 나는 미스티아의 약혼자니까, 나도 모르게 신경이 쓰였어."

"또 그런 농담을 하는 거냐?"

"전혀 농담이 아닌데. 약혼한 건 사실이야."

"……뭐?"

그의 말을 이해할 수가 없어서 녀석의 얼굴을 봤다. 녀석의 파란 눈동자는 그저 평온했고 주변의 빛을 받아 흔들리는 것처럼 보이지도 않았다.

"미스티아가 아카데미에 다닐 땐 공사를 구분하고 싶다고 해서 발표하지 않았을 뿐이고, 약혼은 사실이야. 그러니 외부자인 네가 미스티아에게 안 좋은 시선을 보내거나 모욕하는 걸 말릴 의무가 내게는 있어."

"……그, 그게 사실이냐?"

"하하. 방금까지 보이던 그 위세는 어디 갔어? 그 상태로는 마지막 달리기 경기는 힘들지 않겠어? 어떻게 할래? 나랑 교대할래? 와이즈 군."

비웃음이 섞인 목소리를 듣고 머리에 피가 들끓었다. 그래. 나는 이런 녀석을 상대하고 있을 여유가 없다.

미스티아 아렌도 질 낮고, 최악의 악녀지만 이 남자도 상당한 악질이다. 분명 내가 체육을 잘하지 못한다는 것을 알아서 이렇게 말하는 것이다.

꼭 다음 경기에서 어떻게 해서든 1위를 따고 말겠어. 나는 분에 찬 기분으로 녀석의 옆을 지나가 경기장으로 향하는 발걸음의 속도를 빨리했다.

신의 계시

피나 선배와 위원회의 일을 끝낸 후, 단체 경기까지 마친 나는 반 좌석을 향해 걸어갔다.

줄다리기 등의 단체 경기는 인원을 모으기 위해서인지 운영 효율을 중시하여 계속 이어졌다. 왕복 달리기의 대미지도 쌓여서 육체적 피로가 내 몸을 야금야금 좀먹었다. 그리고 피나 선배와 함께 한 득점 집계 작업은 상당히 끈기를 필요로 하는 작업이었다.

하지만 선배와 함께 작업하는 것은 즐거웠다. 틈틈이 수다를 떨고, 좋아하는 음악이나 음식, 읽은 책 등의 대화를 나누다 보니 앞으로 위원회 일이 없어져서 만날 기회가 줄어드는 게 아쉬워졌다.

대화를 나누는 사이에는 게임에 관해서 생각하지 않아도 되는 것도 있지만, 그 무엇으로도 바꿀 수 없는 시간이었다.

……그때 알리 씨의 조언이 없었다면. 분명 나는 피나 선배와 거리를 두고 이렇게 친해지지 못했겠지. 귀족 아카데미에서 처음 생긴 친구니까 소중히 대하고 싶었다.

체육제의 연애 이벤트는 실패했지만 체육제는 아직 끝나지 않았다. 이 1년을 낭비만 하지는 않을 것이다.

내 마음을 다잡고 있자, 갑자기 총알처럼 뭔가가 내 품에 뛰어들어왔다. 반사적으로 붙잡은 후에야 그 총알이 부드럽고 사람의 형상을 띠고 있다는 것을 알아챘다.

"미스띠아 누나!"

총알이 아니다. 자르드 군이었다.

"자르드 군 안녕. 전보다 커졌네."

약 2개월 만에 보는 그는 왠지 키가 커진 듯한 느낌이었다. 어라. 보호자 입장이 벌써 시작했던가? 그러면 부모님이랑 멜로도 벌써 와 있는 건가⋯⋯?

"헤헤헤! 레이드 형아랑 미스띠아 누나 응원하려고 와 버렸어!"

자르드 군은 내게 안겨서 내 허리에 볼을 비볐다. 귀여워. '와 버렸어!'가 이렇게 귀여울 수가 있다니. 자르드 군이 안아달라고 응석을 부리는 탓에 나는 그를 안아 들었다.

레이드 녹터의 갑작스러운 '와 버렸어.'만 듣고 지내와서 '와 버렸어.'라는 말 자체가 약간 무서워지고 있었는데 정화되었다.

⋯⋯아니, 잠깐. 주변에는 녹터 백작도 부인도 없었다. 혼자 오다니 위험한 거 아니야? 5살을 이렇게 혼자 둬도 괜찮은 거야? 왜 혼자 있는 거야?

"자르드 군. 아버지랑 어머니는 어디에 계셔?"

"누나네 아빠, 엄마랑 같이 있어."

"어? 그럼 여긴 혼자 온 거야?"

"아니. 혼자가 아니라 둘이서!"

응? 혼자가 아니야? 아무리 봐도 혼자인데? 무슨 말이야?

"아가씨."

이 목소리는, 천사의 목소리였다. 멜로다. 뒤돌아보니 멜로가

내게로 걸어오고 있었다. 메이드복이 아니라 호위복 겸 사복을
입은 그녀는 오늘도 무척이나 눈부셨다.

"헤헤헤, 멜로 와 줬구나."

나도 모르게 바보 같은 웃음이 흘러나오고 말았다. 멜로는 작
게 미소지으며 입을 열었다.

"네, 방금 왔어요. 어디 다치신 곳은 없으신가요?"

"괜찮아, 멜로. 와 줘서 고마워."

"저야말로 초대해 주셔서 감사합니다."

그렇게 말하며 멜로는 미소지었다. 음이온이 뿜어져 나오는
것 같았다. 천사에 둘러싸여 있어. 여기가 천국인가.

"초대해 주셨으니 미스티아 님의 활약을 확실히 이 눈으로 지
켜보고 남김없이 전부 기억할게요."

멜로는 눈을 반짝이며 말했다. 기쁘지만 나와 다르게 운동 신
경이 좋은 멜로가 이렇게 말하니 조금 부끄럽다.

멜로는 움직임도 매우 빨라서, 이전에 시내에 나갔다가 모자
가 바람에 날아갔을 때, 벽이나 지붕을 날 듯이 뛰어서 바로 찾
아와준 적도 있었다. 정원의 사과를 따기 위해 나무를 흔들고
있으면 아래에서 트럼프 카드나 조약돌을 던져 떨어트려 주기
도 했다.

"……최대한 꼴사나운 모습을 보이지 않도록 힘낼게."

"나도, 나도! 응원할게!"

자르드 군이 자기를 잊지 말라는 듯이 손을 들었다. 귀여워.
순수와 귀여움의 화신인 천사 멜로와, 순진무구의 화신인 천사

자르드 군. 역시 이곳이 동화 속 세계인가······.

"어이. 거기, 누구의 아이지?"

바닥을 기듯이 낮은 목소리에 뒤돌아보니 제시 선생님이 뒤에서 있었다. 경계하려는 건지 멜로가 나를 감싸듯이 앞에 섰다.

"잠깐, 멜로. 선생님이야. 우리 반 담임이신 시크 선생님."

게임 속에서 선생님이 '나는 목소리가 낮아서 화낸다고 오해받을 때가 많아.'라고 앨리스에게 말한 적이 있었는데 설마 멜로가 경계할 정도일 줄이야.

"안녕하세요, 선생님."

"······그래."

"어어, 이쪽은······."

나는 선생님에게 인사하고 멜로와 자르드 군을 소개하려고 했는데, 자르드 군이 "내려 주세요. 내가 인사할래요!"라며 부탁했다. 다치지 않도록 주의해서 바닥에 내려주자 자르드 군은 자세를 곧게 했다.

"자르드 녹터입니다! 항상 형아가 신세를 지고 있습니다."

꾸벅 고개를 숙이는 모습에 눈시울이 뜨거워졌다. 한편, 선생님은 "뭐?"라면서 입을 크게 벌렸다. 눈도 커졌다.

"어, 나, 나, 나, 남동생······? 동생, 동생이냐? 형제?"

"네."

"형제라고 할 때의 남동생?"

"맞아요."

"남매 할 때의 그 동생?"

"네. 그 동생을 뜻하기도 하죠."

선생님은 내 대답에 멍하니 있더니 숨을 크게 내쉬었다.

"아, 깜짝이야. 뭐야, 그런 거였나. 남동생…… 확실히 머리카락 색도 눈 색도 다르고, 그렇군, 뭔가, 그러고 보니 어디서 본 적이 있는 듯도 하고……."

"네. 반장인 녹터 님의 동생이에요. 그리고 이쪽은 제 전속 메이드인 멜로예요."

그렇게 말하며 멜로를 소개하자 그녀는 고개 숙여 인사했다.

"나는 제이 시크. 이 녀석……이 아니라, 네 주인과 네 형의 담임 교사다. 잘 부탁하지."

선생님의 목소리가 왜인지 밝아진 것처럼 들렸다. 뭔가 경계를 푼 것 같은데, 이유는 아직도 잘 모르겠다.

"누나, 다시 안아주세요!"

자르드 군이 다시 안아달라며 앙코르를 보냈다. 몇 번이든 안아줄게! 라는 생각을 하며 안아 들기 전에, 선생님이 자르드 군을 안아서 자신의 어깨에 올렸다.

"이렇게 하면 더 잘 보이겠지."

"와아, 높다아!"

자르드 군이 엄청나다며 신이 났다. 하지만 난리를 피우지 않고 제대로 선생님의 어깨를 잡은 것을 보니 걱정할 필요는 없어 보였다.

"잘됐다, 자르드 군."

"응. 선생님! 감사합니다!"

"그래."

제시 선생님은 온화하게 웃었다. 멜로는 나직이 "이제 떨어질 수가 없겠네요."라며 내게만 들릴 정도의 작은 목소리로 말했다. 얼굴을 보니 냉정하게 선생님을 보고 있었다. 아마도 목말을 탄 자르드 군이 떨어질 위험이 없다는 말이겠지.

"왠지, 이렇게 있으니 가족 같네."

"그러게요."

확실히 나이를 생각하면 그럴 리 없지만, 선생님이 자르드 군에게 목말을 태워주고 있으니 부모와 자식 관계 같아 보이기도 했다.

"좋았어. 그럼 이대로 보호자석까지 데려다주지. 인사도 드려야 하니까 말이야."

"와아―!"

신난 자르드 군은 너무나도 사랑스러웠다. 미소 지으며 바라보고 있자 멜로가 내 저지 소매를 꼭 붙잡았다. 귀여워. 멜로도 귀여워. 나는 평온한 마음으로 선생님, 자르드 군, 멜로와 함께 보호자석으로 걸어갔다.

귀족 아카데미의 중정에는 분수가 설치되어 있고, 그 분수를 감싸듯이 벤치가 놓여 있다. 나는 그 벤치에 앉아 화단이 늘어선 광경을 바라보는 중이다.

녹터 부부에게 자르드 군을 데려다주고 아렌, 녹터가 양쪽에 얼굴을 비춘 후 멜로와 둘이서 산책하자는 이야기가 나왔기 때문이다.

"그럼 우선 머리를 빗겨드릴게요."

그리고 다음이 장애물 경주였기에 머리를 묶기로 했다.

주변 풍경은 공원을 연상시키는 비주얼이었다. 이곳에서 미스티아는 자주 앨리스를 몰아붙이거나 분수에 밀어 넣거나 화단의 흙을 뿌려댔지. 정말 악독했다.

"정말로 다치시면 안 돼요……."

"괜찮아. 학교 경기잖아. 다들 하는걸. 장애물이라고 해 봤자 받침대 위에 올라가거나 밑으로 빠져나가는 것 정도야."

"그래도 정신 나간 사람이 높은 곳으로 올라간 아가씨에게 이상한 짓을 할 가능성도 있어요."

"아냐. 정말이지. 전쟁에 나가는 게 아니잖아. 그런 경기가 아니니까. 방해하면 실격이니까 그런 일은 없을 거야."

일단 우승자를 뽑기는 하지만, 반 학생들은 이 체육제에서 승리나 우승을 노리기보다는 자신이 얼마나 부끄러운 일을 당하지 않고 체육제를 마칠 수 있을지를 더 신경 쓰는 느낌이었다.

"혹시라도 미스티아 님 외의 참가자들이 사라지면 경기가 중지될까요……?"

뭔가 위험한 이야기로 들리지 않아? 멜로, 엄청나게 수상한 소리 하고 있지 않아?

"아니, 아니, 아니지. 정말, 뭐라고 해야 하나. 안전을 신경 쓴 경기니까, 아카데미도 나라의 눈치는 봐야 하니까, 그런 위험한 일은 안 일어나."

"……그럼 미스티아 님의 말을 믿을게요."

멜로는 마지못해 납득한 목소리로 대답하고는 조용히 내 머리를 묶었다. 아마 머리를 땋고 있는 것 같았다. 그녀는 재주가 좋고 노력가다. 공부도 잘하고 운동신경도 좋으니 선수를 없애버린다는 농담도 왠지 진심처럼 들린다.

"그보다 멜로랑 자르드 군이 같이 올 줄은 몰랐어."

"마침 아카데미 앞에서 당주님과 마님이 녹터 부부와 마주쳤거든요. 그래서 당주님이 이제 가족이나 마찬가지니까 같이 보자고……."

그렇군. 우연히 마주쳤구나. 나는 레이드 녹터와 우연히 마주치지 않도록 주의하자.

"……그래도 미스티아 님은 언젠가 다른 길을 택하실 거죠?"

"응?"

"약혼을 긍정적으로 생각하지 않으시잖아요. 미스티아 님은."

멜로의 말에 고개를 끄덕였다. 그녀에게는 내 마음을 숨길 수가 없었다. 역시 전생에 관해서는 말할 수 없지만 내 마음을 숨겨봤자 바로 들키고 말 것이다.

"……미스티아 님은 지금 약혼…… 녹터 영식을 어떻게 생각하시나요?"

대화 상대가 다른 사람이었다면 부주의한 발언으로 그가 오해받지 않도록, 그리고 내가 그를 좋아한다고 생각하지 않도록 신경 써서 대답해야 한다. 하지만 멜로는 전부 이해해 줄 것이다.

"레이드 님은 좋은 사람이야. 배려심도 깊고 사교적이고."

……그래, 정말로, 브라콤 기질만 없다면 레이드 녹터는 선량한 사람이다.

반을 통솔하며 자리 교체도 제안하고, 솔선해서 리더십을 보여준다. 그런 선량한 사람을 나는 브라콤으로 만들어 버렸다. 꼭 갱생시켜야 한다.

"가문을 내가 이을 수 있다면 좋았을 텐데 말이야."

남자로 태어났다면 내가 가문을 이을 수 있었을 것이다. 아렌가는 해당하지 않지만, 장남으로 태어나더라도 가문을 이으려면 조건이나 규칙이 있는 가문도 있다고 한다.

당주가 되는 자는 1년간 유학할 것. 까다로운 의식을 받을 것, 반드시 무공을 세울 것. 공작가나 후작가, 변경백의 경우엔 그런 관례가 많았다. 물론 없는 가문도 있다.

……내가 남자로 태어났다면.

애초에 레이드 녹터와의 혼담도 나오지 않았을 테고 완전히 안전이 보장된 상태로 태어날 수 있었겠지. 투옥, 사형 엔딩이 없는…… 안전지대에서 살 수 있었을 테고, 익숙한 저택에서 평생 살 수 있었을 것이다.

지금 성별을 바꿀 수는 없다. 딱 하나 방법이 있다면 사용인들을 일제히 해고하고 다른 곳에 재취직시킨 후 말을 타고 도망칠 때 머리카락을 짧게 잘라 남장을 하는 방법 정도겠지.

"아가씨……."

멜로는 불안한 목소리였다. 그녀를 불안하게 만들고 싶지 않아서 나는 이야기를 이어나갔다.

"저기, 멜로. 나는 결혼이 싫은 게 아니야. 나는 장래에 부모님이나 멜로, 사용인 모두와 사이좋게, 행복하게 사는 게 꿈이야. 그러니까 누군가와 결혼하는 건 당연하고, 멜로는 걱정하지 않아도 돼."

그 무엇과도 바꿀 수 없는 내 친구이자, 가족.

멜로를 위해서, 부모님을 위해서, 사용인들을 위해서, 투옥, 사형 엔딩은 피해야 한다.

무슨 일이 있어도 그것만큼은 확실하다.

5년 전 노을빛을 받으며 한 약속을 떠올리며 나는 마음속으로 굳게 맹세했다. 그리고 멜로의 손이 내 머리카락에서 떨어졌다.

"다 됐어요."

멜로는 내게 손거울을 건네줬다. 거울 속에는 예쁘게 땋은 머리를 한 내 모습이 있었다.

정성스럽게 땋아 내린 머리카락은 잘 묶여서 아래로 늘어지지 않도록 고정되어 있었다. 이렇게 해 두면 뭔가에 머리카락이 걸릴 위험이 적다.

"고마워, 멜로. 나 열심히 할게!"

벤치에서 일어서 멜로에게 감사 인사를 건네자 그녀는 상냥하게 눈웃음을 지었다.

멜로를 위해서라도 힘내야지. 다치지도 않고, 꼴사나운 모습도 보이지 않도록!

"그럼 가자, 멜로!"

나는 장애물 경주에 나가기 위해 멜로의 손을 잡고 교정으로 향했다.

"극기훈련 아니야? 난이도에 버그 생긴 것 같은데, 저거……."

멜로에게 배웅받아 완벽한 상태로 임한 장애물 경주를 완주하고 퇴장한 나는 거친 숨을 내쉬며 교사 뒤편 수돗가로 향했다.

'저거'라는 것은 물론 장애물 경주를 말하는 것이다.

장애물 경주 준비에는 참여하지 않았던 나는, 이곳은 어디까지나 현대 사회에 기반한 세계관이니까 전생의 장애물 경주와 크게 다르지 않으리라고 생각했다.

하지만 결국 이곳은 귀족 아카데미였고, 넘어야 할 장애물들은 귀족 특유의 취향이 가미되어 마치 지옥과도 같았다.

평균대를 건너 구슬을 얹고 옮기는 경기에서 사용되는 스푼은 구슬 크기와 전혀 맞지 않는 티스푼.

여기서 신경이 소모된 선수들의 앞길을 가로막은 것은 찰랑거릴 정도로 가득 찬 물을 한 방울도 흘렸다가는 실격되는 양동이 운반.

그 외에도 귀족이 기어 다니는 모습은 좋지 않다고 생각했는지 몸을 꼿꼿이 한 채로 빠져나가야 하는 사다리에 그물망. 이 세계에 뜀틀이 없어서인지 용도를 알 수 없는 높은 받침대를 넘어선 후, 기진맥진한 상태로 외줄 타기까지 해야 했다.

전생에서 익숙했던 장애물 경주는 이곳에서 고문으로 변해 있었다.

내 성적은 3위. 다섯 명 중에 3위. 다치지는 않았고 중간에 기권자가 여럿 나온 와중에 그나마 잘한 편이라고 생각한다. 하지만 경기 중에 어째서인지 앨리스가 신나게 빨간 봉을 휘두르고 있어서 무서웠다.

그리고 장애물 경주에서 얻은 것은 3위라는 순위뿐만이 아니었다. 모래도 있었다.

사다리를 억지로 빠져나가는 등 이런저런 장애물을 건너는 사이에 팔이나 다리가 모래투성이가 되었다. 다른 학생들도 상황은 마찬가지라 현재 교정에서 가까운 수돗가는 장애물 경주를 마친 학생들로 넘쳐나서 줄까지 형성될 정도였다.

그래서 나는 교정에서 먼, 교사 뒤편에 있는 수돗가로 가는 편이 낫다고 생각해서 지금 교사 뒤편으로 향하는 중이다.

그러다 문득 경기 중인 교정으로 시선을 보냈다. 지금은 3학년의 릴레이 경기가 펼쳐지고 있었다. 학생들은 경주 코스를 달리는 선수에게 성원을 보내고 있다.

……체육제는 문제없이 진행되고 있다. 평화롭게 오늘을 끝마칠 수 있을 듯했다.

마음속으로 안도하면서 걷다 보니 수돗가에 도착했다. 팔과 손을 씻고 바짓단을 걷어 올리고 양말을 벗으며 이후 일정을 생각하고 있자 밝았던 주변에 그림자가 졌다.

다른 학생이 줄을 선 건가? 아니, 옆 수도는 비어 있는데. 대체 뭐지?

뒤돌아보니 청년……으로 보이는, 독특한 분위기를 지닌 남자가 서 있었다.

긴 백발은 빛을 반사하여 눈부시게 반짝이고 있었다. 마찬가지로 반짝이는 앞머리 사이로 빨간 눈동자 한쪽이 보였다.

학생의, 보호자인가……? 선생님은 아닌 듯하고, 고급스러운 옷을 입고 있다. 옷도 머리카락과 마찬가지로 순백색이고 금색과 회색 자수가 놓여 있었다.

어떻게 봐도 체육제를 보조하는 사람이 입을 만한 옷은 아니다. 잘 모르는 사람인데도 이상하게 경계심이 들지 않았다. 아니, 경계는 해야 하지만.

하지만 아카데미는 수상한 사람이 아무렇게나 들어올 수 있을 정도로 경비 체제가 허술하지 않다. 말없이 있자 남자가 내 팔을 보며 입을 열었다.

"다친 건가?"

"아, 아뇨. 경기 중에 모래가 묻어서 씻고 있었어요. 물을 쓰시려면 옆이 비었는데요."

옆 수도가 있다는 것을 알려주자 남자는 고개를 끄덕이더니 어째서인지 내게 손수건을 내밀었다.

"이거라도."

"아뇨. 제 손수건도 있어서 괜찮아요."

"모래로 더러워지잖아?"

아니, 다른 사람의 손수건을 더럽힐 수도 없다. 게다가 씻으면 깨끗해진다.

"아뇨. 물로 씻으면 되니까 괜찮아요. 감사합니다."

"그런가……."

거절하자 남자는 조용히 손수건을 품에 집어넣었다. 그리고 내게 다가와 쪼그려 앉더니 멋대로 내 발을 씻겨주기 시작했다.

"자, 잠깐만요."

"거기 잡고 있어. 넘어지니까."

나는 서둘러 수돗가의 손잡이를 잡았다. 왜 이 사람은 갑자기 초면인 사람의 발을 씻기고 있는 거지……?

이곳이 아카데미 밖이었다면 이 사람은 분명 수상한 사람이다. 하지만 이곳은 경비 시스템이 제대로 구축된 귀족 아카데미. 이 사람은 대체……. 자리를 벗어날 생각을 하고 있는데 남자가 입을 열었다.

"……이 아카데미는 어떻지?"

"네?"

"이곳이 어떠냐고 물었다."

아카데미에 관해 묻는다는 것은, 아카데미 관계자인가? 잘은 모르겠지만 높은 사람인 걸까. 아카데미 생활이 즐겁냐는 질문이라면 대답해도 괜찮겠지. 사생활을 묻는 것도 아니니까.

데드 엔딩 회피는 정신적으로 힘들지만 아카데미 자체는 즐겁다. 수업도 즐겁고, 피나 선배, 알리 씨와 같이 식사하며 대화를 나누는 것도 즐겁다.

"즐거워요."

"뭐가 즐겁지?"

"어, 선배랑 식사하거나, 그리고, 직원님이랑 대화하거나……."

직원님이란 단어에 어째서인지 눈앞의 남자는 흠칫하는 반응

을 보였다. 그러나 바로 한숨을 내쉬고는 조금 불쾌한 듯이 입을 열었다.

"뭔가 어려운 일이나 힘든 일은?"

"딱히 없는 것 같은데요……."

"그런가. 오늘 부모님은 오셨나?"

"네."

질문에 대답하다가 정신을 차렸다. 지금 부모님이 오신 것을 자연스럽게 말해 버렸다. 완전히 집안에 관한 내용이었다.

하지만 아직 내 이름을 말하지 않았다. 이름만 대답하지 않으면 괜찮……겠지? 상대를 살피고 있자 남자는 내 양발을 씻긴 후 손을 거뒀다.

"당주님."

목소리가 들린 쪽으로 시선을 돌리자 모자를 깊게 쓰고 검은 코트를 걸친 남자가 서 있었다. 검은 코트 차림의 남자는 우리 옆으로 다가왔다.

"대화 중에 실례하겠습니다. 당주님, 시간이 됐습니다."

"……아, 벌써 시간이. 지금 가지."

내 발을 씻던 남자는 짧게 대답하고는 다시 나를 보며 웃었다.

"그럼 이만. 체육제에서 아무쪼록 다치지 않도록."

"어어, 가, 감사합니다."

두 남자는 그대로 멀어져갔다. 검은 코트 차림의 남자는 아마도 집사……겠지. 당주님이라고 했으니까. 그래도 가문의 당주나 되는 사람이 갑자기 다른 사람의 발을 씻기다니.

나는 일단 두 사람의 모습이 보이지 않을 정도로 멀어지는 것을 기다리다가 교정으로 돌아가기로 했다.

교정으로 돌아온 나는 체육제 위원 일을 한차례 마무리하고 보건 위원의 일인 부상자 치료 중이다.

장애물 경주의 난이도가 평범하지 않았던 탓에 보건 위원회의 텐트는 학생 여러 명이 가벼운 상처를 치료받고 있었다.

"다음 분."이라고 말하자 로베르토 와이즈가 텐트 안으로 들어왔다.

그는 무릎에서 피를 흘리며 겸연쩍은 얼굴로 걸었다. 하지만 나를 보자마자 방향을 틀어 내게 등을 보였……으나, 움직임이 어색했고 오른쪽 다리에 체중을 싣지 않도록 하며 걸었다.

아무래도 발목도 다친 모양이었다.

나는 서둘러 로베르토 와이즈의 손을 잡았다.

그는 내 쪽으로 확 뒤돌더니 나를 보고는 미간을 찌푸리며 노려봤다.

"뭐야!"

시작부터 완전히 혐오 모드였다. 화내는 표정인데도 아파서인지 그만큼의 패기가 느껴지지 않았다.

"치료할 테니 앉아 주세요."

"그래 봤자 점수는 따지 못할걸. 나는 네 본성 따위는 전부 알고 있으니까 말이야."

점수를 따다니…… 주로 '사람의 마음에 들려고 하다'라는 의미로 사용되는 말인데, 비전문가가 응급처치로 점수를 따려고 할까? 게다가 현재 그가 싫어하는 내가 손을 댄다고 점수를 딸 수 있을 리가 없다. 호감도가 아니라 혐오도만 엄청나게 오르겠지.

"딱히 그런 생각 안 해요. 그보다 어서 앉아 주세요."

"난 속지 않을 테니까. 너 같은 사람의 술책에는 절대로 걸려들지 않아."

아까부터 대체 무슨 소리를 하는 건지.

로베르토 와이즈가 미스티아를 싫어하는 것은 시나리오상 정상적인 반응이다. 그러니 예전처럼 '존경한다'라는 소리를 하는 게 오히려 이상한 상태다.

하지만 지금 그는 뭔가 오해하고 있는 듯했다. 하지만 일단 치료가 우선이다. 다리 상태가 점점 나빠진다면 큰일이다.

"앉아 주세요. 치료가 끝나면 전 아무 말도 안 할 테니까요."

로베르토 와이즈를 텐트 안의 의자에 앉히고 나는 그의 다리 앞에 쪼그려 앉았다. 물로 씻어두기는 한 모양이었다. 나는 구급상자를 열어 소독을 개시했다.

"이 연고는 예전에 써 본 적 있나요?"

"……."

"이 연고는 예전에 써 본 적이 있나요?"

"……."

"이 연고는! 예전에!"

"……그래! 그때 딱히 이상한 증상은 없었어."

"감사합니다."

안 들리나 싶어서 큰 목소리로 말하자 그가 고개를 끄덕였다. 상처가 난 곳에는 연고를 바르고 제대로 거즈로 덮었다. 그리고 그 위를 정성스럽게 붕대로 감았다. 비전문가지만 꽤 괜찮은 처치였다. 그의 다리에서 손을 떼자 그는 뭔가를 억누르는 듯한 목소리로 말했다.

"아무리 추하게 이익을 따지며 살아도…… 그래도 너는 의료에 대한 마음만큼은 진심인가 보군."

"그런 마음 없는데요."

대답하자 로베르토 와이즈는 또 놀란 표정을 지었다. 아렌가가 의료나 복지 부문에 기부하고 약 연구소를 경영할 뿐이지, 나는 의사가 될 생각은 없다.

"오해하신 것 같은데, 전 의학의 길을 지망하지 않아요."

"뭐……?"

그는 순간 애절한 눈으로 나를 바라봤다. "전 의사가 될 생각은 없거든요."라고 이어서 말하자 그의 눈동자가 탁해졌다.

"너는, 날 속인 건가?"

오싹할 정도로 분노를 담은 저음으로 그가 중얼거렸다. 나는 의미를 알 수 없어서 되물었다.

"그게 무슨 의미인가요?"

"계속, 너는, 너는 나를 비웃은 거지……! 마음속으로!"

로베르토 와이즈는 더욱 화를 냈다. 큰 소리에 주변 사람들이 웅성거리기 시작하고 텐트 밖에도 학생들이 모여들었다. 그는 주변 상황은 전혀 눈에 들어오지 않는지 나를 노려보며 당장이라도 날뛸 듯이 굴었다.

"나는! 너 같은 녀석이 제일 싫어!"

제일 싫어. 다른 사람에게 이런 말을 이렇게 강하게 들은 적은 처음이다. 전생에서는 동생에게 "진짜 언니의 그런 점 싫어."라는 말을 가끔 듣긴 했지만 그건 싸우기 직전 상황이기도 했고 이 정도는 아니었다.

강력한 분노를 앞에 두고 혼란스러웠던 기분이 순식간에 차분해졌다. 뭔가 오해가 있다고 생각했는데 의외로 그게 아닐지도 모르겠다.

"어, 그럼 전 이만. 이제 엮일 일 없을 테니까, 이만 실례할게요."

나는 일어서서 로베르토 와이즈로부터 멀어지려 했다. 하지만 그가 얼굴을 찌푸리고는 내 팔을 잡았다.

"너는 어디까지 사람을 배신해야 만족할 거지……!"

팔에 빠듯한 힘이 전해져온다. 왜 가려는 사람을 붙잡는 거야. 그의 손을 떨쳐내려고 했으나 꼼짝도 하지 않았다. 그뿐만 아니라 나보다 훨씬 강한 힘에 뼈가 부러지는 게 아닌가 하는 착각이 들 정도로, 통증이 덮쳐왔다.

"저기, 놔 주세요. 팔, 아프니까……!"

"네게는, 전부, 있는데. 전부, 가졌는데, 정말로, 사람의 마음이란 게 없는 거냐……?"

"그러니까……!"

"너는 역시 최악이야! 믿은 내가 바보였어!"

로베르토 와이즈가 소리친 순간, 누군가가 눈앞을 지나가는 듯하더니 시야에 가득 분홍색이 펼쳐졌다.

그리고 퍽 하고 때리는 듯한 소리가 울려 퍼졌다. 그와 동시에 로베르토 와이즈의 손이 떨어지고 내 팔이 해방되었다.

"미스티아 님께 무슨 짓을 하는 거예요!"

이 목소리는 앨리스의 것이다. 그녀가, 내 앞에 서 있다. 목소리에서 노여움이 전해져 오지만 내게는 등을 보이고 있으니 아마 대상은 로베르토 와이즈겠지.

……뭐지? 대체 이게 무슨 상황이야?

앨리스에게 맞은 그도 같은 생각을 했겠지. 로베르토 와이즈는 잠시 당황하더니 입을 열었다.

"왜 네가 미스티아 아렌을 감싸지? 그녀는 너를 함정에 빠트리려고 했어! 말했지? 내가 네게! 아침에 칠판 근처에 미스티아 아렌이 있었다고! 소매에는 분필 가루가 묻어 있었다고."

"미스티아 님은 항상 저를 도와줬어요! 상냥하고 순수하고 고귀한 분이에요! 미스티아 님은 그런 짓은 절대 하지 않아요! 저는 미스티아 님만을 믿어요! 미스티아 님이 정의예요!"

"네?"

화내는 앨리스의 말에 말문이 막혀 버렸다. 뭐야, 상냥하고 순수하고 고귀하다니.

……뭔가 앨리스의 머릿속에 가상의 미스티아가 생겨난 것 같

은데. 그보다 로베르토 와이즈는 내가 앨리스의 신분을 폭로한 범인이라고 생각해서⋯⋯, 그걸 앨리스에게 말했다고⋯⋯?

뭐야, 그거 무서워. 그런데도 앨리스는 나를 믿는다고⋯⋯?

"하, ⋯⋯하지만! 아, 아까도 넌 울고 있지 않았나! 그건 미스티아 아렌이 널 몰아붙였기 때문이지?!"

"확실히 누가 몰아붙이긴 했죠. 하지만 그건 다른 반 학생이었어요! 미스티아 님은 저를 감싸느라 자기 옷까지 젖어가면서 절 도와주셨다고요!! 괴롭힘당해서 운 게 아니었어요!"

"거, 거, 거⋯⋯거짓말이야. 미, 미스티아 아렌이 그렇게 말하라고 시킨 거⋯⋯."

"거짓말 아니에요! 멋대로 제 마음을 단정 짓지 말아 주세요!"

"⋯⋯아, 그, 그, 그럴 수가. 그러면, 나는⋯⋯, 아무 짓도 하지 않은, 미스티아 아렌을, 비난하고⋯⋯."

"설마 미스티아 님을 오해해서 폭력을 저지른 건가요?"

"아⋯⋯."

앨리스의 질문에 로베르토 와이즈는 고개를 숙였다. 그러자 앨리스가 빙글 돌아 나를 바라봤다.

"죄송해요, 미스티아 님. 저 때문에⋯⋯, 아아아아! 미스티아 님의 존체에 상처가⋯⋯."

앨리스는 눈물을 글썽거리며 내 손을 잡았다. 그곳에는 로베르토 와이즈가 잡아서 생긴 멍이 있었다. 앨리스는 로베르토 와이즈를 사납게 째려보고는 울 것 같은 표정으로 당황하며 내 팔을 향해 손을 휘적거렸다.

뭐, 뭐야 이 상황은? 뇌의 허용 범위를 넘어 버렸다. 전혀 머리가 돌아가지 않는다.

"미스티아."

안 그래도 혼란스러운 상황에 지금 가장 들려선 안 될 목소리가 들려왔다. 천천히 뒤를 돌아보니, 레이드 녹터가 텐트 입구에 서 있었다.

이거, 가장 좋지 않은 패턴 아니야? 게다가 레이드 녹터는 눈에 띄게 화난 모습이었다. 지금까지 눈만 웃고 있지 않거나, 목소리만 차갑다거나, 온화하게 포장한 분노 표명을 해 왔는데 지금 그의 얼굴에서는 감정이란 것이 티끌만큼도 느껴지지 않았다.

"무슨 일이야?"

"전혀 아무 일도 없——."

"미스티아 님이 와이즈 씨에게 폭력을 당했어요! 보세요, 이 멍! 하마터면 팔이 부러질 뻔했다고요!"

내 말을 가로막듯이 앨리스가 크게 외쳤다. 그녀가 이렇게까지 적극적으로 피해를 호소하는 모습은 본 적이 없었다. 3월에 일어나는 단죄 이벤트에서도 미안하다는 표정이었다. 하지만 지금 그녀는 잘잘못을 따져달라는 듯한 모습이었다.

한편 레이드 녹터는 앨리스에게 "미스티아의 팔을 식혀주고 있을래?"라며 짧게 말하고는 로베르토 와이즈를 향해 섰다.

그 분위기는 지금까지 두려워했던 레이드 녹터의 살의가 아무 것도 아니게 느껴질 정도로 분노에 가득 차 있어서, 나는 고개를 세차게 가로저었다.

"레, 레이드 님도 같이 부탁드려요."

앨리스는 지금 "와이즈 씨에게 폭력을 당했어요!"라고 말했고, 레이드 녹터도 그것을 들었다.

그렇다는 것은 상황을 봐서 내가 앨리스에게 폭력을 행사하였다고 오해할 일은 없을 것이다. 앨리스, 레이드 녹터와 셋이서 있는 상황은 지옥과도 같지만 여기서 레이드 녹터와 로베르토 와이즈를 남겨두는 것보다는 100배 나을 듯한 기분이 들었다.

"뭐……?"

"안전도 생각해서 부, 부디 앨리스 씨와 레이드 님, 둘이 같이 있어 주셨으면 해서……!"

내 필사적인 마음이 전해졌는지 레이드 녹터는 의아하다는 얼굴을 하면서도 고개를 끄덕였다. 앨리스는 내 제안에 "사람이 많으면 더 빨리 식힐 수 있겠네요!"라며 힘차게 대답했다.

한편 로베르토 와이즈는 그저 멍하니 서 있을 뿐이었다.

그런데 어떡하지. 안전을 생각하자고 했는데 지금이 가장 위험한 거 아닐까?

내가 두 사람의 부축을 받고 있을 때, 체육제의 모든 경기가 종료되었음을 알리는 호각 소리가 텐트 안에도 들릴 정도로 울려 퍼졌다.

번외. 사랑이 드러날 때 숨어드는 그림자

SIDE: Eric

 내가 체육제 위원이 된 것은 예상 밖의 일이었다.

 미스티아를 나쁘게 말하는 녀석들은 체육제 위원이었고, 나는 결과적으로 위원 반을 날려버리게 된 것이었고, 그 외에도 그녀에게 해를 가하는 녀석들이 없는지 살펴보다가 체육제에 흥미를 보인다는 착각을 받게 된 것이다.

 갑자기 위원이 반으로 줄어들어서 교사도 필사적이었는지 억지로 위원회에 들어가게 되었다.

 한 번만 참가하고 적당히 내게 다가오는 사람을 찾아서 전부 떠넘겨 버리자. 나를 좋아한다면서 질척이는 사람이면 그 정도는 해 주겠지. 그렇게 생각했는데 기적이 일어났다. 체육제 도우미로 미스티아가 나타난 것이다.

 미스티아가 있다면 귀찮은 위원회도 최고의 위원회로 바뀐다. 너무 기뻐서 그녀의 반 체육제 위원에게 위원회를 그만두도록 부탁했다.

 백작가인 내가 남작가인 그에게 부탁하는 것은 부탁이라기보다는 명령에 가깝다. 하지만 바로 들어줘서 정말 다행이었다.

 치워버리는 건 꽤 귀찮으니까.

 하지만 즐거운 나날이 시작되리라고 생각했는데 예상치 못한 방해가 들어왔다. 네인가의 영애였다. 그 녀석은 미스티아와 친하게 지내서 싫다.

미스티아는 그 녀석을 이름으로 부른다. 치워버릴까 생각했지만 미스티아가 나를 다시 이름으로 부르게 되었으니 참기로 했다. 어차피 그 녀석은 여자니까 미스티아와 결혼하지 못한다.

하지만 나는 미스티아의 모든 것이 좋고 모든 것을 갖고 싶다. 첫 번째가 되고 싶은 것이지, 남자 중의 첫 번째가 되고 싶은 게 아니다.

그러니 역시 네인 양이 죽어줬으면 좋겠지만, 미스티아가 녀석과 사이좋게 지내는 것을 보니 죽으면 슬퍼할 것 같아서 그만뒀다.

게다가 네인 양의 존재는 녹터를 향한 대책으로도 유용했다. 나와 미스티아가 단둘이 있으면 끼어들려고 하는데, 네인 양이 있으면 체육제 일을 하는 중이라고 판단하는 듯했다. 이쪽을 노려보기만 하고 다가오려고 하지는 않는다.

그러니 체육제가 시작할 때까지는 즐겁게 지낼 수 있었다. 오늘, 체육제를 맞이하기까지의 시간이 눈 깜짝할 새에 지난 것처럼 느껴질 정도로.

개회식을 마치고 미스티아를 만나러 가자 그녀는 방해물들에게 둘러싸여 있었다.

남학생이 다들 벌레처럼 미스티아에게 모여든 것이었다. 기분 나빠.

반소매 차림이 된 미스티아에게 겉옷을 빌려주고 싶다니, 전부 핑계겠지. 다들 선의를 베푸는 척하면서 사심이 담긴 눈으로 그녀를 바라봤다. 다 죽었으면 좋겠다.

서둘러 미스티아에게 내 겉옷을 입히며 견제하자 녀석들은 웃길 정도로 빠르게 흩어졌다.

그렇게 간단히 흩어질 거면 처음부터 모여들지 말라고.

미스티아에게 내 겉옷을 입히고 교정 중앙에 시선을 돌리니 마침 레이드 녹터가 학년 경기인지 뭔지를 위해 시작 위치에 서서 출발하려던 순간이었다.

그런데 녀석의 시선은 이리저리 움직이면서 미스티아를 찾고 있다. 그리고 마침내 시선으로 나를 찾아냈고, 내 겉옷을 입은 미스티아를 발견했다.

증오에 가까운 시선을 느끼고 포복절도할 뻔했다.

명목뿐인 약혼자. 미스티아는 네 것이 아니야. 그러니 네 기분 나쁜 노력은 보지 않는다고. 그렇게 생각하며 그녀의 몸을 뒤로 돌리자 녀석은 경주를 시작하기 전까지 이쪽을 계속 노려봤다. 꼴좋다.

그 후로 미스티아와 심판 회의를 했다. 누가 이기든 지든 솔직히 전혀 관심 없지만 그녀에게 질문하면 열심히 대답해 준다. 끄응 소리를 내며 고민하는 모습이 귀여워서 좋은 시간을 보낼 수 있었다.

그래서, 나는 방심하고 말았다.

나는 미스티아가 물건 빌리기 경주 담당을 맡았다는 것을 알고 계획을 하나 세웠다.

경기 중, 지정된 미션이 있다는 명목으로 담당 위원인 미스티아를 데리고 손을 잡고 교정을 달리는 계획이었다.

지정된 미션 카드는 애초에 뽑지 않고 상자 안에 미리 준비해 뒀던 카드를 뽑은 것처럼 내밀었다.

아카데미의 전 학생이 보고 있는 앞에서 미스티아의 손을 잡고 달리면 분명 미스티아와 내 사이가 특별하다는 것을 알릴 수 있을 것이다.

그렇게 하면 미스티아에게 모여드는 쓰레기들을 견제할 수도 있고 멋대로 질투하며 그녀에게 해를 가하려는 녀석들을 밝혀내서 없앨 수 있다.

체육제 위원을 살펴보는 도중에 알게 되었는데, 나와 우연히 대화한 사람이 다른 학생들과 섞이지 못하거나 갈등이 생기는 경우가 종종 있었다고 한다.

나의 특별한 존재가 되고 싶다고, 기분 나쁜 말을 하는 녀석들이 서로 다투는 일도 적지 않다고 들었다.

그런 짓을 저지르는 녀석도, 그런 짓을 당한 녀석도, 내게는 얼굴도 이름도 모르는 상관없는 사람들이다. 죽든 죽임당하든 나야 상관없지만 미스티아가 그런 일에 휘말리는 건 절대 싫다.

그러니 화려하게 움직여서 밖으로 유인해낸 후에 전부 처리해야지.

그렇게 생각하며 미스티아의 손을 잡고 골인할 때까지는 좋았다.

그 후였다. 평민이라는 소문이 있는 방해물, 앨리스 하트펄이 미스티아의 손을 잡은 것은. 내 미스티아의 손을 잡고 내 계획을 망가트린 것이다.

그 여자 때문에 다들 미스티아의 손을 잡고 골인하기 시작했다.

나의 미스티아인데. 다들 지금 당장이라도 죽여버리고 싶다고 생각하는 사이에 마침내 녀석의 차례가 돌아왔다. 최악의 방해물. 명목상의 약혼자. 뻔뻔한 레이드 녹터.

녀석은 달려서 상자에서 카드를 뽑고는 무슨 생각을 했는지 미스티아를 안아 들고 골인 지점까지 달려나갔다.

미스티아와 뭔가 대화를 나누며 달리는 사이에 미스티아는 레이드 녹터의 목에 팔을 둘렀다.

아마 흔들리니까 잡고 있으라는 소리를 들었겠지. 녀석은 골인 직전, 나를 보며 비웃었다. 지금까지 나는 녀석을 없애버려야 한다고 항상 생각했지만, 그때 처음으로 죽여야겠다고 생각했다.

가장 참혹하고 잔인한 방법으로.

점심 식사를 마친 나는 미스티아를 찾으려 했다. 하지만 교정 어디를 둘러봐도 미스티아의 모습은 보이지 않았다.

"어머, 하임 군."

불안하다고 생각하면서 돌아다니고 있자 네인 양이 내게 말을 걸었다.

나는 이 녀석이 싫다. 미스티아에게 이름을 불리는 것도, 밀착해도 혼나지 않는 것도. 그리고 무엇보다 마음에 들지 않는 것은——.

"미스티아 양은 같이 있지 않네요?"

"찾는 중이야. 안 보여서."

"어머. 누군가한테 불려간 걸까요."

온화하게 미소짓는 네인 양이 매우 수상쩍게 느껴졌다. 가면처럼 보이는 웃음을 짓고 항상 다른 사람의 마음을 읽으려 하는 그녀는 최근 분위기가 바뀌었다.

"……그래도 이런 인적이 드문 곳에서 당신과 만나다니. 저도 운이 없네요."

뭐가 즐거운 건지 네인 양은 쿡쿡 웃었다. 반 여자들과 대화하면서도 왠지 한발 뒤로 물러나 있는 모습이 완벽한 숙녀라거나, 공주님 같다며 칭송받는 듯한데, 내게는 주변에 그물을 치고 먹이를 노리는 거미로밖에 보이지 않았다.

"무슨 의미야?"

"후후, 그게, 쥐도 새도 모르게 없어져 버릴지도 모르니까요."

모범적인 웃음이 사라지고 호전적인 웃음으로 바뀌었다. 역시, 정체를 나타냈군. 이 녀석도 언젠가 처리해야만 하는 인간이다.

"계속 내가 방해된다고 생각했지?"

내가 대답을 하지 않고 있자 네인 양은 말을 이어나갔다.

"이해해. 나도 같은 생각을 했으니까. 여자끼리 사이좋게 대화하고 싶은데 당신이 항상 우리 사이를 찢어놓듯이 끼어들잖아."

"웃기네. 처음엔 그 애를 이용하려고 했으면서."

이 녀석은 아렌가에 접근하려고 했다. 그러니 바로 없애려고 했는데 미스티아가 이 녀석을 마음에 들어 했다. 게다가 이제 가문에 접근하려는 움직임은 보이지 않아서 없애기에는 미묘해진 것이다. 그게 가장 마음에 들지 않았다.

"저기, 체육제 위원들이 그만둔 거, 당신이 한 짓이지?"

자신감이 담긴 말투였지만 이겼다는 느낌은 아니었다. 진의를 알 수 없어서 조용히 있자 내 눈앞에 있는 거미는 입꼬리를 올렸다.

"집안에 문제가 생겨서, 혹은 변경백과의 약혼이 갑자기 정해져서. 그 아이들이 아카데미를 떠난 이유는 다양하지만 다들 당신이 따르는 미스티아 양을 좋지 않게 보고 있었던 듯한데."

네인가는 공작가를 보좌하며 나라의 정치에 깊이 연관된 가문이다. 정보 수집능력도 우수하다.

어떻게 할까. 눈앞에서 치워버리기에는 지금까지와 다르게 굉장히 귀찮은 상대고, 이제 죽이는 방법밖에 없나. 녹터를 죽이는 연습으로 딱 좋을지도 모르겠다.

"역시 네인가. 정보 수집력이 뛰어나네. 그래서, 어떻게 할 거야? 미스티아에게 말할 거야?"

"아니? 그저 조사하면서 가능성 하나하나를 없애다가 알게 된 것을 말해준 것뿐이야. 본론은 따로 있어."

"학생이 떠난 게 아무렇지도 않다고?"

"맞아. 딱히 나와는 상관없어. 미스티아 양에게 나쁜 짓을 하려고 했잖아?"

미스티아 양, 미스티아 양, 미스티아 양. 항상 이 녀석은 그녀를 친근하게 부른다.

빨리 미스티아가 이 녀석을 싫어하게 되면 좋을 텐데.

"그게 차기 학생회장 보좌가 할 말이야?"

내 질문에 네인 양은 고개를 가로저었다.

"그래도 정말 어찌 되든 상관없는걸. 게다가 신입생을 몰아붙이면서 천한 짓을 하는 학생은 이 아카데미에 필요 없어."

냉정하게 잘라내는 듯한 목소리였다. 원래 이런 성격이었겠지. 그저 약삭빠르게 그것을 잘 감추고 평범한 척하며 지내왔을 뿐이다.

……괴물. 마음속으로 비난한 것을 알았는지 네인 양은 내게 차가운 시선을 돌렸다.

"그저…… 만일 당신이 참다못해 미스티아 양을 상처입히려 한다면 나는 적극적으로 싸울 거야."

"그건 내가 할 소리야. 미스티아가 네게 흥미를 거둔다면 너도, 네 형제도 바로 어딘가로 치워버릴 테니까 말이야."

"후후. 안심해. 수고스럽게 만들 일은 없으니까."

네인 양은 뻔뻔하게 웃으며 "나는 일이 있어서."라고 말하며 멀어져갔다. 그 모습을 바라본 후, 갑자기 등 뒤에서 기척이 느껴졌다.

"숨어 있는 거 알고 있어."

"……안녕하세요."

수풀을 째려보자 처음 보는 남학생이 천천히 모습을 드러냈다. 뭔가 비뚤어진 웃음을 지으며 내게 다가오는 모습이 매우 기분 나빴다.

"넌 누구지?"

"후후. 저는 클라우스 센트릭이라고 합니다. 실은 당신에게 꼭 전해드리고 싶은 정보가 있어서요. 아렌 양과 관련된 일인데…… 들어주실래요?"

금색 눈동자는 햇빛을 받아도 반짝이지 않았다. 좋지 않은 예감이 들었지만 나는 그의 말에 고개를 끄덕였다.

파란은 이어진다

오전 수업 종료를 알리는 종이 울리고, 가방에서 도시락 통을 꺼냈다.

체육제가 끝나고 이틀이 지났다. 어제는 일반 학생은 휴일이었지만 체육제 실행위원과 각종 위원회, 운동부는 다들 뒷정리를 위해 소집되었고, 정리 작업이 전부 끝나 드디어 위원회도 해산하게 되었다.

참고로 체육제 결과를 말하자면 1학년 우승은 내가 속한 반이었다. 여러 달리기 경기에서 우승한 레이드 녹터가 있는 게 가장 큰 요인이었겠지.

하지만 우승자는 레이드 녹터뿐만이 아니었다. 여자 부문의 다양한 경기에서 앨리스가 1위를 차지했기 때문이다.

나중에 확인해 보니 물건 빌리기 경주에 출전한 것은 앨리스가 바란 것이었다고 한다. 반에 민폐를 끼쳤으니 득점으로 갚고 싶다고 지원하여 앨리스가 다른 학생 대신 출전하게 되었다고 반 학생들이 대화하는 것을 엿들었다.

그렇게 오랫동안 준비한 체육제도 끝나고, 오늘도 평소처럼 별동에서 점심을 먹을 생각이었다. 도시락 통을 한 손에 들고 나는 문에 손을 댔다.

"저기! 미스티아 님."

복도로 나가기 직전에 앨리스가 나를 불렀다.

뒤돌아보니 역시 나를 부른 게 맞은 모양이었다. 앨리스는 나를 보고 있었다. 뭐지? 오늘 1교시 역사 수업에서 그녀에게 교과서를 보여준 이후로는 별다른 대화가 없었는데. 그녀가 날 부를 만한 일은 없었다. 이대로 도망치고 싶었지만 무시하는 것도 좋지 않다.

"네."

"실은 어제 반장이 체육제가 끝난 기념으로 오늘 반끼리 다같이 점심을 먹자는 이야기를 해서, 미스티아 님도 같이……."

"역시 체육제 위원인 미스티아가 빠지면 안 되지."

앨리스의 말을 덮어씌우듯이 레이드 녹터가 앨리스 옆에 서며 말했다. 너무 두려운 나머지 위액이 올라오려는 것을 배를 쓰다듬어 겨우 참아냈다.

뒤풀이라니 생각도 못 했어. 아무 준비도 안 했어. 아무 무기도 없어.

"저, 저는 점심, 은……."

"이미 도시락 들고 있네. 가자, 자, 다들 이동하고 있잖아."

레이드 녹터의 말에 주변을 둘러보니 다들 각자 도시락 통을 들고 이동하려던 참이었다.

"학생 식당 자리는 이미 예약해 놨어."

그렇게 말하며 레이드 녹터는 빨리 복도로 나가라는 듯이 나를 재촉했다. 주저하며 복도로 나가자 그는 "피곤하지? 잡고 있어도 돼."라고 웃으면서 내 팔을 붙잡았다.

말과 행동이 다르잖아. 범인이 체포되듯이 걸어가느라 내가 제대로 바닥을 밟고 있는지조차 알 수가 없었다. 게다가 수법이 교묘해서 주변에서는 내가 레이드 녹터에게 부축받는 것처럼 보이는 듯했다.

나는 마음을 추스르지 못한 채로 사형대로 향해야 했다.

금색과 녹색이 섞인 커다란 문을 열자 아카데미의 식당치고는 색다른 풍경이 펼쳐졌다.

벽의 곳곳에 그림이 설치되었고 딱 봐도 고급스러운 액자로 장식되어 있었다.

바닥은 차분한 색조로, 창문 상단의 스테인드글라스가 빛을 받아 다양한 색을 만들어냈다.

중앙에는 피아노가 설치되었고 피아니스트가 연주 중이었다. 어딜 봐도 호화로움의 끝판왕. 역시 귀족 아카데미.

피나 선배와 왔을 땐 아카데미의 식당 같다고 생각했는데 찬찬히 살펴보니 귀족다운 취향이 느껴졌다.

"여기야, 미스티아."

주위를 관찰하고 있자 레이드 녹터가 나를 불렀다.

그에게 시선을 돌리니 테이블과 의자가 길게 늘어서 있고 반 학생들이 자리에 앉아 있었다. 테이블에는 예약석이라고 적혀 있었고 각자 주문한 듯한 식사가 올라와 있었다.

"미스티아는 이 자리야. 여기 앉아."

나는 그의 말대로 자리에 앉았다. 끝자리였다. 사람들 사이에 끼어 있는 것보다는 낫다고 생각했는데 매우 자연스러운 흐름으로 레이드 녹터가 옆에 앉았다.

일어서려고 하자 그가 내 팔을 붙잡아 막았다.

"화장실에 가려고?"

"아, 아뇨……."

도망칠 수가 없었다. 궁지에 몰렸다. 그리고 반대편에는 앨리스가 있었다. 그녀가 내게 꾸벅 고개를 숙여 인사했기에 나도 인사했다.

큰일이야. 이 자리에 있다간 죽을 거야. 나는 운명에 따라 살해당하고 말 거야.

누군가 도와주지 않을까 생각하며 주변을 둘러보다가, 로베르토 와이즈의 모습이 없는 것을 깨달았다. 그는 아침에 분명 등교했을 텐데.

"좋아. 다들 자리에 앉았지?"

레이드 녹터는 '다들'이라고 했다. '다들'이 아닌 것 같은데. 한 명이 빠졌잖아. 그는 당황한 나를 향해 빙글 몸을 돌렸다.

"그럼 미스티아에게 한마디 부탁한 후에 식사를 시작할까?"

"네?"

레이드 녹터의 갑작스러운 요구에 반 학생들의 시선이 내게로 모여들었다. 살인자다. 살인자가 있어. 그는 나를 완전히 죽여 버리려고 하고 있었다.

이, 일단 무슨 말이라도 해야…….

"어어, 이, 이번엔 반 깃발 제작이나, 희망 사항이 절반 이상 반영되지 않은 선수 결정 등, 여러 곤란한 요구를 해서 죄송했어요. 그게, 정말, 어어, 모, 모두의 도움 덕분에 무사히 끝낼 수 있었어요. 감사합니다. 바, 반 모두가 크게 다치지 않아서 다행이에요."

인사하고 자리에 앉자 박수와 함께 미적지근한 분위기가 흘렀다.

뭐야, 이 분위기는. 억지로 요구했으니까 어떻게든 해 주기를 바라며 레이드 녹터를 보자 그가 기특한 광경이라도 본 듯이 웃고 있었다.

그리고 앞에서 엄청난 박수 소리가 들려왔다. 흘끔 시선을 돌리니 앨리스가 활짝 웃으며 박수를 치고 있었다. 혼자서 갈채를 쏟아냈다.

"그럼 식사하자."

레이드 녹터의 말에 각자 식사를 시작했다. 앨리스의 박수에 반응하는 기미는 보이지 않았고 앨리스도 레이드 녹터의 말을 듣고 박수를 멈췄다.

도시락 통을 열어 포크와 스푼을 꺼내다가 나는 문득 깨달았다.

……지금 내 팔에 포크를 찔러넣으면 도망칠 수 있지 않을까?

아니, 그런 짓을 했다간 반 학생들에게 '첫 체육제 뒤풀이에서 위원이 자기 팔에 포크를 찔러넣었다'라는 트라우마 급의 추억을 만들어주고 말 것이다. 할 수 없었다.

……식사가 끝나면 위원회에 일이 있다면서 적당히 빠져나가자.

혹시 모르니 물통을 들다가 잘못해서 앨리스에게 물을 뿌리지 않도록 이미 닫힌 뚜껑을 더 세게 닫았다.

"그리고 보니 앨리스 양은 물건 빌리기 경주에서 미스티아를 데리고 갔는데, 미션이 뭐였어?"

레이드 녹터의 말에 가라앉았던 기분이 확 들떴다. 뭐야, 지금, 앨리스 양이라고 말한 거야? 앨리스에게 말을 건 거야? 내 이름도 들어 있어서 무서웠지만 사소한 이야기였다.

"존경하는 분, 이요."

앨리스가 긴장하면서도 기쁜 얼굴로 나를 보며 미소지었다. 그야말로 히로인의 미소였다.

그렇게, 접점도 없었고, 교류가 없었는데. 연애 이벤트도 대실패 했는데 여기서?!

이건, 어쩌면, 내가 모르는 사이에, 친해졌다거나……?

완전히 플래그가 섰다. 관계가 진전되었다.

레이드 녹터와 앨리스가 어째서인지 서로를 보지 않고 나를 보는지는 잘 모르겠지만 아마도 부끄러워서 똑바로 바라보지 못하겠다거나 그런 거겠지.

희망이 보였다. 점점 요리장이 만들어준 도시락의 맛이 느껴지기 시작했다. 이 오믈렛 맛있다. 맛있어요, 요리장. 맛이 나. 맛이 난다고! 고마워요, 요리장. 전 혀가 멀쩡했어요!

옆에 레이드 녹터가 있고 앞에 앨리스가 있는데도 기뻐서, 맛이 느껴져서, 행운이 점점 내게로 다가오는 것처럼 느껴져서 나는 기쁨으로 가득 찼다.

"체육제 끝났네."

"그러네요……."

대체 왜 이렇게 된 거지. 뒤풀이로부터 해방된 나는 우울한 기분으로 복도를 걷는 중이다. 복도에는 두 사람의 발소리가 들렸다. 나와 레이드 녹터.

그 후로 자연스럽게 중간에 빠져나오려고 했는데, 레이드 녹터가 반에 섞여들지 못하는 나를 배려하며 계속 말을 건 탓에 결국 마지막까지 남아있게 되었다.

해산할 때 슬쩍 혼자 사라지려고 했으나 "뒤풀이는 교실로 돌아갈 때까지야."라며 나를 챙기는 바람에 그럴 수가 없었다. 식당을 나올 때까지는 모두 다 함께였는데, 어느샌가 우리는 단둘이 복도를 걷게 되었다. 무서워.

자연스럽게 화장실로 빠져나가려고 했으나 화장실은 이 복도를 지나 저 끝에 있었다.

그때까지는 둘이서 걸어가야만 한다. 도망칠 수 없었다. 무서워. '미스티아는 레이드 녹터를 따라가야만 하는 자'라는 강제력이 작용했다고밖에 생각할 수 없었다.

내 운명을 저주하며 걷고 있자 그가 갑자기 멈춰 섰다.

"……나 말이야. 체육제를 마치고 깨달은 게 있어."

"네?"

뒤돌아보자 레이드 녹터는 서늘한 듯한, 어쩐지 고민이 많은 듯한 표정이었다. 맑은 눈동자는 어둡고 탁해진 것처럼 느껴졌다.

이 표정은 분명 자르드 군과 관련된 지뢰를 밟았을 때의…….

"어느 정도 자유롭게 만들려면 주변 환경을 정돈해야 한다는 걸 말이야."

"무슨 이야기인가요?"

"놓치지 않기 위해서야. 다른 누구도 아닌……."

레이드 녹터가 내 뺨으로 손을 뻗었다. 그리고 뭔가를 말하려 했는데 그와 동시에 '털썩' 하고 무거운 것이 떨어지는 소리가 들렸다.

소리가 나는 방향으로 고개를 돌리자 아카데미에서 학생들에게 사용하도록 지정한 가방이 떨어져 있었고, 가방 옆에는 연한 색의 머리카락을 지닌 미소녀가 서 있었다.

다른 반 학생인가? 끝이 가볍게 웨이브 진 머리를 양쪽으로 묶었고, 헤어스타일이 귀여운 얼굴과 어우러져 완전무결한 사랑스러움을 만들어냈다. 연분홍빛 눈동자는 꿀이 흐르는 것처럼 반짝였고 "저, 실은 변신해서 악당과 싸우고 있어요. 마법을 사용할 수 있어요."라고 말하면 "그렇군."이라고 바로 납득할 수 있을 듯한 미소녀였다.

"레이드 님……."

소녀는 그 귀여운 입술로 사랑하는 사람의 이름을 부르듯이 말을 이어나갔다.

뭐야, 잠깐. 레이드 님이라고 한 거야? 레이드 녹터에게 고개를 돌리자 그는 눈을 크게 뜨고 있었다.

"너는……."

"맞아요!! 헬렌이에요! 아아, 이게 무슨 운명의 장난인 걸까요, 레이드 님과 다시 만나다니……! 저, 아버지의 사정으로 내

일부터 이 아카데미에 다니게 되었어요…….”

그렇게 말하며 소녀는 이쪽으로 달려오더니──,

“다시, 만날 날을, 계속 기다리고 있었어요. 꿈 같아요…… 레이드 님……!”

레이드 녹터의 손을 잡고 활짝 핀 꽃처럼 미소 지었다.

“아, 이번에 전학을 왔습니다. 헬렌 루키트라고 합니다. 부디잘 부탁드립니다.”

뒤풀이 다음 날의 조회 시간. 트윈테일이 특징인 미소녀가 교탁 앞에 서서 상냥한 미소를 지었다.

라이트노벨이었다면 상식이 확실히 일반적인 범위에서 벗어난 타입의 자칭 평범 히로인을 따르는 동생으로 군림하여, 인기투표에서 소꿉친구 계열 헌신 히로인을 눌러버리는 여동생 캐릭터를 방불케 하는 미소녀였다.

“소개는 이 정도면 됐고. 자리는…… 가장 뒤의, 저기다.”

제시 선생님이 담담하게 가리킨 자리는 어제까지는 없었던, 창가 가장 뒤에 추가된 자리였다.

선생님의 지시에 따라 헬렌 루키트 씨는 자리로 찾아가 앉았다. 심플한 동작인데도 동작 하나하나가 귀엽고 사랑스러웠다.

그녀는 어제 그리운 사람이라도 보듯이 레이드 녹터의 이름을 불렀었다.

레이드 녹터가 일방적으로 한 설명에 따르면 가끔 가족끼리 떠나는 여행지의, 친척의 지인 주최의 다과회에서 만난 적이 있는 사이라고 한다. "아, 지인이었군요."라고 대답하자 "아냐. 가족끼리 떠나는 여행지의, 친척의 지인 주최의 다과회에서 만난 적이 있는 사이야."라며 이상한 고집을 부렸다.

생각해 보니 5월의 대형 연휴 직후, 레이드 녹터로부터 여행 선물이 왔을 때 동봉된 편지에 '올해도 지인의 다과회에 다녀왔어.', '다음엔 약혼자로서 소개하고 싶으니까 같이 가자.' 등, 나중에 앨리스와 연인이 되어 지인에게 그녀를 소개할 때 약간 어색해질 게 뻔한 초대가 적혀 있었다.

"날 반가워했지만, 딱히 친한 사이는 아니었어."

레이드 녹터는 교실로 돌아가기 전, 내게 강력히 호소했다.

아마도 약혼자인 내게 바람을 피우지 않았단 사실을 알리고 싶었던 거겠지. '너와는 다르게 말이야.'라는 생각이 더빙되어 들려오는 것 같았지만 나도 결코 바람은 피운 적 없다.

앨리스와 눈이 마주치지 않도록 조심하며 헬렌 루키트 씨를 흘끔 쳐다봤다. 그러자 마침 그녀도 이쪽으로 고개를 돌리고, 나를 째려봤다.

째려봤다.

그건 주로 적을 위협할 때 실행하는 수단이다.

하지만 나는 그녀에게 적대시될 만한 행동을 하지 않았다. 딱히 그녀의 고향을 불태우지도 않았고, 그녀의 가족이나 친구, 지인의 원수도 아니다.

하지만 어제 레이드 녹터를 바라보던 눈동자. 애교 섞인 목소리. 그리고 지금, 나를 귀신처럼 노려보는 얼굴――. 이 요소들로부터 끌어낼 수 있는 대답은 단 하나.

헬렌 루키트 씨는 레이드 녹터에게 마음이 있는 거겠지.

역시, 신은 있었다. 나를 버리지 않았다.

그저 옆을 걷던 나를 증오할 정도로 그를 좋아하는 것이다.

체육제로 인해 레이드 녹터와 앨리스의 거리가 좁혀졌다.

이 상황에서 헬렌 루키트 씨가 레이드 녹터에게 접근하면 분명 앨리스는 '뭐지? 레이드 님이 다른 여자와 친하게 지내는 걸 보니 마음이 이상해.'라면서 질투하겠지.

내가 레이드 녹터에게 접근해 앨리스의 질투를 유발하면 주변 사람들은 내가 그를 좋아한다고 생각할 테고, 약혼 파기도 어려워지며, 데드 엔딩에 가까워진다.

게다가 그는 자신이 내 팔을 잡을 땐 아무렇지도 않은 표정을 하면서, 전에 한 번 나와 손이 스쳤을 땐 어두운 얼굴로 자신의 손을 바라봤다.

그건 분명 잡균이 묻지 않았는지 꼼꼼히 체크하는 눈이었다.

그에 반해 헬렌 루키트 씨가 레이드 녹터의 손을 잡았을 때, 그는 얼굴을 찌푸리지 않았다. 닿아도 괜찮은 상대란 뜻이겠지.

앨리스와 이어지지 않더라도 헬렌 루키트 씨와 사랑에 빠지면 레이드 녹터의 브라콤 기질이 나을지도 모른다.

어제 자르드 군의 감금 계획을 넌지시 비추던 레이드 녹터를 빨리 어떻게든 해야 한다.

전학생의 존재는 처음 알았지만, 미스티아가 3월에 아카데미를 불태우려 하는 장면이 떠올랐다.

"레이드 님에게 접근하는 어리석은 자들에게 자기 위치가 어딘지 알려줬지. 그리고, 너뿐이야. 마지막까지 나를 방해한 건. 정말 지긋지긋해!"

미스티아는 그렇게 앨리스에게 자신의 범행을 자백했다.

헬렌 루키트 씨는—— 아니, 루키트 님은 분명 게임에서는 미스티아에게 제거된 영애일 것이다. 이제 이 상황에선 그녀에게 도움을 받을 수밖에 없다.

나는 고개를 숙이고 구세주 루키트 님의 등장에 커다란 희망을 느꼈다.

전학생 영애의 생각

낯선 교실의 자리에 앉아 내게 고개를 숙이는 빨간 눈동자의 여자를 보고 가만히 손을 쥐었다.

오늘은 레이드 님이 다니는 아카데미에 전입하여 처음으로 등교하는 날. 자기소개는 완벽할 터였다. 어머니에게 물려받은 보호 욕구를 자극하는 눈동자에, 아름답게 뻗은 콧대, 입 맞추고 싶어지는 입술……. 누구나 만지고 싶어 할 만한 풍성한 머리카락도 이날을 위해 공들여 손질했다.

교실의 영식들은 한 명을 제외하고 모두 내게 반한 듯했다.

……그런데 지금 칠판을 바라보며 전혀 나를 보려 하지 않는 나의 사랑──레이드 님만은 한 번도 나를 보지 않았다. 책상을 내려다볼 뿐, 내게 아무 흥미도 보이지 않았다.

하지만 마음에 안 드는 여자, 미스티아 아렌은 기쁜 얼굴로 나를 보고 있었다.

노려봤지만 꼼짝도 하지 않고 오히려 고개를 끄덕여 인사까지 했다. 짜증 나. 짜증 나서 참을 수가 없어.

저 여자 때문에, 계속, 계속 기다려왔던 운명의 상대와의 재회가 최악으로 바뀌었다.

어제, 전입 설명을 듣기 위해 아카데미에 왔을 때, 혹시라도 마주치지 않을까 하여 교내 견학을 부탁했다. 마침 내 담임이 될 선생님이 부재중이라 사정을 모르는 다른 반의 교사가 나를 안내해 준 것까지는 좋았다. 바보 같은 남교사는 간단히 내 부탁을 받아들였다.

그렇게 그 분의 모습을 찾다 보니 내 운명의 왕자님──, 무척이나 멋지고 아름다운 레이드 님을 바로 찾을 수 있었다.

레이드 님은 귀족 아카데미의 교복을 입고 있었다. 나와 같은 아카데미의 교복. 꿈이 아니다.

몇 번이나 거울 앞에서 연습한 웃음을 지으며 달려가자, 그의 옆에는 이미 다른 여자가 있었다.

눈처럼 하얀 피부. 반지르르한 흑발, 영리해 보이는 외견에 피처럼 붉은 눈동자. 바로 그와 약혼한 아렌가의 영애, 미스티아 아렌이라는 것을 알아챘다.

아렌가의 영애는 긴 흑발에 피부가 하얗고 빨간 눈동자를 지녔다고 들었으니까.

그 독특한 분위기는 한 번 보면 잊을 수 없다. 그런 이야기를 들었을 땐 코웃음을 치고 싶었지만 소문대로였다.

그녀의 분위기는 이질적이고 마치 죽음을 앞둔 듯한 기분 나쁜 뭔가가 느껴졌다. 그리고 당연하다는 듯이 레이드 님의 옆자리를 꿰차고, 나를 봐도 아무렇지도 않다는 듯 표정 변화가 없었다.

한편 레이드 님은 나를 환영하면서 계속 미스티아 아렌을 신경 썼다.

그리고 지금, 들키지 않도록 빤히 그녀를 노려보자 뒤에서 '덜컹'하는 소리가 들렸다. 바로 뒤돌아보니 아무래도 뒤의 선반에 올려둔 교과서가 쓰러진 모양이었다.

심장 고동이 빨라지는 것을 가라앉히기 위해 심호흡을 하다가, 그런 내 모습이 한심하게 느껴져서 창문 밖으로 시선을 돌렸다.

저 남자는 아카데미 안까지 들어오지 못한다. 나는 자유다.

……내일 아침은 레이드 님의 저택으로 가서 그와 함께 등교하자.

미스티아 아렌이 함께 있을지도 모르지만 분명 어떻게든 되겠지. 분명, 괜찮을 거야.

가문의 격이 어울린다는 이유만으로 레이드 님의 약혼자 자리를 꿰찬 여자에게는 지지 않을 것이다. 절대로 레이드 님을 빼앗기지 않을 것이다. 결국 레이드 님이 고르게 되는 것은 분명 나. 그 누구도 방해할 수 없을 것이다.

왜냐하면 레이드 님은, 나를 도와준 운명의 상대이니까.

악역 영애입니다만 공략대상의 상태가 이상합니다

내
옆의
마
물

~SIDE: Victor~

"오라버니, 슬슬 교내를 순회할 시간이에요."

"알았어. 다녀올게."

학생회실에서 서류 작업을 하고 있자 보좌인 피나가 시계를 가리켰다. 나는 방 중앙의 의자에서 일어나 책상 위에 둔 완장을 차고 학생회실을 나왔다.

방과 후의 복도는 많은 학생이 하교한 뒤여서 그런지 조용하다. 교정으로부터 울리듯이 들려오는 목소리는 동아리 활동 중인 학생들의 목소리다. 검술부가 체력을 쌓기 위해 달리고, 그 근처에선 체육제 위원들이 달리기 경주용 선을 긋고 있었다. 멀리서 봐도 화기애애한 분위기가 느껴졌다.

나는 살짝 열린 창문에 손을 얹고 한숨을 쉬었다. 창문 아래에서 학생들이 열심히 달리는 모습은 체력적으로 힘들어 보였지만 즐거워 보이기도 했다. 누군가가 노력하는 모습을 보는 것은 좋아하지만 동시에 괴로운 마음도 들었다.

부회장으로서 아카데미 안에서 활동해도 어차피 아카데미 밖으로 나가면 평범한 학생일 뿐이다.

교복까지 벗으면 내게 남는 것은 네인가의 자식이라는 꼬리표뿐이고 눈에 띄는 특기도, 취미도 없는 시시한 인간이 될 뿐이다.

예전부터 뭐든 잘하는 것은 자랑스러운 일일지도 모르겠지만, 눈에 띄게 그림을 잘 그리거나 음악을 잘하는 것도 아니다. 성적은 지금 학년 수석이지만 공부를 잘해도 졸업하면 사용하지 않는 지식이 더 많다. 학력과 관계없는 부문에서는 난 평범하기만 했다. 요컨대 나는 주변의 평가와 슬플 정도로 반비례하는 인간이었다.

미술실을 들여다보니 머리카락 색이 대조적인 두 사람이 함께 부지런히 그림을 그리고 있었고, 음악실에서는 학생들이 열심히 연주 중이었다. 동아리 활동의 예산이 제대로 사용되고 있는지 확인하는 것은 중요한 일이지만, 내가 얼마나 시시한 인간인지를 깨닫게 되어서 좋아하는 일은 아니었다.

"아, 네인 선배."

복도를 걷고 있자 맞은편에서 아렌 양이 걸어왔다. 그녀는 공손하게 인사한 후 "수고하세요."라며 그대로 나를 지나쳤다. 그녀는 내 동생인 피나가 말한 것처럼 움직임이 조금 독특해서, 관찰하다 보니 우울한 기분이 조금 나아졌다.

아렌 양이 이 아카데미에 입학한 지 한 달이 조금이 지났다. 그녀의 입학은 처음부터 상당히 화제였다.

아렌가는 공작가에 필적할 정도로 막대한 재산을 지녔다. 후작가나 백작가 등 그녀의 신분과 어울리는 영식, 영애들은 그녀의 환심을 사려고 필사적이었다.

그건 내 동생도 예외는 아니었지만, 학생회가 나설 정도로 일이 커지지 않기만을 바라는 내 걱정에 비해 사태는 싱겁게 진정되었다.

왜냐하면 아렌 양을 아카데미 안에서 발견하기가 매우 어려웠기 때문이다. 쉬는 시간에도, 점심시간에도 교실에 없다. 그녀의 눈에 들기 위해서 그녀의 자리 주변을 맴돌고 있어도 종이치기 직전에 교실에 돌아오기 때문에 말을 걸 수가 없다.

그런 일이 계속 이어졌고, 일단은 상황을 지켜보자는 듯이 아렌 양에게 다가가려는 학생들의 움직임은 점점 줄어들었다.

하지만 짓궂게도 아렌 양과 만날 생각이 없는 내가 가장 그녀와 자주 마주치는 듯했다. 학생회의 일을 할 때나 도서관에 책을 빌리러 갈 때면 자주 그녀와 마주치곤 했다.

대화를 해 보고 깨달았는데, 그녀는 놀랄 정도로 평범한 여자아이였다. 능력도 평범하지 않고 외모 또한 인간을 홀리는 악마처럼 아름답다는 소문이 돌지만, 그 내용물은 그냥 침착한 아이였다. 대답은 시원시원하게 하고, 조금 기사단의 훈련생 같은 말투를 쓸 때도 있지만 다른 학생과 다르지 않았고, 나와 같은 세계에 사는 아이처럼 느껴졌다.

예정보다 빠르게 학생회실에 돌아오자 피나가 책상 위에 자료를 펼쳐두고 조용히 서류를 작성 중이었다. 그녀는 내가 돌아온 것을 눈치채고 고개를 들었다.

"어서 오세요, 오라버니."

"응. 딱히 이상한 활동을 하는 동아리는 없었어."

그렇게 말하며 그녀의 뒤를 지나 방의 중앙에 있는 내 자리에 앉으려 했다. 학생회실은 창문 앞에 학생회장의 자리가 있고, 그 옆에 부회장의 자리가 있다. 회장은 오늘 결석이라서 무슨 일이 생기면 내가 대리로 나서야만 한다.

"잠깐 환기라도 할까?"

내가 창문을 열자 바깥 공기와 온도 차가 있어서인지 틈새로 강한 바람이 확 불어왔다. 서둘러 창문을 닫으며 뒤돌자 책상 위에 있던 서류가 바닥에 흩어져 있었다. 특히 피나 주변의 피해가 컸다. 나는 서둘러 달려가 자료를 주웠다.

"미안. 잉크가 흐르진 않았어?"

"괜찮아요."

기분 탓인지 동생의 목소리가 차갑게 들려서 뭔가가 마음에 걸렸다. 서류를 바로 모아 그녀에게 건네려다가 눈에 들어온 글자에 손이 멈췄다.

[토지 매매 권리서]

누가 봐도 학생회가 취급할 만한 서류가 아니어서 숨이 막혔다. 왜 이런 게 여기 있는 거지. 구입이라고 적힌 글자 뒤에 있는 토지의 이름은 아렌가의 영지와 맞닿아있는 산으로, 구입자의 명의는 피나로 되어 있었다.

"뭐야, 이건……?"

"토지 권리서예요."

"아니, 그건 나도 봐서 알아. 왜 피나가, 이걸?"

"토지를 구입하면 그 증명으로 자료를 작성하는 게 당연하니까요. 오라버니, 무슨 말씀을 하시는 거예요?"

마치 내가 이상한 소리를 한다는 듯이 피나가 내게 물었다. 대체 이게 뭐지? 두통이 일었다. "그 돈은 어디서 났어?"라고 머뭇거리며 묻자 그녀는 "괜찮아요."라며 내 어깨를 토닥였다.

"부당한 돈은 사용하지 않았어요. 제 액세서리를 메이드를 통해 팔아서…… 저번에 옆 나라에 큰 폭풍이 불었잖아요? 미리 그 나라에 의존하는 자재를 수입했다가 팔았어요. 날씨는 지금까지의 날씨 기록을 보면 어느 정도 예상이 가니까요. 후훗."

상상보다도 훨씬 이야기의 규모가 커서 따라갈 수가 없었다. 돈의 출처는 알았다. 차례대로 물어보자. 아마 이 상태로 모든 이야기를 한꺼번에 들었다간 혼란스러울 것이다.

"왜, 산 거야?"

"실은요, 오라버니. 생각을 좀 했어요. 지금 네인가와 아렌가의 저택은 다과회를 열어서 초대하기에는 비교적 거리가 멀잖아요? 공작이나 후작이 여는 다과회는 조금 따로따로라고 해야하나…… 영지가 서로 먼 탓에 관계를 이어나가는 가문도 각기 다르고요."

"그렇지."

"그래서, 아렌가 영지 근처에 별장을 만들까 생각했는데, 그건 너무 노골적이잖아요? 그래서 아예 아렌가 영지 옆의 산을 사서 새로운 사업을 시작하자는 생각을 했죠!"

피나는 드레스를 사달라고 부탁하는 소녀처럼 반짝거리는 눈동자로 나를 바라봤다. 하지만 그 내용은 친구와 만나고 싶어서 토지를 매수했다는 터무니없는 내용이었다. 나는 천장으로 가려진 하늘을 올려다봤다.

"있죠, 오라버니. 아렌가는 의료와 관련된 사업을 하잖아요? 의료 현장에서 사용하는 기구 제작이나 약품 지원까지 분야가 넓죠. 그래도 그런 기구나 약품을 멀리 운반하는 효율적인 구조는 의외로 틈새가…… 이렇게 말하는 건 좋지 않겠네요. 아직 그렇게 확립되지 않았죠."

"그렇구나."

"그래서 네인가가 그걸 보조하면 어떨까 생각했어요. 네인과 아렌이 사업으로 엮이게 된다면 아카데미를 졸업해도 만날 기회가 생기니까요."

"응. 그건 네인과 아렌, 양쪽의 이익이 될 거라고 생각하는데…… 그래도 네인가는 공작가를 보좌해야 하잖아. 아버지가 그걸 허락하실까?"

"아버지의 허락이 필요할까요?"

"뭐?"

"왜냐하면, 아버지가 지금은 당주지만 영원히 당주로 계시진 않을 거 아니에요?"

당연하다는 듯이 말하는 피나의 말에 나는 벌어진 입을 다물 수가 없었다. 그녀와 아버지의 사이는 그리 좋지 않다. 아니, 아버지가 일방적으로 피나에게 차가운 태도를 보인다. 쌍둥이 중 한 명은 수치스럽고 외부에 보여선 안 될 존재라는 편견이 있는 와중에 아카데미에 다니게 하는 것을 보면 나름대로 애정은 있는 듯하지만…….

그리고 피나도 그런 점을 이해하기 때문인지 아버지에게 어떻게든 인정받도록 매진해 왔다. 보고 있는 내 마음이 아파질 정도로. 그런 그녀의 바짝 긴장한 분위기가 요즘은 개선되어서 나도 안심하고 있었는데, 이건……

"그리고요, 오라버니. 어쩌면 오라버니가 어딘가에 사위로 들어갈 가능성도 있잖아요? 그렇다면 필연적으로 제가 사위를 맞아야 하고요."

묘하게 구체적인 이야기에 대답조차 하지 못했다. 아버지는 지금까지 내가 다른 가문에 사위로 들어갈 가능성을 한 번도 입밖으로 꺼낸 적 없었다. 왜 지금 그런 이야기를 꺼내는 걸까. 바닥을 알 수 없는 공포를 느낀 나는 침묵을 유지했으나 피나는 미소를 지었다.

"오라버니. 전에 오라버니는 약혼자가 누구든 상관없다고 하셨죠?"

그렇게 질문하는 피나의 눈동자는 나와 같은 색인데도 어둡게 빛나는 것 같았다. 애매하게 고개를 끄덕이자 피나가 "그렇죠?"라며 재차 확인하는 바람에 긴장된 분위기가 온몸을 조이는 것처럼 느껴졌다. 나는 아무렇지 않은 척 어깨를 움츠리며 다시 고개를 위아래로 끄덕였다.

"그, 그랬었지."

"제가 오라버니의 약혼자를 생각해 뒀어요. 네인가는 저와 오라버니, 두 사람의 후계자가 있잖아요? 작위를 잇는 건 오라버니로 결정되어 있긴 하지만 일단 지금은요."

일단 지금이라는 말을 강조해서 말하는 것처럼 들려서 나는 등골이 오싹해졌다.

"그러네. 지금은. 응."

"그래도 말이에요. 예를 들어 아버지가 인정할 수밖에 없는 가문…… 아렌가와 인연을 맺게 된다면 오라버니가 네인가를 나간다는 선택지도 생겨나지 않을까요?"

"뭐?"

"왠지 요즘, 자주 만나지 않나요? 미스티아 양과. 그건 운명이 아닐까요? 그렇죠, 오라버니?"

피나가 내 팔을 붙잡았다. 동생의 손이다. 예전엔 내가 잡고 이끌었을 가녀린 손인데, 뱀이 감겨드는 것처럼 보이는 것은 기분 탓이 아니겠지.

"혹시 말이야, 피나. 내가 아렌 양과 마주치도록 네가 계획한 건, 아니겠지?"

"어머, 너무 진전이 없어서 조금은 눈치챈 게 아닐까 생각했었는데."

피나가 작게 소리를 내어 웃었다. 입술은 호선을 그리고 있지만, 눈동자엔 웃음이 서리지 않았다. 일이 잘 풀리지 않아서 짜증을 내는 아버지와 같은 눈동자였다.

"어어…… 그런 일을 벌이고 있었단 말이야……?"

"네. 미스티아 양은요. 그날그날에 따라 행동이 바뀌긴 하지만 대체로 비슷한 경로를 비슷한 주기로 돌거든요. 그러니 잘 계산해서 오라버니의 목적지와 겹치도록 하면 일주일에 세 번은 우연히 만날 수 있겠다고 생각했죠."

만들어진 만남을 우연이라고 말할 수 있을까. 나는 입이 다물어지지 않아서 어색하게 고개를 끄덕일 수밖에 없었다.

"저도 미스티아 양에게 오라버니에 대해서 말하긴 했는데, 후후, 그러면 미스티아 양은 저에 관한 질문을 하면서…… 후후, 화제를 돌리거든요. 지금, 미스티아 양에게 오라버니는 어찌 되든 상관없는 사람이나 마찬가지죠."

뭐지. 지금 간접적으로 피나에게 매우 상처받을 만한 이야기를 들은 것 같았다. 하지만 아버지와의 관계를 중재하지 못한 책임이 있으니 어쩔 수 없——.

"그래서 아예 아버지와 상의해서 아렌가에 약혼 이야기를 꺼내 보도록 했는데, 아무래도 미스티아 양은 이미 녹터가의 영식과 약혼한 듯해서……, 이렇게 되면 오라버니가 미스티아 양과 사고를 치는 수밖에 없다고 생각해요."

"뭐?"

"사고, 라고는 해도 미스티아 양을 다치게 하는 일은 아니에요. 오라버니가 아렌가의 저택에 가서 엄청나게 고가인…… 변상하기 어려울 정도의 미술품을 망가트려서 그 보상으로 오라버니가 아렌가에 사위로 들어가는 거죠!"

"잠깐, 기다려. 무슨 말인지 이해가 안 되거든, 피나? 왜 내가 팔려가야 하는 거야?!"

"저는 사위로 들어갈 수가 없으니까요."

"그, 그러니까 아렌가 저택의 미술품을 망가트리는 건 너무 이상한 방법이잖아."

"뭐, 그거야 저도 알아요. 성미가 나쁜 사람이라면 몰라도 미스티아 양이라면 오라버니를 생각해서 보상은 안 받겠다고 할 테니까요."

그럼 왜 그런 이야기를 꺼낸 거야……? 인정이라고는 느껴지지 않는 말투에 나는 처음으로 동생에게 공포를 느꼈다.

"그러니까 오라버니가 아렌가 저택 내에서 중상을 입으면…… 목숨도 위험하지 않고 앞으로 살아가는 데에는 지장이 없을 정도로 다쳐서 아렌가에서 치료를 받을 수 있다면………."

"너무 구체적이잖아. 그리고 아무렇지 않게 중상을 입으라니 그게 무슨 소리야……?"

왜 피나의 계획 안에서 나는 인간의 권리를 박탈당하기만 하는 거야? 게다가 내가 이 계획을 듣고 '알았어! 항아리 깨트리고 올게!'라고 말하리라고 생각한 걸까. 혹시 내가 그럴 수밖에 없도록 상황을 만들 생각은 아니겠지…….

"피나. 아렌가에 연줄을 대는 건 포기한 거 아니었어? 친구가 됐잖아?"

"네. 그래도 친구라는 걸 가져본 게 처음이라 어떻게 해야 할지를 몰라서요."

피나는 항상 여학생들에게 둘러싸여서 선망의 시선을 받는다. 귀족 영애의 대표로서 선두에 서는 사람이다. 하지만 마음을 열고 사람을 대하기보다는 이익을 취사 선택하면서 사람을 보고는 했다. 아렌 양과 친하게 지내기 위해 여러모로 방법을 모색한 것일지도 모른다.

"여자의 우정은 덧없다고도 하잖아요? 저는 미스티아 양과의 관계를 소중히 하고 싶어요."

하지만 그렇다고 해서 형제를 미끼 삼아 주변에 철창을 두르고 위에 지붕을 쌓는 것과 같은 행동은 하지 말아줬으면 좋겠다. 사업을 시작하는 건 막지 않겠지만 나를 아렌가의 저택에 들여보내 산적처럼 난폭한 행동을 시키겠다는 계획은 포기해 줬으면 한다. 나는 다른 사람의 저택에서 난동을 부리고 싶지 않다.

"그보다 녹터가의 영식이 아렌 양의 약혼자라고 아무렇지 않게 말했는데 그게 사실이야……?"

"네. 확실해요. 미스티아 양은 그 사실을 숨기고 있고 약혼자를 딱히 좋아하는 것도 아닌 듯하니까 오라버니가 빨리 움직이지 않으면 하임 군이 미스티아 양을 빼앗고 말 거예요. 이대로라면 미스티아 양을 시누이로 삼겠다는 계획이 허사가 된다고요."

"정보가 너무 많아! 그보다도 하임 군은 아렌 양을 좋아하는 거야?"

"네."

하임 군은 여학생들에게 매우 인기 있는 학생이다. 온화하고 싹싹한 성격인데 요즘은 여학생들과 전혀 어울리지 않고 지루하다는 표정을 짓고 있었다. 그래서 여학생들 사이에 팽팽한 신경전이 펼쳐지고 있는데, 혹시 뭔가 관계가──.

"……응? 기다려. 시누이는 또 뭐야?!"

"우정이 덧없다면 다른 관계로 이어지면 된다고 생각했어요."

피나는 여전히 당연하다는 듯이 말했다. 안색 하나 바꾸지 않고 말하는 그녀의 얼굴을 보고 어렴풋이 위화감을 느꼈다.

……이렇게 용의주도하게 계획을 짜는 피나가 학생회실에 모아둔 서류가 바람에 날아가는 것을 그냥 보고만 있었을까.

내가 창문을 열어서 바람이 분 탓에 서류가 날아갔다. 창문이 닫힌 상태로 방 온도를 높이면 실내와 외부의 온도 차가 커져서 창문을 연 순간 그렇게 바람의 흐름이 생기겠지.

좋지 않은 예감이 들어서 난로를 바라보니 안쪽에서 불꽃이 활활 타오르고 있었다.

이 시기에는 난방을 할 필요가 없는데도.

하지만 왜 일부러 서류를 날아가게 해서 내게 정보를 알려주는 상황을 만든 거지?

……혹시 내가 계획에 협력하도록 자연스러운 흐름을 만들고 자신의 진심을 알려주기 위해서?

피나가 갑자기 토지 권리서를 가져왔다면 나는 그것을 간단히 받아들였을까. 그녀에게 뭔가 다른 마음이 있다고, 속았다고 의심했을지도 모른다. 하지만 그녀의 실수로 내가 우연히 그 서류를 발견하면 자연스러운 흐름으로 정보를 듣게 되고 상황을 받아들였겠지.

실제로 지금 나는 이 상황을 받아들였으니까.

나는 머뭇거리며 피나를 바라봤다. 그녀는 아무 말도 하지 않고 여유 있게 미소 지었다.

악역 영애입니다만
공략대상의 상태가 이상합니다

메리 게임 오버

~열 살의 미스티아가

전생을 떠올리지 못했다면 IF~

"멜로는 장래에 뭐 할지 생각해 봤어?"

올봄에 입학한 아카데미를 향해 걸어가면서 옆에 있는 멜로에게 고개를 돌리자 그녀는 바로 "아가씨의 행복한 모습을 지켜보는 거예요."라고 대답했다. 담담하게 말했지만 목소리에서 상냥함이 느껴져서 마음이 평온해졌다. 하지만 오래 함께 지내와서인지 그녀는 내 마음의 사소한 변화도 민감하게 알아챘고, 맑은 하늘과는 대조적으로 느껴질 정도로 얼굴이 흐려졌다.

"혹시 약혼자님과 관련된 일로 뭔가 고민이 있으신가요?"

멜로의 말에 나는 조금 생각한 후에 고개를 끄덕였다. 최근, 내게는 고민이 있었다. 그것은 멜로가 지적한 것처럼 약혼자에 관한 것이었다.

"레이드 님은 싫어하지 않아. 하지만 조금 상태가 이상하다고 해야 하나……."

보통 이 나라에선 열 살쯤부터 약혼자를 찾기 시작하거나 약혼을 하는 것이 일반적이다. 그리고 내게도 약혼자가 생겼다. 나는 특별한 장점이 없는 평범한 영애다. 그저 가문이 아렌가라는, 이 나라의 백작가 중에서도 상당한 지위를 자랑하는 가문의 외동딸일 뿐이었다. 그래서인지 내 약혼자로 나타난 것은 모든 부분에서 나무랄 데가 없는 완벽한 사람이었다.

이름은 레이드 녹터. 외모도 수려하고 이목구비도 단정하다. 그렇다고 해서 외모만 잘난 것은 아니었다. 학업과 무술에서도 뛰어난 성적을 거뒀다. 성격도 좋고 다양한 일을 실수 없이 해낸다. 그야말로 완벽이라고 표현해도 과언이 아닌 백작가의 영식이었다.

하지만, 그에 비해 나는 그저 평범하기만 하다. 처음 만났을 때 곧바로 단둘이 되었으나, 상대방만 나를 배려하여 계속 이야기를 이어나가고 나는 제대로 대꾸하지도 못한 채로 처참한 결과를 맞이해 버렸다. 지금은 어딘가 안 맞더라도 앞으로 거리를 좁혀나가면…… 아니, 서로 같은 공간에 있어도 별로 고통스럽지 않고, 있어도 긴장하지 않을 만한, 공기와도 같은 관계성을 노릴 생각이었다. 그러나 그 후, 레이드 님의 어머님, 녹터 부인이 습격당하여 돌아가시고 말았다.

그 후로 레이드 님은 한참을 우울해했다. 나는 가만히 두는 편이 좋다고 생각하여서 시간이 어느 정도 지난 후에 그와 편지를 주고받았다. 그리고 딱 1년이 지난 봄. 레이드 님은 내 앞에 나타났다. "이제 괜찮아졌어. 나는 내 행복을 찾을 생각이야. 같이 찾아줄래?"라고, 웃으면서. 괜찮아졌어. 그렇게 말했지만 목소리는 어두웠고 마치 만들어진 것처럼 반짝이던 눈동자에선 완전히 빛이 사라져 있었다. 불안을 감지한 나는 레이드 님과 함께 있기로 했다. 하지만…….

"뭐야. 내 이야기 하고 있었어?"

깃털 같은 가벼운 목소리에 내장이 오그라드는 듯한 감각이 들었다. 머뭇거리며 뒤를 돌아보니, 예상대로 내 뒤에는 레이드 님이 서 있었다.

"레이드 님. 어, 어째서 여기에……."

"네가 반장 회의에 나가라고 해서 출석하고, 널 마중 나가겠다고 하면서 빠져나왔어."

그는 마치 유쾌한 희극을 보듯이 크게 웃었다. 하지만 전혀 웃을 일이 아니다. 반장 회의는 반별 대표가 앞으로의 활동에 관해 이야기하는 자리다. 중간에 빠져나와도 되는 자리가 아니다.

"인생이란 무슨 일이 일어날지 모르는 거잖아. 제대로 보고 있어야지."

"그래서 저는 오늘 멜로를 데리고……."

"네 메이드도 완벽하진 않으니까 말이야."

"그렇지는……."

"우리 어머니도 우수한 호위를 데리고 있었는데 살해당했어. 아버지가 잠깐 눈을 뗐을 때 말이야."

그 말에 나는 아무 대답도 하지 못했다. 내 고민은 레이드 님의 이런 행동으로부터 시작됐다. 사건으로부터 1년 후, 그가 마음을 추스르고 다시 일어나려고 할 때부터 그는 점점 내 일거수일투족을 자기 눈으로 봐야만 안심했다. 부인이 돌아가신 것은 조카에게 흉기로 찔렸기 때문이었다. 백작은 부인과의 관계가 원만하지 않았고, 그래서 이 사고를 미리 알아챌 수 없었던 듯했다. 게다가 레이드 님은 부인이 습격당하는 장면을 눈앞에서 목격하고 말았다.

깊다는 말로도 형용할 수 없는 큰 상처를 입은 그는 결혼할 상대를 지켜야 한다고 생각했는지 나를 시야에서 떼어놓으려 하지 않았고, 주변으로부터의 초대도 전부 거절했다. 파티 초대, 검술 대회, 연주회 등, 내가 가지 않으면 바로 거절하고 만다. 반장 회의도 비슷했다. 나는 반장이 아닌데도 내가 같이 가지 않으면 자신도 가지 않겠다고 고집을 부렸다. 나의 긴 설득 끝에 내가 호위인 멜로와 함께 등교하면 회의에 나가겠다는 약속을 받아냈다. 그런데 중간에 빠져나왔다니, 약속과 다르잖아.

하지만 지적은 할 수 없었다. 레이드 님의 입에서 어머니에 관한 이야기가 나오면 괜찮다고 대답할 수가 없었다. 그의 어머니는 괜찮지 못했기 때문에.

"일단 교실로 가죠. 멜로, 데려다줘서 고마워."

"아뇨. 혹시 모르니 교사까지 같이 가드릴게요."

멜로는 차가운 눈동자로 레이드 님을 바라봤다. 그는 입꼬리를 올리며 교사를 향해 걷기 시작했다. 나도 그의 뒤를 따라가자 갑자기 한 무리의 사람들이 시야에 들어왔다.

"하아. 또 저러고 있네……."

레이드 님이 그쪽으로 어이없다는 시선을 보냈다. 그 시선 끝에선 여학생 여러 명이 남학생 한 명을 둘러싸고 교사로 이동 중이었다. 냉정하게 보면 그냥 남학생과 함께 여러 명의 여학생이 등교하는 그림이지만, 인원이 평범하지가 않았다. 일반적으로 통학은 아무리 교우 관계가 넓더라도 4, 5명과 함께 하는 게 일반적인데 저 무리에는 열 명이 넘는 사람이 모여 있었다. 창작물에서 보는 후궁의 주인 같았다.

그리고 그 후궁의 주인은 어딘가 지루한 표정으로 걷고 있었다. 눈이 마주치면 조금 곤란해질지도 모른다. 어떻게 할지 고민하고 있는데 여자에게 둘러싸여 걷고 있던 남학생이 뒤돌아

나를 발견하고 말았다.

"미스티아 양. 이런 곳에서 만나다니 우연이네."

"미스티아, 대답 안 해도 돼. 가자."

"잠깐, 녹터. 선배를 무시하는 거야?"

후궁의 주인——하임 선배가 입꼬리를 올리며 이쪽으로 걸어왔다. 머리카락은 어깨에 닿을 정도였고 셔츠의 단추를 위에서 세 번째까지 풀어헤치고 있어서 그가 발걸음을 옮길 때마다 가슴팍의 목걸이가 흔들리는 것이 보였다.

"아침부터 약혼자한테 구속당하다니 큰일이네. 그냥 내 신부로 들어올래? 아렌 백작도 하임가가 상대라면 만족하겠지."

"멋대로 말하지 말아 주세요."

쾌활하게 이를 보이며 웃는 하임 선배를 레이드 님이 날카로운 눈으로 째려봤다. 하임 선배와 처음 만난 것은 지금으로부터 2년 전에 열린 다과회에서였다. 그곳에서 다친 그를 치료해 주고 있는데 내 모습이 보이지 않는다며 당황한 레이드 님이 찾아왔었다. 당시의 대화가 재밌다고 느꼈는지, 하임 선배는 이렇게 우리 앞에 나타나 도발하고는 했다.

"뭐, 안심해. 조금만 기다리면 이 녀석을 죽이고 널 신부로 받아들여 줄 테니까."

"그런 말은 농담으로라도 하지 말아 주세요."

"농담이 아닌데?"

하임 선배가 끅끅대며 웃었다. 레이드 님이 냉정하게 "미스티아를 좋아한다면 여성 관계를 청산하는 게 어떠신가요?"라고 되물었다.

"여자들은 널 없앨 수단으로 쓸 거거든. 딱히 어울리고 싶어 어울리는 건 아냐. 이제 내게는 이 녀석뿐이라고 정해졌거든."

어깨동무를 당하기 직전에 멜로가 내 팔을 확 잡아당겼다. 그녀의 몸에 착지하게 되어 사과하자 뒤에서 목소리가 들려왔다.

"아침부터 또 분위기를 흐리고 있다니. 조금은 자중하는 게 어때?"

방금 레이드 님이 하임 선배를 째려보던 시선과 비슷할 정도…… 아니, 그보다 더 강력한 시선이 이쪽을 향해 날아왔다. 그 눈동자의 주인인 로베르토 와이즈──로베르토 씨가 질린 듯이 한숨을 쉬고는 나를 바라봤다.

"너도 조금은 자기 약혼자의 고삐를 제대로 쥐는 게 어때. 저번 반장 회의 때, 녹터가 너와 하교한다면서 나한테 회의와 일을 전부 떠넘기고 갔단 말이다."

"그, 그런 짓을 하셨어요, 레이드 님?"

"응. 하굣길에 무슨 일이라도 생기면 어떡해."

레이드 님이 당연하다는 듯이 대답했다. 그 말에 의식이 흐려지는 것 같았다. 또 회의를 빠졌다니.

"반장이라고 해도 반장 일을 꼭 내가 해야 하는 건 아니잖아. 하지만 미스티아를 지켜보는 건 내가 해야만 해."

"네가 하지 않아도 내가 할 테지만 말이야. 그래서, 음험해 보이는 안경 군은 무슨 용건이지?"

"제 이름은 음험한 안경이 아닙니다. 로베르토 와이즈입니다.

그리고 길을 막지 말아 주시죠. 통행에 방해됩니다."

로베르토 씨는 나와 레이드 님, 그리고 하임 선배 사이에 끼어들었다.

"그렇게 말하면서 왜 나랑 미스티아 사이를 갈라놓는데?"

"아무리 봐도 두 분이 둘러싸고 있는 것 같으니까요."

"하임 선배는 둘째치고 나는 미스티아의 약혼자야. 옆에 있을 권리가 있다고는 생각 안 해 봤어?"

"약혼한 사이라면 더욱 절제된 교제를 이어나가야지. 방금도 손이 서로 닿으려고 했잖아. 소꿉친구 사이더라도 불건전한 거리였어."

로베르토 씨와 나는 소꿉친구 사이이다. 소꿉친구라고는 해도 내가 11살일 때 고아원에 위문하러 갔다가 처음 만났으니까 약 4년 정도 교류를 이어왔다. 아무리 생각해도 소꿉친구라고 하기에는 부족한 기간이지만 그는 고집스럽게 '우리는 소꿉친구니까.'라는 주장을 꺾지 않았다.

"뭐야? 너와 미스티아가 소꿉친구라면 나와 미스티아도 소꿉친구인데?"

"아니. 녹터와 미스티아 양은 소꿉친구가 아니야. 우리는 뜻도 같고 저택도 가깝지. 어떻게 봐도 소꿉친구지만 녹터가의 저택과 미스티아 양의 저택은 멀지 않나."

그런 것도 모르는 거냐? 라며 코웃음 치고 있지만 로베르토 씨는 실은 상냥한 성격을 지녔다. 곤란해하고 있으면 바로 나타나서 도와주고, 내가 아카데미 안에서 물건을 잃어버리면 바로 찾아와준다. 그리고 그때마다 '우리는 소꿉친구니까.'라고 재차 확인하듯이 말한다. 정말 고마운 사람이지만 소꿉친구라는 부분은 아무리 생각해도 잘 이해할 수 없었다.

어떻게 해야 할지 고민하고 있자 멜로가 조용히 손을 움직여 다른 사람은 여기 두고 교사에 들어가자고 신호를 보냈다. 하지만 세 사람이 내 이야기를 하는 상황에서 나만 빠져나가기에는 찜찜하다. 레이드 님은 나를 걱정해서 이상한 행동을 취하는 거고, 하임 선배는 그것을 재밌어하고, 로베르토 씨는…… 잘 모르겠다. 어라, 생각해 보니까 그냥 원인인 내가 여기서 없어지는 게 나은 것 같아.

"뭐 하는 거야, 너희들. 등교했으면 빨리 교실로 들어가."

목소리가 들리는 방향으로 뒤돌아보니 담임인 시크 선생님이 서 있었다. 선생님은 "정말이지, 너희는……."이라며 레이드 님, 하임 선배, 로베르토 씨를 질린 표정으로 바라본 후 내 머리에 가볍게 손을 올렸다.

"이걸로 괜찮겠지."

"전혀 괜찮지 않아, 선생님. 아무리 봐도 선생님과 학생은 부적절한 관계잖아."

"그 점은 하임 선배와 같은 의견입니다."

로베르토 씨가 선생님에게 의견을 내세우다니 드문 일이다. 선생님은 "부적절이니 적절이니 할 때가 아니잖아."하면서 한숨을 쉬고는 레이드 님, 로베르토 씨, 하임 선배의 팔을 한꺼번에 붙잡아 고개를 끄덕여 교사를 가리켰다.

"넌 빨리 가. 이 녀석들은 잡아둘 테니."

"어어……."

"빨리."

선생님에게 재촉당해 서둘러 멜로와 교사로 향했다. 멜로는 뒤를 흘끔 쳐다보더니 내게 작은 목소리로 속삭였다.

"저 교사가 부적절하단 것은 저도 동의해요. 아가씨에게 연애 편지를 보내는 것도 그렇고 언어도단이죠."

"아니, 그건 선생님이 아닐 거야. 그리고 연애편지도 아니고. 분명 다른 사람이 그런 게 아닐까……."

내가 선생님께 검사받은 숙제의 구석에는 꼭 점이 그려져 돌아왔다. 멜로가 말하기를, 그것은 군대에서 자주 사용하는 신호 형식의 암호라고 한다. 내 용지에 그려진 것은 '꽃이 아름다운 계절이네.', '비가 계속 내린다고 하니 조심하도록.'이라는 내용이라고 한다.

좋아한다는 내용이 적힌 것도 아니고, 연애편지의 내용과는 다르다고 생각하지만 멜로는 굳이 수고스러운 방법으로 말을 거는 게 수상하다고 말하며 선생님이 그런 것 같다고 의심했다. 멜로가 거짓말을 하는 것 같지는 않았다.

그래도 선생님이 내게 그런 신호를 보낼 리 없다고 생각한다. 애초에 우리는 교사와 학생 사이일 뿐이다. 두 번, 딱 2년쯤 전에 왕립도서관에서 교직 시험을 보기 위해 공부하던 선생님과 만난 적은 있었지만 그 후로는 만난 적 없었다.

그렇다면 선생님이 보낸 신호라고 오해하게 해서 날 괴롭히려는 누군가가 있다는 건데 전혀 짐작이 가지 않았다.

"자, 그럼 다녀올게. 멜로."

"네. 부디 조심하세요. 미스티아 님."

걷다 보니 교사에 도착하여 멜로와 헤어졌다. 사랑스러운 뒷모습이 사람들 사이로 사라지는 것을 지켜본 후, 나는 교실로 향해 걸어갔다.

오늘 1교시 수업은 입학하자마자 본 시험 성적으로 나뉜 반별 수업이었다. 나는 이번 시험에서 멜로와 포레스트 덕분에 2위를 달성할 수 있었다. 그래서 가장 상위 반에 들어가게 되었으니 정신을 제대로 차려야 한다.

……그러고 보니 앨리스 씨에게 공부를 가르쳐 줘야 하는데.

시험 생각을 하다가 같은 반의 앨리스 하트펄 씨를 떠올렸다. 그녀는 이 나라에서는 보기 드문 분홍색 머리카락을 지녔고 반의 주목을 받는 여학생이다. 그녀는 이번 시험 등수가 뒤에서 2번째였기 때문에 앞에서 2번째인 내가 공부를 가르쳐 주게 되었다. 꼴찌는 1위인 레이드 님이 공부를 가르쳐 줘야 하지만 그의 평소 행실을 생각해 보면, 자칫하면 그 사람을 내버려 두고 내게로 올지도 모른다. 그래서 앨리스 씨에게 공부를 가르칠 때 그들과 합동으로 해도 괜찮을지를 물어보려고 했는데 완전히 잊고 있었다.

아침에 앨리스 씨에게 물어봐야지.

까먹지 않도록 마음속으로 되새기며 계단을 하나하나 올라갔다. 넘어지지 않도록 조심히 계단을 보며 올라가는데 위쪽에서 비명이 들려왔다. 바로 고개를 들자 눈앞에 갑자기 분홍색이 펼쳐졌다.

"어어……."

쿵, 하고 분홍색의 물체와 거세게 부딪혔다. 다행히 네 계단만 올라간 상태여서 그리 큰일은 일어나지 않았다. 부딪히는 바람에 뒤로 밀려나서 계단참에 엉덩방아를 찧었다. 눈앞의 광경을 확인하자 들어보지 못한 가문의 여학생, 앨리스 씨가 내 배에 등을 기대듯이 누워 있었다. 아무래도 앨리스 씨가 계단에서 넘어진 탓에 그 아래에 있던 내가 깔린 듯했다.

"앨리스 씨……?"

"죄, 죄송해요! ……어어, 일단 비킬게요!"

앨리스 씨가 빠르게 고개를 들었다. 상황을 확인하기 위해 그녀를 내려다보고 있었는데 그게 문제였던 모양이다. 빠르게 올라오는 그녀의 머리와 내 이마가 부딪히고, 통증과 함께 현기증이 일었다. 지끈거리며 열이 올라오는 이마에서 뭔가가 흐르는 듯한 느낌이 들었다. 아까 계단에서 부딪혀 넘어졌을 때보다도 아프다.

이마를 쓰다듬고 있자 이명이 들리고 본 적 없는 공상과도 같은 그림이 머릿속에 떠올랐다. 충격이 너무 커서 머리가 이상해졌나 봐. 나와 부딪힌 앨리스 씨도 아프겠다고 생각하며 시선을 보내자 그녀는 "으아아, 죄송해요! 괜찮으세요?"라면서 전혀 다치지 않은 모습으로 안절부절못하고 있었다. 재빠르게 일어나더니 "제 손 잡으세요."라면서 내게 손을 내밀었다.

"고마워."

감사 인사를 하고 그 손을 잡았다. 그녀의 얼굴을 이렇게 가까이서, 그것도 정면에서 본 것은 처음이다. 예쁜 하늘색 눈동자라고 생각하며 바라보고 있자 뭔가 어수선한, 중요한 뭔가를 잊고 있는 듯한 기분이 들어서 나는 시선을 돌렸다.

"그럼 나는 이만."

앨리스 씨에게 등을 돌려 나는 교실로 가기 위해 발걸음을 옮겼다. 왠지 앨리스 씨는 이상한 매력이 있는 사람이다. 처음 봤을 때 약간 심장이 조여드는 듯한 묘한 감각이 들기도 했다.

지금 생각해 보면 언젠가 본, 여성향 게임의 첫 만남 같았지. 입학식에서 자기소개할 때.

그렇게 생각하며 계단을 올라가던 나는 멈춰 섰다.

여성향 게임이, 뭐지?

내가 한 생각일 텐데 의미를 알 수 없었다. 요즘은 이런 일투성이다. 나도 모르게 입에서 잘 모르는 단어가 튀어나오곤 한다. 저번에도 갑자기 내가 처음 듣는 단어를 내뱉는 바람에 부모님께 걱정을 끼친 적이 있었다. 나도 내가 왜 이러는지 모르겠다. 책이나 연극을 살펴봤지만 비슷한 단어는 나오지 않았다.

뭐. 괜찮겠지.

나는 걱정을 털어내고 교실로 향했다. 계단참에서 본 하늘은 방금까지만 해도 맑았는데 어느샌가 암운이 드리우고 있었다.

후기

오랜만입니다. 이나이다 소입니다.

이번 권에선 드디어 미스티아와 등장인물들이 여성향 게임 시나리오의 무대가 되는 귀족 아카데미에 입학했습니다. 새로운 캐릭터도 등장했고, 후반부에는 정체를 알 수 없는 백발 귀족과 레이드를 노리는 영애 등 이름을 외우기 힘들어질 듯한 라인업이었죠. 부디 이름도 외울 겸, 등장인물의 발언이나 행동의 모순점, 이유에 주목하여 읽어주신다면 감사하겠습니다.

이번엔 1권과 다르게 시나리오를 크게 재구축했습니다. "조금 바꿔도 괜찮을까요?"라고 해놓고 스토리의 순서를 대부분 바꾸고 새 장면을 추가했는데도 전화 너머로 살의를 보이지 않았던 편집자님은 보살이라고 생각합니다.

웹 버전을 갱신하며 '이 장면은 뒤에 넣는 게 더 등장인물의 정신 상황이 피폐해지겠다'라고 생각한 부분이 몇 군데 있었습니다. 주로 체육제 후반부의 모 캐릭터의 수면제 장면이 그랬는데요. 조금 더 나중에 몰아쳐서 나오도록 배치하는 게 낫겠다고 생각해서 3권으로 이동시켰습니다.

그래서 아마 모 캐릭터를 응원해주시는 분들은 만족하실 수 있으리라 생각합니다.

이번에도 하치피스☆왕 선생님이 상상했던 그대로 등장인물들을 그려주신 데다가 선생님이 직접 디자인하신 멋진 장식과 소품을 그려주셨습니다. 선생님 덕분에 지금까지 독자분들이 무서워하셨던 캐릭터도 주목을 받게 되고, 얀데레물은 취향이 아닌 독자분들이 표지를 보고 구매해 주시는 등 감사한 마음뿐입니다.

연재가 시작되는 만화판은 아타카 선생님이 사랑스럽고 코미컬한 공략 대상이상을 그려주셨습니다. 제가 스토리 구성에 큰 어려움을 겪고 있는 바람에 항상 민폐를 끼쳐 죄송합니다. 정말 감사합니다.

그리고 1권에 이어서 공략 대상이상 2권의 서적화의 전선에서 힘을 써주시면서 제 서포트까지 해 주신 공략 대상이상 담당 편집자 Y님에게 이 자리를 빌려 감사의 말씀을 드리고 싶습니다.

공략 대상이상이 순해지지 않고 등장인물의 환경이 점점 악화하는 것은 "이렇게 해도 괜찮나요……?"라는 제 질문에 진지하게 대답해 주시고 자유롭게 집필할 수 있도록 힘써주신 편집자님 덕분입니다.

옛날부터 슬럼프를 공유해 주는 저의 유일한 친구에게도 매우 깊은 감사를 전합니다.

그리고 여기까지 읽어주신 여러분. 1권을 읽고 팬레터를 보내주신 여러분. 웹 버전을 읽어주시고 트위터로 응원해 주신 여러

분께 정말 감사드립니다. 지명도도 없고 대중성도 없는 저만 재밌다고 생각했던 이 이야기는 여러분의 응원 덕분에 편집자님의 눈에 들었고, 편집자님이 힘써주신 덕분에 하치피스☆왕 선생님의 일러스트를 받을 수 있었고, 아타카 선생님의 만화화를 진행할 수 있었으며 2권을 여러분께 보여드릴 수 있게 되었습니다. 감사합니다.

그러면 아마도 여러분이 읽으신 후 후기를 읽을 기분이 들지 않을 그 장이 수록될 지옥의 3권에서 다시 만나 뵙게 되기를 기도하겠습니다.

악역 영애입니다만
공략대상의 상태가 이상합니다

CHARACTER KARTE

여성향 게임

두근 ♡ 두근 러브 ♡ 스쿨

(두근러브)

갑자기 귀족 아카데미에 입학하게 된 평민 히로인!

앨리스 하트펄

(CV:없음)※이름 변경 가능

소속/직업: 1학년 A반
생일: 6월 10일
키: 165cm
혈액형: O형
좋아하는 음식: 산딸기
취미: 베이킹
특기: 계산

"모처럼 아카데미에 다니게 되었는걸, 모두와 나이좋게 지내고 싶어!"

"힘내서 내가 할 수 있는 일을 하다 보면 분명 왕자님이 찾아와 주실 거야."

.... 현재 ....

좋아하는 음식: 빵, 맛이 진한 음식
취미: 베이킹, 재봉,
    글쓰기, 고찰
특기: 계산, 데코레이션 쿠키 만들기
이미지 플라워: 부겐빌레아

이상상태
주 증상: 숭배
소견: • 정서 불안정
    • 현저한 어휘력 저하
    • 돌발 행동

여성향게임 두근러브

두근♥두근 러브♥스쿨

항상 쿨한 두뇌파 우등생!

로베르토 와이즈
(CV:-- --)

"친목? 가장 쓸모 없는 일이군."

"넌 재미있군. 나보고 귀엽다니."

소속/직업: 1학년 A반
생일: 11월 3일
키: 175cm
혈액형: A형
좋아하는 음식: 포토푀
취미: 없음
특기: 암기, 속기

······ 현재 ······

좋아하는 음식 : 포토푀
취미 : 독서, 연극 관람
특기 : 암기, 속기
이미지 플라워 : 크로커스

이상상태

주 증상 : 고뇌
소견 : · 화가 나면 자신을
          컨트롤하지 못할 때가 있음
        · 쌓아두는 타입
        · 구역질 증상, 처치 필수

여성향게임 두근♥두근 러브♥스쿨

두근러브

클라우스 센트릭
(CV:-- --)

소속/직업: 1학년 E반
생일: 4월 1일
키: 173cm
혈액형: AB형
좋아하는 음식: 설탕
취미: 정보 수집, 생과자 맛 비교
특기: 암기, 달리기 경기 전반

"평민과 귀족의 사랑이라니 최고의 지옥을 볼 수 있겠네!"

"어느 날 재밌게 해줘."

현재

좋아하는 음식: 설탕
취미: 정보 수집, 생과자 맛 비교
특기: 달리기 경기 전반
이미지 플라워: 갯버들

이상상태

주 증상: 없음
소견: · 매우 양호 컨디션 좋음!

여 성 향 게 임
두근♥두근 러브♥스쿨

두근러브

파멸한 부회장!

빅터 네인

(CV:-- --)

소속/직업 : 2학년 A반, 학생회 부회장
생일 : 8월 27일
키 : 177cm
혈액형 : A형
좋아하는 음식 : 생선튀김
취미 : 체스, 검술
특기 : 바이올린 연주, 무도 전반

"학생회의 결정이 싫다면 퇴학하도록."

"동생은 죽었어 하찮은 귀족 간의 싸움 때문에."

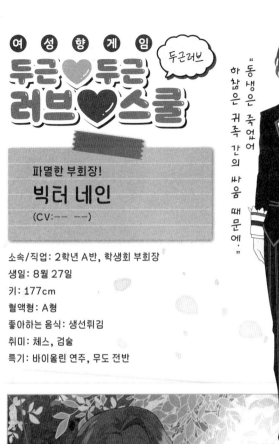

현재

좋아하는 음식 : 생선조림, 액체인 것
취미 : 산책, 바깥 경치 구경
특기 : 물수제비
이미지 플라워 : 유칼리

이상상태

주 증상 : 공포
소견 : · 과도한 스트레스가 보임
· 위장 장애
· 도피 희망
· 자신감 상실 경향이 있음.
요양 필수

여성향 게임

두근♡두근 러브♡스쿨

두근러브

"오라버니, 부디. 부디 네인가의 번영을……"

"못난 동생을 용서해 주세요……"

파멸한 부회장의 죽은 여동생!

피나 네인

(CV:-- --)

소속/직업: 2학년 E반
생일: 8월 27일
키: 167cm
혈액형: A형
좋아하는 음식: 팬케이크
취미: 외국 문학, 연주
특기: 외국어

현재

좋아하는 음식: 신선한 고기 소금구이
취미: 사격, 총 손질
특기: 발이 빠르다
이미지 플라워: 실크재스민

이상상태
주 증상: 공감 포기
소견: · 반사회적 사상
· 강력한 합리주의
· 선도능력이 높니요주의

귀족 아카데미
스폿 소개

【본교사】

학생들이 수업을 받는 교실이 있는 건물.

1층에 직원실과 교장실이 있으며, 두근러브가 일본 게임이기 때문에 신발을 갈아신는 신발장도 있다.

【별동】

과학실과 가정과실, 미술실 등 강의 형식이 아닌 전문적인 수업을 받는 교실이 모인 건물.

각 교과 수업 준비를 위한 방 외에도 구매나 직원실,

학생회 임원실 등 각종 위원회의 방도 있으며 교사보다도 크다.

【도서실】

별동의 1층부터 3층까지 이어져 있으나 각기 다른 건물을 억지로 이어붙인 구조이다.

시내의 국립도서관 다음으로 큰 규모를 자랑하며, 장서 수도 국내 2위.

【식당】

본교사와 별동으로부터 독립되어 있으며, 귀족 아카데미의 학생 전원이 모일 수 있을 정도로 넓다.

양식뿐만 아니라 중화요리나 일식도 취급한다.

[두근러브]에서 미니 이벤트가 자주 발생했던 장소여서 미스티아는 잘 들르지 않는 곳이다.

【학생회 비밀 살롱】

학생회 임원들만 출입할 수 있는 특별한 장소.

꽃 방, 새 방, 바람 방, 달 방으로 나뉘었으며, 꽃 방과 새 방은 미술품이 장식된 개방적인 공간으로

일반 식당보다 한 단계 위의 요리사의 대접을 받을 수 있다.

바람 방은 갑주나 총이 장식되어 있으며 방음 처리가 되어 있어서 밀담을 나누기 좋다.

달 방은 학생회장만 사용할 수 있으며 주로 수면실로 사용되고 있다.

【뒤뜰】

어느 한 곳에 장미를 감싸듯이 다알리아 꽃이 피어 있는 곳이 있으며,

그곳에서 소원을 빌면 사랑이 이루어진다는 소문이 전해져 내려온다.

악역 영애입니다만
공략대상의 상태가 이상합니다

GALLERY

1권 표지

제1권 '입학생 설명회'에서.
"이 자리에서 멀쩡한 사람은 —— 제시 선생님뿐이었다.
선생님만이 희망의 빛이었다." 라고 미스티아가 생각하는 순간.
약혼자인 레이드와 소꿉친구인 에릭은
서로 적대시하고 있으므로 정반대 위치(삽화도 마찬가지).
일러스트 의뢰 콘셉트는
읽은 후에 다시 보면 공략 대상 캐릭터의 표정이 무서워 보인다.

시리즈를 관통하는 권두 일러스트 테마는 '미스티아는 모르는 모두의 본성'.
제1권에서는 캐치프레이즈 '자기도 모르는 새 펼쳐지는 지옥도'를
<장돈 미스티아>와 <침수>로 표현.
담당 일러스트레이터 하치피스☆왕 선생님에게는 '양장 의상에 이미지 플라워를
조합한 디자인과 '권두 일러스트에는 각 캐릭터의 옆에도 이미지 플라워와
미래를 암시하는 아이템을 배치해 주세요'라고 의뢰했습니다.

〜이나이다 소 선생님의 코멘트〜

공략대상이상의 담당 편집자님과 상의하여 '표지는 밝은 느낌으로'라고
처음부터 정해졌기 때문에 그만큼 권두 일러스트는 '맨데게 역한 젬물 같은
뭔가 썰든 듯한 느낌으로'라고 하치피스☆왕 선생님께 부탁드렸습니다.
꽃을 들고 있는 모습이나 등장인물이 정위치인지 역위치인지 등등에도 의미가 있고,
특히 에릭의 위치는 '   ' 너머로 미스티아를 바라보는 모양이므로
웹 버전을 읽어 주신 분이라면 '아!' 하고 생각하실 것 같습니다.
그리고 실은 2권 권두 일러스트와 이어져 있는 소품도 있습니다. 찾아봐 주세요.
개인적인 주목 포인트로 미스티아의 드레스의 프릴이
물과 어우러져서 정말 예쁘니 부디 서적판 진면으로
봐 주시면 감사하겠습니다.

'연애의 메이드!' :
미스티아 & 전속 메이드 멜로
공략 대상 캐릭터와 함께 있는 표지 일러스트.
삽화와 다르게 미스티아의 웃는 얼굴이 그려져 있습니다.

'미개척 루트의 결말은' :
미스티아 & 레이드
"눈물 효과도 추가하기 위해 깨끗한 물도 준비해둔
상태다."라는 문장은 반쯤 장난스러운 기분으로 추가.

'눈물 흘린 공주' : 에릭
이 웃음은 아카데미를 졸업할 때까지 미스티아만 바로
옆에서 볼 수 있습니다. 본편에서는 서술되지 않았지만
그를 그린 그림은 2내에서 고가로 거래되고 있습니다.

'발이 닦기 전' : 레이드
아마 소권 전자책 특전 일러스트 아니면
이곳에서만 볼 수 있는 순수한 웃음입니다.

보충 데이트! : 미스티아&레이드&요릭장 라이아스
라이아스의 상점은 전자책 특전 SS 넘장은 이미 겠었다
※SIDE Lias에 수록. 각 사론인은 아젠가의
사론인 배지(혹지 일러스트 왼쪽 상단 마크)를
각자 다른 위치에 닿고 있다.

'개최된 광기의 연회' : 제이
권두 일러스트에서도 저화와 시선을 마주치는 제이와의 신
등장인물의 첫 등장은 항상 '드림 시점.

'입학생 설명화' : 로베르토
'이 삽화 → 제2권 마지막 삽화 → 제1권
권두 일러스트의 표정 변화가 주목 포인트.

'오오세' :
미스티아&전속 메이드 멜로&집사 루크
전속 메이드 멜로의 표정은 타인 시점이 되면 무표정.

게임의 히로인인 앨리스와 서포트 캐릭터인 클라우스가 함께 등장.
물건 빌리기 경주에서 앨리스는 '존경하는 사람'이라는 미션 카드를 뽑고
미스티아에게 직행. 히로인 스마일로 전력 질주하는 앨리스와
당황하는 미스티아, 레이드와 에릭은 앨리스를 보고
질투와 혐오감을 품고, 클라우스는 이 상황을 즐긴다.

1권의 권두 일러스트가 파란색(제이드 컬러)로 '수장 모티브'였던 것과 다르게
2권의 권두 일러스트는 에릭 컬러인 초록색을 사용하여
'수목장' 콘셉트로 이나이다 소 선생님과 상담.
식물의 덩굴 등을 캐릭터에게 얽히게 해서
주인공 미스티아를 둘러싼 안데르센 증가&심화된 지옥도.

～이나이다 소 선생님의 코멘트～

1권에 이어서 '미스티아는 짤뚱게 해 주세요!'라고
하치피스☆왕 선생님께 부탁한 2권 권두 일러스트입니다.
클라우스가 있는 점을 빼면 미스티아에게는 안전한 멤버가 모였습니다.
잠깐 비화를 말하자면, 앞으로도 나올 예정이지만
피나와 빅터의 표정은 본래 게임과 반대입니다.
(피나가 무기력하고 빅터가 고집 있음)
그리고 이번엔 1권의 멜로처럼 미스티아에게 직접 닿아있는,
보는 사람에 따라서는 섬뜩하고 범죄 증거 사진 같아 보일 수도 있는,
[뒤에서 미스티아를 안은 알키]는 하치피스☆왕 선생님의 그림처럼
아름답고, 상냥하게 서로를 생각하는 두 사람처럼 그려 주셨습니다.
독자 여러분이 부디 3권을 읽어주셨으면 하는 마음이 큽니다.
최고의 지옥이 펼쳐질 예정입니다……

'번외, 조식자의 종포':
네인 쌍둥이& 직원 알리
피나 시점으로 '알격가 싫은 뒤에서 보고 있었다'라는
사실은 문장에는 전혀 나오지 않는 점이 포인트.

'카운트다운 시작' : 클라우스
그의 모티브, 좋여는 피에로도 있으므로
'피에로의 인사 같은 느낌으로'라고 의뢰

'안전한 선약' : 앨리스
사랑이 시작되는 순간 같은 이 구도는
미스티아의 마음과 대조적.

'딸기잼가 치기 직전' :
에럭& 마무 올
올의 사문인 배치 위치는
미스티아와 만나지 못했을 경우의 사인.

'환장회 두서에서전 야망' : 미스티아&제이드
귀중한 공주님 안기 신
미스티아의 얼굴은 설레거나 부끄러워하는 게
아니라 당황하는 표정이라고 의뢰.

'번외, 미래를 향한 인사' :
제이&정원사 포레스트
피나에 이어서 제이드 뒤에 있는 포레스트를
눈치채지 못한 구도. 참고로 포레스트는
미스티아의 앞에선 타투를 가리고 있다.

'신의 계시' : 로베르트
별명 '분노베르트' (by 아나이다 소 선생님).
소권 마지막에서 그렇게 아름답고 행복해 보이는
웃음을 짓던 그가 분노에 가득 차 여자아이의
말을 믿어 둘 정도로 불같게 되는 모습의 대비가 포인트.

'신의 계시'
드디어 삽화로 강림. 누군가와 마찬가지로 화만 남개가
어울릴 듯한 그. ○○가 만일 남자였더라면, 이라는 상상의
찬출한 캐릭 디자인 의뢰(○○는 상상에 맡긴다).

Akuyaku reijou desuga kouryakutaisyou no yousu ga ijousugiru
by Sou Inaida 2

악역 영애입니다만 공략 대상의 상태가 이상합니다 2

2023년 2월 1일 1판 1쇄 발행

저　　　　자	이나이다 소
일 러 스 트	하치피스☆왕
옮 긴 이	강유정
발 행 인	유재옥
본 부 장	조병권
담 당 편 집	정지원
편 집 1 팀	김준균 김혜연
편 집 2 팀	정영길 조찬희 박치우 정지원
편 집 3 팀	오준영 이해빈 이소의
편 집 4 팀	전태영 박소연
디 자 인	김보라 박민솔
라 이 츠	김정미 맹미영 이승희 이윤서
디 지 털	박상섭 김지연
발 행 처	(주)소미미디어
등　　　　록	제2015-000008호
주　　　　소	서울시 마포구 토정로 222, 403호(신수동, 한국출판콘텐츠센터)
판　　　　매	㈜소미미디어
제 작 처	코리아피앤피
영　　　　업	박종욱
마 케 팅	한민지 최원석 최정연
물　　　　류	허석용 백철기
전　　　　화	편집부 (070)4164-3962, 3963 기획실 (02)567-3388
	판매 및 마케팅 (070)4165-6888 Fax (02)322-7665

ISBN 979-11-384-3549-9 (04830)
ISBN 979-11-384-3479-9 (세트)